桂香街

GUI XIANG JIE

范小青

长篇小说系列

FAN XIAO QING

人民文学出版社

图书在版编目(CIP)数据

桂香街/范小青著. —北京：人民文学出版社,2016
(范小青长篇小说系列)
ISBN 978-7-02-012023-9

Ⅰ.①桂… Ⅱ.①范… Ⅲ.①长篇小说—中国—当代 Ⅳ.①I247.5

中国版本图书馆 CIP 数据核字(2016)第 222067 号

策划编辑　包兰英
责任编辑　刘　伟
装帧设计　陶　雷
责任印制　王景林

出版发行　人民文学出版社
社　　址　北京市朝内大街 166 号
邮政编码　100705
网　　址　http://www.rw-cn.com

印　　刷　北京季蜂印刷有限公司
经　　销　全国新华书店等

字　　数　340 千字
开　　本　680 毫米×1000 毫米　1/16
印　　张　31.75　插页 3
印　　数　5001—8000
版　　次　2017 年 3 月北京第 1 版
印　　次　2018 年 1 月第 2 次印刷

书　　号　978-7-02-012023-9
定　　价　52.00 元

如有印装质量问题，请与本社图书销售中心调换。电话:010-65233595

引 子

我们的故事发生在桂香街,那就从桂香街开始吧。

桂香街上有座大宅院,那是贵潘的老宅。贵潘是南州的名门望族、官宦人家,历代科举考试中,这个家族出过状元、探花、翰林,举人则数不胜数,曾有"祖孙父子叔侄兄弟翰林之家""天下无二家"之称,其门第之显贵,不仅在南州,即使在中国家族史上,也属罕见。其中最稀罕的叔侄两人,叔叔潘学澜,参加会试,成绩优异,颇受主考官赏识,眼看可以夺魁问鼎,结果却因故没有赶得上保和殿"御试"的时间,错过机会,也因此被冠以"天子呼来不上船",用现在的话说,牛啊。

其实潘学澜并没有那么牛,天子呼他他肯定会第一时间赶到的,只是因为有人使坏,故意让他弄错时间而迟误。潘学澜眼睁睁地葬送了大好前程,虽然最后也会有个一官半职,却与殿试的期许相去甚远。

不过这潘学澜并无半点懊悔,在外当官没几年,就返回老家,读书藏书,吟诗作画,其乐融融。

谁又能保证,如果当初他准时赶到保和殿考试最后的结果会是什么呢?

到了他的侄子潘桂芬考试时,这会儿长心眼儿了,准时到达保和殿,果然大得皇帝青睐,当场御笔亲赐"折桂"二字。

潘宅早先并不叫桂树园,因为宅院很大,也曾种植了各种名贵花木,自得皇帝御赐的"折桂"后,潘氏赶紧在当院移栽了两棵上好品种的丹桂树,并给潘宅改名为桂树园,自此,潘家老爷坐于廊下,念读古诗词,"何不中央种两株","自是花中第一流",看着当院种下的两棵桂花树,心里那个爽啊。

这桂花树原本长在西南一带,南州并不多见,潘氏移栽时,尚还担心桂树水土不服,有碍生长。却不料两棵桂树,植根于南州大地、潘宅泥土后,有如神助,冒尖先进,每年秋季,其香既浓郁又清淡,从潘宅溢出来,飘满了整条街巷。潘家且敞开大门,任街坊邻居进来闻香,也可摘掉过于密集的一部分桂花,以便来年生长的空间更大。

这样一条桂香飘逸的街,再叫原来的名字,实在不相符合了,桂香街名便应运而生。

从桂香街开始,开创了南州人喜爱种植桂树的风气。由于桂树的茂盛,桂花的繁华,以桂花相佐的南州糕点食品小吃的名气日益增长,久而久之,这里就形成了美食名吃一条街,街上名吃小店遍布,名吃品种众多,不仅南州人人向往之,连远方的客人,也都慕名而来。

潘家的末代大少爷潘伯煊,生于一九四七年秋天,从吃奶时起,就伴着桂香在生长,长到两三岁时,竟已经能够和家里的下人一起,用桂花做出各种点心食物饮品,桂花糕、桂花圆子、桂花糖藕、冰糖桂花、桂花酒、桂花茶、桂花酱、桂花蜜……那些年的桂树园大宅子里,怎一个"桂"字了得。

在一九五八年私房改造前,潘家人一直住在老宅,除了接纳了几户外来的远亲和一些下人的家眷,别无他人。私房改造时,桂树园定性为经租房,潘家老小挤进了两间小厢房,其他房屋全部由国家出租给经济困难无房可住的人民群众。

潘家人养尊处优惯了,哪有什么工作能力,个个手无缚鸡之力,家里几乎没有了收入,改造前还能靠房租生活,改造后就全无着落了。潘伯煊的一个叔父,流落到公园拉二胡,任人赏一两个小钱,也和乞丐差不多少了。另一个叔父则靠出卖家中旧物生存,也基本上是苟延残喘了。

虽然家道彻底败落,但大少爷潘伯煊却还算说得过去,到底是大户人家的坯子,潘伯煊长到十三四岁的时候,已经人高马大,比人家十七八岁的男孩长得更像模像样。他的厨艺也已精进,于是瞒报了年龄,改了名字,凭着出色的手艺,找到了工作,养活家人。

潘伯煊有个妹妹,生于一九四九年,取了个新名字,叫潘红旗。潘红旗靠着大她两岁的哥哥做厨子养大、上学,都说她运气好。可是运气这东西很任性,说来就来,说走就走,要逆转就逆转,潘红旗上到高一的时候,到农村插队去了,反而是辛苦养家的哥哥因为早就参加工作,可以留在城里。

潘红旗插队农村,有一个恋人叫江左,同是插队知青,但是为了前途他们不敢公开恋情,更不敢结婚。后来命运又出现波折了,潘红旗大家闺秀的气质迷倒了大队书记的儿子,父子双双展开猛烈的攻势,潘红旗和江左一急之下,赶紧把生米煮成熟饭,怀上了孩子,大队书记那边,也就偃旗息鼓了。

这个未婚先孕的孩子生于重阳节,取名江重阳。江重阳生下来就是一个小农民,一直到他六岁时,命运又逆转了一次,赶上了知青大返城,潘红旗和江左终于回到南州,江重阳也跟着回来了。

潘红旗和江左分别进了棉纺厂和晶体管厂,日子逐渐正常。江重阳长大了,读书了,考上大学了,谈恋爱了。

第 1 章

　　大学里的恋爱，那可是品种齐全花式多样，应有尽有，不应有的也都有。可即便如此，江重阳和林又红之间的那一场，也算得上是轰轰烈烈，一路跌宕，一会儿高潮迭起，一会儿坠入深渊，直至最后双双壮烈牺牲。

　　事后，大家一边感叹世事无常，一边分析事故原因，一致认为这就是典型的性格决定命运。这两个人，性格太相似，无法互补，只能犯冲，两张嘴巴一样地厉害，两个性子一样地倔强，两个脾气也一样地急躁，还有两股一样不服输不低头的蛮劲。

　　可惜他们用错了对象，把恋人当成了敌人，最后肯定是同归于尽，彻底完蛋。

　　曾经在争吵得很厉害的时候，谁也不让谁，说话就开始伤人了。林又红不管不顾地就攻击江重阳的家庭了："江重阳，你有没有家教？你家大人是怎么教你做人的？"

　　江重阳气急败坏地反驳："林又红，你有教养，你家高级知识分子，还大学老师？还科学家？就教养出你这样的泼妇？"

林又红道:"哦,对了,我倒忘了,你家大人恐怕连自己都不知道怎么教育自己吧,下岗工人,没有上过中学的中学生,也只能培养出你这样的恶俗刁民!"

江重阳哪肯服输,强词夺理说:"我父母虽是下岗工人,但是我外婆家,那可是显贵人家,南书房行走,紫金城骑马……"

林又红立刻嘲笑不已:"哼哼哼,南书房?南书房在哪里呢?还有北书房、东书房、西书房呢吧?"

其实"南书房行走"是古代的一个官名,并不是指某人家有南书房,更不是指家里人在南书房里走来走去,可是林又红哪里知道,连江重阳也不知道。他能听懂人话那时候,父母亲都在乡下种地呢,言语谈吐之中,完全是乡下人的口气,今年做了多少工分,能够分到多少口粮之类。等到全家回了城,老宅早已经破旧不堪,并且挤进了几十户人家,被切割得面目全非。潘红旗虽然身为老宅的女儿,却根本就没有回得进去。

还没等江重阳长大成人,还没等江重阳懂得什么叫乡愁、什么叫旧居,桂树园已经从这个地球上彻底消失了。

八十年代初,城市改造的大高潮掀起来,桂树园因其位置而首当其冲,拆除后在原址上建起了南州最早的商业大楼——南州第一百货商场,潘宅里的那两棵桂树,又移栽了一次,挪到了桂香街附近的街心公园,茂盛依旧,桂香依然。

所以,从某种意义上说,江重阳和桂树园是没有关系的,很长时间里,他甚至都不知道母亲家曾经有那么一座老宅院,曾经有那两棵桂树。

我们可以为他设想的唯一的可能,就是六岁那年,刚刚回城的父母亲,带着他来过老宅,他们在老宅门口朝里边张望,但是他们没有进得去,那老宅已经不属于潘家。

可是六岁的记忆,江重阳没有保留下来。所以,到底有没有去看过那座曾经的老宅,江重阳是无法确定的。

只是在后来的漫长的时日中,从母亲口中,江重阳点点滴滴地听到一些有关老宅的信息,比如那两棵桂树,比如"南书房行走"这样的说法。关于南书房,江重阳的想法自然和林又红是一样的,以为南书房就是桂树园里的一间书房,而且一定很大。要说行走,但凡小一点的书房,你无论如何也行走不起来的。

江重阳在和林又红的战斗中,理屈词穷了,竟然把从来不曾存在于他生活中的南书房也抬了出来,再一次遭到林又红的嘲笑,江重阳急中生智,想到一句老话,赶紧又强调说:"饿死的骆驼比马大!"

林又红伶牙俐齿,快速反应:"饿死的骆驼绝不如一匹活马,更何况,江重阳,你搞清楚了,你手里可没有饿死的骆驼,你那骆驼连骨架连血肉连皮毛都不存在了,你竟然想着拿一个不存在换一匹活马,做梦吧你。"

他们的争执完全是无意义的,和他们的恋爱也已经完全没有关系,只是两个人的个性都那么执拗,都不肯服输,结果话题扯得那么无聊,活像一匹脱了缰绳的马,越跑越远了。

他们的同学都在旁边偷笑,瞧这俩人,把无趣当爱情,把无聊当认真,真是服了他们。

也有的同学,从他们身上警醒着自己的言行。

还有的同学,心怀鬼胎,小心观察,等待时机。

历来是旁观者清,当局者迷。江重阳和林又红乐此不疲,继续战斗。

现在江重阳换了一种方式,以退为攻:"林又红,你就不能让着点儿我,我好歹是个大男人。"

林又红立刻针锋相对:"江重阳,你就不能让着点儿我,我好歹是个小女人。"

江重阳也是锱铢必较:"你还小女人?你这个小女人,能把一个大男人气死过去。"

林又红不屑地说:"能被气死过去的,绝不是大男人。"

真刀真枪还是谁也干不过谁,江重阳再换一个频道,好言规劝说:"林又红,你能不能不这么强悍,你对我温柔一点不行吗?"

林又红脸色铁青:"原来你要温柔型的,有啊,我给你介绍。"

江重阳毫不相让:"你介绍,我要。"

你以为林又红不敢?

林又红真敢。

她的同学闺蜜俞晓,就在旁边看着他们吵架,正吓得小心脏怦怦跳,林又红顺势把俞晓往江重阳面前一推,说:"在这儿,拿去吧。"

江重阳就当着大家的面,一把抱住了俞晓。

俞晓娇小羸弱,被江重阳搂在怀里,几乎连人都不见了。

你以为江重阳不敢?

江重阳敢。

俞晓胆小,竟然吓哭起来了。她瘫软在江重阳怀里,痛痛快快地哭了一场,这是她最最心爱的男生,但她始终只敢偷偷地爱着林又红,班长,聪明,能干,学习成绩优秀,性格爽朗,心地善良,心直口快,乐于助人,爱管闲事,在这样一个强大的气场之下,哪有俞晓一丁点儿的气息,俞晓几乎就是一只无声无息蜷伏着的猫。

都以为他们在闹着玩呢,谁不知道恋爱那些事,今天分手,明天和好,今天要死要活,明天又幸福得一塌糊涂了,这都是恋爱的人干的事嘛。可是这一次,事情的走向似乎失控了,两个同样要强的人,同样不能低下高傲的头颅,始终不能低下高傲的头颅,自从江重阳当着林又红的面抱住俞晓后,两个人就再也没有交流过一句话,偶尔路遇,完全就像陌生人了。

倒是林又红的另一个同学赵镜子实在忍不住了,她完全不敢相信这种儿戏似的爱情,也不能忍受这种儿戏似的爱情,她颤抖着声音问林又红:"林又红,你真的?"

林又红心如刀割,但嘴上哪能服软,强硬地说:"什么真的假的?"

赵镜子的眼睛一下子红了,眼泪在眼眶里打着转。

林又红"哼"了一声说:"你多什么情?"

一场尽人皆知、众所属望的恋爱,忽然间就改变了航向,朝着完全不同的方向疾速而去了。

不明真相的人,都以为俞晓是第三者插足,当事人却是心如明镜,如果俞晓真是第三者,那也是林又红亲手把她发掘出来,又拱手给自己的爱人快递过去的。

林又红又何尝不知道是她自己亲手把自己的心撕裂了,她太自信、太自以为是,一直到最后,她还坚信,江重阳不会和俞晓走到一起,江重阳只爱她,这一点永远不会变,吵吵闹闹,不会伤感情,即使推出个俞晓,也不过是多加一个考验而已,她永远是胜券在握的。

原因只有一个,她只爱江重阳,江重阳只爱她。

她错了。

一个"只"字算什么,什么也不算。

江重阳留在她心中的最后的形象,就是他紧紧搂着俞晓,俞晓在他怀里哭。

那个时候,林又红并不很清楚江重阳是贵潘家的外孙,其实即使林又红知道,又能怎样,林又红注定就是持着爱情不问出身想法的那种女人。

爱情不问出身,这里就有问题啦,不问出身,不查三代,就不知道你对象骨子里流淌的什么血,脾性里长的什么古怪。

江重阳比林又红高两届,大学毕业后直接进了市食品药品监督管理局,等到林又红毕业时,面临机关事业单位招聘,林又红成绩好,从来不怕考试,所以她可选择的余地还是相当多的。赵镜子知道了林又红的报名情况,十分着急,追问林又红为什么不报市局,林又红以为赵镜子是明知故问,正想抢白她,赵镜子已经明白是怎么回事了,赶紧说:"你以为江重阳还在那里?"

虽然已经时隔两年多,"江重阳"三个字,还是重重地击痛了林又红,她忍着心口的疼痛,轻蔑地说:"谁? 不认得。"

赵镜子叹息了一声,告诉林又红,两个月前,江重阳已经调到市政府去了。

林又红盯了赵镜子一眼,嘴不饶人地抢白她说:"你消息倒很灵通啊,不会是你又接替俞晓上位了吧?"

赵镜子不和林又红一般见识,她淡淡地笑了一下:"我只是觉得,你业务强,不应该放弃,市局难道不是最好的选择吗?"

赵镜子的宽容淡然,反而搞得林又红脸上红一阵白一阵的,但她还是接受了赵镜子的建议,非常顺利地考进了市局。报到的那一天,她被领到食品安全监督处,有一张空着的办公桌,她心里知道,这曾经是江重阳的办公桌。

过了不久,就传来江重阳和俞晓结婚的消息,他们的结婚请柬,是赵镜子带来交给林又红的,不等林又红责问,她赶紧告诉林又红,在请不请林又红的问题上,江重阳和俞晓发生了矛盾,江重阳不想请林又红参加,俞晓却一定坚持要林又红参加,最后两人不欢而散。后来俞晓悄悄地拜托了赵镜子,希望她一定把林又红请来。

林又红当场就把请柬撕了。

赵镜子看着扔在地上的撕碎了的请柬,又忍不住了,说:"林又红,你真的?"

林又红冷笑一声说:"什么真的假的,你以为我心里还有他,他连……"她明明知道自己说的是假话,赵镜子岂能不知,干脆停下不说了。

赵镜子对她的心思了如指掌,苦口婆心地说:"林又红,你心里明明清楚,他一直爱着你,他为什么不想让你参加他的婚礼,这说明他心里还有你,而且,只有你——林又红,你干吗这么倔,你自己害苦了自己。"

赵镜子的眼眶又红了。

林又红生气地嚷道:"赵镜子,你干吗?你这是心疼谁呢?心疼我还是心疼江重阳,或者,是在心疼你自己?"

江重阳和俞晓婚礼前一天,俞晓突然来找林又红,一见面,俞晓就哭,林又红尖刻地说:"你要结婚啦,高兴得哭啦——哼,还真有高兴得哭起来的人啊,头一回见,开眼啦。"

俞晓抽抽搭搭地说:"你还爱着他?他还爱着你?不会吧,这不是真的,林又红,求你了,你告诉我,这不是真的!"她见林又红拒绝回答,又急着说,"是赵镜子告诉我的,可是我不相信,我不敢相信,我不能相信——如果是真的,我、我怎么办,我、我没法活了——"

俞晓泪流满面,痛哭不止。

事情就这样画上了句号。

林又红和江重阳,一对活宝,都是撞了南墙也不回头的货,走到这一天,活该呀。

可是他们并没有成为路人,他们无法就此别过,他们学的同一个专业,他们今后还会有很多纠葛的。

赵镜子去了干部疗养院,专门负责食品保健。而俞晓,从一开始就不喜欢这个专业,她选择了改行,到一家宾馆当了项目经理。三闺蜜间的纠葛,也仍然没完,说不定,才刚刚开始呢。

宋立明的出现,似乎是老天给林又红的最大补偿。宋立明的性格和江重阳恰好相反,他温和敦厚,宽容大度,从来不会得理不饶人,在任何事情上从不主动表现出自己的主见,只有一件事,他是永远明确的,永远不会改变的,那就是对林又红的态度,言听计从，处处相让。和宋立明交往后，林又红被自己割破的伤口似乎渐渐地痊愈了，她的人生也重新步入了正常的轨道。

林又红在市局表现出色，工作几年后，就把资历差不多的同事甩到后面了，她被破格提拔，当上了食品安全处副处长。在南州市级机关，她这个年龄就提副处长的，可谓凤毛麟角。

事业上顺风顺水，家庭更是和睦稳定。宋立明一如既往唯林又红马首是瞻，女儿乖巧玲珑，最擅长的就是拍妈妈的马屁。都说女人生女儿，是为男人生的，结果就是两个女人宠一个男人。但林又红家偏偏例外，他们家是丈夫和女儿都让着她，哄着她，供着她。

林又红还欲何求？

可是，命运他老人家又来出难题了，突如其来的严酷现实给了林又红当头一棒。

李处长毫无征兆突然被省局调走了，两个副处长，林又红和老薛，措手不及地被裹挟进了激烈的竞争中。论资历，老薛比林又红强，可论工作表现，林又红比老薛强。其实原本老薛已经没有什么想法了，他自己年纪不小了，而正处长又比他年轻得多，他还能想什么呢，战斗意志消退，再熬一两年，差不多就等着退岗了。可这一纸调令来得如此突然，调走了别人，却把老薛的心搞乱了。

林又红也一样地乱呀。

当然，心乱归心乱，林又红并不糊涂，她多少还是有思想准备的。毕竟李处长的走，事先毫无迹象，简直就是釜底抽薪，即便是局领导，一时半会儿还回不过神来呢，而林又红和老薛，都有明显的弱项，所以，考虑从其他处室调整安排一个正处长的可能性也是很大的。半个月来，她一边和老薛较劲，一边分析局里现有的够条件的人,她甚至把边边角角的人都拣了起来,逼了出来,一一梳理——食品安全监管处,既是一个管理岗位,又是一个专业岗位,一般来说,不能由只有行政经验没有专业水平的外行担任,也不宜由只有专业而不具备管理水平的人担当——还没等林又红梳理清楚,这个人却已经到位了,动作够快的。

林又红永远不会忘记那一个秋天的下午。

起风了,风从窗外刮了进来,吹动了办公桌上的纸,林又红过去关上窗户,就在她关了窗回过身的一刹那,她的心狂跳起来——江重阳嬉笑着站在办公室门口。

江重阳身边,是局人事处的季处长,林又红顿时预感到什么,心里咯噔了一下,只觉得自己的一颗心,狂跳着,一直在往下掉往下掉,不知道要掉到什么样的深渊里去。

果然,江重阳和季处长一起走了进来,不等季处长开口,江重阳就抢先说了:"本来应该局长至少是分管副局长送我来的,可是今天他们都不在,我性子急,等不及了。季处长,是不是应该这样说?"

季处长不带表情地笑了笑,口气和缓地说:"江处长从政府大机关来,做派到底和我们不一样,潇洒飘逸,无法之法,乃为至法。"

江重阳笑道:"季处长批评我了,怪我不讲规矩,可我也是一番好心呀,我是急于投入工作嘛。"

虽然林又红早已经明白发生了什么,可是他们处的另一位副处长老薛,反应向来比较慢,一时还没转过弯来,半张着嘴,等着季处长进一步说明情况呢。

林又红无法接受这个突然到来的事实——即使不是她,不是老薛,不是局里的任何一个人,也不应该是江重阳!

怎么会是江重阳?

怎么不会是江重阳?

江重阳毕业于食品专业,是市政府综合处副处长,安排到食品药品监管局食品监管处当处长,既提拔了,又放在了专业对口的岗位上。

怎么就不该是他呢?

当然不该是他。

季处长按规矩向江重阳介绍处里的同志,江重阳却说:"不用不用,我认得,当年我进食品局的时候,老薛是我师傅。老薛,你怎么装作不认得我了?"

老薛到这时候总算是反应过来了,一反应过来,心理压力消失了,他的精气神反而起来了,笑道:"嘿嘿,你小子,我当年就知道,教会徒弟饿死师傅,你小子果然爬到我头上当处长了。"

江重阳也笑道:"这是丛林法则。"

老薛说:"鬼个法则,你小子曲线救己,到政府部门绕一圈,镀了金,提起来就快嘛。"

季处长马上接上来说:"哦,对了,听说江处长以前也在我们局待过两年,那时候我还没来呢,你先入山门为大哦。"

江重阳也不客气,说:"论年纪我也比你大一点,我是兄长。"

老薛却不给他面子,说:"兄什么长,你最多是个回汤豆腐干,牛什么叉。"老薛说着,忽然就"哎"了一声,先盯着林又红看看,又盯着江重阳看看,又说,"对了,我一直想要问你一件事情的,当年你干得好好的,怎么忽然就走了?"

江重阳说:"人往高处走嘛,毕竟那是市政府嘛。"

老薛说:"小子,你忽悠我,别以为我反应比你们慢一点就是笨,我不笨的,我是内秀,我早就看出来了,你走,是因为小林……"

林又红顿时气急败坏,翻了脸说:"薛处长,你不要扯上我!"

老薛记恨林又红想和他抢处长的位子,幸灾乐祸地说:"你看你看,急了,真急了,就没见你这么急过。哈哈!"

江重阳见季处长有些猜疑地看着他们,主动反过来向他介绍说:"季处长,这个林又红,你也不用介绍了,我认得她,在学校里,我高她两届,我是学长。"

老薛高兴得一拍大腿说:"对了对了,这就对了,你们是同学,咦,我想起来了,谈过的吧?没成吧?所以……哈哈,我又想起来了,我对上榫头了,当时你知道小林要进来了,你就提前走了,是不是?肯定是!可是,可是今天你又回来了……"老薛忽然闭了嘴,感觉说过了头。他的感觉总比别人慢半拍,说过头了也收不回来了。

江重阳也不忌讳季处长探究的眼光,直接冲着林又红笑着说:"林又红,多年不见了,见了面也不问个好?"

林又红心里五味杂陈,嘴上愈发尖刻:"你过得不好吗?需要别人问了才好吗?"

江重阳说:"嘿嘿,我好不好是我的事情,你问不问好是你的心意哦。"

林又红毫不给脸,立刻又把话踢回去说:"你别说心意,我这个人,没有心意的。"

江重阳举了举手,做了一个像是投降的动作:"好好好,没有心意就没有心意,不问好就不问好,故人相逢,给个笑脸总可以吧。"

林又红冷冷地道:"我不觉得有什么可笑的。"

江重阳夸张地"哎哟"了一声:"这么多年,一点没变,还这么凶啊?"

林又红转身往外走,听到季处长在问老薛:"这两个,果真有过一腿?"

老薛说:"你这叫什么话,什么叫有一腿,那不是腿,那是手,执子之手,与子偕老的那只手——人家可是初恋哦。"

季处长又"嘿嘿"了一声,再说什么,林又红就听不清了。

江重阳追了出来,把林又红挡在走廊里,朝她笑道:"这么多年了,你还没有放下?要不要来一碗心灵鸡汤……"见林又红仍然拉着个脸,江重阳又赶紧举了两手说,"我先举手投降,坦白情况,食品监管处这个位子不好坐,现在食品安全形势那么凶险,谁来坐这个位子谁就是坐在火山上,所以,我主动要求回来,你不会不知道我是为了谁吧?"

林又红始终铁板一块,又始终咬紧不放,一句也不肯相让:"你回不回和我无关。"

江重阳道:"天地良心,我可是为了你啊,为了食品的安全,也是为了你的安全,嘿嘿,所以……"

林又红毫不客气地打断他说:"没有那么多的所以,你不会为我,我也不会为你,我们都不会为对方考虑。"

江重阳嬉皮笑脸道："嘿嘿,可我们好歹、好歹也——用季处长的话说,有过一腿,虽然时过境迁,没有了爱情也有感情,没有了感情也有恩情,没有了恩情还有、还有,还有什么情,对了,还有余情,再往后,说不定还会有奸情……"他看到林又红满脸通红,眼睛都要出血了,赶紧说,"好好好,没有奸情,没有奸情,但是,这都已时隔多年,如今再见,应该是相逢一笑泯恩仇了嘛,你怎么还这么执着狭隘?"

林又红说："不是狭隘,是狭路相逢!"

江重阳侧着脑袋朝林又红看,继续笑道："林又红,大家都知道你是个性格爽快的大气的女同志,任何事情都拿得起放得下,怎么一看到我、一碰到我,你就变得这么小气、这么纠结呢?"

林又红拔腿就走。

江重阳似乎是想阻拦她,但犹豫了一下,最后放弃了这个想法,嘴上说道："哎哟哟,火气还这么大,怨气还这么重,这说明什么?"

林又红在心里大声吼叫,说明什么？说明什么？

江重阳对着林又红的背影说："林又红,虽然我成为你的嫡亲的顶头上司,不过你放心,我不会给你穿小鞋、不会欺负你的。"

泪水夺眶而出,林又红仓皇地奔了出去。

风渐渐地尖厉起来了,吹了一地的落叶,是个深秋的样子了。

林又红不由哆嗦了一下,深秋了,她还穿着一件薄风衣,只能抵挡初秋那种微微的凉意,林又红裹紧了风衣,想要迈开脚步,一时却完全没了方向感。

我要到哪里去？

我能到哪里去？

林又红万万没有料到,多年后重见江重阳,自己的情绪竟然还会如此激烈,内心还会如此震动。

林又红在街头站立了一会儿,虽然情绪波动,但头脑还是清醒的,上了一辆出租车,直奔干部疗养院,去找赵镜子。到那儿一见了赵镜子,也不顾她办公室里还有其他人,劈头就说:"他怎么会回来了？什么意思？"

赵镜子赶紧把林又红拉到外面走廊上说:"你轻声点——回来怎么了,不能回来吗？"

感觉赵镜子是早已知情？

要不就是她对林又红和江重阳双方的情况始终了如指掌？

林又红顾不得细想赵镜子的事情,她心里只有"江重阳"三个字,脱口说:"他来,我走。"

赵镜子闷了一下,过了片刻才说:"你们俩到底什么意思？到底要哪样？当初你还没进去,他就出来了,让你？现在他进去,你又要出来,让他？"

林又红抢白道:"你怎么说得出一个'让'字？这是让吗？你觉得我能够和他天天坐在一个办公室面对面地办公？"

赵镜子难过地叹了一口气:"唉,这么多年了,你们都各自有了家庭,有了孩子,还在纠缠吗？"

林又红冷冷地说:"赵镜子,你说话把牙齿筑齐了再说啊,谁和谁纠缠,你看到我们纠缠了？"

赵镜子一向温和,一向淡泊,这会儿却也不肯相让了,说:"如果没有纠缠,那就是两个路人,完全没有必要避开——林又红,你暴露了,你又一次暴露了,你们心里,都还有对方!"

林又红立刻反唇相讥:"有啊,心里是有啊,对方就是一根毒刺,我要拔掉它。"

赵镜子说:"林又红,你不要作了,天作有雨,人作有祸,拜托了,你就太平一点吧。"

赵镜子口气简直都有点低三下四了,林又红十分疑惑:"奇怪,你担的哪门子心?你在为谁担心呢?再说了,我作什么了,我什么也没做。"

赵镜子口气坚定地说:"你现在还没来得及作,但你一定会作的,江重阳不是平调,他是提拔到现在的正处,这个你心里比我更清楚,以他的个性,在政府部门是提不上去的,副处也就到头了。现在正好有这个机会,既回到专业岗位,又解决了级别。林又红,无论你们之间有多少古怪,但你,至少不要影响他的前途啊。"

林又红脸上白一阵红一阵的,尖刻地反问:"赵镜子,你是谁的闺蜜?他在你心里,比我重要?"

赵镜子又叹了一口气说:"随你怎么想吧,如果你真的不能和他共处,那你、你就走吧。"

林又红"哼哼"道:"好啊,赵镜子,你帮着他赶我走?"

赵镜子对林又红这种倒打一耙的手段早已习以为常,也不想和这张烂嘴多计较多争议,她直接告诉林又红一个信息,美国知名食品企业联吉氏,在南州开办了在中国大陆唯一的一家独资企业,正在招聘人才。

林又红一听,二话没说,掉头就去联吉氏应聘了。

面试考场一字排开的考官共有七位,六位是西装革履表情严肃的中国人,只有一个老外,排在最角落的那个位子,穿着一件很随便甚至有点邋遢的夹克,连身体都没有坐正,倾斜着朝后仰,一条腿从桌子的一侧伸了出来。而且,从林又红进入考场,这老外就一直没有睁开过眼睛,不仅眼睛闭着,嘴还微微地张着,林又红一看心里就没好气,什么人呀,什么鸟样,就差没有流口水、打呼噜了。

当然一开始她还是忍着的,毕竟自己是来面试的,总不能对面试官说什么不恭敬的话吧,何况其他面试官都很正经,都在认真工作,面试的问题,也都有相当的难度,她得集中精力来对付这些问题。可不知怎么的,鬼使神差,她怎么也管不住自己的眼睛,总是控制不住要去看那个让人不爽的糟老头,不看也罢,越看就越来气,一动了气,脑筋就不听使唤了,连续有两个题吃了零蛋。

面试官有点不耐烦了,提醒她下面这道题如果还答不出来,就该出局了。接着问题问出来了,林又红硬是把分散的精力从糟老头那里收了回来,认真听了,这道题目还算有水平,可是林又红又故意作梗,硬是从鸡蛋里挑出骨头来了,她差不多已经忘了自己是来干什么的了,毫不客气地说:"对不起,你们这个问题,本身设计得有问题。"

几位中国面试官,大概没见过林又红这样的应聘者,真是不知天高地厚,真不知道到底谁怕谁了,所以几个人都抢着说,请你摆正自己的位置,请你搞清楚你是来干什么的,请你明白提什么问题是我们的权力,请你只管回答就是了,请你什么什么……

能说他们的"请你"请得不对吗?当然不能,林又红毕竟是来求职的,不是来检查工作的,不是来审核面试题的,只是她的轴劲上来了,是被那糟老头挑动起来的,她忽的一下从座位上站起来,指着那老外,一字一顿地说:"请你们把他弄醒,否则我不回答了。"

几位面试官都惊奇地看着她,看得出他们已经从奇怪到惊讶,又到疑惑,他们已经完全吃不透她了,所以他们都愣住了,不知如何处理。

其实林又红自己也知道,她完全不像是来应聘的,倒像是专门来吵架的,对于江重阳的爱恨情仇,一直郁积在心头,现在统统要发泄出来了。

理智上她一直在提醒自己,可是没有控制住,现在火气既然上来了,既然已经发出来了,收也收不住了,也就随它乱窜了,她继续尖刻地指责道:"就因为你们姓联,你们以为自己就是联合国?一个小小的食品企业,牛什么牛?"

面试官愣了好一会儿,其中一位才犹豫着说:"咦,你都瞧不上联吉氏,那你来干吗的?"

另一位也跟上,试探着说:"你是否管得太多了,你只管回答我们的问题就是了。"

林又红再次激愤起来,大义凛然地说:"我应聘求职,我是凭自己的本事来的,不是来跪求你们的,面试官完全不尊重应聘者,居然当面睡觉,如此无礼,如此傲慢,我简直怀疑你们是冒牌的联吉氏!"不等面试官再解释什么,林又红已经一发不可收了,高声嚷嚷,"就算这老外听不懂中文,也不应该在面试考场睡觉,不仅是对我的不尊重,也是对你们这些考官的不尊重。"

面试官终于被彻底轰晕了头,面面相觑,无言以对,那老外却"醒"了过来,用十分流利的中文说:"咦,你怎么说我睡着了,我没有睡,我一直在听,我只是没有用眼睛看而已。"

这糟老头居然还会用"咦",还会用"而已",中文可不是一般的好,林又红暗暗吃了一惊,说实话,来面试之前,就估计到独资的美国公司,可能会用英语提问,所以她是作了充分准备的,也是有十分信心的,却不料不仅中国的考官没用英语,连这唯一的老外,也把中文说得这么溜,这倒让她有些意外,有些好奇,只是一口闷气还堵在心里,没有咽下去,也没有发泄掉,所以她不依不饶地说:"不懂得尊重人的企业,不可能是好的企业,你名声再大,我也不买账,我也瞧不上,拜拜吧。"

老外可不像林又红这么毛躁,他笑眯眯地做了个请坐的手势,随手翻了翻搁在桌上的林又红的那沓资料:"哦嗬,姓林,小林你好。"

林又红立马回敬他说:"我的名字叫林又红,你叫什么名字?"

老外说:"我叫马丁。"

林又红又来劲了:"哦,你姓马,我还以为你姓牛呢。"

直到这时候,其他面试官才回过神来,有些惊慌失措,几个人又抢着对林又红说,他是联吉氏中国公司的董事长,请你放尊重点,请你礼貌一点,请你怎么怎么——他们"请"他们的,林又红才不在乎,她只管学着老外的口气说:"哦嗬,马董你好——不过马董我得提醒你,在中文的普通话里,马董和马桶差不多的读音,为了防止你变成马桶,不如和你喊我小林一样,我还是喊你小马吧。"

马丁笑呵呵地说:"我这把年纪了,喊小马不合适了,还是叫老马吧。"

几个回合下来,没分输赢。

老马拍了拍林又红的资料,说:"算了吧,你也别应聘质检工程员了,你干脆当我的综合办主任吧。"

老马这话一出口,那么轻飘飘的,似乎没经大脑,不仅林又红大吃一惊,其他面试官也吃不透老马什么意思,老马却得意扬扬地说:"瞧瞧,瞧瞧,弱智了吧,质检是检食品的,综合办是检人的,检好了人才能检好食品嘛,你们连这都不懂?"

林又红这才慢慢地冷静下来,细细地琢磨着这糟老头的心思,以防上当。过了一会儿,她才提着格外的小心说:"你可能没有认真看我的资料,我是学食品专业的,你让我管人财物,做人的协调工作,你觉得你是伯乐吗?"

老马声音沉稳但口气高傲地说:"我当然是伯乐,我要不是伯乐,我到这个面试考场来干什么,睡觉吗?"

林又红也不客气,说:"你在半睡半醒的状态下,就发现我的另一方面的才能,你有特异功能啊?"

老马笑道:"不是我有特异功能,是你有特殊的性格。用你们中国人的话说,叫狗拿耗子,多管闲事,哈哈哈哈……"

老马一哈哈,其他面试官才放轻松了,都跟着老马笑起来。林又红有些恼火,但又觉得没有完全理解老马的意思,毕竟是和一个老外在说中国话,他真的对中文如此精通吗?

林又红稍稍想了一下,说:"狗拿耗子多管闲事,那是你们美国人的习性。中国还有句老话,叫作太平洋警察,管得宽。"

老马赶紧一拍巴掌说:"说得好,说得好,就是要多管闲事,世界才能……"

林又红立刻给他泼一瓢冷水:"可是老马,你别忘了这是在中国,你可是中国的马董,不是美国的马董,中国人是讲究各人自扫门前雪,莫管他人瓦上霜的。"

老马又一拍巴掌说:"所以嘛,所以我在中国很难找到像你这样喜欢多管闲事的人嘛,今天既然送上门来了,我岂能白白地放你走了。"

林又红还没琢磨清楚,老马又说:"当然,你不仅仅有狗拿耗子的特点,还有另一个重要的特点,就是你不太懂得看眼色。"

林又红终于抓住他的把柄了,赶紧报复说:"老马,你露馅儿了吧,你以为你的中文说得顺溜,你就对中国文化出神入化了?不懂得看眼色,那可是最不适合担当综合办之类工作的,你瞧瞧去,如此一片苍茫大地,总办、综合办主任多如牛毛,可哪个不是鉴貌辨色、八面玲珑?"

老马又笑道:"你的强项就是你的自信,怎么一说到看人眼色,你就没有自信了呢?"

林又红真是个狗性子、急性子,即使在一个完全陌生的老外面前,她的好胜不服输的个性一点也没有收敛,当即回嘴说:"你怎么知道我没有自信,我的自信,用你的有色眼睛能看得到?"

老马识途,干脆就顺着她说:"按照你的意思,你有自信,你自信能够干好联吉氏的综合办主任。"

谁都听得出老马在使用激将法,林又红也不傻,你激我,我就顺着你的竿子往上爬吧,嘿嘿。

其他几个面试官再一次面面相觑,他们大概完全不能明白,这个马董是怎么了,一个对他如此不敬重而且如此不讲规矩的应聘者,他不仅不恼火,不仅当场录用,还立刻封官许愿了,这算是什么路数?

林又红也不知道老马的路数,不过她也不爱管老马什么路数,既然已经是喜从天降了,她赶紧乖乖就范了,可是天生一张碎嘴,还真是管不住,临到要做人家的部下了,还不肯嘴下留情,忍了几忍也没忍住,说道:"哎嘿,老马,你好像不应该姓马,应该姓范。"

这老马真够拎得清,他真是比中国人还中国人,立刻反应过来,回应说:"啊哈哈,我应该姓范,我的名字应该叫范贱。"

联吉氏是全球最大的也是声誉最好的食品企业之一,在中国这个巨大的市场里,联吉氏将会凭着信誉,凭着过硬的产品,日益壮大,林又红真是给自己找到了一个灿烂的前途。

江重阳,拜拜了。

义无反顾,甩手而去,华丽转身,走得漂亮。

江重阳坐到那个火山口上去了,结果,火山真的爆发了。

江重阳一语成谶?

出事的南州金宏宾馆是金鼎集团旗下的一家小型企业,在国庆节的档期,多接了几档婚宴,超出了能力范围,因人手不够,便到外面的熟菜店购进了一批冷切牛肉,没想到外购的牛肉食用硝过量,引起大范围食物中毒,放倒了上百人,死亡一人。

这本来是宾馆自身的问题,但是国庆节前的食品卫生安全大检查,抽查到金宏,带队检查的,正是江重阳。而江重阳的老婆俞晓,就是金宏宾馆的总经理助理,你江重阳怎么也逃不脱干系。

对于江重阳的处理，有各种说法，最后宣布的决定是撤职。撤职不同于免职，免职很快可以东山再起，这里免了，那里再用。撤职却是一撸到底，也就是说，多年的辛苦打拼瞬间归零了。

以江重阳的性格，是不可能继续待在局里了，所以根本不等上级怎么安排他的工作，他已经在第一时间递交了辞职报告，一去不见踪影，从此杳无音信。

在听到这个消息的第一时间，林又红的心瞬间像是被掏空了。

那一天江重阳所说的话还在她耳边回响着，火山口的位子，我是替你来坐的哦。

林又红再也没有见到过江重阳，只是从赵镜子那儿得知，江重阳出事后不久，就和俞晓离婚了。

大约一年后，俞晓和金鼎集团的老总浦见秋结婚了。

又过了一年，俞晓和浦见秋又离了。

真乱。

这些事情，林又红觉得离自己已经很远了，远得几乎不真实了。有时候是赵镜子告诉她，或者是俞晓说的，也有的时候，听其他老同学传言，里边似乎有些什么隐情，但都无从核实，只是对于她来说，一切都与她无关了。

联吉氏的工作，翻开了她生命中的崭新一页，没有了江重阳的这些年，林又红被掏空了的心，渐渐地又充实起来，当综合办主任两年后，她就当上了副总。

可是，谁又能料到，就在林又红当上副总后不久，联吉氏也出事了。

又一座火山爆发了。

联吉氏采购部经理勾结海外营销,进口了大量的僵尸肉。僵尸肉并没有进入联吉氏,在海关就被查出,但这个信息很快被竞争对手获取并迅速曝光,引起了轩然大波,一夜之间,僵尸肉就成了联吉氏的代名词,致使联吉氏遭遇了前所未有的信誉危机。

对手的阴谋、媒体的炒作和群众的愤怒持续发酵,根本收不了场。接着,更荒唐的事情出现了,一些联吉氏的消费者,找出联吉氏的购物发票要求退款,有人要求联吉氏赔偿医药费,还有一位消费者因为家庭矛盾离了婚,居然把联吉氏告到法院,起诉理由是,他购买和消费了联吉氏的产品,致使个人性情大变,造成婚姻破裂。

连天性豁达的老马,看了这些恶评、痛骂和闻所未闻的说法和做法,也呼天抢地了。强盗逻辑啊,强盗逻辑啊,老马仰天长叹,一切已经不可挽回了。

虽然南州市政府最后作出了关于联吉氏中国企业僵尸肉的全面调查报告和相关处理决定,出面澄清了事实真相,但是老百姓不相信政府,政府的调查报告和处理决定,不仅没有平息事态,连政府也引火烧身了。

鉴于事故的责任人是采购部经理本人,联吉氏企业只是监管问题,所以有关部门并没有要求联吉氏关闭,只作出了停产两周整顿的处理要求,但是老马去意已决,也就是说,他自己关掉了自己,自己给自己判了死刑。老外的思维就是这样,不拐弯,直线。

用老马的话说,联吉氏追求的是利润,坚守的是信誉,如果信誉受损,联吉氏会毫不犹豫地丢掉利润,哪怕丢掉利润信誉不再回来,那也同样毫不犹豫。

这个世界疯了。

大家疯了。

老马也疯了。

对于老马的疯狂的决定，联吉氏上上下下没人能够理解，于是又招来一片骂声，甚至可以说，是全体的骂声，毕竟那么多的人要失业了。政府不想这样，白领不想这样，职工更不想这样，还有那么多连锁门店的营业员和店长，他们都要疯了。

社会舆论算什么，网络骂名又有什么了不起，骂就骂几句吧，疯就让他们疯去吧，只要法律没有制裁，只要政府认定事实，过几天喧嚣的中心转移了，联吉氏还是联吉氏。

就像那许多的知名食品企业，今天出个"皮鞋果冻"，明天又是"火腿肠瘦肉精"，又有"地沟油方便面"什么什么，可是有几家因为这些就关了门的，还不是照常生产，甚至做得更大。

可老马才不会这么想，他也不会想那么多，无论你政府急不急财收税收，无论你白领蓝领有没有饭吃，他才不管，他只要抱紧他的那两个字：信誉。

如果信誉会让人失业，让人活不下去，那到底还应该不应该死死抱住信誉呢？

谁知道呢。

没人能够理解老马。

林又红毕竟跟着老马混了这么多年，美国人的思维线路图，她多少知道一点，多少了解一点，老马的脾性和做事的原则，林又红是清楚的，联吉氏中国分部关门，恰好掐在联吉氏的思维线路图上。

至少要比 A 股 K 线好掌握得多。

老马基本没什么损失，就回家去吧，做回美国人去吧，说他的英语去吧，中文说得再流利，早晚也不是你家的。

林又红可惨了，她可是丢了多次饭碗了，当年丢了铁饭碗，现在又丢了金饭碗。

林又红饭碗都被敲掉了，老马竟然还对她说："即使没有了联吉氏，你也要坚持做你自己哦。"

林又红这下真抓住老马的把柄了："老马，你造句造错了哦。"

老马挠了挠头，没想明白："我用错了吗？即使——也要——这造句没错呀。"

林又红说："错了，不是'即使'没有联吉氏了，是'已经'没有联吉氏，'即使'和'已经'，一个是未来不可知时，一个是过去时，你没有搞清楚。"见老马不服，林又红强调说，"还是我造给你吧——已经没有联吉氏了，那就从头开始。"

这算是苦中作乐、强颜欢笑吧，他们就以这样的方式作一次彻底的告别。

老马走了，林又红的前景又在哪里呢？倾巢之下，岂有完卵乎？但其实，在僵尸肉事件发生后不久，就已经有识人才的企业家向林又红伸出了橄榄枝。

这就是老马说的，即使没有联吉氏，林又红还是会做她自己的。

她真是一颗完卵？

就算她真是那颗完卵，眼睁睁地看着老马消失，心里还是塞满了伤感和依恋。她和老马，多年来打打闹闹，那可不是情感的纠葛,那是事业的纠结。

林又红终于要回家了。

在联吉氏工作的这些年里,她不是不回家,可即使回家,她的心也始终没有在家里待过。

秋天到了,秋风起来了,现在林又红要回家了,她却忽然地想起了多年前那个秋天的下午,她一回身,看到江重阳嬉笑着站在办公室门口。

那一瞬间,她流泪了,但是她的眼泪是往肚子里流的,没有人看见。

第 2 章

　　林又红原以为钟点工小桂会在,进了门发现家里没人,这才想起今天是星期五,小桂的女儿上幼儿园大班,星期五放学早,需要小桂接送,所以每周五下午小桂是不来的。

　　虽然小桂不在,但是小熊在,小熊的听觉是没人能比的,它待在家里,远远地就能听到家人回来的脚步声,谁的脚步声它都能百分之百精确地判断,所以不等林又红掏钥匙开门,小熊就已经发出"呜呜"的欢迎声了。

　　林又红进门,小熊就迎上来,扑一下她的腿,闻一下她的鞋,这是规定动作。有时候她穿裙子,很担心丝袜被它扑坏了,只能用手里的包包挡着往后退,小熊也不勉强,如果扑不到,它不会硬扑,它就走开去,然后林又红喊它,小熊,小熊,我回来了。小熊就摇尾巴,表示听到了,表示一种适度的亲热和客气。

　　小熊的摇尾巴可是很有分寸的,见什么人,摇什么尾巴,人有多亲,尾巴就有多甩。

　　最亲的人不是宋小西,而是宋立明,小西负责玩闹,老宋负责吃喝拉撒,小熊对人很公平,绝对公平,付出多少就回报多少,只要老宋在家,林又红喊它,它都爱搭不理,老宋会觉得不过意,会批评小熊,林又红却觉得很好笑,跟一只狗还这么认真,难道她会和狗吃醋?

正因为林又红把狗当成了狗,小熊也就认真地把林又红当成人,它对人是客气的,尤其是对家里人,林又红毕竟是女主人,它应尽的义务还是会尽的,比如林又红从外面回来,它会扑一下她,闻一下她,如果家里没有其他人,它也会和林又红对一下眼神,也会接受她的某些指示,比如,来,握个手,它就把前爪举起来让她握,再说,另一只,它就换一只,再说,坐下,它就坐下。

只是所有这一切,都是程式化的,既有些热情,但热情一点也不过度,这就是小熊对林又红的感情,它把握得真好。

所以,完成了规定动作后,小熊就回到自己的位置上趴着,侧耳静听外面的动静,等待下一位主人回家。

林又红到沙发上坐下,喊,小熊,过来,坐下。小熊挺给面子,过来坐在她的脚边,但坐了不一会儿,它又回到自己的位置上去了。林又红朝它笑了笑,说,我在你心目中,可没什么地位哦。小熊轻轻地晃了一下尾巴,表示赞同。

林又红也就完成了她和小熊的交流。她坐定下来,连看了几条微信,却一条也没看进去,心里茫茫然,很无措,很没着落。她心里也清楚,并不是因为担心自己的前途,即使没有那些伸过来的橄榄枝,她也毫不担心没人聘用她,她对自己是有足够信心的。

林又红随手抹了一下茶几的下端,抹了一手的灰,她其实早就知道小桂的工作并不到位,她一般只拣看得到的地方搞一下,角落里，夹层里，看不见的地方，是不会去认真清理的，因为林又红很少和小桂直接打照面，在联吉氏工作的这许多年中，她的工作时间始终是没有保证的。但她不是个粗心的人，虽然在家的时间很少，但她会利用这很少的时间，关注一下这一段时间家里的种种情况，比如钟点工的责任心，工作到不到位。林又红发觉小桂的问题，曾和老宋说过，建议老宋提醒她，老宋也确实提醒过，但是不见效。她再让老宋提醒，老宋就说，没事，一点点，我来搞一下就行。老宋这么说，林又红就不高兴，这不是谁搞的问题，她工作不到位，就应该指出来。老宋说，好好，我下次跟她说。但是下次如果林又红手一抹哪个角落，仍然是灰。她也懒得再说了，即使她对小桂不满意，她也没有时间再去家政公司换人。

将就吧，谁让她在联吉氏做事，时间基本上不属于她自己，家庭也基本上不属于她自己。

小桂的工作时间是下午两点到五点，先打扫卫生洗衣服，然后做晚饭，烧好饭菜后就走，晚饭后就由老宋洗碗收拾，这个家庭基本上就是这样的节奏了。

一直到昨天，林又红还没有考虑到自己回来以后，这个家庭会是一种什么样的状态。

林又红坐不住，她起身到厨房门口看看，晚上的菜，老宋已经买了，估计是早上起来买的，既然菜已有了，小桂今天又不来，不如自己动手做晚饭，林又红这样想着，心里甚至有点激动，有点欢喜，想象着老宋和小西回家，进屋，一看厨房，哇塞！

林又红一脚踩进去，就感觉拖鞋像被粘住了，抬起来就听到嗞啦嗞啦的声音。手再往台面上一按，也差一点被粘住了。再看看油烟机,看看灶台,净是油腻,顿时心里有些来气,好个小桂,好个老宋,就把家里搞成这样,她还老是对他们心存愧疚。

但是再反过来想想,老宋也不容易,他又不是家庭妇男,他同样是要上班的,工作任务也不轻,但是家里的一切,他都毫无怨言地担着,女儿从小也是由他一手带大,这么一想,心就软了,干脆重新找了一双旧拖鞋换上,进厨房打扫卫生,倒上洗洁精,油腻如万能胶似的,岿然不动,才擦了几下子,手已经酸得不听使唤了。

小熊可能感觉到了今天家里有一点异常,走到厨房门口看了看,林又红自嘲说,你也觉得我无能吧?小熊歪着头想了一会儿,没想明白,又走开了。

林又红只得放弃了做好人好事的想法,不擦油腻了,决定只做饭菜,让老宋小西也尝尝她的手艺。

先洗菜切菜配菜,一切都很顺利,心里不免得意,本来嘛,做家务有什么难的,我只是没时间嘛,我联吉氏都能做,自己家炒个菜还能出什么问题。

要煲的汤可以上锅了,结果却发现煤气打不起来,啪啪啪,啪啪啪,只看到火星子,反复多次,好不容易打着火了,手一放,火就灭了,再打,打着了,放手,火又灭了。

林又红不免有点急、有点毛躁了。其实在她的工作中,不顺利的事情、难解决的事情,不知要比打不着煤气大多少倍,林又红基本可以做到遇事不慌,从容不迫,怎么在自家的厨房里,反而这么沉不住气呢,一点小事就能难住了吗?

林又红冷静下来想一想,煤气灶坏了肯定要找人维修,思路一下子就清晰了嘛,多大个事,先打114问了这个品牌的维修电话,再打维修电话,那边倒是很热情周到,保证半小时内有人上门修理。果然,不到半小时,来了个小伙子,也不问话,直接进到厨房,上前就去打煤气灶,打了几下,也仍然是啪啪啪,光冒火星不见火。

小伙子干脆地说:"不行了,坏了。"

林又红还想再说明一下情况:"其实,火是能点着的,可是不能放手,一放手,就灭了。"

她正要上前演示,那小伙子却"嘻"了一下,说:"怎么会,没见过。坏了,你重新买一台吧。"

不等林又红再说什么,人已经到了门外。林又红追出去问:"你们不保修吗?"

小伙子说:"你还在保修期吗?你发票呢?"

林又红哪里知道买煤气灶的发票在哪里,愣了片刻,小伙子的电动车已经出去一大段了。

林又红没办法了,本来不想麻烦宋立明,但现在不麻烦也不行了,打电话过去,宋立明正在开会,但还是从会场出来接了她的电话,听说煤气灶坏了,着急地问:"是不是漏气了,家里有煤气味吗?你赶紧把窗户打开,离远一点,千万不要点火,小心点。"

林又红说:"不是煤气泄漏,是点不着火,我已经叫人来看过了,维修人员说不能用了,要换新的,我怎么记得好像才买不久呢。"

宋立明赶紧说:"你点煤气干什么,你不会弄的,我一会儿就回去。"

林又红嫌他啰唆,不耐烦地说:"不就是开个煤气嘛,怎么弄,你告诉我一下就行了。"

宋立明却不告诉她,只是按照自己的思路说:"菜我都买好了,我回来烧,很快的,不用你忙的。"

林又红有点不高兴了:"哎呀,你告诉我一下,有那么难吗?"

这下子宋立明反倒说不清了,支吾道:"可是,可是,我和小桂,我们点的时候,都好的呀。"

林又红抢白他说:"那你的意思是说我连煤气灶都不会点?"

宋立明赶紧解释:"我不是这个意思,我不是这个意思,可能确实是坏了,但是我现在——要不,你请物业来看看,物业的电话,你到我书桌,左边第二个抽屉,里面有个小本子,上面有物业的电话。"

林又红按照宋立明的指点,果然在第二个抽屉找到一个蓝色封面的小本子,打开来一看,上边有好多个电话号码,空调维修、冰箱维修、热水器维修、水暖工、电工、电信电话网络、有线电视、物业管理,各种缴费的,排了一长串,林又红看了,心里不由触动了一下,一个三口之家,竟需要这么多的号码来支撑,平时由老宋管着,不觉得有多麻烦,现在轮到她了,才知道真不容易。

找到了物业的电话,打过去却一直没人接,好在林又红知道小区的物业就在大门口第一幢楼的楼下,她干脆直接找过去。物业上却是门庭冷落,门可罗雀,只有一个五十多岁的妇女呆呆地坐在里边。看到林又红进来,似乎有些奇怪,问她:"你找谁?"

林又红说:"我找物业管理。"

妇女说:"没人。"看到林又红朝她看,又说,"我吗?我是他们请来看门的。"

林又红觉得奇怪,说:"那,他们人呢,物业不上班吗?"

妇女说:"他们罢工了。"

听她说"罢工",林又红差点笑起来,可妇女却很认真,不像开玩笑,林又红又着急了:"那,家里有困难,怎么办,找谁啊?"

妇女倒也没推托,问她有什么困难,林又红说:"煤气灶坏了,打得着火,可是手不能松,一松就灭火,想请物业帮忙看看,我打电话你们没人接,我就过来了。"

妇女听了,十分奇怪地朝她看看,怀疑说:"你是刚刚搬来的吧?"

林又红也奇怪:"我们早就搬来了,我们是小区第一批住户,好几年了。"

妇女就更奇怪了:"那真是奇怪了,你难道不知道现在物业的情况吗?"

林又红当然不知道,她愣怔了一下,妇女又说:"物业和你们业主正在闹矛盾,都罢工了。"她见林又红惊讶的神色,就知道林又红确实一无所知,直接就说,"你要问什么原因的话,我也不太清楚,大概是你们不交物业费,不配合物业的管理,又是什么停车位、绿化带什么的,我也说不清,反正闹得很大,都上电视新闻了,你怎么会不知道?是不是你家的房子在这里,平时不在这儿住?"

林又红被她问住了,她一直是在这儿住的,但似乎也等同于不在这儿住,进进出出都有公司的小车接送,送进家门就两耳不闻窗外事了,关于小区物业和业主闹矛盾,不知道宋立明有没有和她说过,也许说过,也许没说,不过说了也是白说,说了她也不会听进去的。现在林又红很尴尬,感觉自己已经和这里的一切脱节了,她赶紧解释说:"对不起,我原来……"她本想说在联吉氏工作忙,但联吉氏的事情闹得很大,名声扫地,无人不知,所以改口说,"我一直在外地出差,所以不太清楚什么矛盾。"

妇女说:"可你现在已经知道了,你既然知道了,还好意思来叫他们做事情?"

林又红傻了眼:"那、那我——该怎么办呢?"

妇女见林又红什么也不明白,反倒生出些同情来,宽慰她说:"不过你也不要太着急,问题马上就能解决了,今天下午,就这会儿,桂香街居委会的老书记正在主持调解会。"

林又红急道:"能调解成吗?"

妇女蛮有信心地说:"老书记出马,就没有不成的事——只是你现在就要找人,恐怕不行,就算调解成功,至少也得明天吧,你明天来吧,明天估计就能正常上班了。"

妇女倒是一直在宽慰林又红,可林又红却着急,说:"可是我现在怎么办呢,现在去买新煤气灶,晚饭来不及做。"

妇女说:"你那晚饭这么要紧吗?家里有客人来吗?"

这话又把林又红问住了,她有很多年没做过饭了,其实今天她也完全可以不做,宋立明早就和她说了,他会早一点下班,回来做饭,可是自从刚才那一念做起来,就收不住了,就想着要做这件事情,一顿晚饭而已,有那么难吗?哪里想到,还没开始就难住了。

妇女又给她出主意,让她找生产厂家维修。林又红说已经找过了,人家说修不好。妇女摇了摇头,似乎是没办法了,无能为力了,可过了片刻,她又出主意指点说:"对了,你去找居委会试试吧,他们那里也管维修的。"

林又红又有了希望,但她也有点不好意思,支吾着说:"请问,居委会在哪里?"

妇女像看怪物似的看看她,忍不住说:"咦,你什么人,你干什么的,你是干部吧?"

林又红不好意思地说:"我不是干部,我只是、只是,工作比较忙,过去不怎么过问家里的事,所以……"

妇女总算体谅她,点点头,指了指门外说:"你出小区大门,往南走过一条马路,再左拐,去找桂香街居委会,记住,是左拐。"她还拍了拍自己的左手臂,好像林又红连左右都分不清。

林又红一直记着妇女拍拍自己左臂的样子,她也知道人家是一番好意,但不知怎么的,心里就涌起一股酸涩,酸涩之气逐渐酝酿起来,在胸中翻滚,滚出一股不平之气。

卖力工作最后就落到了今天这个地步,连顿晚饭都做不起来,连左右臂膀都分不清。

其实许多年里,也并不是天天忙得没有早晚,也有稍微空闲一点的时候,看着一家人忙前忙后,她也曾经多次想着,是不是在家里动动手,做点什么,但每次宋立明都会阻挡,总是说算了算了,我来吧,我动作快。小桂如果在,小桂也会说,林主任您就别动手了,很脏的。甚至连女儿都会说,老妈,你歇歇吧,这不是你做的事。

林又红一边往居委会去,一边想着,哼,我就不信了,我连这点事情都做不成,我还真不信了。

到了拐弯的地方,她还真停下了,想了一下,又想起那个妇女朝她拍拍左臂的样子,向左拐了。

这就是南州著名的桂香小吃一条街,整条街上人来人往,比人更多的是各种摊点小吃,有些摊位甚至已经摆在大街中心了,街上弥漫着各种食物的气味和烧煮食物升腾起来的烟味，林又红小心地穿越着这条凌乱不堪的食品街，小心地避开一些手里举着油炸食物横冲直撞的行人，还有搬动货物的小贩、滋溜作响的油锅、满地倒洒的污水，才走了几步，就撞上了几个人在大吵大闹。

一家水果店门口面积不大的一块空地，被几个卖烧烤和卖面食点心的小贩占领了，正在搭台准备做生意，水果店老板赶紧冲出来阻挡，大声嚷嚷："不行不行，你们挡在这里，我生意怎么做？"

那几个小贩才不理睬他，自顾置放做生意的用具，架起炉子，摆起桌子。

"这是我家门口，这是我家门口！"水果店老板嘴笨，翻来覆去似乎只会说这一句，"这是我家门口！"

一个小贩阴阳怪气地说："这是你家门口，又不是你家，这大街又不是属于你的，你凭什么不让我们摆摊？"

水果店老板着急地说："你们再不走，我喊城管了！"

小贩们顿时哄笑了起来，七嘴八舌，现场一片混乱。

"喊呀，喊呀，喊你爸呀！"

"还是喊爷爷吧！"

也有个别态度稍好一点的，摆出个讲道理的姿势说："老板，你知足吧，你都已经有了自己的店了，还想占我们的地盘？"

又一个说："是呀，你吃你的苹果，丢个核儿给我们啃啃都不愿意？"

水果店老板呼天抢地了："天哪，天哪，这怎么是你们的地盘，谁说这是你们的地盘了——今天城管没来，城管如果来了，你们照样得乖乖地撤走。"

一提到城管,又是骂声一片——

"王八蛋城管!"

"日他娘城管!"

什么什么什么——

咒骂声吵闹声不断,一直追着林又红的耳朵。

林又红在联吉氏工作的这些年,几乎没有到过这条著名的小吃街,但是桂香小吃街的名声,全南州人都知道,许多外地人也知道,南州的餐饮业和地方特色小吃,本来就是闻名全国的,桂香街这个地区,就是靠着传统特色小吃街成为南州的一大特色,这条街上百年老店遍布,南州的吃食,只有你想不到的,就没有在这地方找不到的。

过往的无数的年头里,许多来过南州、到过桂香街、品尝过特色小吃的故人,写下过无数的赞美之词,有赞南州景色的,有赞南州小吃的,而且有许多诗词佳句,后来都成了那些百年老店的店联、门楣、招牌。

纤手搓来玉色匀,碧油煎出嫩黄深

桂花香馅裹胡桃,江米如珠井水淘

胡麻饼样学京都,面脆油香新出炉

蒸出枣糕满店香

门前石狮口水流

刘郎不敢提糕字

……

这都是从前的情形了。

现在的桂香小吃一条街,从热闹程度看,肯定大大超过从前,但是它已经完全是另一种样子了,完全没有了"依约帘栊火,眠花听笛吟"的情景,完全没有了"喜尔秋来风味隽,衔杯伴我酒泉游"的雅致。

怎一个"乱"字了得。

现在这条街,基本上由两种情况组成:一是几乎所有的门面商店,无论是百年老店,还是新开商户,几乎所有的经营者都把店门前的人行道当成了自己的经营场所,搭棚的,堆放货物纸箱的,有的干脆把生意就直接做到店外来了,几家餐饮店,不到开饭时间,提前就把店里的餐桌椅搬到外面,甚至灶台之类都搭上了街;另一种情况就更加混乱,就是流动摊贩随意占用街道,有的来迟了没有占到人行道,干脆就在街道中心设起了摊位,除了卖南州的传统特色小吃外,还经营啤酒摊、烧烤摊、炸臭豆腐、炸鸡腿、麻辣烫、各种地方风味的卷饼、馄饨、小笼包子等等等等,加之摊贩们带来的机动车、非机动车随处乱放乱停,整条街已经被摆得水泄不通,过往行人无法正常行走,被迫绕来绕去,钻来钻去。

林又红走在这条街上,简直难以置信,这还是她印象中的繁华而有序、热闹而宁静的传统风味小吃一条街吗?

一阵风刮过来,散落的纸巾、丢弃的杂物随风飘起来,打在人脸上身上,再重新落下,搞得满地都是垃圾。小吃街简直成了垃圾场,林又红正想赶紧走过去,一阵强烈的刺耳的电锯切割声又刺激着她的耳膜,难以忍受,她不由上前问道:"不是小吃一条街吗,你们怎么在这里做防盗网?"

切割工根本就听不见她说话,也根本没有人回答她的问题。林又红一抬脚,才发现一股脏水已经漫到她鞋子上了,朝前一看,有人就在街中央用水龙头冲洗一辆破旧的黄鱼车。林又红又忍不住了,指责说:"这里是小吃街,你们怎么在这里洗车呢?"

洗车的小伙子笑道:"车子太脏了,上面要搁放脆饼麻花,你们城里人会觉得恶心的,冲一下就干净了嘛。"

旁边还有个人有心思打趣说:"就算不洗车,等一会儿城管来了,也会骂他脏的,要罚的。"

有好几个路过的市民,都捏着鼻子急急而行。再往前走,看到有一个店面门口,排着很长的队伍,林又红远远看过去,心"怦"地一跳,好像就是联吉氏门店的颜色呀。

联吉氏企业在南州、在全国各地都有连锁门店,生意好的时候,一个月内就会增开几十家,这些门面的装修,都是联吉氏企业统一搞的,在各个城市的大街小巷,那种暗红、橘黄相间的特定的联吉氏色彩,早已经深入到消费者的味觉深处了。

联吉氏企业关门了,但是联吉氏剩余的产品并没有被查封,包括门店和仓库的存货,要在多少天内销售完毕,老马都安排妥了才走的,只不过老马的这个安排,可不是诸葛亮死后的三计,无论老马使什么计,无论老马是死是活,联吉氏中国企业已经消失了。

眼前的情形却使林又红倍觉奇怪,明明大家痛骂联吉氏,踩死了联吉氏,怎么还会有这么多人来排队购买联吉氏的产品呢?她忍不住上前看了看,立刻队伍中就有人制止她,大声嚷道:"排队排队,不要插队!"

林又红往后退了退说:"我不买。"

那人没好气地说:"不买?不买看什么看?"

即使到了店门前,林又红还是不敢相信自己的眼睛,不由自主地问道:"你们排队买联吉氏吗?"

大家立刻又七嘴八舌起来。

一个朝着林又红翻白眼说:"不买联吉氏,我们排什么队呀。"

另一个觉得林又红问得奇怪,疑神疑鬼道:"你明知故问,什么意思呀?"

再一个似乎稍微好心一点:"哎哟,你这位妇女,真是不懂行情,你连联吉氏都不知道?"

这下子大家的话更多了,都是给联吉氏唱赞歌的,联吉氏的东西怎么怎么好,现在人家关门了,只剩下不多的存货,赶紧来抢最后一批了,再不抢一点,就永远吃不到了,怎么怎么怎么。

林又红更加惊奇,又忍不住了,脱口说:"难道你们不怕僵尸肉?"

大家伙一听,顿时气得嚷嚷起来,一个看起来不太知情的老人问什么是僵尸肉,立刻有很多人回答他,没有僵尸肉,没有僵尸肉。有个妇女则十分警惕地朝林又红瞪了几眼,指着她说:"你造谣?你是哪里的,你就是联吉氏的对头吧?联吉氏就是给你们搞掉的吧?"

妇女身后排着一个男顾客,客气一点,也耐心一点,对林又红说:"你可能上人家的当了,僵尸肉那是他们的对手造谣的,联吉氏是美国企业,根本不可能用僵尸肉,只有中国企业才会用僵尸肉。"

另一个人又跟上来说:"联吉氏做得太好了,同行就陷害他们吧,联吉氏冤大了。"

再有一个又说:"是呀,中国人真不要脸。"

当然也有人表示怀疑,表示怀疑的那个人说:"如果是被冤枉的,那联吉氏为什么要关门?"

立刻有人回答说:"被气得吧,美国人搞不过中国人的!"

又有人激烈地反对这种说法,指责道:"你是不是中国人,你帮着美国人骂中国人,你是美国狗!"

排着队的人闹了起来,要把这个人轰出队伍,都指责他说,你骂美国人,你就不要买联吉氏的东西,你出去,别排在这儿。那个人却也不服,说:"我骂归骂,买归买,你管得着?"

后面的队伍越来越长,前面排到的人,进店买货,出来的时候,个个大包小包,买得太多,后面的一看,着急了,大声嚷嚷起来,一个人不能买那么多,否则我们后面没有了,要限量,要限量。

可是卖货的营业员并没有接到通知限量,眼看着店面上和厨柜里的货物越来越少了,队伍开始乱了,不再好好排队了,大家乱成一锅粥,把路也堵了,喇叭声、叫骂声吵成一片。接着附近的民警也来了,但民警也维持不了,人家是买东西的顾客,又不是要造反,又没有违什么法,警察凭什么管他们。

店长是个中年妇女,已经急得满头大汗,不知从哪里借来一个喇叭,跳到高处对着大家喊:"大家不要挤,我们已经问过仓库了,仓库里还有货,已经停止供应外地,只满足本市顾客需要,请大家放心!"

立刻有人骂道:"放心个屁!你再多的货,也就是存货了,不再有新货了,我们吃完了存货,到哪里买新货?"

有人调笑道:"打飞的到美国去买啦。"

另一个说:"是呀,不是有人坐飞机到日本买马桶盖吗,买联吉氏总比买马桶盖值得吧。"

众人哄笑不已。

林又红早已经目瞪口呆了。

简直无语,完全无语,如果老马看到这一幕,他会怎么样?

他不会怎么样,他照走不误。

那才是老马。

此时此刻,面对众人热情抢购联吉氏的场面,林又红心里一会儿滚烫滚烫的,一会儿又拔凉拔凉的。

她赶紧离开了这个莫名其妙的喧闹之地,心里备觉苍凉、疲惫和失落。

第 3 章

林又红觉得方向有些错乱,不知道该朝哪里走了,她问了一下路,知道桂香街居委会离这儿不远了,刚刚走了几步,迎面来了一位老太太,手里捏着一沓东西,挡住了她的路,急急地说:"蒋主任,蒋主任,帮帮忙,帮帮忙!"

林又红愣怔了一下,赶紧说:"老太太,你看错人了,我不是蒋主任。"

老太太又眯着眼看了看林又红,固执地说:"怎么不是,你就是蒋主任,你是居委会新来的蒋主任,我前两天在居委会看到你的,怎么过了一天你就不承认了?你不承认就是你不想帮我,居民有困难你不帮,你算什么主任?"

林又红哭笑不得,这老太太虽然年纪大了,但眉清目秀,十分健朗,说话条理清晰,不像是个老糊涂,可她非认定自己是蒋主任,跟她说不清,林又红只好说:"您有什么事要找蒋主任?"

老太太赶紧把手里的东西递到林又红跟前说:"蒋主任你看,我要到银行取钱,可是银行不讲理,不让我取。"她又把那些东西一一地展开来,"蒋主任你看,我银行卡、身份证都有,密码我也知道,为了保险起见,我把家里的户口本都带来了,你看,你看。"

林又红果然看到有银行卡、身份证、户口本。她奇怪地说:"既然都齐全,银行为什么不让你取钱?"

老太太说:"他们倒是好心,现在骗子太多,怕我一个老人家上当受骗。"

林又红不由得说:"可那是防范老人给骗子打钱的,你这是取钱嘛。"

老太太说:"是呀,我也是这么说的,可他们说,不行,你取了钱,说不定就是去送给骗子的。蒋主任,你说说,我有那么蠢吗?"

林又红心想,也不是没这种可能哦,现在的骗术都是闻所未闻的,老太太肯定是防不胜防的,虽然她没有说出来,老太太却很机敏,已经看出了她的心思,赶紧又把另一沓东西送到她眼前说:"蒋主任你看,我不是把钱取出来送给骗子的,我家老头子住院要动手术,急着交住院费,不交钱医院不肯做手术的,要拖死人的。"她又把这些病历和药费单之类一一翻开来塞到林又红面前给她看。

林又红躲也躲不掉,只好说:"那银行有没有说怎么才能取出钱来呢?你家子女呢?"

老太太说:"嗐,子女在倒好了,也不来麻烦你们了,我家子女都在国外,坐飞机赶回来也来不及的,银行说了,如果找居委会干部陪着去,他们就给取。所以蒋主任,我才找你帮忙的,你帮帮忙,救人一命,救人一命。"

林又红已无退路了,答应道:"好吧,我陪你一起去问一下。"

老太太喜出望外,她以为林又红要陪她去银行,不料林又红却是往居委会去,桂香街居委会就在不远处,她都已经看到那里的牌子了,她们走到门口,老太太却不肯进去,嘴上说:"蒋主任,你就是居委会,你还找居委会干什么?"

林又红只好扔下老太太,独自进去了。

这大概是林又红有生以来头一次进居委会,在踏进居委会大门的那一瞬间,林又红不由得心有所动,居委会是连接千家万户的,可她作为一个家庭的主妇,竟然从来不知道居委会的门朝哪开,也完全不知道如今的居委会是什么样子。

现在她进来了,看到桂香街居委会的办公场所是一个长条形的地方,很狭窄,面积很小,进门的一块地方,是敞开着的,排着一排柜台式的桌子,每张桌上都有电脑,有两个年轻的女孩子紧挨着坐在桌子一边的电脑前,桌子外侧有几个居民在等着办什么手续,都是一脸焦急的样子。

无论是办事的人,还是来求办事的人,看到林又红进来,都没有人主动说话,不像林又红想象的那样,居委会干部和居民们个个都热情可人。林又红受到些冷落,但也没怎么在意,你不问我我问你吧,她问那两个办事的女孩,居委会干部在哪里?

一个女孩正张嘴要说什么,另一个捣了捣她的背,她就闭了嘴,不说话,只是抬手朝里边的两间办公室指了指,林又红说了声"谢谢",就往里走,发现两间小小的办公室的门头上,挂满了牌子,每一间至少有六七个甚至更多,她也没有在意这些牌子是干什么的,急着要找居委会干部,赶紧往左边的一间看了一眼,里边没人,只是感觉里边非常杂乱,她也没有去注意杂乱的是什么,赶紧往右边那一间过去,还好,里边有人。

也是一个年轻的女孩,正埋头看书,听到有人进来,她抬头看看林又红,笑笑说:"您坐。"见林又红没有坐下的意思,又说了一遍,"您请坐。"

林又红等着她问什么事,她却偏不问,林又红只好主动说:"我找居委会干部。"

女孩又笑,说:"嘿嘿,我也是居委会干部。"

林又红心里一喜,赶紧要说话,不料这女孩朝她摇摇手,说:"不过,我只是个助理,说话不管用的,也没有人听我的。"又朝外面指指说,"外边那两个,也是居委会干部,但是她们和我一样。"

林又红说:"她们也是助理?"

女孩说:"她们连我都不如,不够助理,是干事,但是你找她们,她们是不干事的。"见林又红一脸不解,她又说,"您别误会,我们也不是不助理、不干事,那要看你什么事,比如她俩的工作,就是给居民办理各种手续的,除此之外的事,她们不干。"

林又红没想到居委会的工作分工还这么细,也没好意思再问这个女助理助的是什么理,什么样的事她才能干,逼得没有退路,只好说:"我找你们蒋主任。"

这女孩还是笑,笑得眉眼都有点歪了,说:"咦,蒋主任?您怎么知道有蒋主任?"

林又红感觉她问得奇怪,如果确实是有蒋主任的,那知道蒋主任又有什么奇怪呢,居委会干部不就是要让居民知道、让居民去找他们的吗?

这女孩倒也不兜圈子,告诉她说:"是有个蒋主任,但也可以说没有蒋主任,她是星期一来的,说打算来桂香街居委会做主任了,可是只来了一天,就不再来了,也不知道还来不来。"

林又红还是奇怪,说:"那,你们桂香街居委会到底有没有主任呢?"

女孩十分坦然地说:"有,肯定会有的,只是暂时没有,不过,我们还有书记呢,我们老书记,八十多岁了,还在当书记。"

林又红以为她开玩笑,但是看她的神情并不像是开玩笑,就说:"那我有事找书记也行吧?"

这回女孩却不笑了,还微微地皱了皱眉头,说:"可是、可是我们老书记最近也不知道怎么了,鬼鬼祟祟,神神秘秘,神出鬼没。"

林又红更是听得一头雾水,不由有些生气了,口气也硬起来,问她:"那你是在干什么呢?"

这早已经超出了她应该问的范畴,她实在是有点多管闲事,不过这年轻的女助理脾气还蛮好、蛮耐心,认真地说:"我在认真看书呢,我准备报考公务员——不过呢,您可别以为我能考上,就凭我,公务员?哼哼,做梦吧我。"

林又红张了张嘴,却不知说什么好了。

女孩倒有兴趣,继续自嘲说:"我这完全是瞎猫抓死老鼠哈。"她挠了挠脑袋,又自语自言道,"可是不考又能怎样呢,难道……"她终于想到面前还站着个人呢,话题又回去了,说,"您请坐吧。"

林又红终于忍不住说:"我怎么看你不像居委会干部?"

女孩笑道:"您眼睛挺凶的,虽然我确实是居委会的干部,但我也确实不像个居委会的干部,只是,您从哪里看出来我不像呢?"

林又红说:"居民来找你们,总是有困难吧,到现在连我什么事你也不问一下,老是让我坐,让我坐,难道我一坐下就能解决问题吗?"

女孩仍然笑道:"嗨,其实不用问的,有事你总会开口和我说的嘛,我问不问,你都会说的嘛,要不然你来干什么嘛——只不过,一般的居民,进来就直接说了,你和他们不一样。"

林又红打断她说:"我是头一次来,不知道你们的工作情况——真是少见。"

女孩仍然好脾气,说:"那您也别生气,您希望我主动问,您觉得主动问才像是居委会干部?那好办,我就问一下,您找居委会干部什么事?"

真是不可思议,太不可思议,这什么人啊,按道理她跟她生气不得,计较不得,一来人家还是个孩子,比自己女儿也大不了几岁,二来人家也挺有礼貌,一口一个您,说的话虽然气人,却又叫你抓不住把柄,可林又红也不知道自己哪来的火气,修养素质也不知跑哪里去了,开口就冲她说:"你这衙门还真难求啊,我家煤气灶坏了,麻烦居委会找个人帮修一下,就这么难吗?"

女孩轻飘飘地说:"噢,是要修煤气灶啊,也不是什么大事情,只是我刚才跟您说了,今天居委会没人,其他干部都出去忙事情了,您要么等老书记回来,要么等潘师傅回来。"她耸了耸肩,不再说了。

林又红气得差一点说:"你不是人吗?"但毕竟面对着一个女孩子,不太合适,就改口岔她道:"那就是说,居委会是不能帮助居民解决困难的?"

女孩也实在机灵,林又红没有说出来的话,她已经听见了,赶紧向林又红解释说:"当然,当然,我也是人,我也是居委会的人,但是您看见的,我在复习功课,这是我们领导关照的,我不能不复习,所以我不能分心。"

林又红气道:"你们领导对你倒是很宽厚,放着工作可以不做,放着居民的困难可以不管,居委会干部个人的事情为大?"

林又红生气,女孩却不生气,她也不跟林又红争长论短,一直友好地朝着林又红笑,然后忽然说:"您是住在丽都花园的吧?"

林又红愈加奇怪,她凭什么能看出来她是住哪个小区的,桂香街居委会是个超大居委会,管辖范围内有好几个新建的中高档小区,也有老居民区,老街道旧街巷,还有那条著名的桂香小吃一条街,还有几座明清老建筑,还有几段商业区等等。

这年纪轻轻的女孩居然能在这么大的范围内一下子就看出她住在丽都花园,她倒不能小瞧了她哦,只是眼下她可没有心思去探究这女孩的眼光问题,她着急着家里的煤气灶,着急着今天的这顿晚饭呢,所以急着说:"我是听说居委会可以介绍维修人员,我才来找你们的。"

女孩笑眯眯地说:"哎,您今天不巧,干部都不在,我建议您还是找你们物业吧。"

林又红真是来火了,说:"那边推这边,这边推那边,两边推?"

女孩赶紧说:"不是推,不是推,真心不是推,老书记要在的话她不会推的,即使她自己不会修,她也会马上帮您找人的。潘师傅也不会推的,他专门就是为大家修理东西的,您刚才进来时,看到隔壁那一间办公室吧,就是他的修理间哦,这会儿他上门服务去了,好像是哪家的吊扇坏了,拆不下来,他就上门了。您可惜了,要是早来一步,他就先到您家门上服务了。"

女孩说了半天,也没有考虑怎么解决林又红的问题,见林又红牢牢盯着她看,她领悟到了,赶紧又说明:"我呢,虽然来桂香街居委会快两年了,但我毕竟年轻,又没有老书记的觉悟,也没有潘师傅的技术,我真的没有办法解决您的困难,真的很对不起。"她说得很诚恳,姿态也低到地上去了。

林又红拿她没有办法,只有转身离去,听那女孩在背后说:"您慢走,有事您说话啊,居委会就是为居民解决困难的。"

走到门口,看到那老太太还站在门口,正望眼欲穿地等她呢。林又红只好又返回来,气鼓鼓地说:"我的事情小,你不肯帮助我也就算了,外面有个老太太,一直站那里,一把年纪了,你也无动于衷?"

女孩说:"咦,有个老太太吗,您刚才怎么不说?"

林又红觉得这女孩绕人的本事太大了,气哼哼地反问她:"刚才说和现在说有什么区别吗?"

女孩赶紧又低姿态地说:"没有区别,没有区别,我请她进来坐。"

林又红说:"你又是请坐,你只会请坐吗?难道居民到你们这儿来,就是为了来坐坐?"

女孩假痴假呆地说:"有的,有的,有好多年纪大的居民,喜欢我们居委会的,有事无事都来坐坐。"

林又红说:"可那老太太不是来坐坐的,她有急事,要急等钱用,是人命关天的!"

她特别加强了语气,想刺激一下这个没心没肺的女孩,结果完全无用,她还反问说:"人命关天吗?什么事呀,是生病吗?可居委会不是医院呀,只能帮助人,不能救人的呀。"

林又红说:"她要到银行取了钱去交医药费,可是银行不让取,希望有居委会干部一起去,以防……"

女孩总算认真了一点,问林又红:"那老太太是您什么人呢?"

林又红说:"我不认得她,但是她认错人了,她以为我是你们的蒋主任。"

这女孩"啊哈"一笑,抬手在空中挥了几下,看她的动作,如果林又红在她身边的话,她这是要拍拍林又红的肩呢,接着她又叹息了一声,说:"在居民里做工作,要小心点的,他们不是好对付的,很狡猾,幺蛾子才多呢。"

林又红不高兴地说:"我又不是在居民里做工作,刚才在路上她把我拦下来,我不过是替她来问问。"

女孩难得地沉默了,过了好一会儿才说:"反正,好心是没好报的。"她说了这句话又赶紧捂住自己的嘴,做了个鬼脸,又说,"反正我是没有用的,您要么等我们老书记回来,要么……"她又耸耸肩,不说了。

林又红实在控制不住恼火了,这女孩虽然年轻了一点,但毕竟也是个助理,却一点责任都不肯承担,她忍不住责问她:"那你这个助理到底干些什么呢?"

女孩笑呵呵地说:"阿姨,我是90后哎。"

林又红一时没听明白,90后?90后怎么啦?女孩答道:"90后的特点您没听说过吗?90后,就是冷漠与自私的代名词,软弱和低俗是我们的长项,呵呵,阿姨,您觉得这个评价有道理吗?"

林又红简直不知道怎么跟这个90后的女孩交流,在联吉氏,也有许多90后,可没有碰见过这样的90后,她觉得这不是90后的年轻人,以这人的厚脸皮来看,她比90岁老人还老了。林又红再也不想和她多扯什么,只是想到门口那老太太还等着,总得给老人一个答复,只得再硬着头皮说:"你们书记主任都不在,但居民有困难,你就不能陪老太太去一趟?"

女孩赶紧摇头摆手说:"我不行的,我年轻呀,您看我年纪这么轻,我不懂的,我什么都不懂的,我会被骗子骗的,我会……"

林又红气得差点要笑起来,这女孩也真是、真是——她真是不知道该怎么评价她,或者她就真是个90后,正如她的那些自我评价?

女孩知道林又红对她不满,又说:"其实,我是大材小用的,我是本科生,到居委会来工作,人家都说我是大材小用,我本人也认为我是大材小用。"

林又红想,你大材是大材,小用却一点没有用,随口问道:"你本科学的什么专业?"

女孩说:"我学食品专业的,南州大学生物系毕业的,优秀生哦。"

林又红心里"扑通"了一下,怎么这么巧,这女孩竟然和她是同校同系的,她会不会认识自己?

林又红观察了一下女孩的脸色,从她脸上,一点也看不出什么来,林又红再一次觉得这个女孩身上有一种一眼看不穿的东西,说她精,她是揣着聪明装糊涂,说她傻,她又揣着糊涂显聪明。

林又红一好奇，就多嘴问她："那你怎么会到居委会工作呢？"

女孩随口就说："唉，是为了家庭嘛，我家就住本地区，上班离家近一点，主要是因为我妈，我妈身体不好，需要人照顾，我单位近一点，才好照顾我妈。"

自打和这女孩接触上，林又红就对她有偏见，一直说到这会儿了，她这才稍稍纠正了一点偏见，毕竟家家有本难念的经，毕竟人人都有自己的困难，可能因为自己对修理煤气灶这件事情太过执着，以至于连带着对这个暂时不能帮助她的年轻女孩产生了不满，林又红"哦"了一声，改变了说话的语气和态度。

女孩一看林又红脸色缓和了，赶紧主动说："噢，对了，我还没有自我介绍呢，我姓陈，叫陈菲，耳东陈，草字头的菲，不过大家都喊我小陈，您也喊我小陈好了。"

她这一自我介绍，林又红又有些来气，心想，既不肯做事，又报自己的名字干什么，多此一举，难道想让居民投诉她吗？林又红实在吃不透，不想再理她了，转身走了出来。

老太太一直站在门口等她，见她出来，老太太感激地说："蒋主任，蒋主任，我就知道你会陪我去的。"

话都说到这分儿上了，居委会也实在没人，那个90后的女孩，根本无心工作，林又红也不可能推到她身上去，好在银行不远，她也顺路，就当做个好事，陪老太太去一趟。

有林又红陪着，银行果然没有再为难，顺顺利利老太太就把钱取出来了。出了银行分手的时候，老太太笑呵呵地对林又红说："蒋主任，其实我知道，你可能真的不是蒋主任。"

林又红对着这个老太太，气又气不得，不气又气不平，也顾不得给老人面子了，责问说："那你为什么非让我陪你来？"

老太太说："但是我也觉得你可能就是蒋主任，再说了，主要是因为我会看相，我看着你面善心软好说话，嘿嘿，我果然看得准，你果然面善心软好说话。"

林又红又气又好笑，眼看着老太太跟着自己还不肯离开，赶紧说："您取到钱了，赶紧去医院交钱吧。"

老太太却说："我不着急，你往哪边走？我陪你走一段。"

刚才急得要命，这会儿又不着急了，林又红也不知道今天是怎么了，所遇之人，无论老的小的，都是怪怪的，不可理喻。她赶紧朝老太太摆摆手说："我有要紧事情，我先走了。"

快步走出一段，心里仍觉奇怪，忍不住回头看了一眼，老太太还站在路边，一直盯着她呢。

林又红心里实在说不出是个什么味道，没着没落，不明不白。

第 4 章

林又红到家不久,宋立明和小西都回来了,林又红因为没有修得了煤气灶,做晚饭的想法完全泡汤了,心里有些不爽,一开口就责怪宋立明说:"煤气灶坏了你们怎么用的,怎么应付的,我倒服了你们,日子就这么胡混呀?"

宋立明奇怪说:"没有坏呀,早上还好好的,我们用一直好好的。"一边说着一边就过去开煤气,手一扭,"啪"的一声,火就点着了。

林又红说:"你放手,你放手,一放手就灭了。"

宋立明放开手,可是放开手火仍然好好的,没灭。

林又红说:"咦,奇怪了。"她又过去试,但一到她手,仍是老问题,手一扭,能打着火,但手一离开,就熄火,气得说:"欺负我啊!"

宋立明上前做示范说:"你手要这样,往下摁,往左边扭,慢一点,慢慢扭,点着了,再慢慢地轻轻地放开,就行。"

她再上前试,数次,仍不行,气得脸都红了,一甩手说:"什么鬼!"

小西干脆进厨房把她拉出来说:"老妈,你出来吧,你真不是这块料,咱家的格局一直就是这样,你就别想打破了,你就一直领导我和老宋算了,别亲自动手啦。"

宋立明也凑过来说:"是呀,我跟你说等我回来,我一回来,三下五除二,快速解决。"一边说,一边已经利索地行动起来,电饭煲已经煲上,一只锅坐上灶,倒上油,准备炒菜,另一只锅是蒸锅,热水进去,等着烧开就是了。

林又红看得眼花缭乱,确实插不上手,干脆认输了,坐到沙发上生闷气去了。女儿几多乖巧,赶紧凑过来,马屁也已经跟上来了:"老妈哎,别说煤气灶会欺负人,连我们的课桌课椅都会欺负人的,上次我们班来了个转学的,头一天来上学,裤子就被钩了一个洞,走光了,哈哈哈……"

女儿一笑,林又红的心气立刻就顺了,看着女儿满心的欢喜。

女儿性格随她,脾气直爽,心直口快,林又红和宋立明给她取名宋晨曦,可小东西从小开始学写字,嫌名字笔画太多,自说自话,改成了宋小西,从此宋晨曦就变成了宋小西。

吃饭的时候,小西嘴上沾了汤汁,喊老爸:"老宋,帮我拿张餐巾纸。"

纸盒在宋立明手边,宋立明抽了一张纸递了过来,小西说:"老宋小气鬼,你看我一嘴都是汤,你就抽一张纸?"

宋立明又抽一张递过去,笑道:"老爸是小气鬼,女儿是讨债鬼,两个鬼。"

父女俩打打笑笑,林又红心理就不平衡,问女儿说:"你为什么喊我老妈,喊他老宋,你为什么不喊我老林?"

女儿嘻嘻哈哈说:"老妈哎,你可不是什么老林,你是林总!"

林又红故意酸溜溜地说:"你明知我现在不是林总了,你气我?"

女儿才不中计,赶紧说:"哎哟,老妈,你又不是因为联吉氏才成为你的,联吉氏没了,老妈你今后肯定还是林总,还会成为林正总,林总总,林什么什么总——哦,"她不加停顿接着又说,"谁不相信,我敢跟谁打赌。"

宋立明赶紧举手说:"嘿嘿,我相信,我第一个相信,我坚决相信,我不跟你打赌。"

林又红明知这父女俩是一搭一档在安慰她,可她心里还是觉得别扭,她也知道这种别扭是自找的,也只有这父女俩会给她的别扭捧场,会容忍她的无理情绪,如果她需要,他们甚至还会帮助她煽动情绪,骂骂谁,编派编派谁,或者怎么样都行。

许多年来,家庭状况就是这样的,宋立明很少在家里讲他工作单位的事情,就连小西在学校的情况也很少向林又红汇报,只要是三人在一起,多半是谈联吉氏,只是现在联吉氏没有了。

吃过饭,林又红很想提出她来洗碗,但看看宋立明和小西看她的眼神,干脆免了,心里却不服,我真就这么弱,煤气点不着不说,难道连碗都不会洗啦?在联吉氏拼命努力干活,干到最后,成了这样的形象。

心里实在有些憋屈,但又不知道怪谁,无人可怪,无人应该为她的今天承担什么,当然,也没有人要她承担什么。

心里正瞎琢磨,就听到门外有吵闹声,开始还以为是邻居家出了什么事,但片刻之后,有人敲门了,敲得还很激烈、很霸道,宋立明抢在林又红前面去开了门,小熊更是抢在宋立明前面蹿了出去。

那就是宋立明要保护林又红,而小熊则要保护宋立明的架势。

门口站着四五个人,个个满脸怒气,凶神恶煞,嘴里骂骂咧咧。宋立明人高马大,站出去就喝道:"干什么干什么,你们找错门了!"

那帮人先是一愣怔,但很快回过神来,七嘴八舌说,找的就是你家,没错,就是这个号!

宋立明说:"你们什么人?"

那帮人又七嘴八舌乱嚷嚷,勉强听得出他们在说,他们是夏美珍的家属。宋立明立刻说:"你们找错人了,我们不认得夏美珍!"

那帮人又愣了一下,才稍稍安静了一点,终于有一个人站出来说清楚了:"我们找林又红,谁是林又红?叫她出来!"

林又红从宋立明身后挤出来,宋立明一边把林又红往门里推,一边说:"你不要出来,你认得他们?"

林又红一摇头,宋立明立刻冲出门外,大声喊:"走,走开!"

小熊更是冲着这伙人狂吼乱叫,一时间楼道里简直是鸡飞狗跳,从不管闲事的邻居也忍不住从窥视镜里往外看。

这伙人一开始气势汹汹,现在却被宋立明的气势压下去了,有人往后退了退,有人开始怀疑,嘀咕说:"看着这家人也不像骗子呀,不是真搞错了?"

但立刻有人反对说:"不会错的,就是这里,现在骗子长什么样,你永远搞不清,不要被假象迷惑,不要以为住在高档小区就没有骗子,许多骗子就是靠诈骗住豪宅,开豪车。"

宋立明气得骂道:"你嘴巴放干净点,你说谁呢?小心我告你啊!"

他们停顿了一下,互相看着,似乎想商量什么,但商量不起来,因为看得出其中没有牵头之人,这倒给了宋立明反击的机会,又责问说:"你们找林又红,你们却不认得林又红,你们什么意思,是要我们报警?"

那边人说:"我们要是早认得她,就不会上当受骗。"

另一个则大声嚷道:"报警,报警,我们正要报警!"

现场一片混乱,嚷了半天,也没人知道到底谁在说什么,小西把捣乱的小熊弄进里屋关上门,自己赶紧挤了出来,还是她比较镇定,不像她爸爸,碰到事情敢于挺身而出,但是太过冲动,意气用事,导致条理不清楚,逻辑混乱。

小西冷静地把爸爸妈妈拨拉到身后,跟人家交涉说:"你们找林又红什么事?林又红干什么了,惹你们这么生气?"

那帮人又气又急,却个个只是张大了嘴,说不出话来,过了半天,又开始抢着说了。

一个说:"你自己问她,她做了什么,她自己心里清楚!"

另一个说:"知人知面不知心。"

再一个说:"狼心狗肺烂肚肠。"

除了骂人,等于还是没说,小西又耐心启发他们:"你们这么多人,一起讲话,连你们自己也听不懂,不如你们选一个代表出来,代表大家说话,这样就能说清楚了。"

那帮人你看看我我看看你,都觉得小西的话有道理,却先不急着选代表,先互相责怪起来。

一个说:"我说的嘛,不要乱哄哄的,你们都没商量好,就冲过来了。"

另一个却不同意:"有什么好商量的,抓骗子还要商量吗?"

再一个说:"等我们商量好了,骗子早逃走了。"

真是一帮乌合之众,但小西依然耐心,只是加强了一点口气:"如果你们选不出代表,说不出理由,我们就要关门了。"

小西这么一说,他们又急了,赶紧选代表。

一个说:"选老大。"

另一个立刻反对:"老大心太黑,不能选,让他出了头,到时候他就会提出多吃多占。"

再一个又反对:"哎哟,不就是说几句话,有什么资格多吃多占。"

还有一个又出来搅局:"自己家人吃了占了,总比给骗子骗去的好。"

扯了半天,总算扯出一个代表,长得倒是人高马大,气宇轩昂,却是个结巴,说话直打磕巴,说:"我、我代、代……"

小西笑道:"喂,今天不是四月一号呀,你们来开什么玩笑,叫你们选个代表却选个结巴。"

那结巴急得说:"我、我、我不、不、结、结、结……"

大家哄堂大笑。

小西、宋立明、林又红,甚至连他们自己的人,都笑起来。其中一个自家人挖苦说:"你不结?不结什么呢,不结婚还是不结扎?"

另一个人插嘴说:"不结盟。"

大家又笑,事情简直进行不下去了,那个老大站出来说:"他确实不是结巴,平时说话好好的,今天让他做代表了,他就结巴了,扶不上墙的刘阿斗,还是我来说吧。"

一个人又出来阻挡了:"老大,谁同意你做代表?"

老大说:"不用谁同意,我也不做代表,你们别中了人家的奸计,他们想让我们窝里斗,他们才好浑水摸鱼蒙混过关。"

到底是老大,他一开口,果然有点逻辑,也有说服力,兄弟姐妹几个都认了,老大又说:"我不做代表,我建议由老三做代表,我们兄弟姐妹几个,唯独他是吃公家饭的,吃公家饭的人,说出来的话,更有说服力嘛。"

那几个乱糟糟的兄弟姐妹,就推出这个老三,这个人一直站在后面,不愿意出头的样子,这会儿被推出来了,对着兄弟姐妹说:"我先把丑话说在前面,有理不在声高,无理声高也没用,一会儿我说话,你们不许插嘴,更不许吵闹,否则,我就不当这个代表。"

一个兄弟不服说:"那你要是说得不对呢?"

老三说:"我只把我知道的事情说清楚,你们要说也可以,等我说完了,你们再一个一个地说。"

这才将兄弟姐妹几个人的嘴暂时地堵住了,由老三出来说话。老三先朝林又红点了点头,似乎还想讲一点文明礼貌的样子,先自报家门说:"我姓夏,叫夏必全,在区城……"

老大又着急,打断他说:"老三,你报你的事情干什么,我们又不是来找你麻烦的。"

夏老三说:"咱们做事,要有理有节,按规矩做,才能达到目的。"

夏老三这么一说,老大和另几个兄弟姐妹竟然失声大笑起来。

老大说:"夏老三,你怎么到了人家面前,猪鼻子里插葱,装起象来了,你是个守规矩的人吗?你要是个守规矩的人,小吃街那些小摊贩会给你起个绰号叫驴打滚?"

他们又扯远了,宋立明生气道:"你们是不是家庭矛盾没地方解决,跑到我家门口来解决,你们当我这儿是居委会啊?"

一提到居委会,又有几个人来火了,一个说:"居委会我们也不是没有去过,他们能解决个屁!"

另一个道:"老书记也不知道躲到哪里享清福去了,人影子也不见!"

夏老三生气,威胁说:"你们再胡扯,我走了。"

大家这才闭了嘴。

夏老三终于理清了一点头绪,问林又红:"我先了解一下,你今天有没有陪一位老太太去银行取钱?"

林又红说:"有呀,我去居委会找人,她在路上拦住我,非要我陪她去,我才……"

老大立刻打断她说:"老太太叫夏美珍,是我们几个的母亲。"

林又红立刻"咦"了一声说:"不对,不对,她怎么会是你们的母亲,老太太跟我说,她的子女都在国外,没人能陪她到银行取款,所以银行才不让她取。"

老大又抢在老三前面,说:"她说什么你就相信什么,你认得她吗?你又不认得她,一个陌生人在路上看到你,对你说的话,你就相信,你傻×吗?"

别看这老大一副粗样,说话倒也有理有节,叫人无法反驳,宋立明不高兴了,说:"你骂人?你嘴巴注意点!"

林又红已经感觉出一点问题了,急急地阻止老大:"你别插嘴行不行?"又指了指夏老三,"让他把话说完。"

老大还想说话,被夏老三挡住了,说:"我妈最近这段时间,犯了筋,钻了牛角尖,就是千方百计挖空心思要把一辈子的积蓄取出来,我们几个严防死守,多次阻止,最后却还是没有阻止得了。"

老大又一次插上来,指着林又红说:"结果被你骗了。"

宋立明恼得要冲上前去,林又红挡住他,对他们说:"我没有骗你妈的钱,她是要为你们的父亲交住院费,要动手术,要赶快救人,她还拿着病历卡和医院的收费单给我看。"

林又红这么一说,那几个兄弟姐妹顿时急了,一急就忘了已经有代表了,几个又要七嘴八舌,什么什么什么,这回老大学乖了,阻挡了他们一下,说:"我们只有一个父亲,五年前就去世了,她是要救我们哪个父亲呢?"

林又红只觉得脑袋里"轰"的一下,她简直都不知道自己碰上什么事了,这个莫名其妙的老太太,看上去还蛮知书达理的,怎么会做出这种荒谬的事情,又怎么偏偏找上她?林又红冤哪,冤得都不知道找谁诉说,气闷了半天,才说:"她为什么要骗我?为什么?我根本就不认得她,无怨无恨,她为什么要找上我,骗我、害我?"

老大见老三气势不够,把老三扒拉到一边,夏老三的气也上来了,又把老大扒拉开来,他觉得自己头脑十分清醒,当即责问林又红说:"谁骗谁这事情还没定论,先不说我母亲,先说你。你是什么用心,假如按你说的,你并不认得我母亲,只是在路上被她拦住了,你就愿意陪她去银行?现在外面,社会上,除了骗子,会有你这样的人吗?"

林又红竟又无言以对。过了一会儿才无力地解释说:"她、她误认为我是居委会的蒋主任,我跟她说不是,可她咬定我就是。"

夏老三越说越镇定,越说思维越清晰,越清晰他就越没有文明礼貌了,他立刻反驳林又红说:"是她误认你,还是你冒充的?"

林又红说:"我冒充?我为什么要冒充居委会干部,很好玩吗?"

夏老三说:"你明明不是蒋主任,为什么不说清楚,反而将错就错,陪她去取钱?你的行为不可理解,除非你是骗子。"

林又红还没来得及回应,宋立明又冲了出来,说:"你说清楚,谁是骗子?你嘴巴放干净点,林又红骗你什么了?"

那几个兄弟姐妹又同时冷笑,但不再抢着说话,因为老三已经把场面撑起来,他们可以稍稍退到一边了,心甘情愿由老三出头了。只听夏老三说:"我告诉你,我母亲从银行取的钱不见了。"

林又红简直如雷击顶,这都是什么事啊,任凭她曾经在联吉氏掌管大局,几乎可以叱咤风云,但这会儿她的能耐一点也发挥不了,被一群小人包围着,纠缠着,无法摆脱,甚至都不知道该怎么摆脱,别说在邻居面前,别说在老宋和小西面前,就是面对自己的心,也过不去呀,虎落平阳被犬欺?

林又红心里一挣扎,气势又上来了,责问说:"你们为什么不让夏美珍自己来,你们能代表她吗?她虽然年纪大了,但头脑很清醒,行为能力也很强,她的事情应该由她自己来说。"

老大又忍不住抢过来说:"她来不了,她一直在住院。"

林又红气得口出粗话,戗他们说:"她骗了人,又住院,她神经病吧!"

林又红以为这几个人会指责她,哪想那老大竟然说:"你说对了,我妈确实是神经病。"

夏老三纠正老大说:"我妈患有精神方面的疾病,医学名叫作精神障碍,而不是你说的神经病,神经病和精神病不是一回事。"

夏家的一个女儿比较细心,随身还带着证明材料,这会儿举了出来,说:"喏,这是我妈的住院病历,她是从医院溜出来的。"

老大又蛮横起来,对着林又红道:"你什么人,竟然连精神病人的钱都敢骗,都敢要?"

林又红知道自己惹事上身了,而且这事还不小,一个精神病患者,一群如狼似虎的儿女,跟哪个讲理都讲不起来,一瞬间,她居然想起居委会那个小陈说的话,做居民工作的,可要小心着点,他们幺蛾子可多了。

林又红一时说不出话来了,宋立明也无以对答了,他想看看林又红的脸色,却目光游移,似乎不敢接触到她的眼睛,小西也知道碰上了一群无理可讲的人,她迅速调整了自己的思路,再一次站了出来,耍无赖说:"喊,这全都是你们瞎编出来的,我妈下午根本就在家里,没有出去过,我就是证人,你们别想诬陷我妈!"

虽然小西是随口胡说的,但小西的话却提醒了林又红,夏美珍虽然利用了她,骗了她,但夏美珍并不知道她是谁呀,她也许故意把她当成蒋主任求助。就算她是高智犯病吧,但她并没有问过林又红的名字,更不可能知道她住在哪里,她的子女怎么会知道她叫林又红,又怎么会如此准确地找上门来呢?难道是有人事先挖的陷阱?

林又红随着小西的思路立刻反驳说:"你们所说的这些,口说无凭,证据在哪里?"

夏老三应付自如说:"我们到银行去过了,看过监控录像,就是你,取钱的时间我们也知道。"

林又红说:"就算监控中有我,但是你们怎么知道我的名字,怎么知道我家的地址?"

夏老三说:"若要人不知,除非己莫为,你做坏事的时候,怎么就不想到天网恢恢呢?"

宋立明气得冲出来要打架,林又红拉扯住说:"老宋,这不是打架能解决的事情,但是事情总有真相。"话说到此,忽然就感觉小陈的阴险的笑脸在眼前闪了一下,心里顿时一惊,随即也亮堂了起来。

那个小陈认识她!

算起来,她是林又红的师妹,学的是同一个专业,八成她早就知道她是联吉氏的林又红,却假装不知道,假装无辜,转身就把她出卖了。

这小丫头简直、简直——她还提醒林又红说居民幺蛾子多,她自己才是幺蛾子,不对,她不是幺蛾子,她简直就是个妖精。

这里闹得不可开交了,林又红家所在的这个丽都花园,属中高档小区,邻居平时不怎么来往,这会儿却已经楼上楼下都惊动了,觉得这出戏太精彩,躲在窥视镜后看不过瘾,用耳朵听也不过瘾,干脆都围过来了。

林又红不再犹豫,果断地报了警。奇怪的是,电话刚刚打过去,电梯门就开了,只见一个年轻的民警扶着一位年迈体弱的老太太出来了,老太太的脸色非常憔悴,看起来身体非常差,明明是坐电梯上来的,却像是爬楼梯爬上来的,气都喘不过来。她顾不得喘气,抬起颤抖的手臂,指指那几个兄弟姐妹,又指指那老大,厉声道:"夏老大,你们又胡搅蛮缠,你们以为我来不了了,管不了你们?"又指指夏老三说,"夏老三,你怎么有脸站在这里,你还带头无理取闹兴风作浪,你想干什么?"

那兄弟姐妹几个,见了一个身体衰弱、说话都喘气的老人,气焰竟然灭下去了,夏老三嘀咕说:"老书记,这回可不是我闹事。"

老大眼见着老三戾了蔫了,赶紧挺出来说:"老书记,我尊您一声老书记,但您不过是居委会的书记,有些事情您是管不着的,骗子的事情您更……"

老书记喝止他说:"夏老大,你住嘴,只要是在桂香街社区的地盘上,任何事,我都管,我管到底了!"

夏老大让了一步,说:"好好好,您管,您管,可是您又不是不知道,我们家那老娘,可是天天变着法子整我们,现在好了,钱被人骗了,她消停了,我们可惨了。"

老书记生气地说:"你说什么屁话,你们惨什么惨,你们又不是没有工作,个个都活得好好的,那本来就是你母亲的钱,关你们什么事?"

老大说:"我妈的钱,她愿意给谁那是她的权利,但怎么也不能让骗子骗去。"

老书记呵斥道:"夏老大,你闭嘴,你开口闭口骗子,你说谁呢?你胡说八道,小心吃官司。"

老大不服,说:"没有天理啊,我们被人骗了,我还吃官司?"

小西趁机教训说:"你不懂法吧,告诉你,这叫损害他人名誉,后果严重,判八年以下、三年以上徒刑。"

几年以上几年以下,这分明是小西编出来的,可这兄弟姐妹几个确实不太懂法,还真有些惧怕,几个同时往后缩了一下,只有老大还硬撑着,梗着脖子说:"后果?什么后果严重,严重在哪里?"

小西吼道:"告诉你们,我妈有心脏病,还有高血压,如果今天晚上我妈血压升高心跳加快,就是严重后果!"

小熊虽然被关在屋里,但依然狗仗人势,在里边大吼大叫,只可惜它是只小型犬,吼叫声和女孩子唱歌差不多。

老书记又把夏老三从后面提溜出来,训斥道:"夏老三,你还是个城管队员,你难道不知道你母亲的情况,竟敢带头出来诬陷他人,你要对自己的行为负责!"

难怪这些人中,夏老三虽然不是气势最大的一个,但却是最会说话、说话最刻毒的一个,原来是个城管,恐怕把林又红也当成小摊小贩了吧。

奇怪的是,夏老三的气势被老书记的一句话就说矮下去了,他往后退了退,嘀咕说:"哪里跟哪里嘛,这和我是城管有什么关系。"看得出他已经不想参与了,干脆退到电梯门口,按了往下的按钮,准备撤了。

老书记气哼哼地说:"夏老三,你现在想溜也迟了,你敢来,我就敢跟你较劲,你等着,有好多事情要跟你算账呢。"夏老三见电梯没上来,赶紧从楼梯溜了下去。

老书记气喘得更厉害了,那个架着她的小民警都有点撑不住她了,小声地提醒:"老书记,要不您先回去歇着吧。"

老书记摇了摇头,朝着林又红说:"林总,对不起啊,我向你道歉,今天因为有事,我没在居委会,他们就闹出这种活丑剧。"

林又红奇怪地说:"您认得我?我……"

夏老大打断她,对老书记说:"老书记,您不讲原则,她吞了我妈的钱,您还向她道歉,凭什么,她是大干部吗?"

其他几个人,就跟着老大又向林又红叫嚷起来,让她把钱吐出来。

老书记生气地朝他们挥挥手,她的手臂始终在战抖,声音也越来越弱,但她还是鼓足了气,呵斥他们说:"你们这几个,把脸都丢尽了,情况都没搞清楚,就跑到人家来闹事,我刚才去过你妈那里了,钱找到了。"

那几个人自然不信,七嘴八舌地说:"找到了?不可能,我们几个人找了半天,把我妈家里翻了个底朝天,都没找到,您怎么找得到?"

搀着老书记来的民警说:"李书记不是找的,你妈那水平,要想藏东西,谁能找到啊?是你妈主动告诉李书记的。"

几个兄弟姐妹也等不及老大了,一个比一个着急着问:"钱在哪里?钱在哪里?"

老书记说:"你妈藏在鞋子里了。"

他们又着急问:"现在呢,现在在哪里?"

老书记说:"现在在哪里也不告诉你们,我替她保管了,明天重新存到银行去。"

林又红听老书记这么说,以为如狼似虎的几个人会追着老书记要钱,哪知他们面面相觑了一会儿,就偃旗息鼓,准备走了。

老书记却严厉地说:"你们不能就这么走,你们得道歉。"

夏老大带头说:"道歉?凭什么,虽然她没有骗我妈的钱,但谁让她陪我妈去取钱,那钱是不能取的,银行都不给取,她凭什么?"

另一个说:"她多管闲事,差点把我妈的钱弄没了。"

再一个说:"要不是老书记您出面,我妈不会说出钱的去向,要是明天来个收旧货的,她说不定就把旧鞋子卖了,这种事情也不是没有发生过。"

老书记气得说:"我问过你妈,钱藏在鞋子里,万一忘记了,卖了旧货怎么办?你妈说,就算卖了旧货也不会留给你们几个不孝子。你们听听吧,你们还要脸不要脸?"

嘴里虽然还啰里吧唆,但确实没什么脸面了,几个人赶紧往电梯那边走去,老书记气得嘴唇直哆嗦,她费力地走到林又红面前,费力地弯下腰,要向她鞠一躬,可是躬还没鞠成,身子一歪,就倒下去了,那民警赶紧背起老书记,冲下楼去。

看热闹的邻居都散了,楼道里,家门口,瞬间就安静了,安静得好像什么事也没发生过。

林又红心里却一点儿也不平静,整个事情,从发生到结束,来得太突然,走得也太突然,这几乎是她从来没有碰到过的事情,无论是上学、求职,还是在联吉氏工作的这些年,不是没有矛盾,但一切都是讲规矩的,一切都是依法办事、以理服人的。

面对这乱哄哄、无理可讲的场面,她心理一时难以承受。老书记的到来,一下子就平复了事件,既替她恢复了名誉,又让那几个胡闹的人颜面扫地,可是她的内心,却蒙上一层阴影,她无法适应这种行为方式,完全是非理性的,对她内心的冲击和震撼之大,恐怕连她自己都难以想象。

宋立明和小西都回屋去了,看到林又红还站在门口,父女俩又出来,拉她进去。宋立明说:"算了算了,事情已经搞清楚了,不跟他们计较了。"

小西摸摸她的脸,拍马屁说:"妈妈别生气了,跟这种没素质的人生气,太不值。"

林又红被父女俩拉进了屋,委屈的泪水一下涌了出来。

宋立明和小西都心疼得不行,宋立明骂道:"什么东西,我明天不去找那姓夏的算账,我就不姓宋。"那么多人都姓夏,也不知道他要找哪个姓夏的,但是林又红知道宋立明要为她出气,见他气得满脸通红的,林又红心里倍觉惭愧,说:"对不起,对不起,让你们跟着丢人,都怪我,完全不懂这些人,根本想不明白这是怎么回事。"

小西说:"哎哟,老妈,丢什么人,他们才丢人,又不是你的错,你和他们不是一类人,你和他们讲理,讲不到一块。"

老宋说:"是呀,你碰上这些人,那是秀才遇到兵。"

小西说:"老宋你不对,那算什么兵,那不是兵,是土匪!"

父女俩就这样你一句我一句,极尽所能安慰她,连小熊也知道过来拍她马屁,闻她,用尾巴扫她,又扒她的腿,林又红虽然心里烦闷,但面对如此呵护她的家人,她还能怎样呢。

等一切平静下来,小西去睡了,小熊也乖乖地爬进自己的窝安静下来了,宋立明和林又红一起进了卧室。宋立明挂着两只手呆站在那里,林又红立刻就知道他还有什么话要跟她说。可她心情还郁闷着,不想问他,以老宋的脾气,向来是要等着她主动发问才说出来的,林又红不问,老宋也没辙,一边小心地看着她,一边小心试探说:"又红,那个谁……"话还没说,就停下了。

林又红就知道宋立明有事情非常想说出来,但他又不能准确判断她想不想听,也不能判断她听了后会不会不高兴,所以采取惯常用的这种诱敌深入的办法,她是一定会被引诱的,她说:"有话你就说吧,吞吞吐吐的什么意思。那个谁到底是谁,让你这么小心翼翼?"

老宋似乎有点不自在,脸微微红了,如果再不说出来,他只会更加尴尬,只得硬着头皮说:"是那个,俞晓,你跟她联系一下吧——她打了我几次电话了。"

林又红嘴不饶人说:"原来是俞晓,难怪老宋你这么用心,这么急着把话说出来——哎,老宋,俞晓是我同学,她怎么老找你啊?"

老宋赶紧辩解说:"她没有老找我,她说打你电话你没有接,发的短信也没有回,就找我了。"

林又红见老宋急了,索性再捉弄他一下,板着脸说:"老宋,你急什么,好像和人家有一腿似的。"

宋立明这下子真急了,差不多要赌咒发誓了:"你瞎想什么呢,怎么可能有……你想到哪里去了。"

林又红这才"扑哧"一声笑了出来:"既然没有一腿,你慌什么呢,你这么心虚干啥呢,不就是俞晓请你转个口信吗,多大事啊。"

宋立明悄悄地松了一口气,讪笑道:"我怕你一张利嘴,我哪知道你真的假的。"

林又红说:"我才不知道你真的假的呢。"她见宋立明又要发急,朝他摆了摆手,"知道了,知道了,我联系她就是了。"

宋立明这才放了心,想进浴室洗澡,但似乎还有什么放不下的,林又红干脆说:"不要腻歪了,说吧,俞晓想邀我去金宏做事,你什么看法?"

宋立明一下子慌了手脚,说:"我没有,我没有,你决定,你决定——我洗澡。"慌慌张张地进了浴室。

金宏宾馆属金鼎集团旗下,俞晓只用了一年多的时间,就从总经理助理,成为金宏的老板,这是她和第二任老公浦见秋离婚时分得的财产。当时传闻四起,虽然说法不一,但绝大部分人肯定认为,俞晓就是冲着浦见秋的财产去的。可是浦见秋又不脑残,他可不是那种会被女人玩于股掌的男人。

如果大家觉得俞晓得到金宏是个谜,那么这个谜更多地集中在她和浦见秋的婚姻上。

只有赵镜子是知情人。

又是赵镜子。

赵镜子所在的干部疗养院里,住着一些拥有权力或者曾经拥有权力的老干部,浦见秋去疗养院探望拜见他们的时候,结识了赵镜子。后来,赵镜子又把他引荐给了林又红和俞晓,但是他们之间的交往并不多,偶尔浦见秋有什么饭局,会请赵镜子邀上林又红俞晓一起去凑凑热闹,仅此而已。

金宏牛肉中毒事件发生时,浦见秋正在美国和妻子办离婚手续,等他只身返回,金宏事件已经尘埃落定,无可挽回了,江重阳和俞晓也以惊人的速度离了婚。

那时候的金宏已近瘫痪,总经理免职,副总们能躲则躲,能溜则溜,浦见秋能够联系得上的,只有俞晓了。

那一天,浦见秋本来是去找俞晓兴师问罪的,结果却看到了一个哭得跟个小女孩似的俞晓。

见到浦见秋,俞晓想到的根本不是认错,不是检讨自己的失误给宾馆带来的损失,而是几近崩溃地向浦见秋哭诉自己对江重阳的感情,哭诉自己害了江重阳,哭诉江重阳离她而去。

浦见秋奇怪呀,难道不是像外界传说的那样,因为江重阳被撤职,俞晓提出离婚的吗?

对于浦见秋的疑问,俞晓只是哭,只是摇头,没有回答,她始终泣不成声,无法回答。

浦见秋怎能看不出来,俞晓对于江重阳的感情有多纯、有多深。

就是这种对于另一个男人的纯情深情打动了浦见秋。

那一瞬间,浦见秋就有一种上去紧紧搂住俞晓的冲动。

所以,后来他们结婚了。

可是,更大的谜,不是结了,而是不到一年他们又离了。

离了婚的俞晓,摇身一变,从微不足道的一个小白领,变成了老板。

赵镜子还是知情人吗?

赵镜子却打死也不肯承认了。

到底是她被他们蒙在鼓里,还是她想把别人蒙在鼓里?

这些事情,林又红并没有过分放在心上,一切似乎都与此时的她无关了,她已经在联吉氏干得风生水起,前途无量。

一直到联吉氏也出事了。

联吉氏出事,俞晓是最先知情,也是第一个来邀请林又红的,随后又不断加强攻势,似乎是势在必得,甚至工作都做到了宋立明这儿。

林又红拿起手机想给俞晓打电话,可是心里又一百个不情愿,正在犹豫到底要不要打,电话已经响起来了,俞晓果然盯得紧,一听林又红接电话了,立刻兴奋地说:"林姐,林姐,你回家了,我终于守到你了。"

林又红冷嘲热讽地说:"你在我身边都安插了奸细,当然能守到我啦。"

俞晓"咯咯"地笑了,说:"林姐,你家老宋真逗哎,我让他转告你,他居然跟我说,不太方便。嘿嘿,什么叫不太方便?是老宋太惧怕你,还是老宋对我心里有鬼?呵呵,林姐,我乱说的,你可千万别往心里去,千万别当真哦,到底他还是替我转达了嘛。"

林又红说:"那是,也不看看俞晓是什么人,哪个男人不愿意替她尽点心尽点力?"

俞晓说:"林姐,你这说的是我吗,我怎么觉得你说的是你自己呢?"

林又红吃了一闷棍,改口道:"喂,俞晓,我和你是同学,不是姐妹,你不要一口一个林姐,我不习惯,听得身上起鸡皮疙瘩。"

俞晓却不依不饶地说:"林姐,我们是同学,更是好姐妹,难道不是吗?"

林又红说:"你皮真厚,也就比我小一个月,姐啊姐的,是不是想提醒我比你老啊?"

俞晓嗲嗲地说:"姐,小一个月也是小啊,你大一个月就是我姐呀,你是我姐,你要帮我的呀。"

林又红抢白说:"俞晓,你搞清楚了,我是林又红,我又不是哪个男人,你发什么嗲劲,勾引我,那是找错了对象。"

俞晓笑道:"嘿,林姐,我就是要跟你发嗲,我就是要勾引你,我知道林姐最吃这一套。林姐,你就答应我吧。林姐,我已经焦头烂额了,你再不帮我,金宏就要毁在我手里了。林姐,你一直就是我人生的推手啊。"

林又红差点脱口说:"是呀,当初我推了你一把,你就把我的人生抢走了,你顺势而为本事可不小。"当然她没有说出来。

其实,在林又红心中,俞晓并不像大家所想象的那样,首先,在江重阳的问题上,她不是第三者,那样的结果,是林又红自己和江重阳共同造成的。这些年来,林又红看到俞晓,甚至一提到俞晓,心里始终是酸溜溜的,但林又红的头脑始终是清醒的,怪不着俞晓。

已经十多年过去了,该死的心结还紧紧地缠绕着,林又红不知道自己什么时候才能彻底解开心里的死结。如果说,解铃还须系铃人的话,俞晓才不是那个系铃人。

俞晓才不管林又红的心结,当年的突变,在俞晓心里好像根本没有留下一点点痕迹,先是她大大方方地请林又红参加她和江重阳的婚礼;她怀孕了,也是头一个告诉林又红;她和江重阳离婚,林又红是最早被告知的;包括她的第二任丈夫浦见秋以及她和浦见秋之间的各种变化,俞晓也都毫无保留会在第一时间让林又红知道。

于是,在林又红心里,俞晓一会儿是一个城府深有心计为达目的不择手段的心机婊,一会儿又觉得她是个被人误解的天真纯粹不设防的小白菜,她曾经问过赵镜子对俞晓的看法,想听听赵镜子的判断。

赵镜子没有正面回答。

赵镜子也不会正面回答。她只反过来说:"无论俞晓是哪种人,她不都是俞晓吗?"

林又红气得说:"就你哲学,就你大度,就你风轻云淡。"

赵镜子只是淡淡地笑一笑。

真是风轻云淡。

所以多年来,她们三人始终保持着密切的关系,至少,在林又红看来,俞晓心里没有结。

所以俞晓可以只管继续纠缠林又红,她在电话里继续强攻说:"林姐,你来金宏,年薪的事,只要你开口,我保证让你满意。如果你不满意年薪,我可以给你股份,多少股份,也可以由你自己……"

林又红打断她说:"我听说,自从你当了董事长,已经被两任总经理骗财又骗色,真有这事吗?"

俞晓不假思索就说:"真有这事,人家都说,一个人不可能在一条河里淹死两次,可我已经在一条河里淹死三次了。"

林又红没想到俞晓居然亲口承认自己被"骗财骗色",感觉俞晓比从前更加琢磨不透,没好气地说:"你淹死了吗?你不是还活得好好的吗,你不用怕淹死,总会有人救你的。"

俞晓更是顺着竿子往上爬:"林姐,你就是救我的那个人,你要是不救我,我肯定死——林姐,如果在我手下干活心里不爽,我的董事长让给你,你做我老板也行,我当总经理,哪怕、哪怕当副总也行。"

林又红"哼"了一声,心想,你哪怕当保洁员,金宏也是你的,越来越感觉俞晓的攻势强烈,似乎不达目的决不罢休了,挖苦她说:"你这黏糊劲,用在男人身上,肯定效果极佳。"

俞晓一点也不生气,笑道:"可是我现在不是需要男人,我需要你,林姐,你要是还想考虑考虑,你再考虑吧,或者,明天我去接你,到金宏来看看,你会喜欢金宏的。还有你得告诉我,你要多少股份?"

林又红还没来得及说出:"你算了吧。"那边手机已经挂断了,林又红把手机往床上一扔,自言自语说:"你就是给我五十一的股份,我也不会到你金宏去的。"

正好宋立明从浴室出来,听到林又红这么说,小心地朝林又红看了一眼,但没敢说什么,林又红却心里不爽,戗他说:"看什么看,你老婆就这样,小肚鸡肠!"

宋立明"嘿嘿"一笑说:"不是小肚鸡肠,是大气回肠。"

林又红"扑哧"一声笑了出来:"只听说有荡气回肠,哪里来的大气回肠,只有红烧大肠。"

宋立明已经铺好了床,等林又红从浴室出来,他在侧面看了看林又红,小心地试探说:"我们、很长时间、没有、嘿嘿、了。"

林又红没有马上说话。

宋立明看了林又红一眼,赶紧说:"不勉强,嘿嘿,不勉强。"

林又红心里十分愧疚,在联吉氏工作的多年中,她的身心似乎都已经出卖掉了,对于宋立明的要求,一般都是推托工作太忙,人太累，压力太大，心情不佳，等等，宋立明也从不勉强，只要知道她累了，只要感觉她没有想法，他从来都是主动回避，不让林又红难堪。

五十五还如虎，宋立明才四十出头，林又红眼前又闪现出刚才在家门口宋立明像护小鸡的老母鸡一样护着她，那形象让她又感动又好笑，顿时一股柔情涌遍全身，林又红说："老宋，来吧。"

宋立明似乎有点不敢相信，他的表情有点奇怪，但林又红看不出他是喜出望外，还是觉得意外，他又小心地确认了一遍："来？"得到林又红肯定的回答后，宋立明的动作反而慢下来了，甚至显得有些犹豫，而且他的目光也始终没有直接和林又红对视。

在这方面，夫妻间竟有了陌生感，林又红倍觉歉疚，可是当他们亲热温存时，林又红却明显地感觉出宋立明有点力不从心，她不由关心地问道："你怎么了？"

宋立明一头大汗，十分难堪，眼睛都不敢正视林又红，林又红赶紧安慰他："没事没事，来日方长。"

宋立明这才放松了身体，长长地出了一口气，好像完成了一桩十分艰难的工作。

第 5 章

　　早晨醒来的时候,宋立明似乎还有些不好意思,还是不敢直视林又红的眼睛,林又红差一点笑出声来,男人在这方面,面子很要紧的,她忍住笑打岔说:"我点不着火,我就不做饭了。"

　　宋立明"嘿嘿"道:"本来嘛,本来就没人要你做饭。"

　　林又红说:"可我现在是下岗女工,难道还要等你们上班上学的人回来做给我吃?"

　　林又红明明是半开玩笑的,宋立明却急了,说:"你怎么这么理解?不是有小桂嘛。再说了,你现在虽然没上班,但是抢你的人正排着长队呢,除了俞晓,其实我这边还有好几个朋友受人之托,找我打听你的动向,还想让我动员你——我才不理他们,着什么急,你这些年在联吉氏太累了,好好歇一阵,到时候,你还是领导,我和小西,还是领导家属哈。"

　　林又红嘴上不说,但心里蛮受用的,停了一会儿说:"我也不能老在家里闲着,我去买菜吧。"

　　宋立明起先是要反对的,但转而一想,改口说:"也好,你出去散散心,总比一个人闷在家里好,买菜不买菜,都无所谓,买菜对我来说,小菜一碟,分分钟就搞定的。"

林又红朝他笑笑,心里其实并不服的,想,难道对我来说,买菜就是天大的事了,我就搞不定了?心里这么想,嘴上没说出来。

宋立明走到门口,停下来,回头又说了一句:"俞晓可能会来找你噢。"说完赶紧溜了。

宋立明刚走,俞晓电话真的就来了,告诉林又红她的车子已经到了大门口,不进小区了,就在那里等她了。

林又红脱口说:"你怎么知道我就一定在家等着你?"

俞晓"嘻嘻"着说:"咦,你不是说我安插了奸细吗?奸细是干什么吃的?"

林又红心想,好你个老宋,吃里爬外,明明知道我不希望俞晓来纠缠,至少目前不希望,还把我出卖给她。

俞晓已经听到了林又红的心声,赶紧说:"不是老宋啊,你怪错人了,是你家小宋,宋小西是个诚实的姑娘,我喜欢,我们攀个亲吧,先掰个八字,我儿子属……"

林又红打断她说:"你扯太远了吧,你自己先给自己攀个亲吧。"

俞晓"咯咯"地笑道:"我也想呀,可惜攀不着呀。"

林又红挖苦说:"你只要发挥你的盯劲,就像现在盯我这样,哪个男人也禁不起你这么盯的。"一边说话,一边出了门,下了电梯,从小区的另一个大门溜出去。

桂香街菜场就在桂香小吃一条街的中心地段,林又红走到街上,再次有了那种奇怪的感觉,这条街和桂香街社区的任何哪一条街哪一个小区气氛都不太一样,这里热闹嘈杂,既欣欣向荣,又乱七八糟,空气中似乎潜藏着什么不安的因素,林又红正在分辨这种复杂的街道气氛,就听到前面嚷嚷起来,身边有人大声嚷嚷:"城管来了,城管来了,又有好戏看了。"

林又红回头一看,果然有几个穿城管制服的人,在拉扯一个在路边卖麻花的小贩,林又红眼尖,一眼看清其中一个就是昨天晚上来闹事的那个夏老三。

小贩的竹筐被扯翻了,麻花是一袋一袋包装好的,有一袋包装扯破了,撒了一地,大家一看,发现一袋里边只有一半是完整的麻花,另外的一半,都是些黑乎乎面目不清的碎片。

夏老三上前就骂:"你狗胆包天,不光占道经营,还以次充好,你这是什么原材料做的麻花?"

围观的人已经多了起来,小贩一看露了馅儿,立刻往地上一躺,紧紧扯住夏老三的裤腿,口吐白沫,嚷嚷说:"我被踢伤了,我的腰被你踢断了,快叫电视台来拍呀,快打110,还有120。"

有人假装拿着手机打电话:"喂,电视台,你们快来呀。"

有人笑道:"电视台来不及,没那么快。"

躺地的小贩说:"你们快用手机拍,这是罪证,是铁的证据,是血的证据。"

有人又逗笑说:"血的证据?血在哪里,你出血啦?"

小贩说:"我内出血,我的腰子出血了,不信,不信……"

大家仍然笑,有人说:"不信不信,除非你把腰子拿出来看看有没有血。"

夏老三想把自己的裤子挣脱出来,那小贩却越拽越紧,夏老三挣不掉,厉声说:"我警告你啊,你别无赖,我根本就没有动你,有人可以作证。"

小贩说:"作证?谁作证?谁?"

夏老三说:"大家看见了,人人可以作证。"

可是事实上却不存在"人人可以作证"的事情,现场就没有一个人提关于踢没踢腰子的话题,看到夏老三被扯住裤子的狼狈样子,林又红心里一边觉得痛快,一边却也有些奇怪,明明打闹了起来,明明已经是一个打架事件了,怎么就没有人出来说个正经话,作个判断,似乎个个都在打趣,都在看戏,甚至连夏老三自己严肃的脸皮下面,也暗藏着笑意呢,好像是在做游戏。

旁边有个大妈经过,嘀咕说:"哎哟,有意思吗,城管和小贩,搞不完了,天天闹,天天吵。"

另一个中年男人说:"是呀,小吃街每天的必修课,真无聊。"

也有人不觉得无聊,过去拍拍夏老三的肩说:"呵呵,你又要吃批评了。"

夏老三说:"没事,我反正天天被批评,脸皮比城墙厚。"

另一人又劝他:"夏老三,你年纪轻轻,干什么不好,非要干城管?"

夏老三说:"冤枉呀,你以为是我要干的,我才不想干这倒霉的城管,可是我不干城管,哪里有工作给我干?"

那人说:"那你干城管就干城管吧,干吗天天和小贩作对,被他们骂,还被他们投诉。"

夏老三更冤了,说:"我容易吗,我不管吧,上级对我有意见,说我不认真工作,处分我,居民也对我有意见,骂我不尽责,任由脏乱差,投诉我。好,那我就管吧,可我一管,小贩更对我有意见,还是挨骂,上级还是处分我——别人倒霉的,那叫什么,最多落个驼子跌跟斗,两头不讨好,或者叫个老鼠钻进风箱里,两头受气。可我干城管算什么呢,我连个驼子和老鼠都不如啊,我这可是三头找死。"

夏老三分明在唱苦肉计,博取大家同情,也确实会有人同情他的,说:"小伙子,你没听说过嘛,城管来了,吓死宝宝,城管走了,急死宝宝。"

大家又哄笑。

可夏老三委屈啊、冤啊,吐露心声没个完了,还在继续说:"老太早晨出门锻炼去,看到小区门口乱设摊,投诉我们,叫我们去管,我们就去啦,赶走了摊贩,老太锻炼回来,不见了摊贩,买不到菜了,又投诉我们。再说一桩,菜场买卖活鸡,不许卖吧,居民骂我们,说政府连只鸡也不许老百姓吃,不管他们;允许他们买卖吧,居民又骂我们,说政府不顾百姓死活,想叫他们得禽流感害死他们。他们到底要哪样,我们又到底要哪样,拼了命去也是……"

旁边又冒出一个有责任心的人,认真地说:"这样下去,早晚要出事的,要出大事的。"

夏老三十分委屈,一副可怜巴巴的样子:"出事也不能怪我,我是遵守规定的,我已经尽力了。"

林又红才不会同情他,昨天晚上夏老三在她家门口那种腔调,想起来她就厌恶,她才不想在这种地方多待一分钟,赶紧抽身出来,往前走了几步,一抬头,猛然看到夏老太正坐在那两棵老桂树下,神情自若地聊天说话,难道又从精神病院逃出来了?

"哎呀呀,我的病就是被吓出来的,我胆小的,不禁吓的,一吓就吓出精神病来了。"夏老太的声音又尖又脆,还十分夸张。

林又红还是头一回听到有人自称是精神病,对这个诡异的老太太颇觉不能理解、不可思议。

夏老太继续振振有词道:"我家夏老三,你们看看,做个城管,神气得不得了,城管是什么,城管就是黄世仁,城管就是白毛女……"

夏老太说话的思路十分清晰,十分有条理,哪像个精神病患者,林又红实在是无法判断夏老太以及和夏老太有关的那一伙人,当然也包括昨天晚上最后出现来帮她解围的那个居委会老书记,他们到底是些什么人,怎么在她的感觉中,她和他们的思维完全是脱节的呢?

差别真有那么大?

林又红怕了他们,想赶紧走开,那夏老太虽然年迈,眼睛倒还尖,早已经看见她了,赶紧喊她:"蒋主任,蒋主任——"

林又红只作听不见,旁边立刻有人提醒她:"夏老太喊你呢。"

林又红说:"她认错人了,我不是蒋主任。"

旁边那人笑道:"她从来就没有认对过人。"

夏老太见林又红不肯过去,也不勉强,只是朝她友好地笑笑,继续自己的发言:"你们想想,我怎么不被吓出病来,我家老三天天和小贩作对,小贩子都恨透他了,骂的、打的,阴损的,威胁的,要捅刀子的,什么都有,夏老三个泼皮,不怕,倒把他老娘吓出病来了,哈哈哈……"

大家也跟着夏老太一起笑,夏老太在笑声中受到鼓舞,继续说:"你们说说,地沟油怎么能给人吃,小孩更不能吃,可是那狗日的就偏要用地沟油,查出来罚款了,下次还用,害得我家老三被处分扣奖金,怎么不要找他算账。"

林又红简直无法想象,这个老太太到底是精神病,还是神经病,还是装病,从夏老太这里,她不由又想到居委会里坐着的假装看书的那个90后,如果那是个小妖精,这就是个老妖精,她可真是没想到,一个社区里,一条街道上,竟有这么多妖怪人物,真是藏龙卧虎不可小视。

心里正嘲讽着这些人,身后的吵闹声忽然又高起来了,林又红回头一看,原来扯皮的城管队员和卖麻花的小贩扭着扯着一起过来了。

小贩说:"城管大队我不去的,我死也不去的!"

有人建议说:"到居委会去,居委会会帮你们调解的,他们还有专门的调解室和调解专家呢。"

又是哄笑。

小贩倒是愿意,说:"好,就到居委会去,谁怕谁啊?"

也有人提醒他们说:"你们倒奇怪,城管和小贩的矛盾,碍不着居委会的事,如果找城管解决不了,那就要找区委,找市委。"

小贩说:"我们找过,没有人睬我们,找区委,还不如居委会。"

两拨人吵吵闹闹说要去居委会,可是又有人说了:"居委会这两天没人,蒋主任不来了,老书记不见了。"

这两拨人一听,又停下来,不知该怎么办了。

这时候夏老太站了起来,指了指林又红,朝大家说:"咦,你们怎么不认得她,她就是蒋主任,你们找她,她能帮你们解决。"

林又红气得都忘了这是个精神病人,甚至怀疑她根本不是什么精神病人,她就是个存心和人作对的是非精,她冷冷地对夏老太说:"昨天你表演得不错,今天又来表演了。"

夏老太太笑道:"哎哟,蒋主任你情报掌握得很及时很准确,你怎么知道我是学表演的?"

林又红以为老太太在戗自己,立刻反戗道:"我看你表演得很出色。"

夏老太颤颤颠颠地走过来,摸索出随身带着的一个小包包,小心地打开来,递给林又红看,说:"蒋主任你看,这是我当年的学生证。"

林又红才不要看,但她的眼睛却瞄到那上面确实写着"南州艺术学院"几个字,就听夏老太得意地说:"我当年在艺术学院可是校花哦。"

大家笑道:"你现在去也还是校花。"

夏老太坦然说:"我现在是明日黄花,不过呢,当年在学校,无论哪方面的表演,还有乐器,我可是样样在行,样样都会。"

林又红忍不住"哼"了一声说:"现在也一样哦。"说完就加快脚步往前走,听到背后有人说:"夏老太,她不是蒋主任,她昨天上了你的当,今天不会再上我们的当了。"

夏老太嘿嘿笑道:"这个人好说话的,你们哄哄她,她就会答应的,她就当自己是蒋主任了。"

林又红赶紧走开了。

她的情绪渐渐稳定了,头脑也清醒了,再也不想去菜场买菜了,那地方不属于她。正往回走,俞晓的短信又追来了,林又红看了一下，俞晓居然还在她家小区的大门口等她呢，不过俞晓在短信中的口气和她直接和林又红说话的口气完全不一样，也不称她林姐了："林又红，你能不能把你的思维调整过来再想一想，你不要总觉得到金宏做事，就是做我的手下，就是给我打工，其实你心里最清楚，没有谁给谁打工，人人都是给自己打工，别说我们自己的企业，就是你在联吉氏的时候，你也根本不是在给美国人打工，如果抱了那样的想法，你就不可能在短短的时间内从综合办主任当到副总。如果不是联吉氏出事，你很快就会是林总了哦。"

俞晓的意思是十分明白的，她下定决心拉林又红去金宏干事，但是林又红是心存疑虑的，她对俞晓的目的不是太清楚，是如大家所说，俞晓确实不是这块料，真的干不下去了，还是另有什么原因，不可告人的原因？

林又红不可能答应一件不明不白的事情，她正琢磨着怎么搞清楚俞晓的真实动机，俞晓的第二条短信又来了，说："我会一直在你家门口等你的，你不上我的车，我不会走。林又红，请你到金宏看一眼都不行吗，你这么怕我干吗？光天化日的，我还能把你扣下来，把你当菜吃了？"

林又红忍不住笑起来，一笑，心就松动了，心里已经答应了俞晓，上她的车，到金宏看一眼，至少赶紧先逃离眼下这个莫名其妙的地方吧。

林又红一边往前走，一边看着手机，一边犹豫着要不要给俞晓打电话或者回短信，忽然听到身边有个人在说话："喂，美女，小心，别砸了脑袋。"

林又红一惊，赶紧抬头一看，才发现自己不知不觉竟走到一处正在施工的工地上来了,身边的脚手架上果然稀里哗啦往下掉泥沙。林又红吓了一跳,赶紧往旁边去,站定了,才看清楚这是一座正在改建的旧大楼,虽然这些年都没怎么在这一带走动,但她多少还记得,眼下正在开工修建的这幢大楼,曾经是南州市最早的商业大楼——南州第一百货商场,起于八十年代初期,当时全南州人心目中的现代化、理想、梦想,就是这座百货大楼。

只用了三十年的时间,一座最超前的大楼就被淘汰了、出局了,因为跟不上时代,不善经营,百货公司几经改制,结果越改越糟糕,最后只得改旗易帜换主,不光大楼被他人买走,连第一百货大楼的名称也都不复存在了。

提醒她的那个人,一身灰土,穿着工装,戴着安全帽,帽檐一直盖到眼睛,基本上看不见他的脸。林又红正想谢他一下,他却把帽檐往上一推,露出一张嬉笑的脸来。

林又红一看之下,目瞪口呆,惊惶失措,嘴里不由得喃喃着:"你、你、你……"除了一个"你"字,根本就说不出任何话来。

江重阳就活生生地站在她面前,嬉笑道:"我什么我,我又没有穿马甲,我只是戴个安全帽,你就不认得我了?"

林又红仍然无法张口,只觉得胸口又酸又痛,又闷又胀,压抑得透不过气来。

江重阳可不肯罢休,继续嘲笑说:"呵呵,难得难得,林又红名噪江湖的一副铁嘴钢牙,居然也有张口结舌的时候。"

他似乎是在等着林又红的反击,那种习惯性的反击和习惯性的等待,这么多年过去了,还在习惯着。

可是林又红已经不习惯了,完全不习惯了,她无法反击江重阳,她紧紧地攥着手机,都攥出汗来了。

江重阳戏弄似的凑到她脸前看了看,说:"嗯?你呼吸很急促,看到我,你很紧张吗?"

林又红快要控制不住自己的情绪了,她想拔腿就走,但是两条腿像生了根似的,拔不动。或者说,她完全无力将它们拔起来,她又想冲着江重阳大吼大叫,可是嗓子也完全堵塞了,没有一丝缝隙可以挤出声音来。

江重阳稍稍往后退了一下,说:"靠得太近了,你不舒服,透不过气来——哦,我知道了,不是因为靠得太近了,我们靠得更近的时候,你也没有透不过气来哈,是你心情不好吧?联吉氏完蛋了,你下岗了——嘿嘿,当年我出事的时候,你一定在心里大喊三声活该,哈,今天轮到你了,不过,我可没有说你活该,我没你那样小心眼儿——要不,你还是到我手下来干吧,冤家对头在一起,有利于互相监督,互相钳制。"

江重阳喋喋不休时,有个同样戴着安全帽还戴着眼镜的年轻人跑过来说:"老大,那边的墙线好像有点歪,你要不要去看看?"

江重阳指着林又红笑着对那人说:"你别喊我老大,你喊我老大,我女朋友以为我黑社会呢。"

那人也笑道:"你不是说你女朋友死了吗,那天喝了酒,还哭得那么认真,怎么又活过来了?"

江重阳说:"这就叫死去活来嘛。"

林又红的心一直在颤抖,她待不下去,转身就走,脚下差点绊着了,江重阳伸手扶了她一把,又朝她的脸看看,说:"咦,你哭了?"

林又红狠狠地抹了一把眼睛。

江重阳又说:"嘿嘿,你哭了。你怎么哭了呢?难道你对我还有感情?你心里还想着我?"

林又红在心里下死劲喊了一嗓子:江重阳,你闭嘴!

她没有喊出声,但是嗓子已经破了,一阵剧烈的疼痛传遍了全身。

林又红逃离了那个工地,可是,人逃开了,心却逃不开,念想逃不开,逃出好一段,眼前还晃动着江重阳的安全帽,很长时间一直没有他的消息,怎么突然就冒出来了?搞成泥水匠了?最多也就是个包工头。那是什么工地,建的是什么楼,林又红根本没有顾得上多看一眼。她也根本搞不懂自己,为什么见了江重阳就像见了鬼,必须拔腿就跑?

林又红猛一抬头,俞晓就站在她面前,惊讶地盯着她,过了一会儿才说:"你怎么回事,脸色发青,撞邪了,见鬼了?你不要吓我啊!"

林又红立刻又下意识地回头看了一眼,还好,她脚步快,早已经割断了那个工地的视线,赶紧掩饰说:"被你追得屁滚尿流,还能有什么好脸色?"

俞晓敏感地朝那个方向看了看,并没有看出什么来,她的神态也已经恢复了惯常的样子,顺势上前,钩住林又红的肩,嗲兮兮地说:"林姐,走吧走吧,我都守你半天了。"

林又红说:"你怎么知道在这里找我?"

俞晓的眼睛里似乎掠过一丝慌乱,但迅速地被掩盖了,她嘻嘻笑道:"我又没有特异功能,我除了安插奸细,真没有别的能耐了。"

林又红怀疑说:"又是老宋告诉你的?"

俞晓说:"哎呀,林姐,你让我在大门口痴等,望眼欲穿,我就知道上你当了,我当然要拿奸细是问——林姐,你可别怪老宋,他实在是对你太好了,怕你一个人闷在家里闷出病来,急着想要让你……"

林又红打断她,挖苦道:"这么说起来,还是老宋拜托了你,让你来请我的?"

俞晓说:"那绝对不是,老宋料他也不敢代你做主,或者换个说法,老宋可看不上金宏,在他眼里,你林又红可不是总经理人选,你是总理人选。"

林又红被她说得差点笑起来,俞晓的话虽然夸张,但对宋立明却是很了解的。林又红忍着笑,板着脸说:"我知道,你们一直在背后编派我家老宋。我告诉你,嘲笑老宋,就是嘲笑我。"

俞晓说:"哎哟,林姐,谁会嘲笑老宋啊?难道在你心里,老宋是一个可被人嘲笑的人吗?你就别吃着碗里望着锅里啦,有哪家的老公,像老宋那样对你死心塌地,比狗还忠诚?"

林又红终于笑了起来,说:"老宋活该,做奸细的下场就是这样。"

俞晓的车已经停在附近了,林又红被俞晓钩着拉着,上车的时候,才发现赵镜子也在车上,心里又有点起疑,说:"咦,你们商量好了来整我?赵镜子,你什么时候和俞晓上了一条船?"

俞晓笑道:"上了贼船,就跟贼走,多大个事。"

赵镜子却温和地笑了笑,说:"没什么大事,你别那么认真,就是到俞晓的店里去看看,喝杯茶,就像你经常跑到我那里骂骂人一样。"

赵镜子这么一说,林又红确实觉得自己有点反应过度,心下承认,嘴上可不能服软,说:"我要是不认真,被你们两个合起伙来卖了。"

俞晓说:"哟,半老徐娘,卖给谁,谁要呀。"

林又红酸道:"那是,你年轻,你貌美,你……"

俞晓却忽然改变了方向,不再继续互相贬损,可怜巴巴地说:"林姐,我都结了两次,离了两次了,你就别挖我的伤口了,挖出来也是惨不忍睹的。"眼圈都有点红了。

林又红这才收起尖嘴利牙,其实她自己的心,正疼痛难忍,江重阳的突然出现,让她完全乱了阵脚,完全失去了方向感,跟着俞晓上车,和俞晓赵镜子斗嘴,就像是在给自己打一针麻醉药,她是在一种半清醒半麻木的状态下进行的,等到麻醉渐渐过去,心脏疼痛的感觉更加重了。

坐到金宏的咖啡吧,泡上茶,俞晓也不再绕圈子,直接就说:"林姐,你们先喝茶,我向你介绍一下金宏目前的情况,你看看有多糟糕。首先一个,人才流失,人员离职成风,连跟了我几年的助理都走了……"

俞晓的诉说还没开始,接了一个电话,脸色大变,说:"哎呀呀,又有事情了,我得去处理一下,你们喝茶,等我啊!"

急急地走出去,片刻后又回来,对林又红说:"我真的扛不下来了,现在出了事情,我过去,都不知道该怎么处理。"

等俞晓再次出去,林又红也没有再等一等,看她会不会再一次杀回来,就急着对赵镜子说:"怎么,你现在捧俞晓的臭脚了?"

赵镜子仍然是淡淡地一笑,说:"哎,林又红,你这张嘴,不要这么尖刻行不行,我没有捧谁的臭脚,也没有拆谁的墙角,我只是受人之托,做得成做不成,我做了也就心安了。"

林又红说:"受人之托?还说不是捧俞晓的臭脚,除了俞晓,还会有谁这么别有用心、机关算尽?"

赵镜子仍然心平气和,说:"林又红,你误会了,我今天来,不是来帮俞晓动员你的,我是另有任务的。"

林又红说:"哎哟,什么时候赵镜子也肯承认自己身负重任了?"

赵镜子不理睬她的嘲讽,直接就说:"我是受浦见秋浦总的委托,浦总想和你见面谈谈。"

听到浦见秋的名字,林又红有些不解,皱了皱眉头说:"怎么了浦见秋,浦见秋手下,像金宏这样的企业,不是有好几家吗,难道每一家的经营,他都要插手?或者,他还对俞晓负着什么责任,旧情未了?"

赵镜子说:"不是的,俞晓请你到金宏,这事情和浦见秋没有关系,或者,反过来说,浦总想和你谈谈,和金宏、和俞晓没有关系。"

林又红怎么肯相信:"得了吧,怎么可能,金宏不是金鼎旗下的吗?"

赵镜子笑了一下,笑得有点苦涩:"林又红,怎么说你呢,这些年,你真是一心只为联吉氏,两耳不闻窗外事,当时浦见秋把金宏交给俞晓,金宏就脱离金鼎独立了,所以到今天俞晓才会焦头烂额,要是一直有金鼎顶着,她应该不会这么惨的。"

林又红奇怪说:"为什么要脱离?他们到底为什么闪婚闪离,你也不知道吧,大媒人?"

赵镜子犹豫着说:"我确实不是很清楚,关于金宏的归属,可能属于财产分割吧。"

林又红说:"你不要扯开话题好不好?他们的关系,别人不清楚,你不应该不清楚!"

赵镜子说:"俞晓确实是通过我结识浦见秋的,但他们认识了以后,我就OUT了。"

林又红尖酸地说:"恐怕原本这姓浦的,是你想钓的金龟婿吧,结果……"她见赵镜子脸色不好看了,才停下,自嘲地说,"和我一样,无非和我一样,又拱手送出去了。"

赵镜子应付说:"不是你想象的那么简单。"不动声色之间又执着地把话题扯了回来,"浦总一直在等你,事情我也知道一点,他那儿正在改造一个旧的大楼,筹建一个新的宾馆,想请你,或者说,只是想听听你的想法——你看什么时候方便?"

林又红不得不在心里打个问号,她们几个人之间的关系,实在奇怪,正如赵镜子说的,这之前,她确实一心只在联吉氏,对其他事情已经没什么兴趣,现在她好像又重新回归从前的氛围里,这个氛围,就是一个字:乱。

林又红是个直肠子,又极端地自以为是,不愿意被蒙在鼓里,既然赵镜子对她有所隐瞒,她也就不客气,直接进攻说:"赵镜子,你为什么要替姓浦的传话,一般能够承担这种重任的人,都是最被信任的人,而你这个最被信任的人,却一切都不知情,你说得过去吗？你蒙得了我吗？"

赵镜子说："林又红，我怎么蒙得了你，但浦总托我约你谈一下，这总不会是我编出来蒙你的吧？"

林又红说："你又想扯开去是不是？我不是说你编什么谎言，我是说你对我隐瞒了事实。"

赵镜子说："什么事实，你到底要知道什么事实？"

林又红说："俞晓，她和江重阳离婚，到底是怎么回事？你不要告诉我，俞晓就是那样的人，我不相信！第二，她和江重阳离婚才多久，怎么就和姓浦的结婚了，结婚一年，又离了？搞什么搞？你也别告诉我，俞晓就是那样的人，我不相信！"

赵镜子说："唉，林又红，这么多年了，你这多管闲事的脾气，怎么一点不改，还变本加厉了？你反常了，你太反常了。"她停顿了一下，好像在考虑下面的话要不要说，想了一会儿，她还是说了出来，"林又红，你这样，只能让我觉得，你到今天还没有放下江重阳！"

林又红被点着了穴，又酸又痛，还拼死挣扎着说："你别引到我身上，你和那姓浦的，到底怎么回事，一个离异，一个单着……"突然想到了什么，稍一停顿，直指着赵镜子说，"赵镜子，这么多年，你竟然一直就单着？你在等人，你一直在等人！"

赵镜子脸色顿时有点异常，但她硬是稳住了，尽量平静地说："随你怎么说吧，我总得完成我的承诺，你给个明确的答复，到底见不见？如果不肯见，你也说明白了，我好答复人家。"

林又红狐疑地看了赵镜子几眼，"哼"了一声说："人家？我可是提醒你啊，人家虽然离了，那可是钻石王老五，你有这福分消受吗？俞晓这前车之鉴,你别不鉴啊!"

再难听的话,赵镜子也只是一笑而已,赵镜子了解林又红的性格,典型的刀子嘴豆腐心,不会跟她计较的,她只是平和而固执地回到自己的话题:"林又红,和浦总见个面,就那么难吗?你心里还有那么复杂的隐藏着的东西,你不觉得累吗?"

林又红起身就走,一边恨恨地说:"你不告诉我真相,我也不会听你指挥,拜拜了!"

赵镜子在背后说:"拔腿就走,本来就是你的本事,但是,一走了之,事情就能结束吗?"

林又红才不管什么结束不结束,她迅速走出宾馆大门,伸手拦了一辆车,呼啸而去。

第 6 章

鬼使神差,林又红又回到了乱哄哄的小吃街。

出租车明明可以开进丽都花园小区,可以一直开到家门口,但在经过小吃街口的时候,林又红忽然瞥见街头的路边有个卖凉皮的摊位,那是小西最喜欢吃的,林又红心里一动,让出租车在这里停下了。

这摊上卖的凉皮透明干净,质地饱满,看起来十分诱人,林又红买上凉皮就往回走。

回家的路上,有人和她打招呼:"蒋主任好。"

走了几步,又有一个说:"蒋主任买菜啊?"

再一个说:"蒋主任你就住在桂香街啊?上班方便的。"

林又红哭笑不得,进了丽都花园,到了自己家那幢楼的楼下,有个白发苍苍的老人,正站在那里,一看到林又红,老人笑了,说:"你回来了?"

还好,这一位总算没有喊她"蒋主任",他知道林又红不认得他,又自我介绍说:"我姓潘,是桂香街居委会的,我负责搞维修,听说你家煤气灶有问题,来帮你看看。"

旁边有个邻居家带孩子的中年保姆跟林又红说:"老师傅等了你半天了。"

林又红愣了一下,昨天那个小陈确实说过有个搞维修的潘师傅,她虽然不想和桂香街居委会再扯上什么关系,但毕竟人家都上门来了,还是位老师傅,而且又在她家楼下等了好一会儿了,林又红赶紧请潘师傅上楼进屋,跟潘师傅介绍说:"煤气灶好像没有坏,不过你既然来了,帮我看一看吧。"

潘师傅上前试了两下,说:"你是不是手一松火就灭了?"

林又红说:"是呀,可是他们点的时候,都很正常,就奇怪了。"

潘师傅说:"不奇怪,这个电子打火确实有一点问题。"

林又红说:"可是为什么他们点的时候就不出问题?"

潘师傅说:"他们可能用得多,用惯了,习惯了它的性子。"

林又红说:"煤气灶还有性子哈?"

潘师傅说:"有的,它是个慢性子,你可能是个急性子,你点着了就想松手,就不行,你点着后,轻轻地按一会儿,再慢慢地松手——你来试试看。"

林又红按照潘师傅的吩咐上前试过,只试了一次,果然成了,又试一次,还是成了,不由奇怪说:"咦,咦。"

潘师傅说:"你多用几回,就习惯了,就有感觉了,但是说到底,还是煤气灶的电子打火有些问题,不过问题不大,而且,这个我没有本事修。"

林又红自己能够打着火了,已经很高兴了,赶紧说:"谢谢谢谢!"又奇怪潘师傅怎么会知道这事情,肯定是那个小陈告诉他的,但心里对小陈没有好感,不愿意相信是小陈做的好事,就不提这个茬儿了,拿出钱包问潘师傅:"修理费多少?"

潘师傅笑道:"居委会的,都是免费修理的。"一边说,一边从随身带的包里拿出一本厚厚的自己装订的本子,递到林又红跟前说,"麻烦你帮我打个分吧,这是居委会要求的。"

林又红一看,原来是一本桂香街居委会的维修登记册,大约有二三十页,每一页都密密麻麻地登记着各种不同的维修情况,表格的内容有编号、姓名、详细住址、修理内容、故障描述、接收人、修理意见、服务和修理情况,最后是业主意见,业主意见分了三种,一是满意,二是一般,三是较差。

林又红在后面看到了自己的名字、地址,修理内容是"煤气灶点不着火",后面还有一个括号,里边注明"手一松就灭火",看起来登记的人十分细心,转达的人也十分细致,表格上服务方式一栏是"上门修理",最后一栏是打分。林又红看了看其他人打的都是满意,还有人手写了"非常"两字,林又红就在"满意"这一栏中打了个钩,交还给潘师傅,潘师傅将本子收起来就告辞了。

送走潘师傅,林又红不由又想起那个小妖精小陈,昨天明明是一副事不关己的样子,也可能自己先入为主,错怪她了吧。

潘师傅来过这一趟,林又红乱成一团的心思总算渐渐平静了一点,才感觉到肚子有点饿了,一看时间,都快一点钟了,她从冰箱里把宋立明早晨替她备好的午饭拿出来准备加热,打开冰箱一看,吃了一惊,上午买的凉皮,明明回来就放进冰箱的,现在居然不见了。再仔细一看,不是不见,是化掉了,化成了一摊黑乎乎的浆水。林又红端着碗看了半天,也不知道是什么鬼,心里紧张得"怦怦"

乱跳，幸亏是上午买的，如果下午买回来，晚上就做给小西吃，那才真的要急死人了。

这个小吃街和菜场，竟然卖这样的东西，难道市场没有监管？只看到城管在管占道经营，和占道经营比起来，食品安全更是人命关天啊，林又红心里正急火上攻，门铃响起来，她从窥视镜朝外一看，竟是俞晓追上门来了，真是死缠烂打。林又红打开门说："你怎么知道我在家，不怕扑个空？"

林又红能说会道，俞晓也不逊色，立刻哆哆地说："哎哟，林姐，你一下岗女工能到哪里去——我呢，就是要给你来个突然袭击，看看你到底在干什么？"

林又红说："我一下岗女工能干什么？"

俞晓又夸张又仔细上上下下地打量她，说："难说，难说，你明知我急着找你，好不容易约到了，你又跑了，这不是你的个性，我得亲自来侦察侦察，有什么新情况。"

林又红也不管俞晓说什么，过去打开冰箱门就给她看那个化成了黑胶水的凉皮，说："真是后怕，以前也听说桂香街小吃乱来，没有亲身经历，还真不敢相信，都真乱成这样，怎么就没人管呢？那么多人天天在那里吃的吃、喝的喝，吓死人了。"稍一停顿又说，"到底应该谁管呢，工商？城管？卫生检验？居委会？"

俞晓笑了起来："你怎么想到居委会去了，居委会怎么管得了小吃街食品安全的事。"

林又红说："但是小吃街在桂香街社区范围之内，我昨天到居委会去过，看到他们墙上还挂着小吃街分管责任人的名字呢——我去问一下煤气灶修理的事，当时没有人，我以为就算了，没想到今天他们上门来维修了。"又想到昨天晚上居委会的老书记专门上门来帮助调解误会,林又红感叹说,"居委会的干部,也不容易呀,也……"

俞晓打断她说:"林姐,我忍你半天了,你真不把我的事放在心上——你觉得我就是个广场大妈,闲得无聊来听你汇报居委会大妈,我请你去,你不打声招呼就跑了,我进你家,你也不道声歉,你甚至都没有说一声你坐,一杯水也不给,你就开口一个居委会,闭口一个居委会,怎么,你想让居委会来给你安排新工作?"

林又红这才回过神来,说:"哦,知道了,你不是居委会大妈,可我也不是居委会大妈,我也没那么好骗,你这么急着要我去你金宏,到底是什么目的,你不说清楚,我是绝不会理睬你的。"

俞晓这才松了一口气说:"林姐,你这么说,我心里还好受些,至少,你心里还是有金宏的。可是,打从我进你家门来,你倒是说的些什么啊?"

林又红没有觉得自己有什么不正常,说:"我说什么了?"

俞晓说:"林姐,真是当局者迷,你都不自知,你简直、简直不可理喻——好了,林姐,我们还是言归正传吧,今天金宏你也去过了,大致情况你也知道了,你到底有什么想法?"

林又红说:"拜托啦,我才刚刚送走老马,这几天,我只是想自己给自己放几天假,陪陪家人。"

俞晓说:"林姐,你是那样的人吗?你在我面前,还要假装自作多情啊,我还不知道你,你满心眼儿的就是做事——除了家事,嘻嘻嘻——林姐,我估计,你推三阻四的,肯定是脚踩着几只船呢。"

林又红不客气地说：“我脚踩几只船关你什么事？”

俞晓说：“你小心踩的不是船，你小心踩到地雷哦——那可是要炸得粉身碎骨的！”

林又红当然听得出俞晓的言外之意，也能猜测到，俞晓恐怕早就知道赵镜子在给浦见秋当说客呢，但是她不明白的是，俞晓和浦见秋，怎么会同时要拉她入伙呢？他们这是唱的哪一出，是恩仇记，还是苦肉记，或者是空城计？

两个人正斗得激烈，林又红的手机猛地响了起来，平时很悦耳的铃声这会儿像个催命鬼似的尖厉，她拿起来一看，是一个陌生电话，即刻掐掉不接，继续和俞晓说话。

过了片刻，手机又响了，仍然是刚才那个电话，看起来还挺固执，不过林又红更固执，仍然不接。

俞晓探究似的看着她的脸，带点挑衅说：“嗯，当我面不方便接哦？”

林又红说：“去你的，陌生电话，一概不接。”

俞晓说：“那倒是，我刚有过教训，前几天也有个陌生电话，打了不接，再打，我没挺过去，打到第三次，忍不住接了，结果是个不达目的决不罢休的骗子。”

俞晓话音未落，电话又来了一次，林又红说：“你打，你打，就是不接。”仍然掐掉。

俞晓却提醒她说：“会不会是送快递的，你不接，他找不到人，如果是认真负责的快递公司，货会退回去的。”

林又红说：“不可能，我从来不搞网上购物电视购物之类。”

俞晓说：“呵呵，万一是人家快递的情书呢。”

林又红说："看起来你经常收快递情书噢，有经验噢。"

她们已经无法聊天了，因为电话又响了，又因为一再地响起，连铃声都变得火急火燎了，仍然是陌生的手机号码，但不是刚才那一个了，换了一个，依然坚持打了三次。

林又红干脆调到了飞行模式，这才安静下来。

但是林又红的心却没有安静下来，好像这个电话一直在考验她。为了摆脱这种不舒服的感觉，林又红主动跟俞晓说："快坦白吧，你如此火急火燎要我答应到金宏，到底是在对付谁？到底在搞什么鬼名堂？你也不是不知道我林又红什么脾气，我能被你蒙在鼓里就上贼船吗？说吧。"

不等俞晓回嘴，林又红下意识地又把手机恢复到待机状态，俞晓看到了，手一指，刚要戳穿她，手机又响了，这回不再是电话，改短信了，林又红打开一看，短信内容很奇怪：我是居委会的小陈，有急事，十万火急，十万火急，请务立刻打我手机，或者打余老师电话，余老师手机多少多少，或者打潘师傅电话，电话多少多少，最后是数个感叹号和数个满头大汗的鬼脸。

林又红一气之下，唰的一下，把小陈的短信给删了。

手机又重新回到飞行模式，但林又红的心情已经被彻底搞乱了。

俞晓怀疑地盯着她的手机，说："删得这么快，干吗？"

林又红说："不想看到。"

俞晓意味深长地说："什么人呀，让你这么又爱又恨的？"

林又红脱口说："小妖精。"

俞晓愣了一下，怀疑说："小妖精？谁是小妖精？难道，难道——骂人小妖精,只有一个可能,你们家老宋出……"

林又红又气又急道:"呸,呸你个乌鸦嘴,我家宋立明,不是你……"

恶毒的话还没来得及出口,俞晓也接了个火急火燎的电话,风一般地又冲出去了,不过临出门她还是不屈不挠地回头对林又红说:"你别高兴得太早,你等着,我还会来的!"

林又红朝着被俞晓带上的门看了半天,想了半天,只觉得自己对这个老同学越来越陌生,越来越吃不透,正琢磨着,手机又响起来了,一看,仍然是刚才不断骚扰的那个陌生的电话,小陈的电话,林又红真拗不过她,只得接了,那边一看接通了,赶紧说:"林总,我是小陈!"

林又红没好气地说:"你怎么有我的手机号码?"

小陈不回答这个问题,却说:"我在你家楼下等了半天了,不敢打扰你,看到你家客人走了,我才打你电话的。"

林又红没好气地说:"什么事?"

小陈说:"我按你家房间号了,你开一下楼下的门吧,我上来。"话音未落,果然墙上的可视电话响了:"有客人来了,请开门。"

林又红实在不喜欢这个让人琢磨不透的小妖精,一再烦人缠人,现在竟然直接打扰到她家来了,她不仅有点讨厌,甚至警觉起来了,赶紧说:"别,别,有什么事我下来说。"

小陈说:"没事的,不用麻烦你下楼,还是我上去吧。"

可真不把自己当外人,而且完全不在乎别人对她的态度。她到底是听不懂还是故意装糊涂,林又红不再和她多说,也不想细细琢磨她,挂了电话,出门坐电梯下楼。

林又红出来,小陈正和一个保安大哥在聊天,一看到林又红从门道里出来,小陈立刻丢下保安朝她走过来,脸上堆着笑,但是她的笑怎么看怎么别扭,和昨天在居委会的样子,又完全是另一种腔调了。

那一瞬间,林又红感觉自己又上了她的套了,这小妖精还真是妖,林又红忍不住戳穿她说:"难怪有人上门来服务了。"

小陈道:"不客气,不客气,不用谢的。"

林又红毫不留情地说:"我没有想谢你,我只想看看你的真实目的——先是假装热情地让潘师傅来修煤气灶,潘师傅才走不久,你就来了,这不是事先设计的,还能是什么?"她一边说,一边不由自主地冷下脸来,"说吧,你跑我家来干什么?难道我又骗了谁的钱?"

小陈脸上的笑已经堆不出来了,急切地说:"不是的,不是的,是老书记请你去一下。"

林又红毫不客气地打断她说:"老书记是谁?不认得。"虽然昨天晚上老书记来替她解了围,但她才不愿意和这些人扯上什么关系,顾不得感恩,赶紧否认,"别说老书记,你是谁我也不认得,我们家不欢迎陌生人来访,你走吧。"她见小陈仍然厚皮厚脸不肯走,又加重语气说,"既然老书记已经来过,也已经道歉了,还有什么好多说的。"话说出口,心里觉得不太妥,改口道,"本来也不用她来道歉,不该道歉的来道歉,该道歉的不道歉。"

小陈知趣地说:"是我应该道歉吧,道歉就道歉,无所谓的啦——不过你可能误会了,你的名字、你的情况、你家的住址,真不是我告诉他们的——其实,桂香街这边的人,社区的,尤其是老街老巷这边的人,很多人都认得你。"

这话更不可信,林又红在联吉氏工作的这几年,或者说,他们家搬来丽都花园的这几年,上下班都有车接送,从来不会也从来没有时间在桂香街社区多走动,小吃街、菜场基本不去,跟这一带的人,几乎是八竿子都打不着的,怎么会有许多人认得她,估计小妖精又要出什么怪,林又红赶紧推挡说:"你搞错人了,我真的不认得你,你别是想夏老太的事情再重演吧?"

小陈却还不折不挠地说:"我没有骗你,你虽然不和大家打交道,可是你们家宋老师,跟大家蛮熟的。"小陈这话一说,林又红还真无法反驳了,宋立明确实属于自来熟性格,和什么人都能打成一片,和什么人都能聊上几句,无论是卖菜的,还是收旧货的,他都可以称兄道弟,不过,宋立明是宋立明,林又红是林又红,他们不应该互为代表。

好像看穿了林又红的心思,小陈又说:"你们家宋老师,经常跟大家讲到你,他很为你骄傲的。"林又红越听越不自在,小陈虽然口无遮拦,说话不负责任,但她此时说的话,关于宋立明的这些话,林又红却是相信的,她脸上有些挂不住,但嘴上不肯服软,强硬地说:"你说的这些,和我没有关系。"

小陈笑了笑,但是看得出,是硬挤出来的笑,和昨天下午林又红在居委会看到她时那没心没肺的欢乐完全不同。

这边林又红拒人于千里之外,那小陈却还是十分想讨好她,似乎在没话找话:"你们宋老师人缘可好啦,非常好接触,不仅和我们社区的人熟悉,他和社区医院的医生护士也都很熟悉,关系很好的哦。"

林又红十分敏感,想回敬她一句:"你的意思是我不好接触喽。"但话到嘴边,觉得和这小妖精胡扯完全没意思,就改口道,"因为我母亲去年在社区医院住院。"

小陈笑着说:"是呀,人家都以为是你婆婆呢。"

林又红刚一张嘴,又闭上了,小陈随口说的一句话竟然把她的嘴堵住了。

去年冬天,林又红的母亲摔了一跤,髋骨骨折,需要卧床静养,但又不能动弹,父亲年纪大了,根本照顾不了她,请护工也搞不定吃喝拉撒,每天几次拖起来放下去,骨伤根本不可能痊愈,反而加重了病情。只得找医院住院,可是医院床位紧张,只收手术病人,不收康复病人。再辗转了几处康复医院,也是一床难求。最后宋立明想到了桂香街社区医院,一联系,果然住进去了。

当然,这中间这一切的麻烦,都是宋立明一个人搞定的,那一阵,联吉氏正在搞产品升级转型,林又红忙得没日没夜,根本照顾不了母亲,直到母亲住院后一个多星期了,林又红才抽了一点空儿,到社区医院去看了一下母亲。

和母亲同病房的病友对母亲说:"你儿媳妇够忙的,这么长时间才来看你一下。"

母亲没有吭声,林又红脸通红的,也没好意思吭声。

临走时,母亲对她说:"你安心工作,我没事,有这个三摇病床,我的困难就解决了。宋立明天天来看我,带骨头汤,带各种吃的,我都长胖了。还有,这里的医生护士都很好,特别是小何护士,对我照顾得可好了,你放心吧,又不是什么要命的病,就是熬着,熬过三四个月就解放了。"

林又红特意找到护士小何,塞给她一个红包表示感谢,小何却涨红了脸,怎么也不肯收。林又红拗不过她,只得收回来。

后来母亲果然提前康复出院了,就是从那时候起,宋立明和社区医院也熟了,家里人有个小毛病,也不用上大医院排队,只需要到社区医院开个药,十分方便。

虽然林又红不能判断小陈是否在挖苦她,但她的心情已经坏了,而且越来越糟,无论如何,她也不应该败在这小妖精手里。她不再和小陈废话,不客气地说:"既然宋立明人缘好,你有什么事情找他就是了。"这话说得完全就不是林又红的水平和境界了,她自己也觉得奇怪,难道自己是在吃宋立明的醋?但是不这么说,实在是赶不走小陈。

小陈已经努力了,发现林又红是滴水不进。小陈的斗志终于渐渐消沉下去了,眼睛也暗淡无光了,整个好像变了个人,不那么刁钻,嘴也不那么尖刻,不那么碎了,她神情沉重地垂下了眼睛,过了好一会儿才说:"你实在不肯去,我也没办法了,老书记可能快不行了,她惦记着想见你一面。"

林又红警觉地盯着她,怀疑地说:"快不行了?怎么可能,昨天晚上她还来我家,不是还能说会道的吗?"

小陈说:"老书记得了重病,但是居委会干部和居民谁也不知道,她一直瞒着大家,前一阵开刀才请了半个月的假。昨天晚上在你家昏倒了,送她到医院抢救,才知道了真实情况,才知道最近一段时间,她一直是带病上班,找不到她的时候,她是在医院做化疗,每天一做完化疗就回来上班,结果……"

林又红十分吃惊,停顿了半天才说:"为什么?她为什么生病都不好好治疗休息?"

小陈沮丧地说:"唉,别问为什么了,人都已经这样了,你如果不去,我就回医院去告诉她了。"

林又红不知道自己怎么会碰上这样的事情,简直是莫名其妙,甚至离奇,她既无法拒绝小陈,也不觉得自己应该跟小陈一起到医院去见老书记,按林又红的性格,在工作和生活中,极少会长时间处于这种进退两难的境地,要么往前,要么后退,她从来都是遇事不慌,判断迅速,处理果断,可是面对这个90后向她提出的完全不合情理、莫名其妙的要求,她怎么也无法果断处理。

小陈的手机收到短信,小陈看了一眼,低着头说了一声:"我等不及了,我走了。"

林又红愣了片刻,喊住小陈说:"我问一下,你知不知道老书记为什么要叫我去?"

小陈停住脚步,过了一会儿才说:"对不起,我骗你了,老书记没有喊你去。"

林又红生气说:"说了半天,你嘴里有没有一句真话?你真是满口谎言!"

小陈说:"是我觉得老书记想让你去看看她,我猜的,但是我知道你不会听我的,就只好以老书记的名义,没想到,老书记也请不动你。"

林又红说:"老书记想让我去,她自己不会说,还要你猜?"

小陈说:"可是,老书记已经说不出话了。"

林又红心里一紧,又忍不住问:"你知道有什么事吗?是不是老书记要跟我说什么?"

小陈说:"我不知道,如果老书记有话要说,那肯定是居委会的事。"

林又红脱口而出:"居委会的事和我……"下面半句"有什么关系"生生地咽了下去。

小陈最后朝林又红掠过一丝失望的眼神,说:"可能和蒋主任有关系吧。"

林又红奇怪这个看不见摸不着的"蒋主任"怎么时时处处会出现,不由问道:"你们大家一直在说蒋主任蒋主任,这蒋主任到底是怎么回事?"话一出口,立刻在心里骂了自己一句:"狗拿耗子,狗性不改!"

小陈一边往前走,一边说:"我也不知道蒋主任是怎么回事,你要想知道,你自己去问吧。"

林又红气得冲着小陈的背影说:"怎么是我想知道?你居委会的事情我为什么想知道?我为什么要去问蒋主任的事?我真那么爱管闲事吗?"

也不知小陈有没有听到她说的这些话,她没有再停下,头也不回地走了。

第 7 章

林又红给自己泡了一杯茶,又点了支檀香,让自己彻底静下来。歇了一会儿,她开始做早就打算要做的事情,将自己的衣物、化妆品、书籍材料等彻底地整理收拾一下。这些年来,在联吉氏做事,几乎就没有属于自己的时间,更不可能静下心来打理属于自己的空间。

没有想到的是,一开了头,简直就无法收场了,衣物已经堆得到处都是,还占据了宋立明和小西的大部分地盘,把他们的东西都挤到了橱柜之外。

林又红这才发现,原来宋立明早已经买了许多百纳箱布盒。林又红以前偶尔也从电视购物的节目中看到过这些大小不一的百纳箱,现在这许多盒子,就在她眼前,从大到小,叠罗汉似的叠在墙角,父女俩的衣服,还有其他的用物,大多都请到了百纳箱里,也没有好好地叠平放整齐,许多衣服皱成一团。

林又红甚至还扒拉出一堆买了就没穿过的新的旧衣服,心里又好笑,又感慨,唯一解决的办法,就是做减法。林又红下楼去,打算到门口喊收旧货的师傅来收一下,忽然又想到那天在物业上看门的那个妇女说物业罢工的事情,林又红留了个小心,注意了一下,没有发现什么不正常,小区的保安都在正常工作,有站门岗的,也有在路上巡视的。一个巡岗的保安走到林又红前面,林又红看到他佩戴的胸卡上有"队长"两字。

保安队长站定了,跟林又红打了个招呼,然后又奇怪地说:"我记得你是姓林嘛。"

林又红一时摸不着头脑,不知他是什么意思,随口半开玩笑半认真地说:"我是姓林呀,我从前姓林,现在还姓林嘛。"

保安队长挠了挠头,"嘿嘿"一笑说:"就是嘛,我说你姓林,他们偏说你姓蒋。"

林又红一听"蒋"字,顿时头又大了,只听保安队长又说:"他们说得有鼻子有眼儿,说你是居委会的蒋主任,我跟他们说,我就算瞎了眼,也不会把你认作什么姓蒋的。"

林又红赶紧追问:"你认得蒋主任吗?"

保安队长皱着眉想了想,摇着头说:"我、我不认得蒋主任,没见过,桂香街居委会的人,我只认得一个老书记。"

他一提到老书记,林又红赶紧又问:"听说前两天那位老书记帮助丽都花园调解物业和业主的矛盾了,怎么样了?"

保安队长说:"那是不用说的,老书记出马,事情肯定搞定的。你都看见了,今天我们都正常上班了。"

也就是说,在今天以前的一段时间,他们都没有正常上班,只是林又红不知道、不关心而已,现在一切恢复正常。对林又红来说,如果不是因为煤气灶的问题,等于一切都没有发生。

但一切毕竟是发生过,尤其是老书记,在大家嘴里能干如神的老书记,竟然得了这么重的病,也不知道现在病情怎么样了。

林又红没打算再和保安队长多说什么,这些年她几乎不在小区内走动,她和他们几乎是完全没有交往的。她朝保安队长微微点了下头,打算走开了,但保安队长又主动说道:"可惜呀,老书记病重了,都说没几天了,想想前两天还在帮我们解决矛盾,这说倒就倒下了……"他稍稍停顿了一下,又自我安慰说,"幸亏老书记早有打算和计划,她早就安排好接班人了,就是他们说的蒋主任,就是他们误以为你是蒋主任的那个蒋主任。"

又是蒋主任。

林又红倒有点不甘心了,这"蒋主任"怎么时时处处都会出现?林又红忍不住问:"你们到底知不知道蒋主任是怎么回事?"

见林又红的口气有点急,保安队长摇了摇头说:"我们其实不知道蒋主任,也没有见过蒋主任,只是听说有个蒋主任。"

林又红愣了片刻,谁都不知道蒋主任,又谁都知道蒋主任,这蒋主任,真是很奇怪啊——只不过,蒋主任再奇怪,和她也没有半毛钱的关系。

林又红走到小区门口,没有看见每天坐在那里等候生意的收旧货的大婶,问了一下门卫,门卫指了指不远处说:"你到那边看看,她好像去菜场了。"

林又红往菜场方向走了一段,忽然对自己的行为产生了怀疑,她真是想找收旧货的大婶吗?完全可以等星期天让宋立明去处理,她什么时候变得对家务这么重视这么认真了?或者,她根本就不是去找收旧货的大婶的,那么,又是什么心理在推着她过去?

那个方向,是什么方向,有谁在那里等她吗?

林又红猛地感到心里一惊,立刻停下脚步,可惜已经迟了,夏老太已经出现了。

夏老太的固定位置,就是街心的那两棵桂树。这两棵桂树已经有几百岁了,长得根深叶茂,每年秋天,桂香不绝,不仅桂香街一带的居民闻香而坐,其他社区的百姓群众也经常结伴而来,赞赏不已。

原本这个地方只是街心比较宽敞的一个过道而已,自从桂树移栽到这儿,这儿就成了桂香街社区居民的聚集之处。后来居委会又在这里添置长椅、石桌,添置了运动器材、报栏画廊等等,自然而然就形成了桂香街的街心公园了。

夏老太坐在桂树下,老人和老树相映成趣,老而鲜活,可林又红多少有些惧怕和忌惮这位不知道到底有没有精神病的神神道道的夏老太,想赶紧避开,可夏老太已经在朝她招手了,喊道:"蒋主任,蒋主任,你过来一下,我有事要告诉你。"

林又红可不敢理睬这个夏老太,不能再上她的当,迈开步子赶紧走。

夏老太的声音却紧紧地追上来了:"蒋主任,我告诉你,你的老东家,玩具厂的刘厂长,托我带信问你好噢。"

明明是一句疯话,可不知怎的,林又红心里"咯噔"了一下,脚步也停下来了,又从哪里冒出个老东家,又是什么玩具厂,难道是夏老太在向她传递什么信息?这老太太到底是什么意思,是精神病人发病胡说,还是确有所指?如果是确有所指,那是不是夏老太在告诉她,蒋主任原来在玩具厂工作?

怎么绕了半天,又绕到蒋主任身上去了?

真是挥之不去。

林又红性情耿直,不愿意一直被人误会下去,一急之下,也不找收旧货的大婶了,她要直接到桂香街居委会去找蒋主任,把蒋主任拉到夏老太面前来。

尽管眼前晃动着小陈那张极不真实又令人生厌的脸,但她还是要硬着头皮往那里去。

小陈并不在居委会,居委会里只有一个比小陈还年轻的女孩在值班,她坐在窗口的电脑前办公,林又红问她其他人到哪里去了,那女孩惜语如金,朝她笑了笑,却不说话。

还是在那里排队等办事的一个居民告诉她,老书记住院了,大家都去看望和陪护老书记了。又说,小金本来肯定也要去的,但是今天是正常工作日,肯定有居民来办事,找不到人,会骂人的,所以留下她值班。

这居民也够坦率的,找不到人会骂人,不就是说的他自己吗?那居民也知道自己是自打耳光,干脆自嘲说:"我如果来办事,居委会没有人,我肯定要骂人的,骂人算是客气的。"

林又红十分反感,又多嘴反问道:"不客气会怎么样呢?"

那女孩这会儿朝林又红看了一眼,就这一眼,林又红感觉她是蛮高兴的,果然,她终于开了金口:"林总,您还是来了——我、我姓金。"

林又红对她说的这短短的几个字,一下子竟有诸多的疑惑:首先,她怎么会知道她是"林总";其次她说"您还是来了",感觉味道不对;再次,她完全没有必要告诉林又红她姓什么。只不过林又红没想再和她去争长论短,只是说:"我想问一下,你们的蒋主任叫蒋什么?"

小金又金口难开了,只是摇了摇头。

林又红生气地说:"你们自己的主任,你都不知道叫什么?笑话!"

小金脸色紧张起来,嘴闭得更紧了。

林又红不依不饶地追问:"你们的蒋主任,到底怎么回事,到底怎么个情况?"

小金仍然闭嘴摇头。

林又红和小金说话这一会儿工夫,稍稍耽误了排队办手续的一个中年男人,他不高兴了,嚷了起来:"你们是说话还是工作?"

小金赶紧低头办事,林又红觉得这居民口气十分蛮横,回嘴道:"有时候工作就是说话。"

那居民也不买账,说:"可我们不是来说话的,我们是来办事的,你们居委会就是替我们办事的,不能用说话代替办事!"

小金似乎有点担心林又红接受不了这种说话的方式,又说了一句:"林总,你别跟他们计较,他们从来就是这种腔调,从来不会好好说话的。"

林又红却毫不客气地对小金说:"我现在已经不是林总了,请你别喊我林总了,以免引起不必要的误会。"

小金脸红红的,胆怯地看着林又红,小声地说:"那、那、我可以、可以喊你,那我、我应该喊你林……"下面又不敢说了,紧紧地闭住了嘴。

林又红不想再和他们啰唆,无论是小金,还是居民,她都不适应他们的做派。林又红果断地转身离去,不料还没走出门,就被一条粗壮的胳膊挡住了,一个大汉从天而降,挡在了她面前,朝她一打量,问道:"你是新来的主任?"

林又红赶紧摇头摆手说:"不是不是,跟我没关系。"

大汉说:"那你在这里干什么——操,他们人呢?"探头进去看看,又"操","怎么只有一个人在办公?"

有个路过的居民停下来,朝他看了看,说:"齐三有,你别闹了,今天真的没有人。"

这叫齐三有的男人顿时气愤起来,嗓门也更大了起来:"我操,居委会干部怎么可以这样,他们都出去了,都不管我们了,操,那我的事情谁负责?"

林又红听着口口声声的粗话,心中十分厌恶,根本不想接他的话头,可不知怎么的就偏偏管不住自己的嘴了,脱口问道:"他们在医院陪护老书记,怎么,你有意见?"

齐三有仍不讲理,急吼吼气哼哼地说:"陪老书记归陪老书记,老书记生病我也着急的,我也希望老书记早点好起来,我的事情老书记会帮我解决。可是现在我有急事,谁来解决——我家的下水道堵了——我操,不是堵了,是又堵了,我操,什么名堂,三天两头堵,家里臭死了,老婆都被熏跑了。"

林又红闲吃萝卜淡操心的脾性又上来了,完全不关她的事,她却又多嘴说道:"下水道堵了,你找管道工疏通呀,找居委会干什么?"

齐三有朝她翻个白眼,斜她说:"亏你想得出,我找管道工,操,一开口多少钱,动一根皮老鼠就要收多少,我一个月才挣多少钱，找两次管道工，我一家就不要活了。"

林又红被他怼得无语，也怼得措手不及，以她的认知，下水道堵了，肯定求助专业管道工，怎么又跑到居委会来了呢。林又红脱口说："可是居委会干部都会通下水道吗？"

齐三有蛮横地说："那当然，居委会干部什么都会，什么都得管，操，不然怎么叫居委会！我告诉你，就算我有钱，我也不会找管道工，操，这就是居委会的事情，我不找你们找谁？你新来的，根本就不知道情况，我有事情从来都是找居委会的，你们不能不管，操，从前老书记就好，一喊就到。"

他挓挲着两条粗胳膊，站在林又红面前，分明是要等着林又红跟他走。林又红往后退了退，说："我不是新来的，我根本就不是桂香街居委会的干部。再说了，我也不会通下水道，我去了没用。"

齐三有明明无理，却是一副有理走遍天下的腔调："操，谁也不是天生就会通下水道，老书记老了，还帮我家通过呢。"

林又红不由得气愤起来，厉声说："明明知道老书记老了，身体这么差，还让她帮你通下水道，你良心过得去？"

齐三有强硬道："操，那是老书记主动要去帮我的，我不喊她，她也会去的。"

林又红更生气了："亏你还好意思说出口，你真有脸，人高马大一个大男人，自己不动手，居然让老太太帮你，你什么人啊——所以，我今天告诉你，别说我不是居委会主任，就算我是，我也不会去你家帮你通下水道！"

她也算是豁出去了，无非就是听这个蛮横不讲理的人再多

"操"几声,却没料到这气焰嚣张的男人,听她这么一说,气焰顿时瘪下去了,张着嘴,傻愣愣地朝她看,好像没听明白她说的什么,愣了半天,回想过来了,一旦回想过来,他也不"操"了,突然间"扑通"一声朝林又红跪下了。

林又红哪里料得到这种突如其来的巨变,她也根本无法对付这样的状况,一个又高又壮的男人跪在她面前,不仅跪下,他居然还号啕起来:"主任啊,书记啊,我求求你,我求求你,行行好,跟我走一趟吧。"

林又红吓了一跳,赶紧往后退,但是坚决强调说:"我不去,我不是主任,也不是书记。再说了,我不会通下水道,通下水道是专业活,得有技术的。"

齐三有哀求说:"你去了就知道了,我不是求你帮我通下水道的,我求你帮我去看看,看一看你就知道了。"

林又红说:"不去!"

齐三有说:"你不去我就不起来,一直跪下去。"

林又红知道自己碰上无赖了,一个五大三粗的男人这么眼泪鼻涕地跪在自己面前,实在是让她如坐针毡心情烦躁,一气之下说"走走走",拔腿就往外走,那齐三有连滚带爬起身紧紧跟上,在后面一迭连声地说:"谢谢主任!谢谢主任!主任你是我的救命恩人!"和刚才那个满口粗话的判若两人。

林又红见他一口一个主任,严正地说:"我告诉过你了,我不是居委会的干部,你别喊我主任,你再喊,我不去了。"

齐三有喏喏道:"是,是,主任,我不喊你主任了。"

一路上有人跟齐三有调笑说:"齐三有,老婆跑了,这么快又搞到一个,还蛮标致的蛮白的哦。"

齐三有追上几步,和林又红说:"别听他们胡扯,他们没文化,没水平的,都是傻×。"

林又红又好气又好笑,说:"还说人家没水平,你很有水平哦。"

齐三有赶紧讨好地点头道:"就是,就是,我们都是没文化的,主任你别和我们一般见识。"

说话间,他们已经到了莲花巷的中段,齐三有抢上前两步,指着路边一排旧平房中的一间说:"主任,到了,那边就是我的店。"

沿街面一字排开有几个小店面,都是前店后屋的房型,前边齐三有家的店招又脏又旧,写着"齐三有油焖面"几个字,这边隔壁的一家叫"桂花杂粮糕",林又红正好路过,随意朝里边望了一下,齐三有立刻不满了,说:"哎,主任,哦不,不主任,你看人家干什么,你是来帮我解决的……"

齐三有话音未落,从"桂花杂粮糕"店里冲出来一个中年妇女,长得还算清爽,却是满面愁容,齐三有一看她出来,赶紧挡在前面说:"罗桂枝,你别横戳枪,主任是我请来的,你的事情先靠边站站,忙完了我的,才轮得到你。"

妇女也不好惹,根本不买齐三有的账,但她也不和齐三有狡辩,却盯着林又红说:"你是主任?你是主任怎么到现在才来,非要等到我们都玩完了你才来?"

虽是个女的,却也和齐三有有得一拼,林又红莫名其妙劈头盖脸又被责怪一顿,来气,说:"你搞清楚了,我可不是你可以随意谩骂的对象。"

齐三有一听,赶紧说:"是的是的,她可不是主任,罗桂枝,你跟她说不上话……"

罗桂枝冷笑一声,说:"她不是主任,那她跑到我们这里来干什么?我们这地方,除了居委会的人,还会有谁来看一眼?"

林又红仍然气不过,说:"既然只有居委会的干部才会来关心你们,你不仅不知道感谢,反而用这种态度对待他们,你还好意思说没人会来看你一眼,就你这种人,谁会愿意来看一眼!"

罗桂枝闷了一下,上下打量了林又红一番,又反击说:"看起来,你是个高高在上的大人物哦,你当然不能适应我们的说话方式,可是真正的居委会干部,就是这样和我们打交道的。"

林又红怎么会服软:"打交道?怎么打交道?你们的所谓打交道,就是互相谩骂?"

她俩纠缠上了,一旁的齐三有急坏了,跳着脚说:"操,操,你们搞什么搞,怎么变成你们两个的事情了,我的事情谁解决?"

从罗桂枝的店里又出来一个年轻人,眉清目秀,文质彬彬,挡到罗桂枝前面说:"妈,别求他们,咱们家的事,谁也帮不了,只有靠我们自己。"

刚才还气势汹汹尖嘴利舌的罗桂枝一瞬间眼睛就红了,眼泪滴了下来,哭泣着说:"靠自己,怎么靠啊?罗立,你可怎么办啊?"

罗立说:"妈,你放心,我一定有办法!"一边说一边拉着母亲进店里去了。

林又红发现齐三有也愣怔住了,问他:"他们家怎么了,出什么事了吗?碰上什么难题了?"

齐三有又是咂嘴又是摇头，说："本来一家人开个杂粮糕点心店，做做吃吃也过得去了，还做得蛮有名气的。偏偏老子赌上了，欠了巨额赌债，拍拍屁股丢下这母子跑路了。现在债主天天上门追债，真是屁滚尿流，日子是没法过了……"说了几句，才发现自己错了，赶紧道，"操，说他家的事干什么，我家的事还没解决呢。"

硬是将林又红带到了自己店门口。林又红往里一看，齐三有的面店很小，只放得下三四张桌子，从天花板到地板到墙面，从桌子到板凳到餐具，全都布满了油腻，人未进店，一股恶臭异味就已经扑面而来。

店里有一扇小门通往里边，从门外往里边看，黑咕隆咚，什么也看不清，没等林又红的眼睛适应这样的环境，就从那黑咕隆咚的地方冲出一个满脸铁青的女人，拖着一个大箱子，直往外奔，紧随她身后又追出一个年轻男人来，紧紧拽住女人的手臂说："嫂子，嫂子，你不能走，大哥吩咐我看住你的。"

女人回头赏了他一个耳光，一边用劲掰他的手，一边骂道："什么东西，要你看你就看啊，你是看门狗啊？"

年轻男子死活拽住不放，嘴上说："我是狗，我就是看门狗，嫂子，你走了，大哥要、大哥要……嫂子，你实在要走，等大哥回来再……"他正万分焦急，一眼看到齐三有和林又红站在面前了，立刻喜出望外，赶紧把女人送到齐三有面前，交给他，由齐三有来拽住她，一边对齐三有说："大哥，你怎么这么长时间才回来，我都坚持不住了，你看你看，嫂子都把我的胳膊掐烂了……"一边伸出胳膊给他们看，一边又歪了歪嘴说，"哎，脸上好疼，脸上、脸上有没有……"他摸着自己的脸,林又红一看,果然,脸上也抓出了血痕。

齐三有只顾着紧紧拽住老婆,并不理睬这个小弟哪里受了伤,他觍着脸对老婆说:"老婆老婆,你别生气,现在好了,主任来了。"

林又红刚要纠正他,他赶紧朝林又红合手一拜,说:"主任主任,我老婆要回娘家,扔下我和两个小孩,你帮我劝劝她吧。"

林又红生气说:"你不是说下水道堵了吗?怎么又变成夫妻矛盾了?你们平时说话都这么随意吗,不顾事实,想说什么就说什么?"

齐三有一手紧紧拽着老婆,一边请林又红进屋看看,一边可怜巴巴地说:"两个都是事实,两个都是事实,下水道堵了,屋子里被臭水淹了,但是已经被我疏通了,水也退掉了,可我老婆还是要走。"

林又红走近店门口,朝里看,地面上倒是没有水了,但是污水淹过的痕迹还在,呛鼻的臭味简直能把人熏倒。

女人又用劲掰齐三有的手,一边咬牙切齿地说:"再不走要被熏死,不熏死也要被你个废物气死。"

齐三有一边自打嘴巴,一边检讨:"老婆老婆,是我废物,是我错了,我一定改,我一定会让你和小孩过上好日子的,你……"

女人指着店里地面上的污迹,骂道:"放你娘的臭狗屁,这就是你的好日子?"

齐三有说:"我马上洗,我马上洗……"赶紧把老婆又送到林又红面前,说,"主任,主任,求求你帮我拉住她。"

可能是因为"主任"来了,女人的脸色多少缓和了些,自己甩开了齐三有的拉扯,说:"你放开我,我不走,既然主任来了,今天就当面把话说清楚了,说清楚了我再走。"

齐三有小心翼翼地试着放开老婆的胳膊,一边看着老婆的脸色,老婆果然没再要走,但仍然气鼓鼓的,指着齐三有说:"我告诉你,不是我嫌弃你,我和孩子闻臭气也就算了,算我们倒霉。"她回头向林又红诉说,"主任,你知道的,我们家开的是面店,这样的店能有人进来吃面吗?"

围过来看热闹的邻居都哈哈大笑,一个说:"嘿嘿,现在的人吃香的喝辣的,说不定吃腻了,想来尝尝臭味呢。"

另一个也取笑说:"就是嘛,不是有好多人喜欢吃臭豆腐吗,那边小吃一条街的臭豆腐,就是在大粪水里泡出来的哦。"

再一个说:"你干脆改成齐三有臭油面,说不定生意会好起来呢。"

齐三有气得吼了一声:"操,我都要家破人亡了,你们还来取笑,我操你们十八辈祖宗!"挥着拳头冲上前要揍人。

女人说:"你还有脸和别人争个高低,人家说得没错,卖吃食的店,满屋子臭味,谁会来?"她大概是对齐三有彻底失望了,又回头找林又红说话,"主任,其实我们家的小店,开了好多年,从前生意一直蛮好的,我们都是做回头客的,附近的人都知道齐三有面店的面不光好吃,至少是干净卫生的,我们不会做伤天害理的事情,我们不会用地沟油,不会用毒辣粉,不像那边小吃一条街,全都是乱来的——只有不知道的人、只有外来客会去那里上当,我们桂香街社区的居民,包括周围的人,都知道那地方不能去,会来我家的店,我们小本经营生意一直蛮好的,可是从去年开始,下水道就一直堵,生意做不下去了……"她忍不住哭了起来,边哭边继续说,

"主任,你都看到了,我们一家四口,就靠这个小面店活着,店开不下去,我们就死路一条。"

在齐三有老婆的哭泣声中,大家渐渐安静下来,似乎是等着林又红想办法拿主意,可林又红哪有什么办法和主意,只是大家都盯着她,她不可能一甩手走掉,又不知道该怎么处理,只有先看看情况再说。她憋住气,跨进店里,又朝里屋看看。

里边的这一间小屋,就是他们的家了,除了两张床,几乎没有什么家具,就算有家具,也搁不进去。当林又红的眼睛渐渐适应了这种浑黑的时候,她才发现,屋里还有一男一女两个六七岁的孩子。

两个孩子十分安静地坐在小矮凳上写作业,外面大人的吵闹他们好像完全听不到,对他们完全没有影响,他们都光着脚,地上的污渍沾在脚上,他们也完全没有在意。林又红屏住气走进去,凑近了看看他们的作业,作业本上老师打了好多红五星,她想和他们说几句话,但实在是憋不住气了,赶紧退了出来,对齐三有老婆说:"你的两个孩子多好,你们吵架,他们还在安心做作业,虽然家庭条件不好,可他们的学习那么专心,功课那么好,你忍心把他们丢开自己一个人走吗?"

老婆气道:"那好,我把孩子带走,让他们天天闻臭气,我也受不了。"她一边说一边又用凶狠的眼神把齐三有想辩解的话逼了回去,齐三有只得可怜巴巴地看着林又红。

林又红尽管心里不情愿,但到了这一步,她也不能眼睁睁地看着人家家庭破裂,老话说,宁拆十座桥,不破一桩婚,虽然齐三有的婚不是她破的,但是如果他们婚姻破裂,至少她是个没有担当的见证人。想到这儿,林又红只得硬着头皮对齐三有的老婆说:"如果你走,再带走孩子,那你就是把你老公一个人扔在臭味里。你其实完全知道,你老公很在意你和两个孩子,你和两个孩子就是他的希望,就是他的全部,你们走了,把他的全部希望、把他的未来都带走了,你忍心吗?"其实她自己也觉得这些话说得实在是干巴巴的,甚至冷冰冰的,像是在背书,完全没什么感情色彩。

可哪里想到,就她这干巴巴冷冰冰的几句话,竟把齐三有的老婆说哭起来了,她边哭边说:"主任啊,你这是说到我心上去了,我哪里放得下他们,可是这日子,实在是难熬呀,三天两头,一个家就泡在臭水里,我洗呀刷呀拼命搞卫生呀,刚刚搞干净一点,它又淹了,你叫我、叫我怎么办?"

林又红想了想,说:"我不是太懂,下水道的问题到底出在哪里?你这是平房,不存在楼上会有杂物堵塞。会不会是你们家的水道弯管那儿有什么东西堵住了?"

齐三有一听,又"操"了起来,说:"操,弯管那里,我们怎么看得见,我们眼睛又不会拐弯。"

林又红说:"你家有没有疏通管道的什么工具?"

齐三有赶紧拿来,又发牢骚说:"我光是买工具,就花了多少钱,谁为我埋单啊?"

林又红觉得这齐三有的思维很奇怪,你自己开店,当然你自己埋单,还能有谁为你埋单。可齐三有就是这么想的,他自问自答道:"我发票都留着呢,这都要你们居委会报销的。"

林又红实在想笑,但刺鼻的臭味呛得她想吐,实在笑不起来。齐三有把一根弯管交给她,她接也不是,不接也不是。齐三有硬往她手里塞,她接了过来,却傻了眼,她怎么会用这种东西,齐三有还在旁边催促:"主任,主任,你搞呀!"

街对面居民自办棋牌室里打麻将的居民也都过来看热闹了,幸好有个知道那弯管怎么用,过来帮林又红,几个人一搭手,弯管捅下去,一会儿果然捅出东西来了,大家上前一看,是一块超大的肉骨头。

林又红说:"齐三有,你自己看看,这么粗的骨头你就往水池里扔,你这是自己堵自己,自己害自己。"

齐三有认错说:"是我不对,是我不对,我不文明,害了自己。"

可是围观的邻居又七嘴八舌起来,反对齐三有的说法。

一个说:"主任,你是个外行,根本不是因为齐三有的骨头,这不是齐三有一家的事情。"

另一个又说:"我们莲花巷这一大片的下水道,早已经成了化粪池了。"

再一个说:"主任,你到我家去看看,我家才真正需要你帮忙。"

齐三有说:"你们闭嘴,今天主任是来解决我家的困难,你们先靠边站站,等我们的解决了,下次你们再找主任。"

齐三有老婆上前扒拉开大家,对林又红说:"主任,你都看到了,你都闻到了,每次一堵,至少一个礼拜,臭气消不掉,等到臭气消得差不多了,又堵了。"

林又红说:"喷点空气清新剂,气味会好一点儿。"

齐三有一听,顿时翻脸说:"空气清新剂?操,我告诉过你,我穷,买不起空气清新剂,请不起专业人员。你什么意思?操,一提再提,提了又提,你是嘲笑我穷,还是告诉我老婆我没本事啊?"

他不讲理,林又红也来火了,跟他计较说:"我好心来帮你看看的,你什么态度,这副吃相,谁愿意来帮你?"

齐三有竟蛮横地说:"你还说我什么态度,你对居民什么态度?你居委会干部就这样对待居民?"

林又红简直不敢相信会有这样的事情,帮他搞通了下水道,还帮他劝了老婆,感谢的话一句没有,居然还指责她的态度,居然还是不尽的埋怨、责怪,她简直不知道这人的脑子是怎么长的,心是怎么长的,差一点脱口跟他对骂:"什么东西,什么货色,哪一天你老婆带上孩子离开你,那是你活该!"

当然,话到嘴边,她没有说出来。

毕竟,她是林又红,她不是居委会干部。

她转身快速离开了这个臭烘烘的地方。齐三有却追了上来,说:"主任,主任,你生气啦,我哪里做得不对,你怎么生气啦?"

林又红实在是哭笑不得,这些人,她是完全不能理解,完全不能接受,骂人求人,都可以在瞬间完成,红脸黑脸,也都能片刻转换,这会儿你从他那诚恳的态度上,哪里看得出刚刚还指着你的鼻子骂人?

齐三有似乎完全看不出别人的脸色,还追着说:"主任,我送送你吧。"

林又红心灰意冷,完全不想再和他有什么纠葛,她无力地摆摆手,转身离去。听到他在背后嘀咕:"咦,生气了,我哪里得罪她了?"再次追了上来说,"主任,主任,我问一下……"

林又红生气地喝断他,再一次严正地说:"齐三有,我跟你说过了,我不是主任!"

齐三有笑眯眯地说:"嘿嘿,主任,你还难为情,其实你不用谦虚的,你们居委会的人,我们个个管叫主任的,那个姓陈的黄毛丫头,我们也喊她陈主任,她还应得噢噢的,一点不难为情,你有什么好谦虚的,主任……"

林又红头也不回往前走,齐三有又在背后说:"好吧好吧,我不喊主任了,那我问你姓什么总可以吧?"

林又红说:"你问我姓干什么?"

齐三有说:"咦,下次好来麻烦你呀,我都不知道你姓什么,我有了困难怎么找你呢?"

林又红气得说:"你一定要知道我姓什么?好,我告诉你,我姓无!"

齐三有高兴地说:"知道了,知道了,是吴主任——吴主任,你是口天吴吧?"

林又红说:"不是口天吴,是无事生非的无,是一无所有的无,是无聊的无。"

这下子难倒齐三有了,他挠着脑袋,奇怪地说:"无?怎么会有这个姓,还有姓无的人,我从来没有听说,有姓无的吗?"

林又红说:"正因为天下无此姓,所以,你口中喊的这个无主任,就是根本没有这个主任,你懂了吧?"

齐三有傻傻地盯着她,看了半天也没有想明白什么叫无主任,只好冲着她的背影喊:"无主任,我跟你说好了啊,有事我再来找你啊。"

林又红急急忙忙从莲花巷穿过小吃一条街回家去,上午十点多,不是小吃街开市的时候,这地方一天会有两个高潮时段,一是早市,现在已经下市了,另一段时间是每天的下半午开始一直到半夜,才是最热闹的时段。现在街上有点冷清,但是街上照样飘散着呛人的油垢味,街面的石板早已经被油污浸透,呈现出亮红色,又滑又腻,林又红小心地避开这些油污,想起刚才在齐三有家里,大家对小吃一条街的议论,又想到自己在这里买的化成黑胶水的凉皮,简直是心惊肉跳。

有一伙人正凑在一个烧烤摊位前商量着什么事,看到林又红经过,有人"嘘"了一声,另一人说:"嘘什么嘘?"

另一个也说:"怕什么怕?"

那个发出"嘘"声的人朝林又红看了看,说:"这好像是居委会新来的主任噢……"

其他人立刻嚷起来,一个说:"主任已经来了?真的假的?"

另一个说:"怎么这么快就有主任了,这回街道重视了。"

再一个似乎有些担心,说:"难道他们知道我们的计划了?"

他们齐齐地转向林又红,逼到面前了,林又红避不开,勉强地朝他们笑笑,一边走一边说:"你们认错人了,我不姓蒋,我不是桂香街居委会的干部……"

没走出几步,有人从背后拉扯她的衣角,林又红回头一看,吃了一惊,竟是那个齐三有,不知为什么又追上来了。齐三有神神秘秘地把她拉到路边一个角落,还鬼鬼祟祟地四处张望了一下,自我安慰说:"还好,没有人,没有人——主任,主任,我告诉你个秘密,你可不能出卖我,千万不能说是我说的。"

林又红压住心头的厌烦,说:"什么事,搞这么神秘干什么?

说吧。"

齐三有压低着声音说:"你要管一管的,你要管一管的,不过你可千万别说你是怎么知道的,我不是叛徒,我跟他们不是一伙的。"

林又红完全摸不着头脑,也听不懂他在说什么,她只想赶快从这个齐三有身边离开。

可齐三有却拦住她,紧张地说:"主任,你不能走——老书记身体好的时候,他们不敢的,现在知道老书记病了,他们要出花样了。主任,你要管的,你不管的话,要出大事的,真要出大事的!"

林又红说:"他们是些什么人?"

齐三有说:"这你都不知道,你怎么当主任?他们就是小吃一条街上的小摊贩呀。"

林又红没好气地说:"噢,和你一样的。"

齐三有说:"我和他们不一样,我有营业执照,有卫生许可证,有固定店面,我是'三有',他们是'三无'。"

林又红忽然明白过来:"齐三有,原来你是这么个'三有'。"

齐三有不好意思地笑了笑:"嘿嘿,齐三有是我自己给自己取的绰号,我原来不叫齐三有,我叫齐……"

林又红才不想知道他原来叫什么,打断他说:"你还好意思说你'三有',自己都把自己堵死了,你还'三有',你三有什么,有道德?有文明?有规矩?"

齐三有被她戗了几句,却没有生气,反而难为情地笑了笑,说:"主任,你批评得对,我是讲文明讲得不够,可我和他们是有本质区别的,他们的事,可是大事,你一定要管的!"

林又红不想再听了,撇下齐三有就走,齐三有急了,又不好强拉住她,赶紧跑到那一伙人跟前,大声说:"哎,她就是主任,她就是主任,你们找她!"

果然立刻有人在背后喊起来:"喂,主任,你等一等!"

但立刻有人制止了这个人,接着就是骂声一片:"什么狗屁主任,瞧不起我们,我们还不尿你呢。"

"本来他们和城管就是合穿一条开裆裤的,找她等于找死!"

"上回小八子进去,就是原来那个主任举报的。"

林又红赶紧加快脚步离开,把这一切都彻底地丢到身后。

第 8 章

　　下午小桂来的时候,看到林又红在家,做事情多少加了点小心,把角角落落里的灰都给扒出来清扫干净了。林又红也没有心思去跟她计较什么,但她分明感觉到小桂很想和她说话,但又随时小心着她的脸色。整个下午两人只是问答式地说了两次话,一次是小桂请示林又红,鱼是红烧还是清蒸,林又红回答随便。另一次是林又红问小桂宋立明平时大约几点到家,小桂说五点半。

　　其实别说小桂,连小熊都知道,林又红脸上的笑,是硬挤出来的。也许,它听到她回家的脚步声时,就已经知道她的心情了,所以整个下午,小熊对林又红采取的是不卑不亢的态度,如果林又红喊它,它就摇摇尾巴,以示友好,如果林又红坐在那儿想心思,不吭声,它也不会主动示好,只是趴在一个固定的地方,间或看看小桂做事,间或竖耳听听外面的声音,更多的时候它是安安静静的。

　　不到五点半,该做的事差不多都做完了,小桂似乎有些不知该怎么办,站了一会儿,还是过来问林又红:"林总,鱼已经蒸在锅上了,汤也煲好了,其他的菜是我来炒,还是等宋先生回来?"

林又红愣了一下,奇怪地说:"平时不都是你炒的吗?"

小桂说:"宋先生关照的,你要是在家吃晚饭,让他来炒菜。"她似乎有些不好意思,又说,"嘿嘿,我的手艺一般,你会嫌弃的,我的手艺不如宋先生。"

林又红"哦"了一声,没有马上说话,想了想才说:"小桂,你是不是现在就想走?"

小桂否认说:"没有,没有——鱼还在蒸着呢,我不会走的。"

林又红朝厨房看了看说:"没事,你要走也行,我看着就行。"

小桂又赶紧摇头说:"不行的,不行的……"

林又红倒笑了起来,说:"哦,我知道了,你是觉得我会把锅底烧穿了吧?"

林又红一笑,小桂总算放松了一点,但是她站在林又红面前的姿势,总是让林又红觉得她有话想说,林又红最烦腻腻歪歪不爽气的样子,直截了当道:"小桂,你是不是有什么事情?直接说吧。"

小桂这下子没有退路了,脸红了红,又下了下决心,才支支吾吾地交代出来:"林总,我、我家,今年上半年,买、买了一套二手房,是很老的公寓房,一室一厅的那种,主要它是学区房……"

林又红以为她要借钱,头皮一麻,正在犹豫,万一她真的开口,她该怎么应对?

小桂似乎也猜到林又红的想法了,赶紧解释说:"林总,不是钱的问题,学区房虽然很贵,但是我们夫妻俩到南州打工十多年,省吃俭用,首付款已经够了——因为女儿明年要上学了,才下决心买的……"小桂的声音里一下有了哭腔,"可是、可是林总,我怎么这么命苦,等房子手续办完了,我们才听说,学区房必须在购房两年以上……"

林又红并不太清楚学区房、就近入学或者其他的某些规定,这些年,小西上学的事情,都是宋立明搞定的,大概也没有碰到太多的困难,基本上都没有跟她探讨商量过,所以小桂碰到这样的事情,林又红只能说:"那,既然是有规定,你们之前怎么没有打听清楚呢?"

小桂的眼泪掉下来了,一边用手背抹着眼睛,一边说:"是中介蒙我们的,他说没有时间规定,还说那时候几家都在抢这套房,我们如果一犹豫,就卖给别家了,我们就急急忙忙签了合同。"

林又红想说:"这只能怪你们自己事先没有考虑周全。"但是话到口边,看小桂伤心的样子,没有说得出来,改口道:"那,还能怎么办呢?"

小桂犹豫了一下,像是在给自己鼓劲,抬高一点声音说:"我们打听了一下,如果居委会能够开个证明,证明是两年以前买的,会有用的。"

林又红脱口说:"那不是作伪证吗,居委会怎么会同意呢?"

小桂的口气更坚定了,说:"居委会会同意的,真的,林总,我打听过很多人,他们都告诉我,居委会经常会给居民出这种证明的,他们总是站在居民这一边,他们一直是为居民着想的。"

林又红一听这逻辑,简直——她也不知道简直怎么样,只是觉得,这几乎是不可能的事情,说:"就算居委会能开出这个假证明,但是居委会证明的日期岂不是和购房合同上的日期不一致,这种骗局,一眼就能看穿的。"

小桂见林又红老是在反驳她,一急之下,说出了更荒唐的话来:"居委会还可以证明购房合同的日期是错的。"

林又红忍不住"啊哈"了一声,说:"居委会都这么乱来,会有人承认他们吗?"

小桂见林又红完全不相信这种事情,口气急迫地说:"林总,会承认的,居委会说话算话的,居委会代表一级政府的。"

林又红又想笑,并且还想继续反驳小桂的这种完全无逻辑无规矩的想法,她甚至想提醒小桂,你又上人的当了,上次是上了中介的当,这一次不知道又是上了谁的当,可是看到小桂眼泪汪汪的,她忍住了,口气和缓地说:"既然大家都说居委会可以开这样的证明,你就到居委会去呀——哦,你家买的房子,在哪个社区?"

小桂说:"就在桂香街社区,是菱塘角那一带七十年代的老公寓房。"

林又红一听桂香街,心里莫名其妙地"扑通"了一下,赶紧镇定了一下,在心里骂了自己一句:"神经病,桂香街是你吗?"

小桂本来是鼓了劲才说出来的,这会儿又低落下去,抹着眼泪说:"去过了,去过几次,可是不行——林总,我家虽然穷,可是我女儿很聪明,有出息的,她从小就跟着一个老乡学围棋,现在已经有、有什么段——唉,可是有什么用啊,连好一点的小学也上不了。"

林又红顿时又敏感起来,她朝小桂看了看,似乎感觉有什么东西正在向她逼近,她紧逼着问她:"那你跟我说这个是什么意思?"

小桂可怜巴巴地看着林又红,不说话了。

林又红闷了一会儿,站起身说:"你不说话了?那你去厨房看看鱼吧,差不多了吧……"

小桂一见林又红要走开，顿时慌了，赶紧说："林总，你别走，我说、我说。林总，我听说、我听说……"看着林又红的脸色，又不敢往下说了。

林又红说："小桂，我从来还没见过你说话这么吞吞吐吐，到底怎么回事？"

小桂咬了咬牙，终于说出来了："林总，为什么、为什么他们都喊你、喊你蒋主任？"

林又红一听，简直是又好气又好笑，真不知该怎么应对，急中生智赶紧说："桂香街居委会有位老书记，你没找过她吗？"

小桂叹了口气说："我运气不好，去了几次，都没找到她。"

林又红回过神来说："就算你找到她，她会给你开假证明吗？"

小桂答非所问道："老书记会帮我们解决困难的。"她分明知道林又红故意把话题扯开了，赶紧拉回来，又重复了一遍，"林总，他们都喊你蒋主任。"

林又红来气，戗她说："那你怎么不喊我蒋主任？"

小桂讪讪地说："我知道你是林总，不过——你要真是蒋主任，那就好了，——我听丽都花园的保安说，喊你蒋主任，是因为他们认错了人，但是我想，也许不是认错人，也许你确实、确实那个什么……"

林又红气得说："小桂，别人胡搅蛮缠，是因为他们搞不清事实真相，你在我家做了这么长时间，难道你不知道我是联吉氏的林总吗？"

小桂说："我知道的，可是、可是现在联吉氏已经没有了呀！"

林又红抢白道:"联吉氏没有了,我这个林总,就成了居委会的蒋主任了吗?笑话,真是天大的笑话!"

小桂见林又红真生气了,不敢再多嘴了,屋里的气氛有点紧张,小熊也感觉到了,过来蹭了蹭林又红的腿,又冲着小桂摇了摇尾巴,感觉它是在做调解工作呢。

林又红虽然觉得小桂也像桂香街的那些人一样,十分胡搅蛮缠,但毕竟小桂家里是碰到了困难,对她这样的家庭来说,这还不是一般的困难,这是天大的灾难,本来这样的家庭的孩子各方面条件都比别人差几个等级,如果再晚一年上学,那真是彻底输在起跑线上了。

林又红想找个熟人,至少先了解一下学区房的情况,看看能不能帮到什么忙,但是在脑子里搜索了一下,居然没有一个人是合适打电话去的。自己在联吉氏工作的这几年,一心扑在那里,几乎隔断了联吉氏以外的所有的社会关系,平时极少联络,现在贸然打扰,实在不太妥当,倒是老宋,虽然只是一个普通机关干部,但因待人诚恳,乐于助人,结交了不少朋友,各行各业都有,想至此,林又红不由得问:"小桂,你这事情怎么不和老宋说说呢,他认识的人多,说不定能帮到你。"

小桂又犹豫了一下,吞吞吐吐地说:"宋先生虽然认识的人多,但是他没有你名气大,你出面,肯定更……"

林又红忍不住打断她说:"可是我并不认得谁谁谁,也不知道该找谁谁谁。"

小桂脱口说:"你不认得他们,可他们都认得你,都知道你。"

林又红心中难免不高兴,朝小桂摆了摆手,说:"这样吧,等老宋回来,我和他说。"见小桂脸色灰暗下去,毕竟于心不忍,又补充说,"我和他商量一下,看看找谁合适。"

小桂这才重新怀上了希望,但是因为林又红心中不快,脸色不好,小桂也不敢再多说什么了。

宋立明果然在五点半到家了,他单位是朝九晚五,下班五点出发开车回家,路上半小时,一向都是十分准时的。宋立明一回来,家里气氛顿时缓和了许多,小桂的脸色也放松了许多,做事的动作也欢快起来。小熊更是骨头轻得蹿前蹿后,紧紧追随着宋立明的脚后跟,嗓子里发出呼噜呼噜的欢乐声。

宋立明到厨房看了一下,小桂已经把拣洗切等工序都完成了,宋立明围了围裙,开始炒菜,很快,晚餐就差不多做好了,这时候小西也应该到家了,可是一等再等,小西却没有回来。林又红让宋立明打小西的手机,打过去没人接,林又红着急了,问宋立明小西是不是经常晚归,宋立明小心地看了看林又红的脸色,试探着说:"没,也没有,平时还是……"

林又红不等他说完就担心道:"平时都是正常回来,今天这么晚了不回来,手机也不接,会不会出什么事了?"

宋立明知道自己揣摩错了,赶紧又说回来:"不过,有时候、有时候,也会迟一点的。"

林又红又急着说:"经常晚归?有原因吗?你都不知道说说她,一个初中生,怎么不按时放学呢?"

宋立明立刻检讨说:"怪我,怪我。"回头看了看小桂,说,"其实,其实,小西还是蛮守纪律的,小桂比较清楚。"

小桂张了一下嘴,但是没有说出什么来,连宋立明都猜不透林又红到底想听哪样的消息,她就更不知道该怎么说了。

宋立明说:"要不,我出去找找?"

小熊听宋立明说"出去"两个字,顿时兴奋起来,上蹿下跳,以为要带它出去遛了,宋立明正要训斥小熊,就听到门铃响了,小桂赶忙过去开了门,正是小西回来了。

小西的眼睛又红又肿,眼泪还挂在眼角,一看到父母亲紧张而惊讶地盯着她,赶紧解释说:"我是被影响、被感染的,刚才走过那里,大家都在哭,我也哭了。"

林又红顿时心里一紧,似乎有了什么预感,赶紧问:"怎么啦小西,出什么事了?"

小西说:"是居委会的老书记去世了,那边围了一大堆人,大家都在那边哭。"

林又红只听到脑袋里"轰"的一声,头晕目眩,坐下来缓了缓气,就听到小桂"哎哎哎"地乱喊:"哎呀呀,我怎么办呢,我还要找老书记帮忙呢,我怎么办呢,哎呀呀,哎呀呀……"

林又红拿出手机看了一下,那个既陌生又熟悉的电话还没被她删掉,赶紧打过去,小陈接了电话就说:"是的,老书记已经走了。"

林又红听到自己颤抖的声音说:"真——的?这么快就……"

小陈硬戗戗地说:"真的就这么快,现在我也不用去求你了,你不用去看她了。"

林又红被顶住了,闷了半天,见小陈并没有挂断电话,林又红又小心地问:"老书记她,有没有说什么,有没有……"

小陈说:"什么也没有说,我告诉过你,我去找你的时候,老书记已经不能说话了,现在,就更不能说话了。"

电话这才挂断了。

林又红又愣了一会儿,看到小西在盯着自己,赶紧告诉小西:"居委会的老书记,就是那天晚上来帮我解围的老太太。"

小西说:"我早就认得她,以前我们放学都在小摊那里买麻辣烫,她不让我们吃,说是不卫生,我们不听她的,她就守在摊子前面,不许我们买,结果她还被人家打了。"

林又红急得跳了起来:"小西,你竟敢吃地摊上的麻辣烫?你难道不知道桂香小吃一条街的绰号吗?"

小西说:"哎哟,老妈,我怎么不知道,我们学校同学都知道,老师也知道,我们住在桂香街社区的同学,都是他们的嘲笑对象。"

林又红说:"你知道你还敢吃?"

小西说:"肚子饿呀,特别是星期五,小桂阿姨不来,我们又放得早,爸爸下班再晚一点,我都饿得前胸贴后背了。再说了,麻辣烫,还真好吃哎,够味够劲够爽够……"

林又红又急得嚷了起来:"小西,跟你说过多少遍,桂香小吃街的东西——任何东西都不能吃,你太无知、太任性……"她不忍心骂小西,转身去责怪宋立明,"宋立明,你明明知道星期五小桂不来,小西放学又早,你就不能早一点回来?"

宋立明也不为自己辩解,认错说:"我是尽量早的,可是有时候——唉,我知道了,知错必改,知错必改,以后一定早回。"

宋立明一检讨,火药味立刻就消散了许多,小桂却火烧屁股似的坐不住了,赶紧走了。小桂走后,小西对林又红说:"老妈,小吃街每天那么多人在吃,不安全的可不只是我一个人。"

林又红没有回答小西的话,吃晚饭的时候,一句话也没说,宋立明和小西都小心地看着她的脸色,设法了解她的想法,然后哄她高兴。宋立明先尝试着说:"那个什么,俞晓,俞晓那边,你要是不愿意,老张那边,也已经催了我几回了,急着等你的回音——要不,先去老张那里看一看情况,了解一下?"

小西比老爸灵光,立刻指出宋立明的错误:"老宋,你揣摩错了,老妈可不是为自己的工作不高兴。"

宋立明道:"就你聪明。"

小西说:"老宋你要这么说,我也不反对,反正我是比你聪明,我确实了解我老妈,她莫名其妙心烦着呢。不过,据我的观察,恐怕老妈自己都搞不太清自己在烦什么呢。"

在联吉氏工作,那是一个字,"紧",现在松下来,却变成了另一个字,"乱"。短短的几天时间,俞晓、赵镜子、浦见秋这一拨的事情,桂香街居委会这边,老书记、小陈、居民、小贩、城管,等等等等,重复叠加,搅成了一锅粥。当然,林又红心里很清楚,乱中之最乱的,是江重阳。

江重阳突然冒了出来,而且,离她这么近,近到她站在自家的窗口,就能感觉到那个工地上的气息。那顶该死的安全帽,一直在她眼前晃动,挥之不去。

心里乱糟糟的,正在想着怎么才能把这个"乱"清理掉,手机响了,是赵镜子打来的。

明明前两天林又红才出言不逊气了她,拔腿就走,摔门而去,可这赵镜子向来大人不计小人过,这会儿果然又不计前嫌,主动找来了。只是林又红心气不顺,并不懂得感激,反而没好气地说:"又想干什么?"

赵镜子温和地笑笑说:"恶声恶气的,才下岗几天,就真成下岗女工、广场大妈啦——算啦算啦,不跟你计较态度。我找了个喝茶的地方,"她也不跟她再啰唆,干脆地说,"地址发给你,你爱来不来。"

电话挂断片刻后,地址果然发过来了,林又红哪有不去之理。

刚才赵镜子在电话里说让她"爱来不来",林又红以为还有别人,结果过来一看,只有赵镜子一个人等着。林又红进去坐下,气哼哼地说:"鸿门茶宴。"

赵镜子坐到林又红正对面,平和地看着林又红,可是不知为什么,林又红却从她的平和中,感受到一股压力,一股奇怪的气息,感觉赵镜子似乎要想从她的脸上看出个什么讲究来。

林又红直言道:"说吧。"

赵镜子温和地笑道:"林又红,你总是把人家的好心当成驴肝肺,我这里可是专门为你摆的消气茶宴呢。"

"消气?"林又红一听,心下十分奇怪,追着问,"消什么气?你怎么知道我有气?你知道我有什么气?"

赵镜子动手给林又红加了茶水,说:"我向来就是你的跟屁虫哎,你在桂香街放个屁,我在疗养院就能闻到,我闻到了我就不能不闻不问吧,我就这个命,我命里就是你的丫鬟,有什么办法?"

林又红听她提到桂香街,更觉奇怪,似乎赵镜子已经知道她这两天在桂香街的遭遇。林又红说:"原来你不是闲得无聊找我嚼舌头,你是有的放矢,醉翁之意不在酒。"

赵镜子又笑了笑，完全不在乎林又红的嘲讽，或者说早已经习惯了林又红对她的霸道。

林又红喝了茶，又理了理思绪，心情也渐渐地平复下来了，本来嘛，桂香街也好，居委会也好，小陈也好，疯疯癫癫的夏老太也好，还有那个不知道存在不存在的蒋主任也好，根本与她毫无关系，她纠结个啥呢。

这两天的莫名其妙和心情不爽，完全是她多管闲事的结果，真是咎由自取。

可是，如果她自己都不必纠结，赵镜子又来多管什么闲事呢？

多管闲事一向可是林又红的专利哦。

果然就听赵镜子说："听说你心情不爽，看看有没有我能够帮上忙的。"

赵镜子是听谁说的呢？一点鸡毛蒜皮的小事，值得谁在背后夸大其词、到处传扬呢？一想到因为这些与自己完全无关的事情就把自己搞得乱糟糟的，林又红心里十分恼火，我还真就不信了，一个居委会，一个疯老太婆，能耐真有那么大？

心念至此，林又红忽然下命令似的对赵镜子说："赵镜子，你给我去找，玩具厂，姓蒋的。"

两个人的关系亲密无间，直来直去，向来有话直说，有屁就放，但即便如此，赵镜子听到林又红这劈头盖脸不清不楚的一番话，既摸不着头脑，也无法接受，说："咦，林又红，你这是要托我办事吗？求人办事，怎么是这样的态度呢？"

林又红反击说："我态度不好吗？我只是声音大一点而已，只是……"

赵镜子"扑哧"一笑说:"我听说,你最近受刺激了,而且还是受了一个病人的刺激,你上了一个神经病的当,嘿嘿,聪明过人的林又红,竟然……"

林又红本来心里烦躁,还遭了赵镜子的嘲笑,恼怒地说:"你是来看我笑话的?赵镜子,没想到你是个落井下石之人。"

赵镜子使劲忍住笑说:"行了行了,别胡思乱想了,我一直就是我,一直就是赵镜子——说吧,要找谁?说清楚点。"

林又红说:"说过了,玩具厂,姓蒋。"

赵镜子说:"玩具厂?姓蒋?这信息也太简单了,你还得多提供一点哦,是哪家玩具厂?"

"不知道。"

"姓蒋,叫蒋什么?"

"不知道。"

"多大年纪?"

"不知道。"

"嘻嘻,什么都不知道——男的女的?"

"不知——应该是女的。"

赵镜子实在忍不住笑起来,说:"应该——应该是女的,这也算信息——哈哈哈,林又红啊林又红,难道你一离开联吉氏,智商就降到零了?"

林又红说:"废话少说,你到底找不找姓蒋的?"

赵镜子赶紧说:"找,找,一定找,挖地三尺也要挖出个姓蒋的来。"一边拿起手机,两个拇指飞舞了一下,短信就发出去了,朝林又红笑道,"等着吧,先喝茶。"

林又红这才端起茶杯喝茶,赵镜子撇了撇嘴说:"喂,找姓蒋的归找姓蒋的,我们正经事归正经事谈啊,上次跟你说的,浦总想和你谈谈金钟宾馆那事情,你到底需要考虑多少天,没完没了了?到底怎么说?"

林又红一直还沉浸在寻找蒋主任的冲动中,甚至都没有听清赵镜子在说什么,茫然地朝她看了看,赵镜子脸色正起来了,认真地说:"难道找个什么姓蒋的,真的比自己的前途还重要?"

林又红知道赵镜子一心催促她赶快答复浦见秋,可林又红也不是什么善茬儿,她想知道的一切,如果赵镜子不肯告诉她,她也绝不会按照赵镜子的意图行事,何况那天和赵镜子见面一走了之之后,碰上的净是桂香街居委会这些破事,竟把她的心情搞得乱糟糟的——现在林又红心里十分清楚,只要一天不把蒋主任找出来,不把事情搞清楚,她的气就不会平复,所以立刻就说:"你先帮我把姓蒋的找出来,我才答复你。"

赵镜子笑着摇了摇头:"古怪,古怪,不是提前更年期了吧?"

正说笑着,那边的信息已经返回来了,果然有速度,赵镜子一看,笑道:"南州市区及县区范围,共有玩具厂七十八家,姓蒋的也有几十人,问要找哪家玩具厂哪个姓蒋的?"

林又红说:"不知道。"

赵镜子说:"算了算了,别找了,你这完全是在赌气——我问你,你的关于姓蒋的这一点点信息是从哪里来的,可靠不可靠?"

林又红一张嘴又赶紧闭上了,她要是说出从神经病夏老太那儿听来的,岂不又遭赵镜子一顿嘲笑,她也知道,自己是一时意气用事,即使真的要想找蒋主任,怎么也不能听信夏老太的话。

赵镜子见林又红不吭声,也不再嘲笑她了,改口劝她说:"算了算了,你找什么蒋主任呢,和你八竿子打不着的,你还不如……"

林又红一听,顿时警觉起来,"蒋主任"三个字,她从未在赵镜子面前提过,她只说过"姓蒋的",赵镜子怎么会冒出个"蒋主任"来?忍不住脱口说:"哼哼,这'蒋主任'可真是大名鼎鼎、如雷贯耳啊,我都没说'蒋主任',你倒知道'蒋主任',说不定你还认得'蒋主任'!"

赵镜子说:"你开什么玩笑,我要是认得蒋主任,我再假装帮你找姓蒋的,我干吗?我吃饱了撑的玩你?"

林又红说:"反正,赵镜子,你有猫腻儿,我不知道你和谁有猫腻儿,但是你今天找我喝茶,肯定不是心血来潮。"

赵镜子说:"哎呀,林又红,你可以改行去当侦探。"看着林又红不怎么好,赶紧又说,"你还真生气啊?"

林又红口气冷冷地说:"没生气,就是想把事情搞清楚。"

赵镜子说:"找蒋主任,对你真有那么大的意义吗?就算你找到她,你准备干什么?你告诉她,老书记走了,居委会没有人了,请她去桂香街居委会上班,当主任?"

林又红说:"不知道,我甚至不知道到底有没有蒋主任这个人。"

赵镜子说:"既然你连有没有蒋主任你都不能断定,你追着一个虚幻的东西不放干什么呢?"

林又红说:"我就是想不通,几乎没有人见过蒋主任,但为何人人都会当着我的面提到蒋主任,甚至连你,一个完全、完全……"

赵镜子说:"完全不相干,是吧?"

林又红说:"你觉得相干吗?"话音刚出,心头忽然一闪,脱口而出,"赵镜子,怎么样样事情都有你,你不是不相干,你是很相干。从前,在我们几个人中间,什么情况都是你掌握,我们个个蒙在鼓里,现在你又来了,自从联吉氏关闭,你找我找得好勤快呢,你到底是受人之托还是别有用心?"

赵镜子依然沉着冷静不动声色,慢腾腾地说:"随你怎么说都行,随你怎么想也行,反正你要想抛弃我,那是不可能的。"

林又红说:"那是,我到今天才领悟过来,原来都以为俞晓黏人,现在看起来,俞晓和你比,只是小巫见大巫。"

赵镜子微微一笑说:"我今天收获大呀,一下子成大巫了,这么多年,我一直是你和俞晓的影子嘛,今天忽然翻身做主人了。"

林又红越想越觉得自己的想法是有道理的,不客气地说:"赵镜子,原来我以为你赵镜子就是镜子里的那个你,现在我突发奇想了,你恐怕根本就不是镜子里的你!"

赵镜子仍旧平静,说:"那你觉得我是谁呢?我这面镜子,难道是照妖镜?如果真是照妖镜,我就拿来照照你吧,你真的需要照一照自己的嘴脸了。"

林又红气道:"我什么嘴脸?我什么嘴脸?"

赵镜子说:"你心里乱糟糟的,烦,是因为居委会的人纠缠你,还是因为别的什么事情,你自己心里最清楚!"

林又红猛一惊,顿时脸色大变,根本顾不上什么蒋主任了,脸色铁青地说:"赵镜子,你知道他回来了?"气急岔了,喘息了一下,才缓过来,急切地说,"他回来了,他是不是早就回来了?你们都知道,瞒着我一个?"

赵镜子说:"奇怪,江重阳回来不回来,与你有什么关系?就算我们知道,为什么要瞒着你?你和他有什么关系?要想了解江重阳的情况,这话由俞晓说还差不多,毕竟人家是俞晓的前夫,而不是你的。"

林又红又被狠狠地噎了一下,半天没有缓过气来。

赵镜子又说:"再说了,你说江重阳回来了,他出去过吗?他是到哪里去的呢?难道你都知道吗?"

林又红再一次闷住了,这几年,江重阳到底怎么了,他到底在什么地方,难道他一直都在南州?林又红不能相信,如果他一直在南州,怎么会一点音信也没有?赵镜子有城府,可以按捺得住,可是难道连俞晓都能忍得住不提起他,一次不提?

赵镜子总算拿住了林又红,但她并没有得意之情,却反而心事重重,说:"你看看,你一下子又暴露了,江重阳还在你心里!说什么居委会烦你,说什么蒋主任烦你,让你心烦意乱的,到底是什么?"

林又红再也憋不住眼泪。

赵镜子说:"林又红,我提醒你,江重阳虽然单着,可俞晓现在也单着,你虽然心里只有江重阳,但你毕竟身边有老宋,以老宋对你的情义和忠诚,你会伤害老宋吗?"

林又红说:"赵镜子,你闭嘴!"

赵镜子说:"我不能闭嘴,我得告诉你,既然你永远不可能伤害老宋,那你就死了江重阳那条心。"

林又红任凭眼泪淌下来,嘴上喊道:"为什么?为什么每次都应该是我死心？为什么你这么偏袒俞晓？这对我太不公平！"

赵镜子口气宽厚言辞却变得激烈起来："不公平？你想想啊，我们三个，我和俞晓，都单着，你呢，丈夫疼，女儿宠，到底谁对谁不公平？"

林又红终于彻底想清楚了，说："你请我来喝茶，就是警告我，江重阳又出现了，但我必须离他远一点，是不是？赵镜子，你放心，我不仅会远离江重阳，我也会远离你们。老马这几天正在曼谷等我，我要到联吉氏的泰国分部去工作了！"

这回轮到赵镜子目瞪口呆了。

林又红扬长而去。

第 9 章

老马没在泰国。

林又红也不知道老马在哪里。

只是在此后的两三天里,林又红拉黑了赵镜子和俞晓的手机,让她们兴风作浪去吧,让她们自作多情去吧。

她得想一想自己的未来了。

既然下决心要从赵镜子、俞晓那些混乱的纠缠中脱离出来,她就得义无反顾地找一个和她们八竿子都打不着的新单位。

林又红把自己关在家里,认真做了几天的功课,对食品行业的发展趋势和前景作了预测,一直到第三天,她才出了门,去了一趟自己的老东家市食品药品监督管理局,又找熟人了解了一些情况,回来的时候,路上就有人朝她点头,笑,说:"蒋主任,好几天没看见你了,你出差了?"

林又红点头不是,摇头不是,真不知为什么,几天过去了,这个"蒋主任"的阴魂还没有散去,她只有赶紧地逃离这个阴魂缠绕的街区。

一看她加快脚步,后面竟有个人追了上来,是个中年男人,追着林又红说:"蒋主任,蒋主任,我家的低保为什么到现在还没有批下来?都已经报上去两个月了。"

林又红只好说:"你认错人了,我不是蒋主任。"

那人奇怪地追到林又红前面,直愣愣地盯着她的脸看,看了半天,也疑惑起来:"你不是蒋主任?那到底是谁搞错了,谁说你是蒋主任呢?"

旁边一个人过来插嘴了,他朝林又红努努嘴,又对那居民说:"你听她的,她不想承认,是因为她不想到桂香街居委会做事。"

中年男人一听,眼神顿时暗淡下去,嘀咕说:"老书记不在了,主任又不肯来当主任,那我的低保更不知什么时候能解决了,我家可怎么办?"停了脚步,不再追着林又红了。

林又红到了丽都花园自己家的那幢楼下,又被一个中年妇女挡住了,急切地说:"蒋主任,蒋主任,你终于回来了,我守了你好几天了。"她见林又红张嘴要说话,又赶紧解释说,"不管你认不认自己是蒋主任,反正我们居民都知道你是蒋主任,我们有困难,只能来找你,你躲不掉的。"

林又红见她拉开长谈的架势,赶紧说:"你还是快到居委会去吧,他们有主任,姓陈,你找陈主任就是了。"

那妇女顿时又喜出望外,谢过"主任",赶紧走了。

望着这个妇女的背影,林又红心里的疑团越来越大,虽然第一次听到"蒋主任",是从夏老太嘴里喊出来的,但是夏老太是个精神病人,不会有人真相信她的话,以林又红的直觉,在夏老太之外,还是有人在故意放风,故意让大家误会她就是蒋主任,或者,误会她是新来的主任。

会是谁在放风呢?除了桂香街居委会的人,还能有谁呢?如果真是他们,那他们用心何在,是病急乱投医——老书记走了,蒋主任不见了,得找到一个主任来给他们当家做主,或者他们想让大家知道,居委会还是有人负责的——还是另有什么隐情呢?

到现在为止,在桂香街居委会,她只接触过三个人,老书记,已经不在了,小陈,是个小妖精,还有那个永远坐在窗口办事的小金,三棍子打不出一个闷屁的,她们能有什么企图、什么阴谋呢?

虽然林又红心里一百个不情愿,但她必须再到桂香街居委会去一趟,她必须去和他们说清楚,否则她就不能在这桂香街社区的任何地方出现,一出现她就是蒋主任,她就得管那些破事,就没完没了地陷进去了。

林又红是个急性子,明明已经到了家门口,却转身就走,往桂香街居委会去了。

今天居委会的人比前几次多了些,除了服务窗口那两个工作人员,里边的办公室里,也多了几个人。

林又红径直往小陈那间办公室去,走到门口,就听到里边有人在高声说话。

说话的人嗓音似乎有些沙哑,但分贝却很高:"小陈,小陈,我都跟你说了无数遍了,你来的第一天我就开始跟你说,你怎么就听不进劝呢?"

小陈似乎没有什么精神,有气无力地说:"余老师,我听劝的,我听的。"

余老师说:"你听的,你哪里听了?你想想看,你比比看,我女儿,考博,第一年差一分,我劝她放弃了,读书蛮辛苦的,女孩子,读到研究生也可以了,可她坚决不肯,第二年就考上了,那可是第一名啊,何况她跟的那个导师,很厉害的,男生都考不上的——小陈啊,你要好好向我女儿学习学习。"

小陈又应承说:"余老师,我学的,我认真学的——你不相信,我背给你听——进百家门,认百家人,知百家情,解百家难。还有,四必访:孤寡高龄人员必访,下岗失业人员必访,大病伤残……"

余老师打断说:"这是居委会的工作要求,谁让你背这个了,背你的公务员考试题去。"

两个人说得入神,林又红到了门口她们也没发现。余老师明显不高兴,声音又抬高了几分:"你学什么呀,天天坐在居委会,能有什么出息。"

小陈说:"余老师,我到居委会工作,就是图个轻松,压力小一点,时间多一点,就是为了考公务员呀,你看,我天天在看书呢。"她一边说,一边扬了扬手里的书。

余老师鼻子哼了一下说:"你是在看书啊,你是在做梦吧?"

余老师过去把书拿来,抖开来一看,原来小陈拿一张封皮包的是一本网络小说,名字叫《梦回唐朝》。

林又红忍不住笑出了声,这两个人才发现了她,同时"哦"了一声,站了起来。

林又红赶紧向余老师自我介绍说:"我姓林。"

余老师说:"不用介绍,不用介绍,我们都知道你。"赶紧上前和林又红握了握手,说,"我姓余,我从前是当老师的,大家喊我余老师,我现在是桂香街居委会的副主任,分管——啊啊,不说我了,你先说吧,林主任。"

林又红这回不马虎了,马上纠正说:"怎么喊我林主任呢?"

余老师说:"哎哟,老糊涂了,喊错了,对不起,我们喊主任喊惯了,看到谁都喊主任,呵呵,应该是林总。"

虽然余老师的解释合情合理,但林又红内心总是隐隐觉得这个喊法实在不妥,不能含糊下去,就直接说:"既然知道喊错了,以后就不要再错了。另外,我现在不在联吉氏了,也不是林总了,你们就喊我老林吧。"

余老师笑道:"老林?你年纪还这么轻呢,不行不行。不过,喊你小林吧,也觉得把你喊低了,你不可能跟小陈同辈呀,这倒难了,到底喊你什么呢?"

林又红无奈,觉得这居委会的人,个个一根筋,正想着,听到隔壁房间的声音大了起来,好像吵架了,余老师说:"都调解几次了,还是调解不成,又吵起来了,我过去看看。"

等余老师一走,林又红问小陈:"余老师为什么动员你不要在居委会干?"

小陈说:"哎呀,余老师是好心,她的女儿有出息,她就觉得我不求上进。余老师说得不错,我真是不求上进,可我没有资本求上进呀,我脑残,我弱智,我笨死了,看书我怎么也看不进去。"

林又红愣了愣,觉得有哪里不对劲,又说:"你不是说要照顾——你妈的身体怎么样?"

小陈也愣了一下,脱口反问说:"什么?我妈的身体怎么啦?"

林又红说:"咦,你那天告诉我,你是为了照顾你妈才选择到居委会工作的,年轻人这么孝顺,不多见。"

小陈赶紧说:"噢,是呀是呀,我在这里上班,离家近一点。"

林又红总觉得这小陈说话虚头巴脑,不知哪句是真哪句是假,琢磨不透,不过反正自己又不会和她共事,才不会去为她烦心。她直接问小陈:"现在老书记走了,蒋主任也不见,余老师是副主任,是不是余老师负责?"

小陈吐了吐舌头说:"按道理应该这样,可是你找余老师说话,她不会承担的。"

林又红说:"我不需要她承担什么,只是希望你们居委会的干部不要再在外面造我的谣。"

小陈做了个夸张的表情,说:"谁?谁敢造您的谣?造什么谣了?"

林又红冷冷地说:"你们自己心里清楚,就是你们,故意放风,让居民都误以为我是主任。"

小陈耸耸肩,歪歪嘴,说:"咦,刚才余老师说了,这里的人,都习惯喊人主任,喊顺嘴了。"

林又红说:"你别揣着聪明装糊涂,我总觉得你们是心怀叵测,有什么阴谋诡计。"

小陈说:"林主任,您也太高看我们了,就居委会这几个鸟人,加起来也抵不上您一根毛,我们搞您的阴谋,有那能力吗?"

林又红说:"你嘴里就没有一句真话,我不和你说了,我找余老师。"说着就要往隔壁办公室去。

小陈说:"您到隔壁去看看,她肯定不在了——早就躲掉啦。"

林又红说:"躲谁?躲我吗?我有什么好躲的?"

小陈说:"她怕你吧。"

林又红说:"你总是这么莫名其妙,余老师怕我干什么?"

小陈说:"她不是怕您干什么,她是怕您不干什么,她没有勇气面对您,不像我,我无所谓。"

林又红说:"我搞不懂,你们桂香街居委会的人,怎么个个千奇百怪,个个——不说了,不想说了。小陈,我再最后问你一个问题,你们说的那个蒋主任,到底是谁,到底有没有来过,到底有没有蒋主任?"

小陈说:"其实,林主任您应该知道的,重要的不是蒋主任,到底有没有蒋主任,到底是不是蒋主任,这都不重要,重要的是居民想要主任,居委会也想要主任,这才是最重要的。"

林又红奇怪地说:"难道居委会没有书记主任,上级不考虑吗?"

小陈说:"街道办已经物色好几个人了,都不肯来,我们桂香街社区,您知道的,又大,又难搞,太复杂,没人肯来,就算对居民工作有热情的,到了桂香街,也会被气跑的,不气跑,就会被气死。"

林又红见小陈说着说着就口无遮拦了,她有些生气地说:"请你尊重死者,老书记明明是病死的。再说了,老书记生前,对居民这么热情,要是她听到你这么说,她才会被你气死。"

小陈赌气说:"不是气死,也是累死。桂香街,这么麻烦,好好的人,谁愿意来?"

林又红堵她说:"你不也是个好好的人吗?何况你还这么年轻,你不也来了吗?"

小陈赶紧摆手:"别,千万别说我,我不仅不能算个好好的人,我甚至连个正常人也算不上。"

林又红不相信小陈的话,到隔壁看了一下,余老师果然不在,她又回过来,对小陈说:"既然你们现在没有领导,你好歹是个主任助理,我就把你当领导了,我正式向你提出,希望桂香街居委会不要再误导群众,不要再让群众觉得我是什么蒋主任。"

小陈终于"扑哧"一声笑出来,又恢复了原来的那种赖皮状态:"你既然不是蒋主任,你为什么要怕别人喊你蒋主任?难道喊着喊着就真的成蒋主任了,就改姓了?"

林又红板着脸严肃地说:"不是改不改姓的问题,是大家会误以为我真的在居委会工作。昨天有个叫齐三有的人,开饭店的,居然叫我帮他去通下水道,真是荒唐,真是离奇,和你们的误导有很大的关系。"

小陈又笑了,这回笑得厉害了,前仰后合的,边笑边说:"那你明明不是蒋主任,人家叫你去你就去啊?"

林又红气得说:"是,我多管闲事,我、我犯……"话到嘴边,眼前忽然一闪,闪过的是当年面试联吉氏的时候,她挖苦老马,让老马改姓范——真是时光飞逝,物是人非,感慨不已。

小陈道:"一喊就到,那真像是老书记了,只有老书记会这样。哎,这就奇怪了,我们这些人,在老书记身边工作,都学不来老书记的风格,你和老书记只接触过一次,就得了真传?"

林又红说:"你也别再话中有话,暗藏什么企图,今天我既是来正告桂香街居委会,也是来跟你们说声再见的,我已经有了新的单位,以后不会再纠缠在你们这里了。"

乘小陈愣怔的那一刻,林又红毫不犹豫地走了出去。

林又红一走出居委会大门,早已忘记自己已经拉黑了赵镜子的手机,直接就打了赵镜子的电话,也不管赵镜子在干什么,方便不方便,就大声说:"喂,你上次说的,浦总那里,有个金什么的宾馆,怎么说?什么时候可以见面谈?"

赵镜子压低声音说:"林又红,你说话轻点行吗,我在开会呢——是金鼎集团下面的连锁宾馆,正在建设中,暂定名字叫金钟宾馆。"

林又红心里毛躁,打断说:"知道了知道了,你安排时间见面谈吧。"就挂了电话。

过了一会儿,赵镜子大概从会场出来了,电话追过来说:"林又红,怎么话没说完你就挂电话了,你大概一辈子就是这样的腔调、这样的作风了。"

林又红说:"你这一辈子也就只能当我的出气筒了。"

赵镜子说:"又受了谁的气了?"

林又红脱口说:"蒋主任!"

一向不怎么爱笑的赵镜子也失声笑了起来:"这蒋主任像牛皮糖啦,怎么也甩不掉?"

林又红愤愤地说:"不是牛皮糖,是无中有,有中无——找不到蒋主任,我就是蒋主任。"气话说过了头,自己也笑了起来。

赵镜子说:"你从泰国回来啦?你去泰国也用不着拿手机连续通话三天三夜吧?"

林又红说:"哼,你知道我拉黑你就好。"

赵镜子说:"怎么又来吃回头草了?"

林又红打断她说:"我为什么不能吃回头草?我又不是老马。"

赵镜子说:"那就好,浦总那边已经安排好了,后天晚上,记住了,后天,星期六——你别又多想,不是浦总搭架子,更不是有意耽误你,这会儿浦总人还在东京呢……"

林又红说:"我有必要知道那么多吗?"

赵镜子说:"知道你心眼儿小,才告诉你的,刚才我给他打电话,一听说你愿意见面谈了,浦总马上提前赶回来,地址到时我会发给你的——这下放心了吧,蒋主任?"

林又红"嘿嘿"一声,挂了电话,心情总算平复了一点,理了一理思路,先恢复了赵镜子和俞晓的联系,再把小妖精的那个老是来骚扰她的手机号码拉黑,得意地笑了笑,想,让你再来烦我。

第 10 章

　　回家到卧室还没来得及换上居家服,就听到宋立明在客厅里喊:"又红,又红,你来看!"

　　林又红心里莫名其妙地一惊,立刻跑出来,宋立明手指着电视机,她一看,画面是桂香小吃街,街上十分混乱,很多人都在大声吵嚷,有人大喊:"出人命了!出人命了!"

　　另一个喊:"城管杀人了!城管杀人了!"

　　一男一女两个年轻的记者气喘吁吁,刚刚赶到现场,立刻追着这几个喊话的人采访:"请问,出事的时候,你们在现场吗?你们看到怎么样的情况?"

　　这几个喊话的人一看到记者的话筒和摄像机,立刻四散开来,记者无奈,走到街边坐着的一个老人面前,采访说:"老人家,您看到事情经过了吗?"

　　老人说:"你们来迟了,人已经送进医院了。"

　　记者问:"打死了吗?"

　　老人"哼哼"说:"死了就不去医院,去火葬场了。"

记者再问:"情况严重吗?"

老人说:"后脑勺一棒子,你说严重不严重?"

记者说:"凶手呢?"

老人朝街的另一头看看,说:"警察捉住了。"

远远地,果然有几个警察押着一个人往前走,四周围了无数的群众,记者扛着摄像机拼命追赶,女记者摔了一跤,"哎哟"了一声,男记者连看都没看一眼,只顾自己往前奔,女记者迅速地从地上爬起来,追赶上去。

终于在他们上警车前追赶上了,记者转到正面,电视镜头一扫,那个被警察扭住的凶手的脸出来了,林又红失声叫了起来:"是夏老三?!"

夏老三被几个警察扭着,又跳又闹,大喊大叫:"冤枉啊,冤枉啊,我没有打他,他们陷害我!"

警察紧紧地扭住他,给他戴上了手铐。夏老三继续叫屈:"你们不能冤枉好人,他们陷害我,你们警察也跟他们是一伙的!"

一个警察喝道:"打人的棒子就在你手上,棒子上还有血,怎么不是你?"

另一个警察说:"难道有人把棒子塞到你手里?"

夏老三声嘶力竭道:"不是我,不是我……他们害我……我今天确实是拿了根棒子的,但我是自卫的,他们商量好了收拾我,被我知道了,我才防范的,他们人多,而且是有预谋的。"

警察说:"怎么预谋,预谋让你拿棒子打人?"

夏老三说:"这根棒子不是我的,我的棒子没有这么粗的,他们趁乱换了一根,塞在我手里,那时候我头上也挨了一下,没有来得及反应,就被抓住了。"

警察说:"夏老三,你编故事呢?"

夏老三突然失声痛哭起来:"我当什么城管啊,我过的什么日子啊,风里雨里,天天辛辛苦苦执法,天天被人骂,被人暗算,我是作死啊,我被抓了也是活该!"

林又红心里也跟着暗称活该,忽然眼前一闪,好像看到小西在画面里,正和一个同学一边吃着烤肉串,一边看热闹,画面一闪而过,小西已经不见了。林又红急得问宋立明:"小西呢,小西到哪里去了?"

宋立明喊了林又红来看新闻,自己就忙着做菜去了,听到林又红问小西,又赶紧过来说:"小西今天不回来吃晚饭,学校晚上有活动。"

林又红说:"不回来吃晚饭,去吃小吃街的烤肉?"

宋立明说:"不会吧,你怎么知道?"

林又红气急败坏地说:"我在电视里看到她了!"赶紧打小西的手机,没有人接。林又红慌慌张张地往外跑,宋立明说:"饭都好了,你到哪里去?"

林又红头也不回地说:"我去去马上就来,你先吃吧。"

宋立明也不挡她,说:"那你去吧,不着急啊,回来要是凉了,我再热一下。"

林又红跑到桂香小吃街,平时这个时候,正是小吃一条街最热闹、生意最兴隆的时候,可是这会儿却没有一个小吃摊开张的,街上人仍然很多,大家聚集着、议论着,还不断有闻讯赶过来的居民,围着地上的一摊血迹,叽叽喳喳地议论着嚷嚷着。

居委会的余老师、潘师傅、小陈、小金他们都在,林又红猛一看到他们,竟不知道怎么去面对他们,她正犹豫着要不要离开,小陈眼尖,已经看到她了,立刻迎了上来:"林主……哦……"她好像不敢再喊她林主任,赶紧改口说,"林老师,城管和摊贩又打了,这次打得厉害了。"

林又红说:"我看到电视新闻了。"

小陈说:"对不起,林主……老师,刚刚我们听说要出事,我打你手机的,一直没打通,你一直正在通话中,发给你的短信你大概也没收到,可能你手机没电了。"

余老师和潘师傅他们也过来了,他们都盯着林又红,好像在等她说话。林又红一下子发现又被圈进来了,被大家这么围着,她不能一走了之,何况这是她自己把自己送过来的,她本来是要来找小西的。

但是,林又红在心里问自己,你真是来找小西的吗?

林又红想了想,觉得首先要搞清事实真相,但是事情发生时这几个人都没在现场,他们都是听到消息后才赶来的,只有小陈住得最近,来得也快。小陈说:"我来的时候,就看到他们打成了一团,围着看的人更多,根本看不清里边什么情况,后来就听到'哎哟'一声,等我好不容易挤进去,就看到那个人倒下了,满头是血。"

林又红说:"是夏老三打的?"

小陈说:"我没看见是谁打的,但是夏老三手里捏着一根很粗的棍子,棍子上还有血。"

余老师说:"那就完蛋了。"

林又红又想了想说:"警察抓夏老三的时候,他怎么说?"

余老师说:"那时我们都到了,他当然是喊冤枉啦,可是证据就在他自己的手上,还没来得及扔掉呢。"

林又红奇怪道:"从他打人到警察来,应该有一段时间,他怎么不扔掉棍子呢,留着提供罪证自首吗?"

余老师说:"气焰嚣张吧,夏老三是城管队里最凶的一个,这个人人都知道,这里的摊贩个个恨死他,又不敢拿他怎么样。"

林又红说:"既然人人都怕他,他还拿棍子打人,岂不是太猖狂了?岂不是无法无天了?"

大家都面面相觑,小陈似乎想说什么,也没敢开口,过了半天,余老师才说:"这条街上,城管和小摊贩的矛盾,一直没有解决好,而且越来越厉害,老书记在的时候,最大的心病就是这个,老书记奔前奔后到处找人想办法解决,可是实在是难,也实在是力不从心,当时我们也不知道她已经得了这么重的病……"

林又红又觉得奇怪,说:"可是城管和摊贩的事情,不该是居委会管的吧?像这种食品街的矛盾,到底应该由谁管呢?"

余老师说:"管的可多啦,城管、卫生、防疫、公安、工商、税务……谁都可以管,谁都应该管,但事实是谁都不管,谁都管不了。所以老书记着急呀,在桂香街社区的地盘上,无论什么事情,居委会都有责任的呀。"

小陈也忍不住插嘴说:"这条街三天两头闹事情,不是食品卫生问题,就是占道违章经营,不是城管和小贩打起来,就是小贩和小贩打起来,不是小贩和小贩打起来,就是小贩和顾客打起来,总之就是一个打字。"她见林又红皱了皱眉,赶紧又补充说,"其实我们桂香街居委会,工作都蛮卖力的,其他工作我们都做得蛮好的,就是因为这条街在我们的社区范围,害了我们桂香街社区的名声,我们的努力就全都白费了,老书记如此卖命工作,到死也评不到先进,一票否决。"

林又红听了,头都大了。余老师赶紧阻止小陈:"先别说得那么多了,林、林,那个——你看我们现在怎么办?"

林又红果断地说:"肯定先去医院,人是最要紧的。"

四个人赶紧打了一辆出租车,赶到医院时,伤者还在抢救,家属一看到有公家的人来了,立刻扑上来,一下子就抱住林又红的腿。

林又红也奇怪了,一起来的四个人,就她是个无关的人,家属怎么就偏偏要抱她的腿呢。

林又红被家属抱了个趔趄,小陈上前,把自己的腿伸给她,说:"你还是抱我吧。"

家属瞪了小陈一眼,边哭边骂起来:"人都被你们打死了,你们还、你们还——你们都是合穿一条裤子的……"

余老师说:"你别吵闹,我们一听说,立刻就赶来了。"

家属继续抱住林又红的腿,"呸"了一声说:"你们猫哭耗子,你们……"

林又红说:"你说话轻一点,声音大了,影响医生工作,影响抢救病人。"

家属一听,果然放低了声音,但仍然不依不饶地说:"你们要负责的,杀人抵命,杀人犯在哪里,你们要是敢包庇……"

正纠缠着,抢救室的门开了,医生走了出来,家属一看到医生,又从地上跪着过去抱住医生的腿大喊:"医生,医生,救救我儿,我儿才十九岁……"

医生说："你起来。"回头看了看林又红等人，问，"你们是……"

余老师说："我们是社区居委会的。"

医生皱了皱眉说："居委会？居委会来干什么，以为这是夫妻老婆拌嘴呢？这是人命关天。他单位的人呢？"

余老师说："他是个流动摊贩，卖小吃的，没有单位，一定要找单位，只能说居委会就是他的单位。"

医生倒愣了一下，才说："那、那就把情况跟你们说一下，手术是成功的，生命暂时没有危险，但是到底能不能醒，会不会成为植物人，现在还说不准，要看接下来两三天时间……"

家属本来已经放开了林又红的腿，这一听，立刻又去抱医生的腿，哭道："医生，医生，不能植物人啊，千万不能植物人啊，医生，救命啊……"

林又红把家属扶起来，说："医生说了，已经没有生命危险了。"

家属两眼一瞪，骂道："你什么居委会，什么东西，你欺负我没文化，你以为我听不懂，植物人是什么，植物人就是死人，植物人比死人还难弄，死人死了就可以不吃不喝，植物人死了还要喂他吃喝，还要用医疗费……"说着说着，眼泪鼻涕一把一把地掉下来，哭天喊地，"我的妈呀，我的天呀，我的儿呀，我的……"一伸手就抓住了林又红的衣襟继续道，"我不要植物人，我不要植物人，你还我儿来……"

小陈也来气了，上前扒拉开她的手说："你既然说植物人不如死人,那就让医生不要救他吧,让他死了算了。"

家属一听,竟愣住了,半天回不过气来。

余老师赶紧批评小陈:"小陈,你废话那么多,出了这么大的事,我们得齐心协力抢救人命,你别再胡说八道!"

家属终于回上一口气来,忽然想明白了,说:"我不要死人,我要活人,哪怕是植物人,也是活着的好,我不要死人……"又朝他们四个一一作揖说,"我知道,你们是好人,那些狗日的,打架的时候都哄他、怂恿他,现在跑得一个不见,只有你们来看他……"

医生到值班室歇了一会儿,回来看到他们仍然守在重症监护室门口,跟他们说:"你们回去吧,反正今天也看不了,已经告诉你们,没有生命危险了,家属留下就可以了。另外,手术费用只预付了百分之十,我们是救人要紧,先做了手术,你们明天一定要补齐,先交五万元押金……"

家属再次哭喊起来:"五万?医生啊,五万?你要我的命啦,我身上连五十块都没有了,你要我五万块,你叫我去偷去抢我都搞不到五万块……"

医生说:"这是你的事情,我的事情是治病救人。"又朝林又红指了指,说,"既然居委会承认是你儿子的单位,你找他们想办法吧。"

正吵闹着,余老师的手机响了,余老师一接,脸色顿时紧张起来,说:"哎哟哟,周书记,您都知道了?"赶紧摁了免提,对林又红说,"是街道的周书记……"

电话那边周书记严厉的声音立刻传了过来:"余老师,你们怎么搞的,出了这么大事,竟然不向街道报告?"

余老师凑到手机边上说:"周书记,周书记,不是我们不报告,我们正在医院看伤员的情况,现在……"

周书记打断余老师说:"区政府办公室打电话给我了,区长看到电视新闻了,要直接到现场处理问题,已经在去的路上了,你们人呢?我打电话到居委会,一个都不在居委会——出这么大事,你们都不在岗,太不像话!"

余老师脸涨红了,不知怎么回答了,林又红觉得周书记的话让人不能接受,她忍不住凑到余老师的手机前说:"周书记,居委会干部都在医院等待伤员的消息,伤员能不能抢救过来,是第一要紧的事,伤员的抢救情况,决定这次事故的性质,这个时候,区领导也好,市领导也好,来不来,都不能决定问题的性质,所以,居委会干部没有坐等在居委会恭候领导……"

那边周书记一听林又红的声音,觉得陌生,立刻问道:"你是谁?"

林又红说:"你别管我是谁。"

周书记虽然不满意林又红的态度,但大事当前,顾不上计较,处理紧急情况要紧,赶紧问:"你那边伤员情况到底怎么样了?"

林又红说:"暂时没有生命危险,但是……"

周书记立刻抢着说:"没有生命危险就是不幸中之大幸了——你们可能还不知道,事情已经迅速在网络上传开了,网上已经骂翻了天,从城管骂到市领导,骂到党和国家政府,这才是最需要紧急处理的问题。"说得太急,呛了自己,咳嗽起来,咳了半天也不能平息。

余老师小心地朝林又红摆了摆手,对着手机说:"周书记,我们马上回居委会。"

小陈却不买账了,虽然隔得远远的,但她仍然冲着手机喊道:"为什么都是我们居委会的事情,你们不找城管,不找工商,不找小贩,只管找居委会,毛病啊,居委会好欺负啊?"

那边周书记已经挂断了电话,只听到一阵忙音:"嘟——嘟——"

回来仍然是四个人上了一辆出租车,小陈上了车还喋喋不休道:"余老师,这根本不关我们的事,我们还去医院看了伤员,还垫付了医药费,他们政府有哪个部门有人来过?我就回家睡觉,我才不去居委会。"

余老师急得说:"哎哟,早不出事晚不出事,偏偏这个时候出事,这时候居委会就没个领头的,叫我怎么办?我还得,还得……"还得干什么,她没有说得出口,咽了下去。

小陈"哼"了一声说:"肯定又是政府部门互相推诿,最后只好又跑到居委会来开会解决问题,真是笑话了,好像居委会真成了政府了——居委会算什么政府,别说工资少得可怜,连个身份都没有,连个合同工都不如,却要代替政府受过。"

余老师见小陈当着出租车司机的面乱说话,赶紧制止说:"小陈,住住嘴,歇一会儿吧,今天还不知要加班到什么时候呢。"

出租车司机却出来搭话说:"你们还别说,现在还就居委会管点用,我家门前的空地上,天天有人偷倒垃圾,叫城管,屁用,叫卫生,屁用,叫谁都是屁用,只有居委会出钱,请人来把垃圾清理掉,倒一次,清一次,倒一次,清一次,搞到最后,偷倒垃圾的人也不好意思再倒了。"

司机的话,虽然给了他们一点安慰,只是小吃街伤人的事情实在闹得太大了,再加上网络的推波助澜,大家心情都很沉重。车子到了桂香街,大家下车,余老师什么话也没说,带头往居委会去,潘师傅也默默地跟在后面,小陈在车上说要回家睡觉的,这会儿却站在那里犹豫,林又红更是不知道自己该往哪里走。余老师和潘师傅也不回头喊她们,林又红和小陈停了一会儿,相互看了一眼,抬起脚步跟上了余老师。

他们回到居委会不久,果然区长就带各个部门的人赶到了,周书记大概只认得余老师,就向区长介绍了一下,区长觉得奇怪,说:"怎么只有一个副主任,你们书记主任呢?"

小陈抢在前面硬饯饯地说:"书记死了,主任走了。"

区长立刻转向街道周书记,等待答复。周书记满脸窘色,赶紧解释说:"桂香街居委会的情况比较特殊,老书记去世十分突然,是有原因的,因为她生前隐瞒了病情,坚持工作,是倒在岗位上的,原来物色的一位主任,来了一天就走了,再怎么动员也不肯来。"

区长脸色很不好看,责问周书记:"不肯来?不肯就不来了?这么无组织无纪律,是你们街道的干部吗?"

周书记赶紧说:"不是的,不是街道干部,是干部我们倒可以下文了,就是一个下岗女工,你拿她没办法的,组织纪律对她没有用的。"

区长又说:"那就让两个重要岗位空着?"

周书记急着说:"这几天我们又物色了好几个人,可是、可是一听到桂香街居委会,都不愿意。"

区长气得直摇头,说:"周振兴同志,没想到你们基层工作搞成这样,太不像话了,难道基层的事情就真的没人管了吗?"

周书记被训得昏了头,不敢顶撞区长,又把怨气往下撒,对着余老师说:"既然没有书记主任,你副主任就是负责人,出了事情,你要全部负责任的!"

余老师的话又被小陈抢去了,小陈反唇相讥说:"区长、书记,请你们搞搞清楚,你们来的这地方,"她用脚敲了敲地皮又说,"这地方,是居委会,不是城管大队,不是工商局,不是派出所,更不是区政府、街道办事处——今天小吃街发生的事件,该谁负责也该不到居委会负责,更不要说一个没有书记主任的居委会。"

小陈虽然说话难听,但话糙理不糙,区长对小陈的话,多少听进去一点,回头指了指被他一一喊来的各个部门的负责人,向周书记说:"今天区里相关部门的负责人都到了,时间不早,也不再挪到你街道办开会了,就在桂香街居委会开个现场会,把这个难解的题破一破吧。第一,要有结论,要赶紧向网民有个明确的交代。第二,要杜绝以后再发生类似事件……"

大家坐了下来,区长直接就点名说:"工商,你们先说说。"

工商的那个立刻说:"区长,不关我们的事,他们没有进行工商登记,就不是我们的事。"

区长愣了愣,又说:"公安上呢,你治安是怎么管理的,打成这样,无法无天了?"

公安的也赶紧说:"我们接警后是最快速度赶到的,一点时间都没有耽搁,这个都有记录的。"

他完全是在转移话题,果然就移到城管那儿了,然后又从城管转移到街道,周书记一脸愁云说:"区长,桂香小吃街的情况,不是我们街道能拿得下来的,这里您不是不清楚,我倒是建议,区里能不能专门成立一个小组……"

区长生气地说:"怎么,现在这么多部门还管不过来?还要再成立一个部门?哪家牵头呢?"

根本不像是在解决问题,倒像是在玩游戏,七嘴八舌,互相争执、推诿,有的又瞎出主意,林又红听了一会儿,心里十分气闷,不想听了,走了出去,那伙人争得厉害,谁也没有注意到林又红,只有小陈悄悄地跟了出来,对林又红说:"你看到了吧,这样的现场会,可不是第一次,无数次了,今天恐怕至少也得开到半夜,是挺辛苦,但都是白开——让余老师和潘师傅跟他们耗去吧。"

林又红点了点头,问小陈:"今天这样的事件,最后会怎么处理?那个夏老三真那么猖狂,如果有人包庇,恐怕真会出大事。"

小陈说:"现在谁也不知道事情的真相到底怎样,没有真相,根本不能解决问题,只有任随大家在网上越炒越厉害。"

林又红想了想,对小陈说:"真相肯定是有的,只是我们不知道,但肯定有人知道。"

小陈撇了撇嘴,没再说话。林又红知道她的意思,没人能去把真相搞清楚。

小陈刚才明明说让余老师和潘师傅和他们耗,这会儿却又转身要回进去,一边往里走,一边说:"余老师耗不起,还是我顶着吧。"

林又红穿过小吃街往回去,这里人已散尽,显得十分冷清,有些不知情况的外来的食客还在寻找往日的小吃摊,发现全部停业了。林又红走出一小段,有几盏路灯忽然灭了,整条街上黑咕隆咚的,林又红隐约看到前面有个蹒跚的身影,似乎有点眼熟,追上前一看,果然是夏老太。

夏老太披头散发,衣衫不整,两眼发直,和第一次在这里碰到她、拦住她请她帮忙到银行取钱的那个夏老太,完全不是同一个人了。看到林又红站在她面前,夏老太两眼茫然,完全认不出她来。

林又红吃惊地说:"你不认得我了?"

夏老太神情麻木呆滞,一言不发。

林又红赶紧说:"我、我、我是……"她竟然不知道该说她是谁了。

夏老太仍然茫然地看着她。

林又红只好说:"我、我是蒋主任呀,你不是一直喊我蒋主任的吗。"

"蒋主任"也没能让夏老太清醒过来。林又红再说:"你别着急,那个被你儿子打伤的人已经救过来了,没有生命危险了。"

听到"儿子"两个字,夏老太茫然麻木的眼神中,又多了一层狂乱,她喃喃地含混不清地说:"儿子?儿子?谁的儿子?"一边嘀咕一边往前走,走了几步,又说,"不对,不是那里。"又折过身来往后走,走了几步又停下了,"不对,不是那里。"

林又红心头一酸,夏老太疯了,夏老太真的疯了。

前天她还生气自己被一个疯子耍了,可此时此刻,夏老太披头散发的背影,像一支箭,刺在她的心头上。

为什么我的心会为一个疯子而痛呢?

林又红还没来得及回过神来,忽然听到身后有什么动静,回头一看,身后不知什么时候站了十来个人。林又红吓了一大跳,脱口道:"你们是谁?你们要干什么?"

这些人都默默地站着,没有回答她。林又红借着路灯光仔细看了看,从穿着打扮上看,有的就是小吃街的小贩,还有两个穿着城管制服的。林又红奇怪他们不是刚刚打过,怎么又站到了一起?再一看,那个做杂粮糕的罗桂枝和开面店的齐三有竟然也在其中。

林又红只认得罗桂枝和齐三有,只好对着他们问:"你们想干什么?"

齐三有说:"主任,我跟你说过要出事的,你不听,我知道,你不相信我,我也不怪你了,我们这种烂人说的话谁会相信,除非、除非……"一边说一边向前跨了一步,看他的样子,好像又要下跪。

另一个人冷笑一声说:"你跪下呀,你跪呀,哼哼,做梦吧,跪下也没有人相信你。"

林又红赶紧挡住齐三有下跪,然后自己往后一退,说:"齐三有你好像有下跪的习惯啊,上回你家下水道堵塞,你就跪过,今天小吃街打架,跟你有什么关系,你又跪是什么意思啊?"

齐三有说:"主任,主任,说实在话,本来我们是指望着老书记的,只有老书记能够帮到我们,给我们一点希望。可是老书记走了,带走了我们那一点点希望。"

林又红奇怪说:"齐三有,你明明是'三有',你跟这些'三无'有什么共同利益吗?我觉得你的希望和他们不一样,你应该希望他们生意不好,你的生意才会好嘛。"

齐三有说:"主任,你的想法不对的,我和他们是绑在一起的,只有小吃一条街名声好听,才会有更多的人来桂香街,我的面店也才会有更多更好的生意。现在小吃街出事了,万一被彻底取缔,我的店也差不多完蛋了。"

林又红愣了一下,不能说齐三有说的没道理,但是有道理的事,也未必就能好好解决,这会儿区长正带着人在商量呢,可是他们能解决吗?按小陈的说法,这样的调解会不知开过多少回了,为什么就找不到解决问题的根本办法呢?

齐三有见林又红不吭声,赶紧又说:"主任,主任,"他见林又红皱起眉头,又解释说,"我可以不喊你主任,你也可以不是主任,但是今天晚上这件事情的真相,如果不搞清楚,小吃街肯定会被政府取缔,不仅是我的生意受影响,这么多人都要丢饭碗了。"

林又红说:"真相不就是夏老三打人吗,夏老三会不会打人,你们都清楚,平时那么猖狂。"

齐三有支吾着说:"其实、其实……"似乎不敢往下说了。

罗桂枝虽是女流,却比他有胆,站出来说:"其实大家心里都清楚,人不是夏老三打的,夏老三平时虽然吃相难看,活像个凶手,可是他和大家还是一条心的,他不会下这样的毒手的。"

林又红说:"无论是不是夏老三打的,都要有证据,公安也好,法院也好,都要以事实说话。"

罗桂枝说:"我们是想找证据的,但是主任你知道,我们这帮乌合之众,扶不上墙的刘阿斗,有了证据也不知道是证据,拿了证据也不一定会用,所以我们……"

林又红立刻说:"你是希望我去搞清楚事实真相,为什么又是我?为什么你们老是觉得我应该……"

齐三有和罗桂枝异口同声地说:"不是我们觉得你应该做,是我们觉得你会去做的。"

林又红赌气说:"为什么?为什么你们觉得我会去做?为什么我要跟你们纠缠不清?"

齐三有可怜巴巴地看着林又红,腿虽然没有跪下,那眼神却已经跪下了,嘟囔着说:"因为、因为……"

罗桂枝嫌齐三有腻歪,接过去说:"其实我们看得出来,你不是真的要摆脱我们。"她的眼神忽然扫到了林又红的身后,林又红头皮一紧,回头一看,是宋立明找来了,林又红一看手表,竟然已经快十一点了。

宋立明看到林又红,才松了一口气,说:"你怎么还在这里,我打你手机才发现,你手机落在家里了。你说出来找小西的,小西早就回家了。"

罗桂枝一看这情形,赶紧让大家撤了,临走时,齐三有朝林又红抱拳一拜,宋立明说:"他是谁?又有什么事找你麻烦?"

林又红没有说他是谁,宋立明也不再追问。这是他们夫妻之间的习惯,一般林又红不愿意多说的事情,宋立明从来不会多问。他们回到家,林又红忍不住数落了小西几句,让她以后碰上这样的事情躲开一点,太危险。小西却无所谓,嬉皮笑脸的,还拿出手机晃了晃说:"千载难逢的,我才不躲开呢,场面好惊险,像武打片,我还用手机拍了呢,嘿嘿。"

林又红赶紧要过小西的手机,打开视频看了看,说:"你这个,没有拍到打架的具体过程呀。"

小西说："我们到的时候,已经打过了,只拍到后面的一些。"

林又红有些失望,刚想把手机还给小西,忽然看到画面中有个年轻的男子也在用手机拍视频,心里忽然一动,这个人是什么时候到现场的呢,他如果到得早,他会不会拍得比较全面呢?

但是她不认得这个人是谁,她急于想知道这个人是谁,可千万不要是一个一闪而过的路人。

在小西的手机上,这个人的面目太模糊,基本上看不清长什么样子,林又红反反复复看了一遍又一遍,越看越着急。宋立明也不安起来,过来问:"怎么了,你这么着急?"

林又红在头脑里搜索了一下,没有搜索到有用的人,朝宋立明看了一眼,忽然说:"老宋,你能不能想办法联系一个电视台的人,我现在想去一下。"

宋立明惊讶地说:"现在?你看看时间,都几点……"他见林又红态度坚决,赶紧住了嘴。

林又红催促说:"你联系呀,你打电话呀。"

宋立明显得十分犹豫:"可是,其实,我也没有很熟的人。"

林又红立刻板了脸说:"老宋,你不肯帮忙?"

宋立明赶紧说:"帮的帮的,可是、可是……你让我想想,到底找谁,这么晚了,打扰别人,总是有点……"他一边往卧室去,一边回头对林又红说,"我找我的本子。"

林又红奇怪说:"你手机通讯录里没有吗?"

宋立明好像有点心虚,说:"不是太熟的人,手机里没存。"

林又红不说话了,耐下心等着宋立明去联系人,等了好一会儿,也不见宋立明出来,等不及了,到卧室门口一看,宋立明倒是在打电话,但是样子鬼鬼祟祟的,声音压得很低。换了平时,林又红肯定立刻进去戳穿他了,但这会儿她却退了出来,没有打扰宋立明,一直等到宋立明出来,告诉她人联系上了,值夜班的一个主任,姓孙,可以直接到电视台新闻部去找他,林又红才开玩笑地说:"是个女的吧?"

宋立明顿时红了脸,辩解说:"不是不是,是男的。"

林又红说:"男的你脸红什么呢,莫名其妙。"也没太往心里去,心里有更着急的事情呢。

宋立明又犹豫了一下,才说:"他是社区医院何护士的丈夫,何护士愿意陪你过去,一会儿她开车来接你。"

林又红"哦嚏"了一声说:"老宋,你人脉真是广啊。"

宋立明赶紧说:"哪里呀,我也是看你着急,才厚着脸皮去求人家的,人家……"

林又红说:"好了好了,别解释了,你这个人,永远是越解释疑点越多。"

果然不多会儿,就听到楼下有车声了,林又红下楼一看,小何护士已经到了,赶紧上车往电视台去。到了那边,小何的老公孙一光已经在等了,但是态度并不热情,也不和她打招呼,甚至都不和自己的老婆说话。听林又红说想看一看当天的晚间新闻,他也不言语,沉默着就翻了出来重播给她看,刚播了一段,林又红就激动地指着画面喊了起来:"这里,这里!暂停一下,暂停一下!"

暂停下来的画面上,果然有个年轻人抓着手机在拍,林又红又喊:"能不能放大,能不能放大?"

人脸放大了,林又红一看,又喊了起来:"就是他,就是他!"

小何在一边有些奇怪地看了看林又红,虽然没有说话,但是林又红已经感觉到自己今天一惊一炸又喊又叫的,从前干得叱咤风云时,也没这样急吼吼的。

小何见她找到了要找的人,总算悄悄地松了一口气,小心地问:"林总,你要找的就是他?你认得他?"

林又红说:"不认得,但确实是他在拍视频,有了他,就好办了。"

林又红想向台里借带子回去用一下,但孙主任的脸色却越来越不好看了,拒绝说:"这不行,不可以外借的。"他大概觉得口气还不够重,又加强说,"我们从来不能把台里的带子借给别人,除非是破案需要。"

林又红赶紧说:"我正是破案需要。"

孙一光朝她打量了一下,说:"你是哪里的?需要有市公安局的介绍信才行,或者平级的检察院法院,当然,纪委也可以,你是哪里?"

林又红说不出自己是哪里,无计可施,看到小何在向她使眼色,看懂了,一边说:"好吧好吧,我打个电话给你们领导试试行不行?"一边在小何的掩护下,用手机偷偷地拍了几张照片,将那个用手机拍视频的人脸拍下来。

两人出电视台的时候,林又红问小何:"你先生好像不大高兴?"

小何有些尴尬地说:"他这人就这样,喜欢摆脸,可能这样的事情在台里是有规定的吧,这样可能算违规了吧。"

林又红说:"可是这是电视台公开播出的内容,又不保密,只要家里的电视设了回放功能,就能回看到的。"

小何不作声了。

林又红这才感觉自己有点过分,太过自私,明明是自己给小何护士带来麻烦,还惹得人家丈夫不高兴,却还这么振振有词,赶紧赔不是说:"对不起,何护士,给你添麻烦了。"

小何微微地红了一下脸,摇了摇头,没再说什么。

林又红回到家时,时间已经很晚了,宋立明还在等她,见她回家,也没问她事情顺利不顺利,就说:"累了吧,洗洗睡吧。"

林又红说:"辛苦小何了,你方便的时候,再替我谢谢她!"

宋立明没有应答,低着头赶紧拉被子铺床。

林又红有些奇怪,又有些不爽,说:"我这么晚去电视台,又这么晚回来,你都没问问我出了什么事。"

宋立明说:"习惯了吧,从前你都是这么晚的。"

林又红说:"可我现在不是下岗失业了吗?"

宋立明笑道:"你怎么会下岗失业,你总是会忙起来的,你现在就忙得好像重回联吉氏了嘛。"

林又红半开玩笑半挖苦地说:"你向来是举重若轻,拿得起,放得下。"

宋立明说:"嗨,这是我们家的常态嘛。"

林又红说:"现在是新常态了,你不能用老眼光老办法对付新常态哦。"

宋立明对她的话外之音似乎一点也不敏感,新常态是什么,他不关心,也没想打听,只是说:"无论新常态、旧常态,你都能对付得了,我对你,太有信心了。"

林又红"扑哧"一声笑了出来,说:"你倒有大将风度,泰山崩于前而色不变。"

宋立明仍然"嘿嘿"道:"是泰山崩于前而好色不变。"

林又红说:"好色?说到个色字,你看你看,脸都红了,老实人就不要装酷扮帅,装不像的。"

宋立明说:"我老实人吗?我才不老实呢,嘿嘿。"

林又红笑道:"是呀,现在的世界很疯狂,现在的世界很混乱,无论哪一款的,都会有人买。"

宋立明笑道:"当然啦,我就是个商品,再差劲也总会有人用得上。你可以用苹果,人家一百块的手机,照样有人用。"

林又红说:"口气蛮自信嘛,是否已经有人用上啦?"

宋立明脸一红,嘿嘿一笑,似乎想要掩饰什么,赶紧过去铺床,脸上一直红红的,眼睛也不敢看林又红,低声说:"前几天,那个,对不起,不知怎么的,出洋相了,今天再给个机会吧。"

得到林又红的许可暗示,宋立明赶紧开始做准备,忙了半天,明明看到林又红已经躺在床上,他却左右磨蹭着,实在没什么可磨的了,走到床边,对着林又红的时候,林又红发现他的眼睛一直回避着她,林又红也没有强求的意思,宋立明却忽然一拍脑门儿说:"哎哟,门要锁上,你平时忙的时候,晚上小西一推门就进来了,小丫头习惯了,不讲规矩。"

赶紧爬起来去锁上房门,再回来,刚要躺下,又"哎哟"一声:"窗帘!"

林又红早就感觉出他的状况,他也确实很努力很积极,但可能实在是力不从心,她体贴地说:"算了吧,我今天累了,改天吧,我们有的是时间。"

宋立明偷偷地松了一口气:"那是,你只要不像从前那么忙了,我们天天有时间,来日方长。"

第 11 章

在现场用手机拍视频的那个人,只要不是偶尔经过的路人,他应该就在桂香街社区的范围之内,甚至就在小吃一条街上,林又红觉得应该把这个信息告诉派出所,说不定可以帮助把案件搞清楚。

林又红通过114询问到街道派出所的电话,打过去的时候,刚要开口,才发现三言两语还说不清,还得慢慢地从头道来:"警官同志,昨天下午小吃街发生打架事件,有人拍了视频。"

那头接电话的人立刻追问:"视频?视频里有什么?"

林又红又犹豫了一下,只好如实说:"视频里有人在拍视频。"

那头的人先是"哈"了一声道:"视频里有人在拍视频,什么意思,我怎么听不懂?"不过他的反应还不算慢,话说到此,已经明白过来了,赶紧又说,"我知道了,你的视频里虽然没有真相,但是视频里在拍视频的那个视频里也许有什么——你是哪位,现在你手里有视频吗?有的话,能不能麻烦你来一趟派出所,或者,我们上门去?"

林又红不想让派出所的人上门,赶紧说:"我去,我去。"

刚走出小区的大门,就看到余老师小陈和潘师傅迎面守在那里,林又红脸一沉,想避开他们,可是他们已经到了她的面前,也不说话,只是拿眼睛直愣愣地盯着她看。

林又红忍不住说:"怎么,你们要限制我的行动自由?"

三个人一时没说话,仍然小心地盯着林又红看,林又红有些毛躁,说话也很不好听:"你们看我,能看出什么来?"

这三个人互相丢了几个眼色,余老师才小心地开口问道:"林主任,听说你去过电视台,你已经拿到证据了?"

林又红冷冷地说:"对不起,请你们不要喊我林主任,我不是林主任。"

大家赶紧点头,余老师说:"好,好,喊什么都不重要,重要的是……"

林又红这才把手机拿出来,说:"我本来是要交到派出所去的,既然你们都在,就先请你们看看,你们对桂香街地区的人应该是熟悉的。"

小陈一激动说:"是证据吗,是证据吗?"

林又红说:"没有找到证据,只是找到一个人,这个人昨天可能把全部经过拍下来了,但是我只拍下了他的脸,你们认一认……"她把手机交给余老师,说,"你们看看,认不认得这个人,就是他在现场一直用手机在拍视频。"

手机从余老师手里传到潘师傅手里,最后到了小陈那里,他们一一辨认,可是照片实在太模糊了,根本看不清。

余老师仔细琢磨了一会儿,犹豫着说:"是不是东头的阿鬼?"

潘师傅又拿去看了看,也犹豫,说:"我怎么觉得像是卖糖芋头的那个什么?"

小陈又看,看了说:"看不太清,好像是卖包子的小董,不对不对,像卡子,卖烤鱿鱼的卡子,河南人——咦,也不对,卡子的个子没有这么高——像是……"她开始挠头了。

眼看着这三个人是吃不准了,他们似乎在等林又红拿主意呢,她得把皮球再踢回去,于是换个思路说:"以你们对夏老三的了解,他真会做出这种事吗?"

大家都摇头,仍然不说话。

林又红也不知道他们摇头是什么意思,是他们认为夏老三不可能打人呢,还是他们觉得自己不了解夏老三,现在她也无法可想无路可走了,她已经尽了最大的努力了。

林又红无奈地看了看小陈说:"这样吧,我把这个人的照片转发给你,你们熟悉这条街上的人,再多打听打听,想办法找一找吧。"

小陈下意识地把握在手里的手机往身后一藏,但随即也意识到自己的这个动作太可笑,一急之下,想出道道来了:"林主任……"她拍了一下自己的嘴,"又喊,又喊,嘿嘿——林,那个,其实有一个人,我敢保证,他一定知道拍视频的是谁。"

大家看着小陈,因为小妖精说话从来嘴无遮拦,不走心不走脑,所以年长的几个并不很把她的话当真,只有林又红因为心切,赶紧问道:"你说的是谁?"

余老师说:"你听她的,我们都认不出来,她还能想到谁。"

小陈说:"就是夏老三。"

大家一听夏老三,都愣住了,不能说小陈的话没道理,连余老师也点头说:"这倒有可能,夏老三对那条街上的人,个个熟的。"

潘师傅说:"是呀,他连那些小贩的家属都认得,都喊得出名字。"

林又红的情绪先是振奋了一下,但随即又低落下去了,说:"夏老三不是被拘留了吗,怎么问得到他,拘留期间是不允许见面的。"

小陈鼓劲说:"去试试,说不定他们肯通融一下呢。"

林又红当然知道这不可能,完全无望,又不好过分打击小陈的积极性,她建议说:"那,余老师和小陈,你们去派出所再了解了解吧——派出所应该和你们熟悉的。"

余老师似乎面有难色,犹豫不决,潘师傅向林又红解释说:"余老师恐怕不行,他们不认她的,她和人家所长吵过架。"

余老师也承认说:"怪我平时和他们关系没有搞好,他们只认老书记。"

林又红来气说:"按你们的说法,从此以后,你们桂香街居委会就该停工了?"

大家不作声。

小陈眼巴巴地盯着林又红,林又红说:"你别看着我,我又不是居委会的人。"

小陈赶紧说:"正因为这样,派出所他们也吃不透你,说不定卖点面子。"

余老师和潘师傅也都附和称是,余老师说:"林主……林,那个,麻烦你了,你带上小陈辛苦跑一趟,最真实的情况肯定都在派出所。"

林又红不好再推托，心想着，我先不跟你们说，反正我也想去派出所一趟，但这派出所一定是我的最后一站了。

一路上，小陈小心翼翼地守在林又红旁边，好像又怕她随时逃跑似的。林又红反感地说："你们这样，其实没有用的，我反正不是你们居委会的人，我可以帮你们做一件事，不可能帮你们做每一件事。"

小陈赶紧说："一件就好，一件就好。"

林又红拿她没办法，又戗她说："你以为到了派出所，我们就能见到夏老三吗？"

小陈倒懂，说："不可能的，拘留期间是不能见的。"

林又红又戗她说："那我们是去见警察喽，请他们帮我们见夏老三问他话吗？警察会听我们指挥吗？"

小陈老老实实地说："不可能的，警察不可能听我们的。"

林又红说："这就奇怪了，既不能见夏老三，又不能问警察，那我们到派出所干什么？"

小陈说："我们见机行事吧。"

林又红不由得边走边朝小陈上下打量一番："小陈，真是人不可貌相，我第一次见你的时候，还以为你不想在居委会工作，看起来你是很不安心工作的样子，可现在看来，你还蛮认真、蛮执着的。"

小陈说："林主任，不不，不是林主任，你看得不错，我确实不安心工作，我可不想在居委会长期做下去。"

林又红说："你还是想考公务员？"

小陈说："我哪里考得上哦，我是骗骗自己的。"

林又红说:"那你怎么办呢,考不上公务员,又不去应聘其他单位,你只能在居委会工作。"

小陈夸张地捂着胸口说:"这就是我的痛。"正痛着呢,忽然眼睛一亮,林又红顺着她的目光往前看,前边路上有个警察,小陈追了上去,一路喊道:"刘警官,刘警官。"

那年轻的警察回头看了一下小陈,感觉并不认得她。

小陈亲热地过去拉扯他的胳膊说:"咦,刘警官,你不认得我啦,我是小陈,陈菲呀!"

小警察难为情地挠了挠脑袋,仍然没有想起"陈菲"是谁,说:"真不好意思,你是说我们认识?你……"

小陈赶紧说:"我和你是同一天报到的呀,你忘记啦?那天我们一伙人呢,都是应届生,我们同一天到街道报到的,我们还说好到岗位后要聚一聚的,结果你们也没人牵头,这一晃就是——一晃就这么长时间了。"

说得小警察不好意思了,赶紧道歉说:"对不起,对不起,人多,我记不得了。"

小陈逗他说:"不是因为人多吧,是因为我长得太对不起你,所以你不记得我。"

小警察还想辩解,小陈说:"行了行了,今天记住我就行了,一会儿我们加个微信,要不,你下次补请我一顿就行了。"

小警察喏喏地:"嗯,嗯,好。"

小陈说:"我马上到你们派出所,这是我们林主……"她瞄了一眼林又红,发现林又红没有朝她瞪眼,骨头轻得没几两了,赶紧加强语气说,"是我们林主任,你把我们给你们所长介绍一下,要隆重一点啊。"

小警察点头说："隆重,隆重。"赶紧带他们往派出所去。

林又红这才补了一个白眼给小陈,压低声音说："就这一次啊,下不为例,要不是……"

小陈兴奋地朝她吐了吐舌头,做了个鬼脸。

到派出所的时候,所长正要外出,小警察赶紧上前报告:"报告所长,桂香街居委会主任来了。"

所长回头朝林又红和小陈看看,奇怪地说："桂香街居委会主任？有主任了？这么快就到位了？"

小警察说："到位了,到位了。"

所长又轮番看看林又红和小陈,向林又红说："是你吧？"

林又红刚想解释,小陈抢在前面说："是她,是她,林主任。"

所长更奇怪了："林主任？哪里来的林主任,前边不是说有个蒋主任来的吗,怎么几天就变成姓林的了？"

林又红再次想要说明情况,又被小陈抢先了,说："就是瞬息万变嘛,现在什么时代,就是变的时代,换个主任有什么好奇怪好追究的。"

所长说："不是我要追究什么,我们和桂香街居委会是共建的,过去老书记在的时候,我们经常沟通,许多事情都可以合并处理,两家联手许多难题就好解决多了。"

小陈说："那是我们老书记心想群众,只要能为大家解决困难的,怎么做都行。不过所长您放心,我们新主任绝不会比老书记做得差。"

看到所长点头,林又红着急了,实在不能再唬下去了,她直截了当地说:"所长,你们误会了,我不是新来的主任。"

所长笑了起来,说:"知道,知道,你这位同志还蛮讲规矩和程序的,我怎么能不知道,一般都是主任先来干一阵,时间可长可短,然后再选举,等选出来,才算是正式的主任,现在喊是早了一点,不过反正都是你,早点晚点都一样啦。"

小陈一听,"扑哧"一声笑了出来。

所长又说:"虽然还没有选举,但是现在你来工作,总得称呼你呀,不喊主任,难道、难道……喊什么呢,喊林代主任?"

小陈打趣说:"我们暂时喊她林不主任,哈哈……"

大家都笑了起来,小警察站在小陈面前,好像自己立了大功似的,满脸放光,小陈也不负所望,直朝他抛眼神,搞得小警察脸都红起来了。

林又红先前只是觉得居委会的干部,还有那些居民,坚持喊她林主任,实在不可理喻,没想到到了派出所,所长居然和他们也是同一个调调,他们完全是按照自己的思路想问题,按照自己的习惯说话。

林又红服了。她认输了。

从前联吉氏上上下下都知道,无论是总办林主任还是林总,可是个从不服输的主。再从前,她学习过、工作过的任何地方,大家都知道,没人能让林又红服软。

自然,也是因她很少出差错,没有错,她认的哪门子输呢?

可是现在她服了,她认了。可奇怪的是,她并没有出什么差错呀,可是为什么现在轮到她认错服输呢?

林又红不想再纠缠下去,还是赶紧把夏老三的事情做个交代,自己好赶紧抽身走开,尽快离开这个说不清道理的地方。

林又红迅速调整好心态,直奔主题说:"所长,今天我们来,有件事想请你帮助。昨天下午小吃一条街的打人事件,城管队员夏老三被你们……"

所长立刻就回归了所长的脸面,严正地说:"没有夏老三,只有夏必全。夏必全的案情,比较复杂,我们正在调查取证,任何情况不能外露的,这个情况,你们居委会难道不了解吗?"

林又红说:"我们不是来了解案情的,既然已经刑事拘留,我们也知道有关规定,但是夏老三——夏必全打人,可能是有隐情,我们想搞清楚。"

小陈也急着说:"夏老三很可能是被冤枉的,我们要……"

所长忍不住嘲笑起来:"你们以为警察干什么吃的,难道我们会冤枉一个好人?"

小陈着急解释,口气又冲了起来:"夏老三平时虽然吃相难看,但是他不会下毒手打人,你们派出所也不是不了解他,凭什么……"

所长打断小陈说:"你就是小陈吧?早就听说你的事迹了,我不和你说话,不和不懂法、不懂规矩的人说话。"他回头生气地问林又红说,"林主任,你派出所还是我派出所,你们居委会现在也有破案权了吗?"

林又红说:"我们不是要破案,我们只是想还原当时的一些真实情况,比如说……"

所长说:"这不就是派出所干的事吗?警察的活,居委会也来插一脚,警察还干不干了?"回头瞪了小警察一眼,说,"你请来的,你接待吧，我要出警了。"毫不客气地撂下林又红和小陈就走了。

小警察十分尴尬，两边没讨着好，不知怎么办了。

小陈先是责怪地瞪着他，但随即想到还少不了求助于他，所以立刻就朝他谄笑起来。林又红看在眼里，心想，这小丫头，真是个变脸王，真讲实惠。果然，小陈朝小警察笑一笑就说："哎，刘警官，你们所长水平可不怎么样，还不如你呢，他连警民关系都不懂，还当所长，让你当算了。"

小警察赶紧摇头摆手，说："不敢瞎说，不敢瞎说，我们所长有水平的，他还是局里破案先进呢，他还是……"

小陈抓住小警察的胳膊又摇又晃，发嗲说："不稀罕不稀罕，连夏老三的事情都搞不清，还破案先进呢，先进个屁。"说话又粗鲁起来，也不怕小警察会看穿了她的真面目。

林又红一直惦记着夏老三那里到底能不能提供有用的信息，但是现在看起来，他们见夏老三的可能性是零，只得求助小警察说："我们知道不能见夏必全，但是能不能麻烦你帮我们传个口信，很简单，只要问一句话。"

小警察吓得往后一退丈把远，紧紧闭了嘴巴，看得出来，他已经后悔把她们两个带进派出所，他快要给自己惹上麻烦了。

林又红知道无望了，朝小陈说："算了，我们走吧。"

小陈泄气地说："唉，连美人计也没有施成，算了算了，什么人民警察，和人民作对啊？"

小警察一听美人计，差点要笑出来，但没敢笑，更没敢再接嘴，怕她们纠缠，怕甩不掉她们，就眼睁睁地看着林又红和小陈沮丧地跨出派出所的大门。

临出门时,小陈心有不甘,回头恶狠狠地瞪了小警察一眼。

小警察一个激灵,赶紧追出门来,把她们俩请到路边角落里,低声说:"只有一个人能够见夏必全,就是律师。"

林又红奇怪说:"现在不是拘留吗,就能请律师吗?"

小警察说:"一般的人是不会在这时候请的,但是法律上是允许的。你们可千万不能说是我告诉你们的啊!"

小陈一高兴一激动,上前搂了搂小警察,还拍了拍他的肩,说:"这才是人民的好警察,我喜欢!"

小警察闹了个大红脸,顾不得多说什么,赶紧溜回派出所去了。

小陈牛烘烘地说:"林主任,啊不,不是林主任,是林不主任,瞧,我有两下子吧?"

林又红想问她小警察是不是真和她同一天报到的,但话到嘴边,一看小陈那嬉皮笑脸的样子,就觉得完全不需要问了。

果然小陈主动坦白说:"林主任,你猜出来了吧?我是骗他的,同一天报到,嘿嘿,鬼呢——他都那么老了,我和他怎么可能是同届。"

林又红说:"我就知道你是个鬼东西。"

小陈说:"嘿嘿,反正,反正——林主,哦,林不主,我们到哪里去请律师呢?"

林又红说:"居委会平时没有法律顾问吗?"

小陈犹豫说:"法律顾问肯定是有的,但是林主任,最好还是你去联系吧,你高大上,你请的律师肯定也是高大上,比我们居委会的法律顾问不知道要高几个层次。"

林又红说:"你错了,我们请律师,又不是要替夏老三做辩护,现在还在公安侦查阶段,那还早呢。我们的律师,只要做一件事情,进去见一下夏老三,把我手机拍的照片给他看一下,夏老三认出这个人来,律师的任务就完成了,这样的工作,任何一个有律师证的人,都能做,高大上的不仅用不上,搞不好,反而把简单的事情搞复杂了。"

小陈怀疑说:"进去能给夏老三看手机吗?"

林又红说:"反正我们把任务跟他说清楚,看他自己处理吧。"

小陈说:"我们居委会的法律顾问,经常来给居民讲讲法的那个,行吗?"

林又红说:"行。"

小陈打了一个电话,法律顾问很快就来了,是个年纪蛮大的老律师,姓刘,来了先和小陈对视了一下。林又红也不知道什么意思,她问了一下刘律师的情况,居然是赵园子律师事务所的,心里不免奇怪,怎么这么巧呢,赵园子是赵镜子的亲姐姐,自己开了一家律师事务所,干得风生水起,在南州业界也算小有名气。桂香街居委会的法律顾问,居然就是赵园子那儿的人,赵镜子怎么从来没有跟她说过?

再一想,立刻觉得自己太好笑了,赵园子事务所的律师干什么,跟赵镜子本来就没什么关系,就算赵镜子知道,又为什么要告诉她呢,挨得着吗?除非她真就是桂香街居委会的主任了——林又红赶紧走自己离奇而荒唐的想法,给刘律师简单说了一下情况。

刘律师听林又红说了,也不多话,脸上也没什么表情,只是点了点头。林又红要把手机给他,他看了看手机,说:"用得着吗?"

林又红说:"照片在这上面,就是要让夏老三——夏必全辨认这个人的,不带手机他怎么辨认?"

刘律师接了手机,说:"好吧,我试试去。"

小陈叮嘱说:"刘老师,你小心点,警察可能不让看。"

刘律师朝小陈笑笑,就进去了。

两个人等在外面,林又红心里焦虑,看了几次手表,小陈说:"林主任,你是个性急的人。"

林又红说:"就是看一张照片,如果长时间不出来,很可能出问题了,违反什么了,被警察发现了……"

正着急呢,刘律师已经出来了,把手机还给林又红,林又红一急,说:"怎么,不许看手机?"

刘律师说:"确实是不许看,旁边有人监督的,但是夏必全根本不用看手机,我只说了一句,当时有人在现场拍视频,夏必全马上就知道了,说是小辛,辛苦的辛,叫辛小亮。"

林又红不免有些怀疑和担心:"他看都不看就知道,这么肯定?"

刘律师看了林又红一眼,不急不忙地说:"你可能不太了解夏必全,他做城管工作不是一年两年了,他可真是用心做的,小吃一条街上的摊贩,包括他们的亲戚,他们周边的人,就没有他不认得不熟悉的,都在他心里装着呢,所以,闭着眼睛也知道。"

林又红又说:"这个小辛,也是个小摊贩?"

小陈说:"小辛本人,我也不认得是哪一个,但是小辛的父亲老辛,在小吃街好多年了,这个人我知道的,老资格,是个人物。"

林又红听小陈说"是个人物",差一点要笑出来,小吃街上这些不成气的小贩子,还能有个什么人物,心里这么想着,要是换了从前,嘴上早就无遮无拦地说出来了,但是现在反而变得小心、变得谨慎了,实在是因为这里的人,和她过去接触的人不太一样,她任性不得。

小陈早已经洞察了她的心思,立刻就说:"其实这小吃街上,人物还真不少,不是个人物,在这里是站不住脚的。"

林又红奇怪地说:"不就是摆个小摊子吗?"

小陈说:"他们可是世界上最纠结的人物,要吃饭就得做事,要做事就得做坏事,因为不做坏事就没有饭吃。"

林又红打断她说:"做了坏事就有饭吃?"

小陈说:"做了坏事就有牢饭吃,所以说,他们是世界上最纠结的人物。"

刘律师交给林又红两张纸,说:"这个给你吧,是夏必全写的一封信,写给小吃一条街的摊贩的一封信。"

林又红接过来,看了一眼,是写在香烟盒子背面的,字又小又密,挤在一起,看不清楚,林又红顾不得看,先收了起来,赶紧去找辛小亮。

小陈知道老辛的摊位,一下子就找着了,老辛也确实显示出一点他的"人物"模样,不像齐三有以及另外一些小贩那样气急败坏,看起来十分沉稳。林又红站到他面前打听情况,他神色自若地笑了笑,说:"我叫辛民,辛苦的辛,人民的民。"稍停顿一下,又慢悠悠地说,"你找我,你是谁?"

林又红一时竟回答不出"我是谁",心里怪别扭的,只好说:

"我是谁不重要,你是谁才重要,因为现在的关键问题,是要解决你们的困难,而不是我的困难……"

老辛轻描淡写就将林又红的军了:"呵呵,你都不知道你自己是谁,你就想来解决我们的困难,你知道我们是什么困难吗?你打算怎么解决呢?"

林又红心里急着要知道视频里的真相,不想和他多扯,直接说道:"昨天小吃街的打架事件,现在闹得很大,对你们、对城管,双方都不利,所以只有找出事实真相——据我们掌握的情况,昨天你儿子辛小亮拍下了全过程的视频。"

老辛既不否认,也没承认,只是平和地说:"昨天你在现场吗?你看到辛小亮拍视频了吗?"

林又红说:"有人看到了。"

没等老辛再说话,旁边卖臭豆腐的年轻小贩就憋不住了,嚷嚷起来:"狗日的齐三有,肯定是齐三有举报的,个狗日的,自己有了三有,还跟我们三无的人过不去——齐三有,你等着,我不K你,我就不是K佬!"

大家哄堂大笑,林又红并不知道他们笑的什么,小陈在一边低声说:"这臭豆腐,动不动就说要K人,所以大家给起个绰号叫臭豆腐K佬,其实是个胆小鬼,谁也没敢K过。"

林又红差点要笑,忍住了,赶紧正色地告诉老辛:"跟齐三有无关,你儿子辛小亮当时在拍视频,但也有人在拍你儿子,电视台的录像里也有他。"

臭豆腐K佬还不罢休,继续嚷着说:"齐三有,你个王八蛋!"

林又红忍不住说:"你骂齐三有,人家齐三有至少比你懂规矩懂道理,你们这些人,明明知道自己是'三无',为什么还偏要在小吃一条街摆摊呢? 明明知道是不合法的……"

臭豆腐 K 佬横了林又红一眼:"你哪里来的? 你懂什么,你什么也不懂,我们要吃饭,要养活一家老小,不摆摊我们喝西北风?"

林又红说:"那你们至少应该和齐三有一样,去办有关手续,不就合法了?"

老辛又"呵呵"地笑了,朝林又红看看,说:"看起来你的官衔不小啊,官衔越大,越不了解老百姓的真实情况——难道你以为是我们不想'三有'吗? 你真不知道是没人肯给我们办'三有'?"

林又红知道自己是外行,但她并不怕自己是外行,也不遮遮掩掩,坦然问道:"为什么没有人给你们办'三有'?"

臭豆腐 K 佬又嚷了起来:"天哪,为什么? 你问我为什么,我还想问你为什么呢。"

老辛没有说话,却从随身背的一个包包里,取出厚厚一沓纸,递到林又红面前说:"你不知道办个'三有'有多麻烦,要几十种材料——当然,我们要吃饭,我们不怕麻烦,要这个,好,给你搞,要那个,好,也给你搞——你看看,他们需要的东西,我们都办齐了,就是不给我们办'三有'。"

臭豆腐 K 佬配合着老辛,一红脸,一白脸,老辛沉着冷静,不动声色,他则暴跳说:"你们到底想哪样? 你们到底站在哪一边?"

见他开口就"你们、你们"的,林又红本想将他顶回去说你用错词了,但是临到要将这话说出口,她却犹豫了,她犹豫着说:"如果你们说的是事实,我们试试想办法,帮你们找人解决。"

老辛听了林又红的话,朝她看了一会儿,似乎起了点疑心,又似乎起了点信心,问道:"你到底是谁?"

林又红被逼到墙角了,面对这样的情形,她无法再说我不是谁,只好含糊地说:"我是……我是……"

臭豆腐K佬又抢先开腔了:"我知道了,我知道了,你和陈主任一起来,你一定就是新来的那个主任,蒋主任?太好了,我们都听说新来的蒋主任能干事,肯干事。"

林又红没想到自己被自己一步一步地拉下了水,再想往后退,似乎已经迟了,周边的几个摊贩听到臭豆腐K佬说的话,都围了上来,有的甚至已经在向她作揖了:"蒋主任,蒋主任,全靠你了!"

林又红不能无视他们的恳求,一时也无法说清楚事情的来龙去脉,再说了,她现在着急的是要看到视频,所以重新又转向老辛说:"你儿子拍的视频,能不能拿出来,我们首先需要还原事实真相,才能接下去做工作。"

老辛又沉默了一会儿,下决心说:"我们这里的人,谁都不想惹是生非的,谁不知道和气生财的道理。可是我们被逼得无路可走。"嘴上说着,手摸索着,拿出一个手机,交给林又红。见林又红惊讶,老辛解释说:"是我儿子辛小亮拍的,我让他留在我这儿的。"

林又红更加惊讶:"你知道我们会来找你儿子?"

老辛说:"如果有人找来,说明还有人关心着我们。"

臭豆腐K佬却还在一边嚷嚷:"老辛,你不能就这么给她,就这么便宜了他们,我们给她视频,她能给我们什么?她得说清楚,否则,门都没有!"

林又红无言以对。她能给他们什么?她什么也不能给他们,她什么也没有,她什么也不是。

老辛朝臭豆腐 K 佬说:"你用脑子想想,政府和咱们打交道,有他们吃亏的时候吗?她能给我们什么?只有你先给了她视频,才能知道她可能给我们什么,如果你不把她要的东西拿出来,你就休想得到任何东西。"停顿一下,又自言自语说,"知足吧,拍了东西,还有人愿意要去看,还算把我们当回事了,就怕拍得辛苦,却根本没人尿你。"

事实真相终于得以还原了。

开始的时候夏老三手里是有一根棒子,但不是后来在他手上的沾上血的那一根,比那一根要细得多。正如夏老三自己所说,他事先已经得到消息,小吃街有人要整他,他是想自卫的,他只是把棒子紧紧地抱在胸前,并没有举起来威胁人,一个五大三粗的汉子,举着那根粗棒子突然朝夏老三冲过来,他分明是想打夏老三的,结果棒子打歪了,打到小葛子头上,那汉子趁乱把棒子塞到夏老三手里,同时大声喊起来:"城管打死人了! 城管打死人了!"

周围的小摊贩一拥而上,紧紧摁住了夏老三和他手里的沾着血迹的棒子。

看到视频里的真相,小陈赶紧拨打派出所的电话,告诉他们小吃街事件的凶手另有其人。林又红继续仔细看着辛小亮录下的视频,这时候,围上来的人渐渐多起来,他们得知林又红找老辛的目的,是为夏老三摆脱罪责,开始围攻林又红。

老辛朝大家挥了挥手说:"大家先别闹了,蒋主任已经答应,帮助我们去办三证。"

现场顿时安静下来,但是从他们的表情看,他们似乎不相信老辛说的话。过了片刻,有人先反应过来了,大声说:"不可能,老书记在的时候,费了多少力,想帮我们搞,结果也没搞成,人倒先累死了。"

另一个说:"她是谁,她有什么办法帮我们办?"

再一个说:"她为什么要帮助我们?她跟我们有关系吗?"

老辛说:"你们七嘴八舌,怎么说话呢?有水平吗?人家要帮助我们,你们还怀疑,还责问人家为什么,有病啊你们?"

等大家稍稍安定了,老辛又对林又红说:"蒋主任,桂香街的人都知道,你也知道的,我们跟夏老三本来也无仇无怨,只是各人要吃各人的饭,他不给我们吃饭,我们就不给他吃饭。"

臭豆腐 K 佬又跳出来抢着说:"不能全怪丁大强,夏老三太老卵,我们都想 K 他。"

林又红说:"他是城管正常执法,你们占道经营,谁是谁非,难道你们心里不清楚?明明自己无理,还打人,打了人还陷害人,还有理了?"

派出所所长带着几个民警赶到了,小陈上前就挖苦所长说:"我说你们乱抓人,你还生气,你瞧见了,你们破不了的案,我们居委会能破,嘿嘿。"

所长也不示弱,说:"你破了案了?我瞧瞧,犯罪嫌疑人在哪里呢?"

小陈说:"抓人是你们警察的事情,如果抓人也要我们抓,那你们派出所真可以关门了。"

所长说:"既然是你们破的案,那人呢?你让我来抓人,人呢?"

大家面面相觑，虽然视频上拍下的那个打人者是丁大强，但是丁大强人呢，有人立刻假装一本正经地说："报告警察，自从发生了打人事件以后，丁大强就没了影子，一定是畏罪潜逃了。"

另一人幸灾乐祸地嚷了起来："你们来迟了，你们到现在才来，人家跑路都不知跑到哪里了。"

再一人笑道："从南州跑到南非了，哈哈哈……"

所长不理他们，只朝小陈"哼哼"一笑，说："你们居委会有居委会的强项，可是破案嘛，还是得由我们来——告诉你吧，陈助理，我们早已经发现真凶，早已经布下天罗地网，刚才已经在长途汽车站逮住了。"

老辛冷冷一笑说："抓人放人，那是你们警察的事，与我们无关，夏老三也好，丁大强也好，归你们，我们只要有口饭吃。"

所长看了看老辛说："吃饭那就不是我们的事情了。"

老辛说："我们本来也没有想跟你要饭吃。"

所长讪讪的，又强调说："要吃饭也不能违法，你违了法，就是我们的事情。"

臭豆腐K佬又抢着说："那也很难说哦，说不定违了法，就有饭吃呢。"

有个刚来小吃街摆摊的小贩信以为真，急问道："怎么可能，违法怎么有饭吃，怎么吃？"

臭豆腐K佬说："这你都不懂，"一边说一边朝所长努了努嘴，"跟他走，吃牢饭去吧。"

大家哄笑起来，所长也知道，即便是警察，在这群小贩跟前也占不着便宜，于是带着几个民警打算走了。林又红却挡住他们问道:"既然你们早已经知道夏必全不是凶手,为什么不放他?"

所长说:"那小子自愿,说要在里边多待几天,好好反思反思,我们也乐得保密,免得真凶得到风声,一拍即合嘛。"

小陈插嘴道:"神经啊,夏必全要在拘留所多待几天干吗,里边很舒服吗?"

林又红忽然想起刘律师交给她的夏老三写给小吃一条街的摊贩的信,拿出那几张皱巴巴的香烟纸,先粗粗看了一遍,对大家说:"这里有夏必全的一封信,我给你们念念。

各位师傅:你们好!

以前我一直骂你们,说你们总有一天要进去的,现在是我自己进来了。这几天我在里边用不着管你们了,我好轻松,好自由,从来没有像今天这样轻松过,真正的自由不是人在哪里,而是心里拴着什么。如果一个人心里一直拴着什么,那就永远不得自由。我在城管队工作好几年了,心里一直被你们拴着,用你们的话说,就是和你们作对。说得不错,我是和你们作对。我的工作就是和你们作对,可是我和你们是一样的人,我为什么要和你们作对,脱下这身工作服,我就是你们中的一员,为什么我这么不体谅你们?为什么我天天要和你们吵闹?

是因为我的工作。说得好听一点,我是想做好我的工作。但事实上,主要是想保住这只饭碗,没有别的想法。这只饭碗在你们看来也许很了不得,可你们不知道的是,我们工资很少,压力却很大,出了问题被骂、被罚,有一个月,我只拿到三百块钱工资,就是因为没有管好小吃一条街,被投诉了。

我和你们,这么多年来,搅在一起,天天作对,但在我心里,你们都是我的朋友,甚至都像是我的亲人。我知道,你们虽然骂我,甚至要打我、陷害我,但你们对我其实也没有恶意,你们只是向我讨口饭吃。既然双方都没有恶意,为什么会闹到这一步呢?肯定是哪里出了问题,肯定是什么地方不对头,你们和我都有责任,但最根本的责任我真的不知道在哪里。

这些年来,桂香小吃街算是出了名了,那是臭名。桂香街是一条有文化有历史的老街,这条街上桂花飘香,还出了好几个历史文化名人呢。可是现在,几乎全市的人,一提到桂香街,就和脏乱差、和假伪毒联系在一起了。顶着这样的臭名,你们的生意会好吗?是的,你们可以骗骗外地人,但那都是一锤子买卖,下次再也不会有人来了。再说了,就算是外地人,你们也不可以欺骗人家,不可以以次充好,甚至搞那些毒人害人的勾当。你们难道忘记了,你们中间,大部分也曾经是外地人啊。

虽然人不是我打的,但也不能说我是完全清白的,我也有逃脱不了的问题,大白天的,我手里拿着根棒子在街上干什么?的确,我是听说你们中间有人要整我,我是自卫的,但毕竟有损城管队员的形象。所以我知道,我的饭碗终究是保不住了,这些年,我拼死拼活卖力做,就是为了保住这只饭碗,但是现在被敲碎了。谁敲的?不是你们敲的,也不是我自己敲的,我不知道是谁敲的,总之是有一只我们都看不见的手,在敲我们的饭碗。

老书记在的时候,一直在为你们奔走,为你们想办法,但是她老人家没有来得及,现在她走了,我和你们一样,看不到希望了。

说实在的,我虽然没有吃官司,但是我很灰心,比吃了官司的人还看不到希望……

林又红停下了,现场鸦雀无声,大家都等着她继续念,林又红把那几张烟盒纸给大家看看,说:"没有了。"

臭豆腐 K 佬气得"哼"了一声:"看不到希望了,就没了?"目光已经从那几张香烟纸上回到了林又红这儿。林又红被他盯得十分不自在,预感到事情重新又要回到她身上来了,正想拔腿走人,臭豆腐 K 佬已经开口了:"喂,蒋主任,我们把视频交给你了,你答应我们的事情,什么时候能够彻底解决?"

林又红赶紧否认说:"我答应你什么事情?"觉得口气不够硬,怕他纠缠上来,又强调说,"我怎么会答应你什么事情?"

臭豆腐 K 佬愣了愣,感觉被耍了,但还是心存侥幸地说:"刚才你明明说要给我们想办法,解决三证的问题,我们才把视频交给你,否则……"

林又红十分尴尬,完全没有退路,只好说实话了:"对不起,我其实——我不姓蒋。"

臭豆腐 K 佬瞪着眼睛盯着她看了好一会儿,说:"你,说话不算话?你为了欺骗我们,连自己是谁都可以不承认?"

林又红说:"我真的不姓蒋,我姓林——不信,不信我给你看我的身份证。"

臭豆腐 K 佬说:"我才不要看你的身份证,你不是新来的主任,那你是谁?"

林又红竟然无法回答这么个简单的问题,支吾着说:"我、我是……我不是……"

臭豆腐 K 佬早已经忍不住了,彻底翻了脸,火冒三丈,指着林又红说:"你是个骗子!你一个女人还骗人,不要脸,太不要脸!"

林又红的脸顿时绯红滚烫,从小到大,从来没有一个人骂过她不要脸,从小她的家庭教育也告诉她,"不要脸"是对一个人最大的抨击和蔑视。

她无论如何也想不到,自己竟然和"不要脸"三个字连在一起了,她十分恼怒,指着臭豆腐 K 佬说:"你不要骂人,你说话文明点!"

这回老辛也不再沉默了,挺身而出,盯着林又红说:"你让我们文明,你自己文明吗?你为了达到自己的目的,耍手段耍花招,这就是文明吗?"

林又红一气之下,只想一走了之,却被大家紧紧围住,正是进退两难,忽然看到小陈朝她一眨眼睛,知道小陈有鬼主意了,感觉救星来了。

果然小陈挤过来说:"林主任,快走吧,要迟到了。"

老辛和臭豆腐 K 佬同时指着林又红说:"她不能走,她走了我们找谁去?"

小陈脸一板,生气地说:"居委会今天召开老书记的追思会,你想阻挡吗?你们不参加,也不许别人参加?"

第 12 章

林又红跟着小陈走出一段路,停下了,朝小陈看着,小陈明白她的意思,赶紧说:"林……林,老书记的追思会跟你是没有什么关系,但是今天区里、街道都有领导来,还有记者,可能要树老书记做典型,让我们组织居民发言,我们总想要体现一点桂香街居委会和居民的水平,所以……"

林又红说:"我和老书记并不熟悉,让我说什么?"

小陈说:"主要是、主要是,大家想到老书记最后为居民做的一件事,就是到你家替你们调解矛盾。"

林又红立刻否认说:"没有矛盾,那不是矛盾,只是一个误会。"

小陈说:"是误会,是误会,老书记是帮你们去解决误会的,那天晚上老书记其实已经不……"

林又红不想听她多嘴多舌,朝她摆摆手,生硬地说:"我去就是。"忽然又发现不太对头,停下来对小陈说,"不对吧,今天是星期六吧,怎么还上班、还开会?"

小陈说:"居委会哪有什么星期六不星期六,星期几都一样要做事的。"

林又红不再说话,闷头往前走,走了一段,发现小陈在后面一直离她有两米左右,她放慢一点脚步,小陈也慢一点,始终是那个距离。

林又红不客气地说:"你怎么好像押犯人呢?"

小陈笑了笑,说:"我脚步小,速度又慢,跟不上你。"

林又红知道她又随口瞎说,懒得去戳穿她,不和她说话了,自顾走路,一路上沉着脸,小陈也住了嘴,没有再多说一句,只是小心地跟在林又红后面,始终保持两米左右的距离。

路上有人和小陈打招呼说:"陈主任,找到蒋主任啦?"

小陈嘻嘻哈哈道:"主任,主任,都是主任哈。"

林又红严正地说:"请你别扯上我。"

小陈吐一下舌头,又闭嘴了。

街心的两棵老桂树下,以往是夏老太的固定位子,可现在她不在这里了,她真的进医院了。林又红经过的时候,不由自主地朝那边看看,仿佛看到夏老太还坐在街边的树底下,远远地看到她过来,朝她招手,朝她笑,大声说:"蒋主任,上班啦?"

一路上都有人朝她看着,也有人议论说:"年纪蛮轻的嘛。"

又说:"气质蛮好的,做居委会可惜了。"

再说:"一看就是办公室坐着的人,跑到居委会来,犯啥错误啦?"

小陈朝他们瞪眼,生气地说:"你们闭嘴,你们懂什么,主任是你们随便瞎议论的吗?"

大家也不觉得小陈的话粗鲁难听，都认同说："好的好的，我们不议论了，万一议论错了，主任生气不来了，你陈主任又要开销我们了。"

快到居委会门口时，林又红忽然发现不对劲，开老书记的追思会，怎么会放在居委会，这居委会办公条件这么差，连个开会的会场也没有，难道就在那间小小的办公室里开？一边回头看了小陈一眼，小陈立刻赶了上来，好像已经知道林又红的想法了，上来就检讨说："林主任，您别生气，您千万别生气，我又说谎了。"

林又红说："说什么谎？"

小陈说："今天不是老书记的追思会。"

林又红二话不说，转身就走，但是已经来不及了，余老师、潘师傅、小金，还有一个和小金一起在窗口办公的叫许小午，已经怀孕七个多月，挺着个大肚子，几个人已经齐齐地从里边出来了，站到门口，既紧张又兴奋地看着林又红。

路过的居民都朝他们笑，一个说："噢，今天终于到日子了。"

另一个说："哎哟，喜气洋洋得来。"

有一个人似乎不明就里，疑惑地说："今天人怎么这么整齐啊，面孔上都这么神气干什么？"

再一个立刻批评他说："你都不懂行情，不看看今天什么日子，不看看今天来了什么人。"

林又红不想让居民们看到他们僵持在门口，又瞎起议论，只得跟着余老师他们一起进去。

林又红一进来就感觉今天居委会里有什么不对劲的地方，观察了一下，发现到处都多出一些纸盒子，几乎每张桌子上都摆着堆着,盒子都一般大小,还有盖子紧紧盖着。林又红不想知道这又是什么鬼,和大家一起到了里边那间办公室,余老师请林又红坐,可是他们自己都站着。林又红说:"为什么你们都站着?"

没有人回答她这个问题,余老师说:"林主……林,今天我们桂香街居委会五个人,都到齐了。"

小陈说:"不是五个人,是四个半。"

林又红以为她要说自己只是半个人,小陈却指了指潘师傅说:"半个人不是我,是潘师傅。"

余老师向林又红解释说:"潘师傅原来是我们的副主任,后来居委会的建制要压缩,只能有一个副主任,其他的人,都必须能用电脑上网办业务,现在所有的工作都联网了,潘师傅都这把年纪了,学不会了……"

潘师傅憨厚地"嘿嘿"了一声。

余老师惋惜地叹了一声说:"结果潘师傅就下岗了。"

小陈说:"不只是潘师傅哦,连我也受牵连了,我原来好歹是个助理,现在,"她指了指小金和小许说,"我现在降到和她们一样,叫干事了。"

林又红看了看潘师傅,奇怪地说:"潘师傅不是还在上班吗,搞维修不都是潘师傅做的吗,怎么说下岗了呢?"

小陈说:"潘师傅那是做义工,没有工资的。"一边说一边"哼"了一声,又道,"以前居委会还给潘师傅发一点补贴,不知哪个挨刀的还去举报,结果不能发了,潘师傅就成了真正的义工……"

潘师傅仍然"嘿嘿"笑,说:"我有退休工资的,做维修我也习惯了,让我回去,待在家里,我还不适应呢。"

余老师说:"别老扯潘师傅了,我继续介绍啊,小陈,干事。你是最早认得的;小金,干事,你也见过;小许,大肚皮,干事,按理,像我们桂香街这么大的社区,居委会至少得有七八个人……"

林又红打断余老师说:"太可笑了,你正儿八经地介绍居委会的干部给我,为什么?真好像我是你们新来的主任书记啦?"

大家始终都站着,房间小,人与人之间的空间少,显得十分窘迫,呼吸都透不过来了。余老师吁了一口气,说:"林、林——你还是坐下吧,你站着,我说话都有点发虚。"

林又红说:"那就大家坐下。"

她一说坐下,果然大家都想办法坐了,总共只有三把椅子,小陈和小金,屁股就搭在办公桌边角上。余老师看起来总算安心了一点,但似乎还是开不了口,气氛又一次紧张起来。小陈急了,说:"余老师,你都酝酿了好几天了,你怎么不说了?"

余老师尴尬地笑了笑,张了张嘴,还是没有说出来。

小陈说:"干什么呢,你不说我说。"

余老师十分紧张,赶紧朝小陈摆手说:"你别说,你别说,还是我说。"余老师这话一说,小陈赶紧缩到后面去了。

余老师重新调正了身体,让自己坐得更端正一些,毕恭毕敬地对林又红说:"林主任,今天我们五个人,都在这儿了,我们一起恳请您,到桂香街居委会代几天班。"

他们如此这般地左右摆布,设置阴谋,林又红哪能没有心理准备,但只有等余老师说出来,她才能拒绝,这会儿阴谋终于出炉了,林又红终于可以摊牌了:"你们找错人了。我以前在机关工作,后来到企业,而且是外资企业,又是专业性的企业,从来没有做过群众工作。至于居委会，我从来都没有想过。可以说，我这是几十年来头一回走进居委会，我怎么可能在这里当你们的主任呢？"

余老师说："林主任，我们不是请你当主任的，主任是要选举的，我们只是遵从老书记的心愿，请你给桂香街居委会代几天班，代到新主任产生就行了。"

林又红说："你们的想法很奇怪，我不能理解。虽然老书记不在了，蒋主任也没有来，但你们现在还有这么多干部在嘛，难道主任缺岗几天都不行吗？"

余老师说："其实，事情我们都会继续做的，一件工作也不会停下的，也不能停下，停下来居民不会答应的，他们要骂人的，只是，如果有个主任坐镇——真的只要坐在这里就行，不用干什么事，但是我们的心就踏实了，居委会的一切工作就能继续顺利开展。"

林又红奇怪道："只要坐在这里？"

余老师说："是的是的，什么事也不需要你做的，我们都会做。"

林又红无法理解他们的想法，大家看林又红不吭声，都紧张，有人看着她，有人不敢看她，余老师犹豫了一下，又说："林、林——如果你在上班，我们也不可能麻烦你的……"

林又红立刻怼她说："要说上班，你们以为我没班可上是吗？我明天就可以去上班！"

余老师讪讪一笑，说："明天上班，那你今天在这里坐一坐也好。"

林又红说："坐一坐真的那么重要吗？"

余老师说:"重要,重要……"分明是有什么话,没有说出来,说不出口。

看到林又红满脸狐疑,小陈忍不住从背后又挺了出来,说:"林、林那个,我向你老实坦白报告吧,今天有抽查,街道、区委区政府可能都会来人,万一抽到了,居委会里连个管事的也没有……"

林又红立刻戳穿她说:"你们这是让我冒充居委会主任?难道街道、区委的干部,都是白痴,他们连桂香街居委会现在有没有书记主任都不知道?"

小陈又举手了:"林主任,我又说谎了,没有抽查。"

林又红气得直朝小陈瞪眼,余老师终于鼓起了勇气说:"林、林——是我的原因,跟他们无关,我是副主任,现在没有书记主任,我算最大的官……"

小陈小金小许她们都"哧哧"地笑,小陈说:"算起来,大概我们区长才是个芝麻官哦,余老师是半颗基本粒子哈。"

余老师说:"林主……林……主要,主要是居民不信任我,我没有威信,我坐在这里,他们就不买账……"

林又红不解说:"你不是一直在为他们做事吗?为什么不买你的账?"

余老师说:"我坦白说,我不能做到像老书记那样全心全意,他们就喜欢比较,一比较,我就、我就……"

林又红说:"人和人总有不同的,哪能个个像老书记呢。"

余老师说:"还有,我再坦白,除了威信不行,我还有、还有一点小问题,他们抓住不放的,他们不放心我、我……"

小陈说:"余老师,别再坦白了,再坦白要坦白出个贪官来了。"

他们大家一起哄笑起来,林又红实在对他们的情绪琢磨不透,刚才还那么紧张,一会儿又傻笑起来,真是变幻莫测。

余老师也跟着大家一起笑了笑,继续说:"林、林——我不能喊你林了,我得喊你林主任了,否则我连话都不会说了。林主任,我什么都向你坦白了,只是恳请你……"

林又红说:"我听出来了,你们的意思,是要我在这里做个傀儡,假装像老书记那样。"

余老师说:"就算是吧。"

林又红生气地说:"难道这样居民们就能买账了吗?简直太莫名其妙了——我从前真不知道居委会是怎么回事,现在……"她盯着坐没坐相站没站相的小陈看看,生气地说,"骗人啊,靠骗人做事吗?"

余老师说:"林主任,你别跟小丫头一般见识,她反正也干不长的,她要报考公务员了。"

连一直金口不开的小金,也说小陈:"小陈,你怎么老是骗人呢?"

小陈却不服,翻了个白眼,反问说:"我要是不骗,林主任能来吗?"

他们又重新开始,坚持一口一个"林主任",林又红已经严正地纠正和抗议过好几次。林又红知道他们荒唐,但毕竟不能当着大家的面,一甩手走人,先使个缓兵之计吧,这不是小菜一碟嘛。心里一阵暗笑,就说:"我并没有答应你们的任何要求,不过,这一两天我可以在这里坐一坐,按你们说的,只要我上班了,我就不来了,但是我还是要坚持我的要求,请你们别喊我林主任,我不是林主任。"

大家喜出望外,甚至有点不敢相信。还是余老师头脑冷静一点,赶紧点头说:"行,行,大家听好了:第一,林主任没有固定的上下班时间,她什么时候来,什么时候走,都由她自己定,我们什么事情都自己解决,不麻烦林主任。第二,我们不喊林主任——那……"

小陈紧接着说:"林主任,不喊你林主任,我们喊你什么呢?"

余老师也恭敬地问:"林主任,你愿意我们喊你什么?"

一边嘴上说不喊她"林主任",一边嘴里冒出来的还是"林主任",这些人也真是无药可治了。林又红无奈地说:"随便吧,事实就是事实,不是你们喊出来的,如果喊什么就是什么,那就太奇怪了。"

小陈说:"事实应该是反过来的,是什么就喊什么,对吧,林主任?"

大家都和她绕口令,都想把她绕进来,事情其实很简单,只要她拔腿就走,他们是不能把她怎么样的,难不成还能绑架了她,还能拘禁了她?

可是,她的两条腿,竟真的那么沉,她竟然拔不动它们。

有个五十多岁的男人奔了进来,气喘吁吁的,看到居委会这么多干部在,顿时气哼哼地说:"你们倒好,这么多人在这里闲着说废话聊大天,我报的事情,多少天了,你们都不给解决?"

余老师不高兴地教育他说:"老史,你都这一把年纪了,说话不懂得文明礼貌吗,年纪活在狗身上了?"

老史也气愤,说:"你到我家去住一天试试,你文明得出来吗?"

原来这老史的家门口正对着小巷的一个墙脚,因为比较偏僻,墙角就成了许多人随地小便的专用露天厕所了,其实造得好好的公共厕所并不远,可这些人既懒又烂,无论早晚,总是冲着那墙角浇一泡尿,害得老史家成天闻腺臭味,老史多次到居委会投诉,居委会也在那个墙角张贴了几次禁止小便的大标语,老史自己也在那里画了乌龟,画了骷髅头,写了恶毒的诅咒,在此小便烂卵泡、随地小便绝子孙之类,但收效甚小,甚至有人一边尿,还一边为标语添加内容,比如在"烂卵泡"和"绝子孙"前加个"不"字,一切依旧。

这会儿老史气哼哼地站在居委会干部面前,双手叉腰,双眼圆瞪,好像在他家门口小便的,就是居委会的干部。

余老师说:"老史,你没看这些天我们忙的,刚刚送走老书记,那许多工作也不能停,还没来得及商量处理你这个事情呢。"

老史发怒说:"你们再不给我解决,我就要动手了!"

小陈说:"你动手,怎么动手?打他们吗?"

老史说:"打?哼,那太便宜他们了,他们再敢在墙角小便,我就、我就阉掉他们!"

小陈"哧"地一笑说:"阉掉还是可以小便的噢。"

老史一愣,更生气了,说:"你、你还取笑我,你算什么居委会干部,我、我投诉你!"

小陈说:"你要投诉,我没意见,不过我真没有取笑你呀,你想是不是呢,太监都被阉了,可没有被尿憋死的吧?"

老史说不过小陈,用手拍打着自己的脑袋,嚷道:"天哪,天哪,我家都这样了,居委会干部还说风凉话,你们是为老百姓做事,还是和老百姓作对?"

林又红又忍不住要反问老史了,可潘师傅赶紧抢在前面说:"林主任你别多问了,这事情我来管吧"朝那老史说,"走吧走吧,看看去。"

潘师傅一边抱起几个盒子,一边随同老史一起出去了。

林又红冲着他的背影想,你还让我别问,我才没想问呢。

老史一走,余老师刚要开口,小陈已经抢先了,说:"我不对,我不应该说太监什么的。"

小陈话音未落,又进来一个人,也一样地大声嚷嚷,让林又红感觉这居委会像是聋哑人聚集的地方,个个得扯着嗓子才会说话。这人一进来就冲着林又红说:"阿三家真的动工了,你们再不去阻止,他们真的搭起来了啊。我可告诉你们,只要他们一搭上我家的墙头,我就动手拆,我才不客气,不过呢,我拆,他肯定不许拆,那就是——打!"

余老师抢到前面说:"怎么可能又动工了呢,我们将他违章的情况上报后,房管办不是已经下了禁止的通知吗,要动工,也得重新申请,批准了才能动呀?"

居民说:"你会讲道理,他们才不讲道理,搭起来就是硬道理。"眼睛又盯住林又红了。

余老师赶紧说:"走走走,我去看看。"也和潘师傅一样,捧着几个盒子,拉着来人就出去了。

林又红这时候才有些发觉,大家都在抢着干活,抢着承担责任,好像就供着她个祖宗似的。

最后又只剩下林又红和小陈了,她发现小陈在偷偷地瞄她,生气地说:"小陈,你们到底怎么回事?你搞什么鬼?"

小陈赶紧说:"林主任,没有鬼,没有鬼,就是请你坐坐。"

林又红说:"你们这里,个个能说会道,个个运筹帷幄,哪个不能坐,余老师不能坐?潘师傅不能坐?就算是你,虽然年轻,你也能坐呀,你看你本事多大,满口谎言,骗人一骗一个准。"

小陈一本正经地说:"骗人是不行的,哪有居委会工作是骗人骗出来的。"

说话间又进来一个年轻女人,不问青红皂白就冲着林又红说:"我可不管啦,我把小孩锁在家里了,出了什么事,你负责啊!"

林又红完全听不懂她在说什么,小陈向来是雷打不动身的,这会儿却一反常态,主动把这人的注意力引过去,嚷嚷说:"喂,王丽丽,你干什么,你干什么,你以为居委会是你的托儿班啊?"

那女人明明是来求人的,却还嘴硬,说:"我不管,你们居委会是干什么的,就是为居民服务的,居民有困难就该找你们解决,我不找你们找谁?"话音未落,手一扬,一串钥匙扔了过来,小陈眼明手快接住了,那女人再无二话,转身奔了出去。

小陈接了钥匙,就意味着接了孩子,林又红觉得不可思议,问小陈:"你就这样接人家的钥匙了?"

小陈朝林又红笑了笑,说:"不接还能怎么样,追上去还给她——哼哼,看上去一脸凶相,其实倒是个孝子呢,还知道照顾老婆婆。唉,她做孝子,我可苦啦,要孝人家的孩子啦。"

林又红奇怪说:"她孩子多大了?不能上幼儿园托儿所吗?"

小陈说:"王丽丽自己就是办民办托儿班的,收的大多是小吃一条街那边的外地人的小孩,可是最近她家里接二连三出了问题,先是丈夫工伤,这两天老婆婆又中风住院了,托儿班就停了,连她自己的孩子都没人带了。"

林又红说:"托儿班停办了？那、那些外地人的孩子怎么办？"

小陈摇头嚷道:"哎哟哟,饶了我吧,我先得对付这一个,其他的只能走一步看一步了,自己解决最好,万一找来了……"

林又红说:"找来了怎么办？"

小陈没心没肺地说:"我哪里知道怎么办,来了再说啦。"

走到外间,小陈鬼鬼祟祟地跟小许耳语了几句,出门前,又回头朝林又红吐了吐舌头,扮了个鬼脸,说:"林主任,本来是我看家的,现在你看家哦。"

林又红气道:"我是被你们绑架来看家的？"

小陈嘻嘻道:"现在绑架者都走啦。"

小陈一走,就剩下林又红一个人了,她想着小陈临走时说绑架者都走了,那她这个人质还待在这里干什么呢,等着绑架者再回来绑她第二次？傻呀,自己拍了下头皮,赶紧撤呀。

林又红出来才发现今天连小金也不在岗位上,只有个大肚子小许在那儿办公。小许看到林又红要走,张了张嘴,却没有说出话来。

林又红走出门,刚好又有两个妇女一前一后捧着个纸盒子进来,问她:"放哪儿？"

林又红指了指里边说:"我不知道的,你们问她吧。"

小许在里边说:"盒子麻烦你们送到城管队食堂,他们都在那儿集中了。"

两个妇女应声而去,一边走还一边回头奇怪地看看林又红,其中一个带着既奇怪又有些责怪的口气说:"咦,她不知道?她怎么会不知道,谁不知道也不应该她不知道呀。"

另一个赶紧拉了拉说话的那个,两个人都不吭声了,端着盒子往前去了。林又红想,你们奇怪我,我还奇怪你们这些人呢,她又想起自己前几天曾经那么着急地那么固执地要寻找蒋主任,想动员她回居委会来上班,可是她最终也没有找到蒋主任,甚至都不知道蒋主任到底有没有存在过。

但是,无论这个"蒋主任"是有是无,林又红心里都非常理解她,她躲避了,退却了,一定是不愿意来居委会工作,一定是有她的道理,现在林又红也多少知道了一点,面对这样的居民,就是无语,就是闭嘴。

谁愿意把自己的能力和才华,用在他们身上?

她原来还想,以后如果有机会真的找到了蒋主任,总得问一问她到底为什么,现在她完全明白了,根本就不用问,她自己已经找到答案了。

想到这儿,林又红长长地出了一口气,因为心里的疙瘩松开了,她不再纠结,不再腻歪,她想清楚了别人,也想清楚了自己。

岂料刚松了一口气,迎面就看到小陈一手牵了个三四岁的女孩,嬉笑着站在她面前,林又红奇怪她怎么这么快就回来了,就估计是小许打电话告诉她了。一看小妖精的样子,林又红立刻脸一沉,身子一侧,想从她身边穿过去,不搭理她。

小陈完全不在意她的脸色,恭敬地问道:"林主任,你回去吗?"

林又红气不打一处来,戗她道:"我需要向你请示汇报吗?"

小陈赶紧说:"林主任,不用的,不用的,余老师说过,林主任的时间,完全由林主任自己定,你什么时候走,什么来……"

林又红不客气地打断她说:"对不起,我应聘的公司来找我了。"

小陈愣了愣,似乎想说什么,但终于被林又红的脸色吓回去了。

林又红看着小陈尴尬的样子,好过瘾,心想,你个小妖精,活该,我早就应该硬下心肠对付你,让你再张口骗人,让你再胡说八道,让你再下套子。

不料小陈眼珠子一转,鬼点子又上来了,把那个小女孩牵到林又红身边,把小手拉起来往林又红手上一塞,说:"林主任,帮帮忙,你看一会儿,我去拿点东西,马上回来。"话音未落,人已经奔出去了。

林又红牵着小孩的手,回到居委会,想交给小许,可是看到小许挺着大肚子还在不停地帮居民办各种手续,回答各种问题,她没开得口,只好问:"咦,小金呢,到哪里去了?"

小许犹豫了一会儿,口气也有些异常,说:"今天、今天居委会有任务,他们都去忙了。"

其实林又红今天一来,就感觉到气氛有点怪怪的,似乎有点神秘,又有点紧张,又有点兴奋,不知他们又在搞什么鬼,不想理睬,更不想往心里去,但是小女孩不能扔掉,她就拉着小女孩往里边的办公室去,小女孩却哭闹起来,死活不肯进去。

排队等着办事的居民,个个性子毛躁,一听小孩哭闹,立刻就不耐烦了,嘀嘀咕咕抱怨:"什么居委会,不给居民办事,专门看小孩啦。"

另一个也立刻附和说:"小孩哭死了也不管,我们难得来办一趟事,不光要排队,还要听小孩哭,这算是为居民服务吗?烦死人啦!"

林又红拉着小女孩到外面,也嚷嚷着对他们说:"帮居民带孩子,不是为居民服务吗?只有帮你们办事才是服务?"

一个老头不讲理地说:"我高血压,一听吵闹声,血压就上来了,你让小孩吵我,血压高了你负责啊?"

林又红生气地说:"居委会就是个大杂烩,就是乌七八糟的,嫌吵嫌闹的,你们可以不来……"

这下不得了了,几个都嚷起来,一个刚说:"你这什么态度,你就这样……"小许赶紧朝他们"嘘"了一声,奇怪了,他们倒听话了,立刻住声闭嘴,傻傻地朝林又红看着。

孩子还是哭个不停,小许说:"林主任,潘师傅那间屋里,有小孩子的玩具。"

林又红赶紧进去,果然找到好些玩具,拿过来放在小女孩手边,小女孩果然停止了哭泣,也不用林又红牵着了,一个人专心地玩了起来。

林又红这才安心地坐下来歇歇,定定神,手机又响了,其实上午已经有不少信息了,她都没有心思去看,这会儿心情总算安定了一点,她拿出手机,到朋友圈里瞄了一眼,不到半天时间,照例又来了好多内容,也照例有搞笑段子、心灵鸡汤、美妙的音乐和精彩的视频等等,可林又红却倍觉无聊,一条也不想打开来看。看到通讯录里有个新朋友请求添加为朋友,这个人的名字叫山不转水转,当然不是真名,查一下个人详细资料,资料却一点也不详细,查不出是什么熟人,地区是毛里求斯,"个性签名",没有,"个人相册",空的,既然不知道"山不转水转"是谁,她当然不会贸然接受他的请求,没有理会。

小陈风风火火地进来了,说:"行了行了,可以了。"一手拉着小女孩,一边请着林又红,"林主任,走吧。"

林又红也不知道她在说什么,一听到个"走"字,再无二话,立刻起身出去,发现外面办事的窗口已经空无一人,连小许也不在了。

小陈牵着小女孩跟在林又红身后,林又红脚步快,小女孩拖拖拉拉地走不快,小陈一着急,干脆抱起来,紧紧追着林又红,一步不落,跑得气喘吁吁的。

经过城管队办公的地方,林又红想起刚才小许吩咐那两个妇女,就是把盒子送到城管队食堂,当然这完全不关她的事,至于今天居委会怎么会有这么多莫名其妙的盒子,盒子里到底装的什么,她才不想知道,她回头向小陈挥了一下手,说:"再见了。"

小陈却说:"林主任,你进去看一眼嘛。"

连哄带拉的,林又红被小陈弄进来了。一进来,林又红顿时傻了眼。

食堂里坐了不少人,至少桂香街居委会的干部全都在,还有杂乱的各式人等,大概就是桂香街社区的居民了。

食堂的前边,搁着一块大黑板,大家正紧张而有秩序地在唱票计票,余老师从一个个的纸盒子里,往外一张一张地掏票,只见她手往下伸,掏出一张,说:"好了好了,最后一张了。"然后念道,"林又红。"

林又红一急,想上前问,小陈拉住她说:"林主任,你等一等。"

潘师傅就在黑板上写"正"字,林又红朝黑板看了一眼,顿时头皮全麻。黑板上,竟然只有林又红一个名字,名字下面写满了歪歪扭扭的"正"字。林又红正在发愣,就听一阵热烈的掌声,掌声中,余老师说:"林主任,恭喜你,全票当选桂香街居委会主任!"

林又红傻了,彻底傻了。

一急之下,好歹想起关于选举的一些基本常识,赶紧说:"你们这完全是乱搞,你们这样做是违法的,我根本就不是候选人,我没有资格被选举的,至少应该是个候选人才能被选。"

余老师他们都笑眯眯笃笃定定地看着林又红,小陈抢着说:"林主任,居委会主任是直选,不需要候选人的。"

余老师可能觉得小陈说得太简单,不能说服林又红,她得再交代细一点,就耐心地告诉林又红:"居委会的选举,以前是有候选人的,但是定了候选人,居民也不一定会选,反而搞得乱七八糟,没有章法,票也不能集中,所以现在不定候选人,反而大家心里清清楚楚。你看,你全票选上,就说明大家心里有数啊。"

其他人都冲着林又红笑,点头,十分恭敬,尤其以小陈为最,对着她一脸的地诚恳的马屁样子。

林又红似乎到这时才恍然大悟,回想这几天的情形,原来他们一直在设一个大套子,哄着她往里钻呢。

她真的进了圈套了?

林又红简直无话可说。

但是她不能不说,不说的话,她就真的被他们套住了,她就乖乖地束手就擒了。

林又红稳了稳神,开口说:"感谢你们对我的信任……"

小陈又抢着回答林又红说:"不是我们噢,是全体居民噢,是他们信任林主任,才会投票给你噢。"

余老师还假装吃醋说:"是呀,我在这里都干了这么长时间了,他们一票也不给我,瞧他们对你多好。"

林又红说:"可是,事先你们并没有和我说过,这样做,等于是强行……"

但是明显地,他们已经完成了他们的阴谋,他们已经不想让林又红再有什么回旋的余地了,他们就这样,用可怜巴巴的眼神和毫无商量的口气,用两个莫名其妙的极端,来确定林又红的人生走向了。

余老师客气而又坚定地说:"林主任,现在你是正式的林主任了,我们也就正式称呼你林主任了,明天你正式上班,我们要开欢迎会,街道周书记会来主持会议的,我们桂香街是个大居委会,既是老典型,又是老大难,街道对我们桂香街居委会一直是很重视的,老书记走了,蒋主任又不来,这段时间,他们可犯愁了,现在好了。"

他们真是太把自己当自己人了,林又红赶紧打断余老师的话说:"你们的想法和做法,真有意思,难道我自己的工作,不是由我自己做主吗?"

林又红说话的口气有点重了,他们的眼神再一次从光明走向了暗淡。林又红多少有些不忍,重新把口气再放轻了一点,说:"至少,这样的情况,我得回家跟他们商量一下,听听他们的意见吧?"

她的口气一放轻,他们就神气起来了,眼睛也重新亮了起来,互相递了几个眼色,传递了意思之后,余老师说:"那好,那好,林主任,今天你先回家跟家里人说一下,他们要是有什么想法,想不通,辛苦林主任你再做做工作。"

小陈也来凑热闹说:"林主任,我去过你家,你家里人都很和气,很讲道理的,连你们家的小狗,也很懂礼貌的——如果你不方便开口说,要不要我陪你回去,我和你家里人说一下?"

林又红的脑袋"轰"的一声,实在是怕了她,赶紧逃了出来。

一路上,一想到黑板上林又红的名字下面那许多歪歪扭扭的"正"字。林又红一会儿气得笑起来,一会儿又笑得气起来,这叫什么事呢,怎么会有这种事呢,这叫她回家怎么和宋立明和小西说呢。

第 13 章

为了让宋立明和小西对这件事情引起足够的重视,一进门林又红就大声宣布:"嘿,宋立明、宋小西,我全票当选了!"

那两个人,一个从厨房回头朝她看看,一个从书房探出头来朝她看看,除了微微一笑,竟无言语,也无其他表情。

林又红再大声一点说:"我全票当选桂香街居委会主任,我是林主任!"

两个人还是那副不死不活的样子,林又红真急了,厉声责问他们说:"这么大的事情,你们居然无动于衷?"

两人这才放下手里的事情,朝她靠拢过来,小丫头只管拍马屁,把她按到沙发上坐下,又送来一杯水,说:"老妈,你怎么嗓子都哑了,喝口水。"放下水杯,就给林又红捏肩膀放松,真是个马屁高手。

林又红还真感觉到嗓子有点疼了,刚才跟那些人说话太大声了,结果没震到他们的耳朵,反而喊伤了自己的嗓子,真搞笑。

宋立明也关了煤气,过来坐下了。林又红心情顿时阴转多云了,还好,他们还是把她的事当回事的,一个依在身边,一个正坐在对面,专心地等着她开口说话呢。

　　林又红心里受用些了,喝了几大口水,又说:"莫名其妙,他们居然全票选我当桂香街居委会主任,这算什么?这是哪儿跟哪儿?他们怎么会觉得我想去居委会工作?"

　　这父女俩,你瞧瞧我,我瞧瞧你,似乎想笑,但又没有笑,不知道是不敢笑,还是知道这事情并不好笑。

　　林又红见他们不说话,火气又冒上来了,她舍不得骂女儿,就拿宋立明说事,责问道:"宋立明,我这么大声,你没听见吗?"

　　宋立明赶紧点头哈腰:"听见了,听见了,你当居委会主任了。"

　　不光脸上仍然没有表情,连说话的口气中也完全是没有态度的,只是重复叙述一遍林又红的话,也太滑头了。

　　林又红不会让他滑过去,再一次指名道姓说:"宋立明,你的意见呢,我当居委会主任,你说什么?"

　　宋立明"嘻"了一下,又把皮球踢还给她:"你呢,你说什么?"

　　林又红气道:"我是问你的态度,你不要偷奸耍滑,你滑不过去的,这不是我一个人的事情,这是我们这个家庭的大事!"

　　小西早已经想溜了,但是感觉到现场气氛有点紧张,不大敢,恰好她的手机在书房里响了,小丫头一下跳起来:"我手机!"趁机跑了。

　　林又红肯定盯住宋立明不放,他被逼得没办法,只好说:"听你的,你觉得好就……"

　　林又红立刻生气地打断他说:"我说我觉得好吗?"

宋立明小心地看看她的脸色,又小心地说:"你要是觉得不好……"

林又红又打断他说:"我说我觉得不好吗?"

宋立明可怜巴巴地琢磨了一会儿,还是说:"那你觉得怎么样呢?"

听起来有些变化,他总算肯来帮助她分析一下了,林又红赶紧分析一下自己的心理活动,说:"当然是不可能的,完全不可能的,我什么时候说过我愿意到居委会工作的,他们就直接弄个主任给我,还全票,谁知道那些票是从哪里来的?"

宋立明说:"是呀是呀。"

林又红想了想,又说:"就是这几天我在那里帮他们处理了一些事情,他们可能误会了,包括居民,看到我在那里,也会误会的。"

宋立明说:"是呀是呀。"

林又红再分析说:"但是我肯定不会去的。"

宋立明说:"是呀是呀。"

他老是"是呀是呀"的,仍然是一点没有态度,林又红分析了半天,也仍然没有丝毫头绪,已经火上心头了,但还是压着火,继续自我分析说:"但是我也不见得就做不起来。"

宋立明说:"是呀是呀。"

他终于彻底把林又红搞恼火了,指着他说:"你什么意思?我碰到人生中的大转折,最关键的时刻,你就用'是呀是呀'来应付我,搪塞我?"她越说心里的气就积得越多,连陈年旧账都翻出来了,"你摸摸你的良心,这么多年来,你从来都不肯为我的事出点主意,拿个判断出来。"

宋立明说:"嘿嘿,要说判断,要说拿主意,肯定是你厉害,我不如你。"

虽然宋立明一味地讨好林又红,但是讨好不能解决问题,何况这种"讨好"林又红是十分清楚的——既是他一向以来最拿手的办法,也根本就是嘴不应心的。林又红更生气了:"不存在谁不如谁的问题,我现在碰到难题了,想和你探讨探讨,商议商议,你都没有个态度?"

宋立明仍然笑道:"其实,主意都是你自己早就拿好了。"他边说边观察林又红的脸色,又补充道,"其实,你自己也知道,基本上,你决定什么都是对的,你说呢?"

仍然是传球,传过来,又传过去,他倒不嫌麻烦,也真有耐心,始终心平气和,林又红问一句,他答一句,答得也是心平气和,林又红一脸恼色,他赶紧又说:"唉,别说我是个没有主意的人,我就算有主意,你也不会听的,你听过我的意见吗?"

这句话终于显得不一般了,有分量了,林又红一时竟被噎住了。

宋立明说的也不是没道理,基本上就是事实,林又红虽然一直说要听他的意见,但是在过往的任何的关键时刻,她最终还是只听自己的意见。

只是这一次有所不同,这一次,因为她都不知道自己的想法是什么。

小西虽然溜走了,却终究还是放心不下,又主动出来自投罗网了,见老妈和老爸生气,赶紧来哄老妈:"老妈,老宋的绰号不就是

'很傻很天真'嘛,这不就是你给他取的嘛,为什么每次你还都要征求他的意见呢?"

林又红气道:"什么叫一家人?这算什么一家人?碰到事情,连个商量都没商量头。"

小西为救老爸,引火烧身说:"老妈,你跟我商量吧,我有想法,我很有想法,你要听吗?"

林又红瞥了她一眼,警觉着小丫头是不是要玩她,可还没等林又红设法戳穿她,小西已经说了:"要我说呀,老妈你做居委会工作,那可真是大材小用,太不值得。"

林又红心里一动,看了宋立明一眼,想看看他的反应,可他仍然在嘴上应付着:"是呀是呀。"

林又红瞪着他说:"你'是呀'个什么?你听到小西说什么了吗?"

小西说:"老妈,你别逼老宋表态了,老宋永远是能糊弄就糊弄,什么事情都不要搞那么清楚——还是我的态度鲜明,我不同意老妈去居委会工作。"

林又红朝着宋立明说:"你听听,你女儿比你强啊,怎么想的就怎么说,你呢?"

宋立明仍然说:"是呀是呀。"

小西又抢着说:"老妈,这可是你人生中很关键很要紧的一步,走错了怎么办?"

林又红不理睬小西,偏要盯住宋立明,又直逼着他问:"你觉得我到居委会是错误的?"

宋立明知道不能再"是呀是呀"了,痛苦地歪了歪嘴,从牙缝里挤出一丝声音说:"其实你的人生,常常有好多重要关头,次次都是最重要的关头。"

林又红还没来得及回味他这是什么意思,小西已经"哈哈"起来:"老妈,你还是和从前一样嘛,三天两头都要回来听我们的意见,次次都是重大、关键、要紧、紧要、紧急、紧什么什么,哈哈,老妈,你这一套,我们早已经吃够了,吃不下了。"

林又红天生一张碎嘴子,有事从来藏不住,有的事情可以和同事说,和朋友说,有些事情却只能和家里人说,但凡要回家说的,她一到家就会全部倾倒出来,一点一滴也不会憋闷在肚子里。她可不像宋立明,三棍子打不出一个闷屁,永远不知道他在外面碰到些什么困难,或者有哪些好事,全部被他独吞下去,也不嫌胀不嫌堵,一个中年男人,竟然不需要宣泄,竟然能够咬紧牙关什么事都一个人扛,确实蛮令人佩服的。

这宋小西才真是她林又红的女儿,不仅不怕事,还喜欢自找麻烦,明明林又红要听宋立明的意见,她却偏偏冲到老妈的枪头上,教导说:"老妈,你是常常鼓励我的,不要怕挫折,人生要走很多很多步呢,就算走错一步,再回来重新走也是可以的。"

宋立明偷偷一笑,又怕林又红发现,脸刚一嬉开,又赶紧收回笑容。自从被林又红批了"是呀是呀",就一直在旁边一副"我不说话,我看热闹"的姿势。小西十分不满意老爸的样子,批评说:"老宋,要笑就放开来笑,干什么要偷偷摸摸地笑呢?"

被女儿一鼓励,宋立明终于笑了起来,小西也跟着笑,林又红却笑不出来,忍不住说:"可能在我看来,天大的一桩事,在你们父女俩心里,说说笑笑就过去了。"

看到小西和宋立明互相眨眼睛、丢眼色，林又红立刻住了嘴，她知道自己又被他们算计了，这小西就是他爸的代言人，先是反对，然后又把话往回来说一点，最后听听，全都是白说，根本就没有给出任何意见和建议。宋立明呢，假装没主意，小西呢，看起来马屁精一个，但句句话都在打滑。

其实，林又红确实不需要他们的主意，他们拿不出主意反而好，如果这父女俩真的认真替她着急想办法，她反而难以面对他们的认真了。林又红"哼哼"了两声，站起来把手机朝这两人扬了扬，说："你们玩我玩得很开心吧，跟我兜圈子捉迷藏呢，你们以为'是呀是呀'就混过去了？"

这父女俩有些惊愕了。

林又红板着脸说："老宋，出水才见两腿泥，我就是有意让你出水的，让你把一颗泥巴糊的心暴露出来。"

宋立明顿时慌了，慌不择词："我、我、我没有泥……"

林又红忽地从沙发上站起来说："今天的事情，可不比往常，你竟然一如既往地不负责任。"她见宋立明当真了，连小西的脸色也变了，这才赶紧笑了起来，改口说，"嘿嘿，老宋，不用紧张，我的工作，怎么怪得着你呢。不过，幸亏我是个有主见的人——对了，说一下，今天晚上我不在家吃饭，而且，也许从明天开始，我又会经常不在家吃饭了。"

父女两个面面相觑，林又红已经扬长而去。

赵镜子的车已经在等着她了。

一上车，赵镜子就一改平时的温和态度，劈头盖脸地问："林又红，你怎么回事？"

林又红摸不着头脑，看了看时间，说："怎么，我迟到了吗，不是还没到约定的时间吗？"

赵镜子说："都这个时候了，你还讲究约定的时间？你今天做了什么事情了？真的假的？我都不敢相信！"

什么事？今天能有什么大事值得赵镜子如此反常，难道全票当选居委会主任这事情，赵镜子已经知道了？这赵镜子的消息也太快了，林又红先假装糊涂试探她说："什么事？我有什么事？"

赵镜子也不兜圈子，直接就说："你全票当选桂香街居委会主任了，祝贺你啊！"

赵镜子都已经一反常态直捣黄龙了，林又红也就不能再假装无事了，只好说："你是包打听啊，还是给我安装了跟踪窃听器？新鲜出炉的消息，还没过一小时你就知道啦，谁嘴巴这么快告诉你的？"

赵镜子微微皱着眉头说："林又红，这么多年，我还不知道，真不知道你是这么个……"她停顿下来，这么个什么，她似乎说不出口，但是下了下决心，她还是说了，"你是这么个二货。"

"二货"一词出自赵镜子之口，实属罕见，林又红忍不住"扑哧"一笑，伸手过去捏了捏赵镜子的脸皮，说："咦，这是赵镜子吗？赵镜子怎么会说出这么粗糙的词来。"

赵镜子严正地说："林又红，这可不能乱开玩笑，这么大的事情摆在这里——前几天你婆婆妈妈管那些破事，我还以为你闲得无聊打打镲，没想到你还真的投入，投入到把自己都投进去了，你怎么回事，早就想好要干这个了吗？"

林又红见赵镜子当真了，这才正经起来，赶紧解释说："没有的事,没有的事,我才不想干,他们误会我了,而且,他们几乎不讲理,在我完全不知道的情况下,让我全票当选。"

这下轮到赵镜子"扑哧"一声笑了:"好可怜的小公主,连句拒绝的话都不敢说,你好怕得罪他们噢。"

赵镜子为人一向温和,如此冷嘲热讽,也只能说明她真的急了,不等林又红回答,她又急着说:"你到底怎么回事,怎么会让他们一步一步拉进陷阱?"

林又红想了想,说:"嘿,我家小西说是因为我心肠太软。"

赵镜子朝她瞥了一眼,说:"不是心肠软,我看你是虚荣心强,要面子,人家选你,还全票,你就觉得你很跷,大家离不了你,非你莫属了。"

林又红确实多多少少有一点荣誉感,认真地说:"全票那可是真的。"

赵镜子说:"你参加选举了?整个点票、计票、唱票过程你都参加了,亲眼看见了?"

林又红说:"你的意思,那是假的?"

赵镜子说:"现在有什么不能作假。"

林又红不服,说:"作假都是为了利益,这种事情作假,为了什么呢?"

赵镜子说:"为了让你留下来当他们的主任吧。"

林又红说:"他们为什么非要我当主任呢?谁当主任他们还不是一样地过日子,我当主任,又不会给他们加工资。"

赵镜子终于被问倒了,暂时对答不上了,林又红又赶紧抢她的先说:"赵镜子,我看你是嫉妒我吧,听说我全票当选,你有些失落是吧？你总觉得我不如你厉害，不如你能干，凭什么我在居民中间会有这么高的威信，哈哈……"

赵镜子说："要是在农民群众中，说不定你威信更高呢，你怎么不到乡下去做村长呢？"

林又红更是嘴不饶人，说："居委会主任就等于是村长，一个级别的，但是比村长难得多呢，村长只管一个村的人，居委会主任，尤其是我们桂香街居委会的范围，那可比一个村要大得多，复杂得多，我说给你听听啊——你放眼一望吧，东边一片，中高档住宅小区，别以为中高档住宅就没有问题，问题大了，就说我们丽都花园，物业和业主闹矛盾，闹得物业都罢工了。再说西边一块，老旧小区，七八十年代建造的，现在破旧不堪，原住户大部分已经搬走，留下的就是老人和没有工作能力的人，房子大多租给了外来打工的，所以这个地区人员是五多，老人多，病人多，外来人口多，困难人口多，还有一个，精神病多。"

赵镜子又"扑哧"一笑，说："你重复了，精神病人就是病人。"

林又红立即反驳说："精神病人当然是病人，但他们是特殊的病人，他们是一个特殊的群体，还不能像对待普通病人那样对待他们。"

赵镜子奇怪地看着林又红，张嘴想说什么，林又红又抢在她前面，根本不让她有说话的机会："对不起，我还没说完呢，轮不到你——还有，失业人员、涉毒人员、混社会的——当然，这也都可以归到困难群体中，反正，西边那一块老小区，麻烦更多更大——你别插嘴，还有，还有很多，中心地段、商业街、小吃一条街，那就更不用说了，前两天还出了人命关天的打架事件，还有……"

赵镜子终于向林又红认输了,直朝她摆手说:"好了好了,饶了我吧,你别说了,我也不想听了,你厉害,还没当主任,就对桂香街了如指掌了,你当了主任,桂香街还不成了你的掌中之物。"

林又红的激动显然还没有过去,她也奇怪自己怎么会对桂香街的情况如此地如数家珍,一想到那几个不同的区域,不同的复杂的情况,再想到小吃街上的难缠的纠结,她却完全没有畏难的情绪,甚至还觉得浑身是劲,好像自己是一个指挥千军万马的大将军。

我这是在做梦吗?

"你别着急,还有啊,多啦。"林又红继续往下说,"就居委会那几个干部,个个是人物啊,那个副主任余老师,明明可以当主任,偏不当,只要当个副的就行,平时就是一副阴阳怪气城府很深的样子。一个老潘师傅,明明被下了岗,还在做义工,居委会偷偷给他一点补贴,居然还有人举报,结果现在一分钱也没得拿,还在工作,也算奇迹吧。这是年纪大一点的,年轻的几个,更奇葩,有一个小妖精,90后,姓陈……"

赵镜子又笑了笑:"妖精?居委会还出妖精了,怎么个妖法,有你妖吗?"

林又红说:"我简直、简直都不知道怎么说这小妖精,反正,一个90后,你我这样的人,被她卖了还帮她数钱呢。"

赵镜子竟然"呵呵"地笑出声来了:"陈菲有这么可怕吗?"

林又红一听,顿时感觉出有问题了,她只是说了"姓陈",赵镜子怎么知道她叫"陈菲",林又红可是一等一的火眼金睛,立刻戳穿她说:"赵镜子,你认得陈菲!原来你的消息就是从陈菲那儿得到的!"她越说越觉得事情可疑,越想越觉得许多事情可能都是有关联的,冷笑一声说,"我怀疑你和陈菲、余老师他们合起伙来骗我——对了,连居委会的那个义工刘律师,也是你姐赵园子律师事务所的,怎么这么巧啊?我现在怎么看你都像个骗子。"

赵镜子平静地说:"我怎么是骗子呢,我骗你什么了?你又没有问过我认不认得桂香街居委会的哪个人,我又没有说过我不认得哪个人,不存在骗不骗啊,你想多了。"

林又红说:"我不能不多想想,世道凶险啊,人心叵测啊,我一步一步走进这个大圈套,难道是你在背后操纵?"

赵镜子这回真急了,差不多急得要赌咒发誓了:"天地良心,我确实从陈菲那儿听说过你的事情,但这圈套可不是我设的,我什么都能做,可万万不敢做这样的事情——我如实说吧,陈菲是我外甥女,我姐的女儿,嫡亲的。"

林又红有些奇怪:"你姐的女儿?你就一个姐吧,赵园子,大律师——赵律师身体不好吗?"

这下轮到赵镜子发愣,听不懂了,呆呆地看着林又红。

林又红说:"我本来就一直想不通呀,陈菲一个正规本科大学生,却愿意在桂香街居委会工作,她说是因为家住得近,方便照顾生病的母亲。"

赵镜子说:"唉,这丫头,这是咒她娘呢——林又红你也是的,老大一个人了,小丫头说什么你就信什么,你都不会看看人家说话时的眼神,你也太好骗了。"

林又红真是气坏了:"啊?你们平时就靠骗人过日子——难怪我第一眼见到小妖精,就觉得面熟,似曾相识,和谁蛮像的。"

赵镜子笑笑说:"你是说她像我吧?可是你我都相处了几十年,你也没被我骗了卖掉嘛。"稍一停顿又说,"不过话说回来,我这外甥女,你还真要小心点,一个字:懒。还有一个字:滑。还有一个字:假。"

林又红倒没想到赵镜子对自己的外甥女如此毫不留情,似乎说得有点过分了,没那必要,所以说:"也没你说的那么过分吧。"

赵镜子说:"你又心肠软了是吧?你根本不知道,小丫头因为偷懒,读书就不肯好好读,参加工作更是不想参与竞争,不要求进步,连她妈给她提供的岗位都不肯去,就是个着地瘫、死癞皮。唉,老话说起来,都叫她妈能去了,我那姐,你知道的,要多能有多能,要多风光有多风光,弄出个女儿这样子,也算是孽缘了。"

林又红见她越说越重了,赶紧打住说:"也还好啦,陈菲还是蛮懂道理的,只是不太肯干事情。"

赵镜子"哼"了一声说:"宁肯说谎骗人,宁肯躲在居委会里享清闲。"

林又红又打断她说:"赵镜子,你搞错了,你错大了,居委会可不是个享清闲的地方。"

赵镜子说:"那就是她当初的错误想法吧,那时候她到居委会去办事,看到里边的工作人员都闲着聊天,以为那是个清闲之地,就自作主张报名去了,把她妈气得真生病了。"

林又红说:"那她还真是要照顾她妈?"

赵镜子说:"她还照顾赵园子?赵园子都气得跟她要断绝母女关系了——不过,话得说回来,后来情况发生了一些变化,尤其是居委会的老书记去世前后。"

林又红气不过说:"是呀,是呀,就变到我头上来了,其实我心里很清楚,小妖精一直在给我设套。"

赵镜子说:"你的事情,其实陈菲一开始也跟我说过,我完全没当回事,可是后来越听越不对了,你连小吃街城管和小贩那么复杂的事情都要管,我就知道,你麻烦大了。"她了解林又红的倔脾气,好言相劝她是不会听的,越劝还越来劲,只好采取打击贬低的办法来对付她,"林又红,你一直都是这样,太自以为是,你对自己估计得太高了。"

林又红十分不服,说:"你什么意思?我自我估计太高,你是不是觉得,我没有资格干居委会主任?"

赵镜子不回答林又红这个问题,换了个方向说:"我万万没想到,你居然真被他们搞得'全票'当选了,这怎么可能嘛——你在联吉氏干了几年总办主任,又是副总经理,处理事情处理得当,上上下下反映好、评价高,你就觉得你是个干大事的人才了,你都觉得自己能当总理了,现在好了,你总算如愿以偿了。"

林又红接着她的口气说:"当上小巷总理了哈。"

赵镜子一下子刹了车,把车子停在路边,不说话。

林又红说:"怎么,要赶我下去?"

赵镜子实在是想不通:"你到底怎么回事,你不会是被陈菲那样的黄毛丫头拉下水了吧?"

林又红看到一向沉稳的赵镜子竟然也露出了气急败坏的样子,既觉得奇怪,更觉得好笑,干脆捉弄她说:"这也不能叫拉下水吧,居委会是下水吗?你怎么不说拉上贼船呢。"

赵镜子说:"我不和你说废话,我受人所托,事情成不成,总得向人家有个交代,可是如果我去跟人家说,你选择了居委会工作,人家岂不要怀疑是我的精神出问题了。"

林又红还在开玩笑:"不是你精神出问题,是我精神出问题——嘿嘿,赵镜子,你这么着急,我还以为患难之中见人心,我还以为只有赵镜子才是真正关心我的人,现在才知道,原来赵镜子是为了那个'人家',那个'人家'确实厉害,竟然可以让一向不动声色的赵镜子立刻就喜怒形于色,迫不及待了——哎哟,小脸都白了,哎哟,小脸又青了,好了好了,你猪脑子啊,也不想想,我要是上了那条贼船,我还会来上你的贼车吗?"

赵镜子这才松了一口气,一边重新发动车子,一边嘀咕说:"你上车就好,你要是不上车,我可是要豁出去动手抢的。"

林又红说:"那你岂不是和你家妖精外甥女成了对手?"

赵镜子说:"黄毛丫头,算什么对手——林又红,居委会的话题到此结束吧,等一会儿到了,就要谈正事了,你别再小妖精小妖精的了。"

林又红终于饶过她了,笑道:"你一定要我去的那个什么宾馆,叫金什么来着——这姓浦的'人家'真够土豪啊,怎么他的宾馆个个都是金。"

赵镜子说:"项目还在进行中,目前暂定的名字叫金钟。"

"金钟?"林又红不知为什么,忽然打心底里就没个好气,明明知道自己很可能会到那里工作,却又偏偏觉得别扭。心想,干什么要叫个钟,不要是个丧钟才好!毕竟这话太难听了,没好意思当着赵镜子的面说出来。

第 14 章

　　林又红随着赵镜子走进包厢的时候,浦见秋已经到了,提前在那里恭候她们。他很细心,已经让助理提前准备了几种茶,好让她们挑选。这里茶还没泡上来,另一对客人也到了,是赵园子夫妇。

　　林又红不免有些意外和奇怪,浦见秋想邀请她到新改建的宾馆工作,这事情难道和赵园子也有关系?

　　林又红和赵园子接触不多,但是对赵园子的情况却是了解的,这位南州著名的金牌律师可是位有影响力的大人物,能言善辩,巧舌如簧,言辞犀利,才辩无双,不仅在法界鼎鼎有名,社会知名度也相当高,如雷贯耳。

　　不说别人,连赵园子的妹妹赵镜子,平时都惧她几分,不敢随便妄议。赵镜子最惧怕的事情就是有人托她向她姐姐赵园子大律师求助,每逢这时,赵镜子完全就像一个可怜而无助的小女孩。林又红也曾经有麻烦事情想求助赵园子,但是一看到赵镜子那种眼神,她立刻打消了这个想法。

从赵镜子的眼神中,她已经看到了赵园子的脸色。林又红可是从来不肯看着别人脸色行事的。

此时此刻,赵园子出现了,还带着她的老公,市政府的一位副秘书长,排场不可谓不大,林又红向赵镜子发出的那一丝疑虑,已经被赵园子捕捉到了,赵园子"呵呵"一笑,说:"怎么,林总,在这里见到我们很意外吗?或者,你不太愿意在这里看到我们吗?"

这恐怕是赵园子难得出现的和缓的语调了,使用"请问"句式,还"吗"了"吗"的,在赵园子的词典中,是绝无仅有的。

但是,就这样的语调,在林又红这种暴躁脾气心胸狭窄又有成见的人听起来,依然是铁嘴钢牙,依然是夹枪带棒。

你铁嘴钢牙,我的牙口也不是豆腐做的,林又红正要以牙还牙,浦见秋赶紧出面介绍说:"来来来,见一见,见一见。"

赵园子说:"认得的,不用介绍了。"立刻话锋一转,"浦总,人到齐了吧?早点开始吧,一会儿我还有事情。"

浦见秋道:"差不多了,还差一个人,可能会迟一点到,我们先开始吧,边吃边等。"

让座的时候,浦见秋让林又红坐了主客的位子,赵园子夫妇反倒是二客,林又红本应谦让一下,但不知为什么,她心里对赵园子总是存着成见,有着疙瘩,其实她并不很熟悉赵园子,基本没有正面打过交道,谈不上好感恶感,究其原因,肯定是受了赵镜子的影响。赵镜子虽然很少在别人面前议论赵园子,但是但凡提到赵园子,赵镜子的神态,自然而然就暴露出来了,自然而然就能让人感受到,赵园子就是个霸道姐姐。

林又红也就不客气了,一屁股坐下来,拉了赵镜子坐她身边。

赵镜子细心，小心地问浦见秋："浦总，你不是说还有一位客人吗？"

浦见秋挥了挥手："没事没事，他来，坐哪里他都是主角，到哪里都是他的场面。"

大家纷纷入座，赵园子隔着浦见秋，勾过头来朝林又红说："林总，你心里一定还在琢磨吧，这赵园子和她老公，到底来干什么呢？"不等林又红回答，赵园子又说，"浦总喜欢兜圈子、玩酷，我可不喜欢，我就直说了吧，浦总的金钟，是原来的第一百货公司改建的，在改建的过程中，碰到法律上的难题，是我帮助解决的，所以今天浦总请我们来，就这样，够简单的吧？"

林又红一听，奇怪地说："原来是浦总的答谢宴，那应该请赵大律师和陈秘书长坐这边吧。"

赵园子说："林总不应该是拘泥程式的人呀，据我了解，林总当年能进联吉氏，老外看中的就是你的不拘形式、不守陈规嘛。"

林又红说："不拘形式、不守陈规不等于不讲礼貌哦。"

赵园子赶紧朝她摆手："林总，早就听说你脾气急，还真急啊，我刚才说的对金钟的法律援助，只是第一个原因，我还有更重要的原因。"

浦见秋大概感觉赵园子太过喧宾夺主了，忍不住咳嗽了一声。

赵园子立刻笑了起来："好好好，说浦总的事，说浦总的事，今天浦总请客，哪能光我一个人说话，我也太拿大了——哎，对了，浦总，你那新大楼，工程差不多了吧，名字到底确定没有，还是叫金钟吗？"

浦总说："暂定是金钟，这不是最后的确定，即使确定了也是可以改的嘛,也想听听大家的意见,到底叫金什么好。"

林又红脱口而出:"不叫金钟行不行啊,我这个人擅长联想,一个'钟'字,怎么老让我想到些不吉利的东西,送什么,丧什么。"看到赵镜子朝她瞪眼,才停了下来,也知道自己说话太随便太任性,太把外人当自家人了,口无遮拦,又伤人了。

出乎意料,她的话不仅没有伤到人,浦见秋和赵园子都哈哈大笑起来。浦见秋边笑边说:"呵呵,林总,你们两个,真是心有灵犀啊,你这里不满意金钟这个名字,他那里已经提出要改成金吉了。"

林又红并没有太在意浦见秋说的那个"他",只是回嘴说:"满目是金,到处是金,金天金地啊。"

浦见秋又笑说:"至少这个金,和别的金不同,多少和你有点关系哦——知道你心里只有联吉氏,所以人家提出个金吉,也有个吉嘛,我也喜欢,大吉大利,开张大吉,吉星高照。"

林又红心里一动,正想说什么,赵园子又抢上来了,对着浦见秋说:"浦总,你的任务基本上已经完成了吧?"

浦见秋说:"哪里呢,话题还没有开始说呢。"

赵园子说:"你一个大男人,就这么喜欢吞吞吐吐,一个简单的话题,先要绕它十万八千里,才能说到正点上,我可是急性子,我等不及,我得抢你的先,我得先说我的事情,否则,你们说入了渠,就没我的事了。"

听赵园子的口气,似乎还真有什么事要她林又红解决的,但是堂堂赵大律师,有什么事是她搞不定的呢,林又红看到赵镜子朝她使眼色,平生第一回,她没有看懂。

赵园子举着酒杯站起来,绕过浦见秋,走到林又红身边,林又红也只得举了杯站起来,就听赵园子说:"林总,你一定在想,赵大律师有什么事还需要求人吗——不过,你也知道一个人之常情吧,那叫家家有本难念的经,人人身上有软肋,我赵大律师的软肋,就是我的女儿陈菲。"

林又红顿时愣住了,她没想到赵园子如此骄横高傲的一个人,居然能当众承认自己有软肋。

就听赵园子继续说:"我这女儿,是我前世的孽债,我越来越发现,我生下她来,就是来和我作对的,我希望她能够继续我的专业,学习法律,她却说她只喜欢吃,一定要上烹饪技校。那还得了,好说歹说,靠关系,又出钱,上了个本科,那是被我骗进去的,南州大学食品学院。她以为食品学院进去就有得吃,结果发现上当了,根本不是一回事,那些东西,她哪里学得进去,门门挂科,最后牛牵马绷才勉强拿了个毕业证。这下好了吧,可以搞专业了吧,都替她联系好了,结果竟然跑到——唉,不说了,林总你也都知道了。"

林又红总算体会到一点当母亲的心情,虽然这个母亲比较强势,但她自己在老宋和小西的心目中,又何尝不强势呢,林又红点了点头说:"一个本科生,到居委会工作,确实是不恰当,别说自己的家长,就是在旁人看来,也都替她可惜,连余老师也一直在催促小陈看书考公务员呢。"停顿一下,看大家不知道"余老师"是谁,又补充说,"余老师是我们居委会的副主任。"话一出口,先惊出了一身冷汗,我们居委会?谁的居委会?

好在大家并没有太在意她的用词,尤其是赵园子,向来逻辑严密,滴水不漏,但碰上自己孩子的事情,也没有那么严谨了,顺着林又红的话居然说:"唉,你们那个居委会,真是一个乱。"

林又红虽然不知道赵园子是怎么了解桂香街居委会的工作情况的,但赵镜子说,赵园子母女,早已经互不理睬了,但只要赵园子是一位母亲,无论如何她都不会放弃对女儿的了解和掌握。

林又红朝坐在身边的赵镜子看了一眼,回想这些天来,赵镜子对她在桂香街的情况了如指掌,顿时明白了,小陈的一举一动,由赵镜子掌握,然后向赵园子汇报?

想至此,林又红忽然又一惊,又何止是小陈呢,就连她林又红,这些天来,不也是在赵镜子的监控之下吗?

林又红不便当面说出来,用脚踢了一下赵镜子,赵镜子顿时脸色通红,拿起酒杯喝酒掩饰着自己的尴尬。

浦见秋不乐意了,挡住赵园子说:"大律师,你说得差不多了吧,我得谈我的。"

赵园子说:"还差一点点,最后的一点点,你得等我说完了,你才能安心做你的工作,否则……"她又从那边勾过头来朝林又红一笑,这一笑,笑得甚至有点谄媚的意味,让林又红简直不敢相信这是来自赵大律师的笑,她更是不知如何回应才好。

赵园子接着说:"我女儿,不服爹不服妈,不服老师,不服领导,就没有人能让她服的,本来我也无望了,却不料,终于有个能让她服的人了,林总,她服你。"

林又红忍不住"啊哈"一笑,说:"赵律师,你可能搞错了,我和你女儿,没有什么关系的,也就是前几天才认得,她在居委会工作,我又不在。"

赵园子说:"林总,你就别推托了,这是她亲口告诉我,亲口向我承认的。"

　　林又红差一点说:你们母女间,不是互不理睬的吗,她怎么会亲口对你说呢,难道这母亲和女儿一样,是个谎成山?

　　但毕竟对方是赵园子,她到底没好意思说出口。

　　赵园子何等聪明,赶紧解释说:"两天前,我找陈菲谈判,我最后摊牌了,她如果不离开居委会,我就跟她断绝关系。这回她倒松口了,说一定要让她离开居委会,也不是不可以,但是她得跟定一个人,林总,就是你,她崇拜你,她说了,你到哪里她到哪里。"

　　林又红张了张嘴,却无法说话,心想,一个无底线的小妖精,在她母亲心目中,可真是个大宝宝啊,对这对母女,心中更是全无好感,但脸上不便直接表露出来,毕竟赵镜子也在场,不看僧面看佛面,赵镜子这尊佛,可是她内心的依靠哦。

　　赵园子再说:"所以我们今天来,主要是看看林总你的情况,如果你确定到金钟——哦不,是金吉,如果你到金吉,陈菲就跟着你到金吉,我们也就放心了。"

　　可怜天下父母心。

　　赵园子的话,说得十分真心,也很通情达理,可林又红偏偏不好好说话,戗她说:"金钟也好,金吉也好,八字还没有一撇呢,如果最后我不到金吉呢?"

　　赵园子似乎并不担心林又红会跑了,说:"不到金吉,你也总有个地方去吧,随你到哪儿,陈菲都愿意跟着你。陈菲只要跟着你,到哪里都行。"

　　林又红真还没碰到过如此自作主张自以为是的人,偏不肯就范,刺激赵园子说:"你就没有想过,如果我就留在居委会呢?"

此话一出，震惊四座，赵园子的脸色顿时变得十分难看。

赵镜子急了，说："林又红，你要干什么，你这是存心跟大家作对呢，还是……"

林又红说："什么跟大家作对，我是来听浦总介绍情况的，怎么变成先收徒弟了呢，这算是演的哪一出啊？"

始终笑眯眯的陈秘书长也参与进来了，做了个现成的和事佬，说："一回事、一回事嘛，只要林总对金吉有信心，其他任何事，不就迎刃而解了吗？"

浦见秋也接过来说："不管怎么说，总得先听我介绍一下金吉，让林总了解金吉呀。"

赵园子则立马自己给自己台阶下，说："怪我怪我，抢了浦总的先，却没落到好，还犯了错，请原谅一个心急如焚、失去理智的母亲啦。"

赵镜子使劲向林又红做眼色，大概怕她得理不饶人，连赵园子都认错了，林又红也不能再给脸不要脸了，她当然也会见风使舵，立刻笑了笑，说："既然如此，就请浦总先介绍介绍金吉的情况，从一个旧的百货大楼改造，浦总到底有多大的把握，多大的信心呢？"

浦见秋拿出一份厚厚的材料，并没有递给林又红，也没有给任何人，只是自己拿在手里，说："我做了充分的调查研究，目前南州的饮食市场，已经跌入了低谷，只有桂香小吃街一直没有冷下去，但是实在名声不好，这种热，等于就是一个火山口……"

一听到"火山口"三个字，林又红心里一阵刺痛。

浦见秋继续说道："金吉的位置很好，我们完全可以利用桂香小吃街的人流，做出自己的全新的品牌，到底是搞高档次甚至是全西式的餐馆，还是做回南州风格，更大众化一点，这个还在论证中，但无论如何，这块风水宝地，是可以做点事情的。"

林又红不得不承认浦见秋为金吉设想的前景是可观的，也是可行的，浦见秋那边，自然也能感觉到林又红是听得进去的，所以他立刻把话说在前面："林总，有个情况得先跟你说清楚，金吉的总经理，已经有人选了，我请你当他的助手，副总，不知你意下……"

不仅是林又红，可能在座所有的人，都有些意外，浦总这么郑重其事地请出林又红，恐怕谁都会认为浦见秋是要把金吉交到她手上，想不到总经理的位置竟然已经有人了。

所有人中最感震惊的是赵镜子，她急得忽的一下站了起来，张嘴要说什么，可是浦见秋却不动声色地朝她做了个坐下的手势，她愣愣地站了一会儿，几乎麻木地又坐下了，脸上却已经显现出很奇怪的神色，慌乱？惊异？还是措手不及？

林又红的反应和别人不一样，她并不太在意正总副总的区别，她对自己始终是有信心的，但不知为什么，当她听到浦见秋说"已经有人选"的时候，心里莫名其妙地狂跳了一阵，似乎这个"人选"的气息已经逼近了她，已经逼得她透不过气来了，她完全不知这种奇怪的感觉从何而来，不由脱口问道："总经理是谁？"

浦见秋"呵呵"一笑，看了看手表说："已经到了吧。"

话音未落，有人推开包间的门，走了进来。

一身休闲打扮，面带灿烂笑容，这个人竟然是江重阳！

除了浦见秋，所有的人都大吃一惊。

反应最激烈的应该是林又红,可奇怪的是,林又红一动未动,因为她无法动弹,身旁的赵镜子却忽的一下又站了起来,脸色煞白,嘴唇直哆嗦,林又红见赵镜子如此反常,心中十分惊愕,下意识地拉扯了赵镜子一下,赵镜子这才回过一点神来,但人仍然是僵直地站在那里。

赵镜子的奇怪表现,并没有引起江重阳的注意,他一进来,眼睛就盯住林又红,直接走到林又红身边,说:"没想到是我吧?嘿嘿,我就是这样,我还是这样,总喜欢给你一个天大的惊喜,一个超大的红包!"

林又红瞪着眼睛,完全不知道怎么反应。

江重阳才不管林又红什么反应,无论她什么反应,他都按照他自己的想法进行下去:"怎么,看到我出现在这里,而且是金吉的总经理,你很吃惊吗?哦,对了,大概那天在工地上,你看到我穿着工装,浑身灰土,以为我当泥水匠吧,心疼了吧,现在知道我是老总了,心里又别扭了吧,你这个人嘛,总是摆不平自己。"

浦见秋打哈哈说:"江总,嘴下留情吧,林总可是你的副手,今后你们要天天在一起工作。"

赵镜子似乎想往外走,可是衣摆被林又红扯住了,走不得,动不得,脸色越来越难看。

江重阳又嬉笑着对浦见秋说:"浦总啊,女人都是小心眼儿、多心机,她们永远生活在阴谋与爱情之中,你这么安排,她们会怀疑的,你不告诉她们真实情况,她们会永远生活在痛苦之中。"

浦见秋和江重阳一搭一档、一吹一唱,说:"哪有你说的那样,不就是一个金吉宾馆吗,这里哪有什么阴谋与爱情啊,只有事业和未来。"

江重阳说:"浦总,在座的都不脑残,脑子足够用,你别跟他们玩心计——你还是不肯说?那好,我来帮你说。"重新正对着林又红的脸,细细地看了一会儿,说,"哎哟哟,用得着这么紧张吗?用得着这么生气吗?我来告诉你就是了——请你来当我的副手,可不是我的主意,那是浦总的歪点子,他不知从哪里了解了你我的过去,也摸透了你我的现在,所以,出了这么一招——他怕我不肯来金吉给他卖力,就承诺你能来当副总,我才答应了他的条件,林又红,你觉得浦总这是什么招?"

林又红脸涨得通红,江重阳竟然在大庭广众之下,揭她心底最深处的伤疤,赵镜子还没坐下,她已经忽的一下站起来了,却又被赵镜子一把扯住,用力过猛,两个人一起跌坐下去。

江重阳才不会放过她,继续道:"浦总虽然老板做得大,但是对女人可不十分了解,他以为这是讨了我的好,又讨了你的好,他以为你我搭档,就是夫唱妇随,就能把他的金吉干成一座金山。"

林又红和赵镜子都被这突如其来的意外完全搞蒙了,倒是在一旁看热闹的赵园子看不下去了,直逼江重阳说:"江总,以你所说,一切都是浦总的安排,你好可怜,你好被动,你像是被拉郎配了呢,我倒是很想听听,对于浦总的安排,你江总自己是怎么想的?"

江重阳嬉皮笑脸,没个正经,说:"我怎么想的不重要,关键是林总怎么想,这才重要。"

赵园子步步紧逼说:"不管重要不重要,你总有你的想法,你是不是觉得,只要林总答应做金吉的副总,你们就能重归于好了?"

林又红终于积起了一点力气,"腾"地一起身就外往走,赵镜子也紧紧地跟了出去。

就听到江重阳在里边笑道:"哎呀呀,一听重归于好,就这么急着走啊?那就不重归于好吧。"

林又红几乎是连奔带跑地出了包间,一直跑过长长的走廊才猛地停下来,回头死死地盯着赵镜子。

赵镜子神色十分异常,脱口说:"林又红,你不能答应浦见秋!"

林又红冷笑一声说:"怎么,你自己做下的事情,又打算抵赖?你千万别告诉我,你不知道是江重阳要当总经理。"

赵镜子急啊,赵镜子冤啊,恨不得把心肝肚肠都掏出来给林又红看清楚了,可即使她真的能掏出来,林又红会看吗,她会相信吗?

决不!

林又红拔腿就往外走,走到大门外面,又被赵镜子扯住了。

"我被浦见秋耍了。"赵镜子怎么都觉得自己言语无力,完全无力,但无力也得说,只是她的重心、她更着急的,并不是因为浦见秋耍了她,她急切关注的,却是林又红的态度,所以急着说,"林又红,我真的不知道,我若是知道,绝不会拉你来,所以、所以,林又红,你绝不能答应。"

林又红冷笑着说:"明明是你们合起伙来一起下的套,你现在又另外再来一套,这算是什么计,反间计?"

赵镜子说:"你得答应我,你现在就表个态,你不会去金吉!"

林又红已经把冒起来的火一压再压,尽量用冷笑来表达,可是现在冷笑已经不能解决问题,面对这种出尔反尔、难知真假的闺蜜,她索性豁出去、倔到底了,强硬地说:"怎么,凭什么非要听你的,什么时候开始你可以随心所欲地指挥我了?你越不让我答应,我还偏要答应,我这就进去告诉姓浦的,我……"

赵镜子脸色铁青,伸手挡住林又红:"你不能进去!"

其实林又红只是倔一下而已,她不会真的回去,一向了解林又红脾气的赵镜子却因为心太急情太切,居然被她吓着了。

林又红看着她伸出来的手臂,简直又好气又好笑,说:"怎么,赵镜子,你要打我了?你怎么会到了要打我的地步?"

赵镜子仍然沉浸在紧张的气氛中,急得说:"如果打你能够阻止你,我就打你了!"

林又红发现自己反而成了个旁观者。

真是奇了怪,就算赵镜子说的是真话,就算她真的不知道浦见秋已经请了江重阳当总经理,就算浦见秋瞒着她、耍了她,让她把林又红拉来和江重阳配对,可这种种阴暗卑劣手段的对象并不是她赵镜子,而是林又红,赵镜子为何如此失态,如此反常?

林又红心里忽地掠过了一丝疑虑,不,不是一丝,是一团,一大团,一大团的疑惑堵在林又红心中,她无法清理它们,甚至连气都透不过来了,只能反问赵镜子:"为什么?为什么我不能答应浦见秋?你们到底在搞什么鬼?"

一向温和、讲理的赵镜子,居然无理地说:"总之,你绝不能和江重阳一起去金吉!"

林又红偏不服:"为什么?为什么?"

赵镜子咬着嘴唇,眼中含泪,犹豫了一会儿,下了下狠心,终于说了出来:"你们在一起,一定会旧情复燃。可是,宋立明对你这么好,你不能这样,林又红,你不能这样!"

林又红实在想不通,"咦"了一声说:"赵镜子,你怎么这么激动?太不像你赵镜子的一贯作风。"

赵镜子已经完全管不了作风不作风了,又反复地执着地说:"反正,你不能到金吉去!"

林又红忍不住"啊哈"了一下,好像事情很可笑,细想一想,事情确实很可笑,看赵镜子急得那样,好像她已经出轨了,好像她林又红又重投江重阳的怀抱了。

林又红这"啊哈"一声,多少把赵镜子笑醒了一点,回过一点神,才发现了自己的失态,但事已至此,感情流露了,态度表明了,都无法再收回,只得硬着头皮往前走,正要继续说下去,忽然看到俞晓气喘吁吁急奔而来,顿时就张口结舌了。

俞晓奔过来,也不顾有赵镜子在场,对着林又红就说:"我都知道了,我都知道了。"还没说出什么来,眼泪就已经流下来了。

林又红简直要疯了,从江重阳突然出现在餐厅包间后的一幕一幕,都在她脑海里回放,江重阳的突然出现,浦见秋的运筹帷幄,赵镜子的一反常态,现在又来了俞晓,泪水涟涟——当然,今天连赵镜子都反常了,俞晓还不知道会怎么样呢。

林又红要举手投降了,她的心已经乱得无法打理了,她得赶紧退走,赶紧一个人躲起来安静一下,整理一下。

可是,俞晓既然都已经追到这里来了,她怎么可能轻易放过林又红,俞晓哭着说:"林姐,求求你了,你别到金钟去啊!"

林又红气道:"金钟,敲个丧钟算了吧。"

把俞晓吓得语无伦次:"什、什么,什么丧钟,出什么事了?敲谁的丧钟?"

俞晓一到,赵镜子明显就冷静多了,说:"不叫金钟了,改名叫金吉了,联吉氏的吉——"

俞晓直摇头:"我不顾它叫什么,反正、反正,林姐你不能去。江重阳是金钟——金吉的总经理,你去和他搭档,你们必定会旧情复发。"

竟然和赵镜子的说法一模一样!

为什么她们认定她会和江重阳重新走到一起?完全是无稽之谈。在江重阳重新出现之前,一切都好好的,她有和睦的家庭,有爱她、尊重她、言听计从的丈夫,有懂事的女儿,她们,赵镜子和俞晓,究竟凭什么下这样的结论,林又红又为什么不能理直气壮地反驳她们?

难道在她的心底深处,果真还——问问你自己的心吧。

可是,她问不着自己的心,这乱得她都不知道自己一颗心到底在哪里了。

但是眼看着这两个如狼似虎地守着她的闺蜜,林又红气就不打一处来,硬戗戗地说:"俞晓,你又胡说什么?刚才赵镜子在这里胡说了一顿,现在你又来废话,你们把我当什么人了?"

俞晓也顾不上迁就林又红的态度,只顾吐露自己的声音,说:"林姐,我求你了,别和江重阳在一起工作。"她停顿了一下,可能感觉一味哀求不对林又红的胃口,又改变了说话的语调,气愤地道,"难怪了,同样的工作岗位,同样的工作内容,我怎么求你到金宏,我甚至请你当总经理,你理都不理我,原来你是要到金吉去。"

林又红果然只吃这样方式的对话,这种方式的对话,能够激起她的斗志。林又红斗志昂扬地说:"你还难怪,我才难怪,难怪你这么急着要把我拉到你金宏,原来你是怕我答应到金吉去,你们一个一个的,居心叵测,想干什么?"

俞晓干脆直接就说:"想拆散你和江重阳。"

林又红气得大笑一声说:"笑话,天大的笑话,你们都疯了,拆散我和江重阳?我和江重阳在一起吗?"

俞晓说:"你的心思我不敢说,但是江重阳的心思我知道,我太清楚了,从头到尾,江重阳的心里,只有你,从前是,现在还是,始终只有你!"

俞晓这话一出口,不光是林又红,连赵镜子也是脸色顿变,神色大异,两人同时张口结舌。

僵持了一会儿,林又红先回过神来,对这种直泼到头上的脏水,她直接泼回去,说:"好,既然你们都认为我会和江重阳走到一起,我现在就明确地告诉你们,我们已经走到一起了,怎么样?你们能怎么样?你们有资格管吗,你们以为自己是谁呀?"

俞晓顿时蒙了,慌乱中喃喃道:"真的,真的是真的了。"

还是赵镜子更了解林又红,赶紧说:"林又红,你别说气话,我和俞晓只是担心。"

林又红冷冷地说:"担心?你们恐怕连担心的资格也没有,你,赵镜子,从头到尾,根本没有你的事,你靠边站站吧。你,俞晓,早已经是过去时,没有希望了。江重阳这样的人,是不会吃回头草的,你也死了心吧。"

俞晓终于哭了起来:"我不会死心的,我要和江重阳复婚的,你如果插进来了,我就真的没有希望、完全没希望了。"

林又红还没来得及说话,赵镜子已经抢上来了:"复婚?既知今日,何必当初?当初他落了难,你那么狠心离开他。"

俞晓已经从抽泣变成号啕了:"我没有离开他,我从来没有离开他,是他要跟我离的。他故意承担了我的过失,目的就是要和我离婚。"

林又红和赵镜子都没有听懂,一来因为俞晓边哭边说,实在是含混不清,更因为当初俞晓江重阳离婚的真相谁都不清楚,故意承担过失,这是什么意思,几个意思?

林又红和赵镜子面面相觑,不得其解。

俞晓说:"你们就不问问为什么吗,他为什么处心积虑要和我离?是的,我不说,你们也知道,但我不想再放在心里了,太重太累,我扛不动了。他要和我离,是因为他心里始终没我,更没有爱过我。"

俞晓一把眼泪一把鼻涕,林又红反而冷静下来,不就是一个江重阳吗,不就是一个自以为是、以自己为重的男人吗,值得她们如此伤筋动骨吗?

林又红拍了拍俞晓的肩:"俞晓,我郑重地告诉你,我答应你,我不会到金吉去——当然,我也绝不会到你金宏去,我不想天天看到你们这些人,你,好可怜,但我完全无法让自己同情你。"她又朝赵镜子横了一眼说,"还有你,莫名其妙,整个事情,和你有一毛钱的关系吗,你次次抢在前八尺,你这是要干什么?我不想知道,但我告诉你们,你们这些人,让我恶心!"

话说完了,毫不犹豫,甩手而去。

无论那两个人在她背后是什么表情,是什么心情,她都不再回头,不再和她们纠缠。

林又红甩掉了性格软弱的俞晓,却没能甩掉看起来同样软弱、骨子却很强硬的赵镜子。赵镜子开车追上了她,林又红上了她的车,赵镜子说:"路远,我送你回去。"

林又红说:"我不回去,你送我到桂香街就行。"

赵镜子怀疑地看了她一眼,说:"这时候你到桂香街干什么?到小吃街吃垃圾夜宵?"

林又红说:"你谁啊,管我的感情,管我的生活,还管我的行踪。"

赵镜子更加担心了,一边试探一边刺激说:"你不去金吉,也不去金宏,那你,干脆到桂香街居委会去吧,人家全票选你当主任,你很成功哦,我看你也很合适。"

林又红才不服输,反唇相讥说:"怎么?你以为我不敢吗?"

赵镜子"嘎"的一下猛刹了车,冷冷地说:"你下车吧,我不伺候了!"

林又红讪讪地下了车,赵镜子一踩油门,车子一下子就蹿出去老远。

林又红站在背后看着远去的越来越暗淡的灯光,不知怎么的,忽然"扑哧"一声笑了出来。

她一笑,引出身后的一个声音,那声音说:"笑了笑了,你笑了!"

林又红吓了一大跳,回头一看,竟然是夏老太站在她背后。

林又红这才发现,赵镜子并不是把她随便扔在黑暗中了,她已经把她载到桂香街了。

林又红问夏老太："这么晚了,你怎么还在外面,有什么事情吗?"

夏老太精神恢复得很快,已经回到林又红第一次见她时的那种状态。她朝林又红挤眉弄眼地笑着,手朝居委会里边指了指说:"蒋主任,你在里边安心工作,我做你的保镖,我帮你站岗放哨。"

林又红忍住笑,说道:"夏奶奶,你这样的保镖,还真不一般,一般的人,看到你都害怕。"

夏老太说:"就是因为他们害怕我,我才有资格做你的保镖,一般的人,他想做还没资格呢,对吧,蒋主任?"

第 15 章

从前进出丽都花园的大门，都是联吉氏公司的车接送，林又红和门卫几乎不打照面，最近一段时间，她不坐车了，进进出出多了，发现门卫好像个个都认得她，都主动和她打招呼，这会儿看到她过来，当班的那个门卫不仅朝她笑，还很感激地对她说："谢谢你啊。"

林又红十分奇怪，门卫谢她，那是什么意思，那是几个意思，她可搞不懂，搞不懂的事情她是必须要弄清楚的，这是她的性格，也是她一直以来的行事风格，她绝不会把不清不楚的东西咽下去、吞下去，所以直接问门卫："你谢我什么？"

门卫说："我们都听说了，你正在搞小吃一条街——总算有人出头来管了，我一定要谢谢你的——不瞒你说，我老婆一家几口，都在那里混饭吃，那里不太平，我老婆就不太平，我老婆不太平，我就不太平，说起来，他们都是追着我到南州来的，结果日子过得不好，他们都怪我，其实又不是我叫他们来的，但是人家既然都来了，总得有口安稳饭吃，我一直为他们操心，都烦死人了，现在好了，现在好了,总算你……"

林又红打断他的喋喋不休,问道:"谁告诉你我在搞小吃一条街?"

门卫说:"他们都在议论,大家都知道,主要有一个姓辛的吧,老辛,人家从前是做老师的,有水平的,后来不知怎么也成了小摊贩,反正他说的话,别人都相信。"

林又红一急之下,反身又走了出去,她得去找老辛说话,桂香街这地方的人,怎么都一个毛病,就像居委会那些人,似乎是有意让大家误以为她是蒋主任,现在这些"辛"民们,又让大家以为她会把小吃一条街搞好,开什么玩笑,他们以为她是谁啊?

林又红站在十字路口想了想,她不能直接到小吃一条街去,那地方的人,跟他们说不清事理,但她又不能退回去,退回去的话,谣言仍然在发酵,也不知会发到什么程度、什么地步,在这两种选择之外,林又红还必须选择第三条路。

走了没多远,迎面看到余老师、潘师傅和小陈陪着几个人过来了,听到余老师在对街边的居民说:"今天区里卫生检查,街道领导先来看一遍,你们都注意一点,自觉一点啊。"

余老师和小陈看到林又红,刚想张口喊她,林又红脸一冷,他们两个立刻住了嘴,林又红赶紧偏开,往旁边一条巷子穿过去。

走了没几步,听到身后有脚步声,回头一看,余老师和小陈追上来了,林又红冷冷地道:"不陪领导检查了?"

小陈说:"又不是什么人物,都是街道的临时工,潘师傅陪就足够了。"又冲着林又红谄媚地笑道,"我们要陪我们自己的领导呢。"

林又红不理睬小陈,只管找余老师说话:"我自己也住在桂香街社区,没想到这里的居民素质如此差,到处胡说八道。"

余老师还在揣摩林又红生的什么气,小陈已经抢先说了:"林主任,是不是小吃一条街的人又在编派什么了?"

林又红气道:"你明知故问。"

余老师这才说:"林主任,小吃一条街那边,大多数是外来人口,他们本来都是农民,或者外地小镇上的人,没有什么文化,对城市的规矩既不了解,也不遵守。"

林又红不同意她们的说法,板着脸驳斥说:"外来人口怎么啦?外来人口就可以随便造谣,无中生有?"

余老师和小陈对视一眼,不用林又红多说,他们似乎已经完全知道林又红所指了,林又红也观察她俩的眼神,感觉这两个人简直和老辛他们就是沆瀣一气。

余老师还假惺惺地劝慰她说:"林主任,你千万别生气,别和他们一般见识,他们也不是存心要造你的谣,他们也只是想有个稳定的买卖,不要天天被追来赶去。"

小陈补充说:"像狗一样。"

林又红没好气地说:"他们想稳定,就应该好好做生意,难道非要非法经营才有意思?"停顿一下,又说,"他们就不能像齐三有那样,找个地方,正经把证办齐了,把店好好开起来?"

余老师说:"齐三有是本地人,他有自己的房子做店面,可他们这些人不行,桂香街小吃一条街,是寸土寸金的,哪有那么多的店面提供给他们?潘师傅家有个亲戚,在小吃街旁边那条街上有一个五十平方米的店面,分割成了五块出租,每一块就狭长的一条,称为一线天,卖童装的、卖保健品的、卖文具的,还有小五金,还有修理摩托车的,你看看,五十平方米,就齐全了。"

小陈说:"那可是发大了,有五个一线天,一家人就坐吃了。"

余老师批评小陈说:"你能不能不插嘴,你一插嘴,就要走题。"一边继续给林又红介绍说,"当然,桂香小吃街店面紧张,这只是一个原因,更重要的原因还不是这个。"

小陈实在是改不了插嘴的毛病,又抢着说:"就算有店面空着,他们进得去吗——余老师,我不走题,我围绕主题——这都是些什么人呀,全是空着两只手来的,最多有个蛇皮袋,一家子就都来了,老婆孩子小姨子大舅子亲戚朋友一大堆,多少张嘴就靠着这两只空手。"

余老师也补充说明:"他们租不起店面的,因为他们根本就没有本钱。"

小陈的脸色十分不以为然,撇着嘴说:"没有本钱却想着无本万利,心思都歪到哪里去了,怎能不出事。"

余老师受不了小陈乱插嘴,说:"你管好你自己吧,回去看书去吧,考公务员去吧。"回头又继续向林又红介绍说,"他们不仅付不起房租,这点小本生意,卖几块臭豆腐,做几碗粉丝汤,恐怕连水电费也凑不齐,除了沿街摆摊、占道经营,还能怎样?"

林又红当然无话可说,除了摇头、叹气,还能怎样。

余老师又劝说:"林主任,你也不用太着急,这是个老大难的问题了,也不是一天两天了,老书记在的时候,就是竭尽全力想改变的,结果连老书记也没能……"她看了看林又红的脸色,又说,"我们也曾经动员他们,不要在小吃一条街这一个地方吊死,这里是市中心,房租肯定贵的,他们租不起,可以到偏远一点的地方去经营,可是任凭你怎么说,他们就是不肯走,他们是冲着有名的小吃一条街来的。也的确,桂香小吃街曾经是很有名气的,南州的特色小吃,都集中在这里,无论是本地人习惯而来,还是外地人慕名而来,人气很旺的,到这里开店,那可真是名副其实的旺铺啊。"

林又红忍不住话中带刺说:"现在也很旺啊,打架打得旺,非法买卖做得旺,小吃街现在的名气,恐怕比过去更大啦。"

小陈刚才听了余老师的指点,倒是从随身带的包里取出一本书来拿在手里,可她根本不可能去看一眼,只是把它当做道具,这会儿举了起来,挡在前面说:"余老师,我看书的啊,我认真的啊,我一边走路都一边看着书呢,只是现在我要说几句话,说完了再看。"她接着林又红的话头说,"桂香小吃街的名气可是大得不得了啦,都上了电视新闻,我们同学聚会,知道我在桂香街工作,都祝贺我快成为名人啦,哈。"

余老师气得又批评小陈说:"你还'哈'了'哈'的,你倒'哈'得出来。"她用心想了想,又对林又红说,"他们不肯走,也不是没有道理,做小吃的,只有在市中心、商业区,大家出来逛街购物,走到这儿,正好歇脚,十分方便,才会有生意,到了偏远地段,谁会有闲心赶到那种地方去吃小吃——其实政府也曾经下大力气彻底清除过,可是没几天又聚来了,还越聚越多,这地方,还真是有渊源,有传统,有地气,他们会闻气味,知道这里是块宝地。"

小陈不甘心地"哼哼"说:"还宝地?还宝地?"

余老师说:"当然是宝地,这地方市口多好,所以,谁也赶不走他们的。"

其实，即便余老师和小陈不这么一搭一档地配合着向她介绍这些情况，林又红心里也明白，她顺着余老师和小陈的话头说："既然清除不掉，就得主动引导和疏导，他们自己没办法，政府应该替他们想办法。"

小陈立刻说："本来，那是城管和摊贩的矛盾，和我们居委会没多大关系，现在搞得好像都得我们负责任了，政府那些该管的部门到哪里去了？"

余老师说："小陈你来得迟，不知道以前发生过的事，为了桂香小吃街的事，已经撤掉了区里两个局长，街道一个书记也被处分了，现在谁也不想沾手了。"

一时间，大家都不作声了。

可林又红是咽不下这口气的，停顿了一会儿，还是把情绪要发泄出来："无论撤了几个、处理几个，政府还是得管起来，否则……这是国计民生的大事，居委会能承担吗？"

余老师叹息了一声："政府，唉，他们要做的事情太多啦，做不过来的。"

余老师一声叹息，忽然就给林又红的乱七八糟的无限延伸的念头画上了一个彻底的句号，政府都管不过来，难道居委会能管过来？

可是小陈的一句话，又把这个句号拉成了破折号，小陈说："余老师，你太消极了噢，政府解决不了的事，也可能居委会就能解决哦。"

林又红和余老师异口同声地说："你想得美。"

小陈说："反正现在小吃一条街的人，个个信心满满，个个仰着脖子望着天,等着天上掉馅饼呢。"一边说一边朝林又红挤眉弄眼。

林又红说:"别说你朝我做鬼脸,你就是真变成鬼,做不到的事情,我还是做不到。"

小陈笑道:"我变成鬼没有用,你林主任变成鬼就好了,你变成鬼也比我这个鬼厉害哦,是不是?"

余老师眉头一皱,又要开批,小陈抢在前面自我批评说:"余老师,我错了,我不应该讲迷信,什么鬼不鬼的,我看书,我看书。"

余老师说:"你自我批评的精神很好,但是批错了方向。林主任刚来,我们应该多介绍居委会分内的工作,你倒好,一心想把林主任引向小吃街,你不是不知道小吃街的难度,你想林主任一到,就陷进泥潭,你居心何在?"

小陈大喊冤枉说:"真心不是我要把林主任引过去,我早看出来,林主任对小吃街有兴趣。"

林又红赶紧否认说:"我有什么兴趣,你别乱说。"

余老师说:"小陈,打住,不说小吃街了,我们桂香街居委会,急不可待要解决的问题一大堆呢,就说我们的办公条件,林主任你也亲眼看到,已经差到不能再差下去了。"

小陈双肩一耸,对林又红说:"林主任,你一来就成唐僧了,人人想咬你一口啊……"

这回余老师倒没有再批评小陈,只是说:"唉,积累的问题太多了,饭要一口一口吃,事情也只能一件一件做,但是首先要搞清楚,什么是当务之急嘛。"

小陈立即说:"当务之急就是把小吃街先稳定下来,否则出了大事,居委会也是逃不掉的。"

林又红想起前几天小吃街上的外地小孩入不了托的情况,有些担心,问了一下,才知道这个难题余老师他们已经解决了,由居委会出面协调了义工,由义工轮流照顾王丽丽家的老人,王丽丽又重新开班了。

说话间,她们已经走到拐角口,一边往小吃街去,一边往居委会去,余老师不想去小吃街,但她也不能反对林又红和小陈去,只是叹息说:"唉,该做的事情不做。"

小陈拉了林又红就走,一边说:"别听她的了。"

林又红逗她说:"你好像不怎么听从余老师嘛,你不过是个干事,余老师官比你大,是副主任,你不懂下级服从上级吗?"

小陈笑道:"哎哟,就一个居委会,还讲究上级下级呢。"

林又红说:"可是我分明看得出来,你和余老师意见有分歧的。"

小陈撇了撇嘴说:"她有私心,我就不让她得逞。"

林又红说:"看起来,你确实可以做余老师一大半的主哦。"

小陈说:"那是,她讲不过我嘛。"

午后的阳光很强烈,街巷里几乎没有行人,有几个老人坐在老桂树下,其中就有那个夏老太,冲着林又红笑,又是招手,又是点头。

小陈忍不住笑道:"老熟人了哈——这一阵没住院,精神好得很,现在改上夜班了,白天也不要睡觉。"见林又红奇怪,她又笑道,"晚上值班,给新来的主任当保镖,嘻嘻,就是你哎,林主任,你的官可不小,还有保镖哎。"

林又红哭笑不得,朝小陈瞪了一眼,小陈就朝她吐舌头,林又红心里忽然一动,怎么感觉这小妖精的脾性竟和自己有几分相似之处。

快到小吃街的时候,臭豆腐K佬就迎面过来了,林又红一看到他,下意识地往后退了一步。

臭豆腐K佬说:"林主任,你误会我们了,我们不是黑社会,也不是强盗劫匪,我们只是想靠自己的劳动吃饭的小摊贩,你不用怕我的。"

林又红被他这么一说,确实为自己的下意识动作感到不好意思,只是嘴上不肯服输,说:"你那天骂人的时候,就快动手打人了,我怎么不要防着点。"

臭豆腐K佬说:"林主任,我是特地来向你道歉的,我那天骂你是骗子,我错了,我……"他说不出话来,干脆"啪啪啪"扇了自己几个耳光,再说,"林主任,我不该骂你。"

林又红气也早已经消了,赶紧说:"算了算了,骂就骂了,也不能收回去,我也不记得了,就这样吧。"

臭豆腐K佬赶紧往老辛那边过去,一边大声说:"老辛,老辛,你赌赢了,林主任果然又来了。"

老辛对着林又红点头道:"出了事情,也只有你来看一看,其他的,哪里有人来。"

林又红说:"怎么没有?那天晚上市政府、区政府都有领导来了解情况、拿处理意见的。"

老辛冷冷地一笑道:"意见呢,在哪里?"

臭豆腐K佬又骂道："屁，还是个屁，不知道已经多少次了，来了，看一眼，拍拍屁股，走人，留下来的，也只有居委会的人了。"

林又红皱着眉头说："可这么大的事情，不应该是居委会管，不是居委会的责任，居委会也管不过来，没有这个能力，更没有这个权力。"

老辛说："话是这么说，可是这条街上的事情，从前也就是居委会老书记管一管，只是管了又出，出了又管，永远搞不彻底——现在，除了你林主任，还有谁来问呢？现在，事实也搞清楚了，夏老三也没事了，放出来了，假模假样地给点小警告、小处分，停职几天，等于就是休息几天，就算了结了，事情就彻底丢开了，等吧，等到下次再出事就是了。"

老辛的摊位上有生意来了，臭豆腐K佬那边，也有人喊要买臭豆腐了，他们都忙起来了，小陈则陪着林又红往菱塘角小区去。

菱塘角小区是七十年代后期造起来的老公房，原来的住户几乎全部搬走，大部分房子出租给外来人住，林又红觉得这个小区名字似乎有点耳熟，想了想，想起小桂说过，她家为孩子上学，买了套二手房，好像就是在菱塘角小区的。

菱塘角小区既没有大门，小区里边甚至都没有一条像样的道路，楼与楼的中间地带完全被各种杂乱的物品堆满了，连路都没有了，行人经过，得小心地跨着这些杂物，还得小心地避开路上的脏水塘，简直就不能下脚，林又红不禁惊讶说："这个小区，脏乱差到这个地步，怎么能住得下去？"

小陈说："所以呀，菱塘角也是桂香街社区的老大难地区，每次检查,无论是卫生检查、安全检查、文明城市检查,它都会拖桂香街社区的后腿,老书记生前,来这里来得最多,可是,这小区里的成员……"

小陈不说了,林又红也不想再听了。

第 16 章

　　林又红到了小桂菱塘角的家里,房间套型小得人进去都转不了身,小桂却满脸喜色,十分满意地说:"林主任,你看,你看,这就是我家。"

　　林又红朝里边望去,看到宋立明也在,林又红奇怪地说:"咦,你怎么来这里?"

　　宋立明却上前推她说:"你快看看,有人在楼下喊蒋主任,什么意思?"

　　林又红被宋立明一推,醒了,原来是做了个梦。

　　朝窗外一看,天已开始亮了,再一听,果然楼下隐约有人在喊蒋主任。

　　林又红有点蒙,没有反应过来。

　　宋立明说:"会不会是喊你的?"

　　林又红说:"我姓蒋吗?你让我去答应他吗?"

　　宋立明说:"你不是说,他们有人把你当成蒋主任的吗?"

　　林又红只好起来,推开窗户朝下一看,看到有个男人抱着个两三岁的孩子,仍然在喊蒋主任。小区的两个保安过来了,阻止他说:"你不要高声喊,时间还早,好多人家还没有起来呢,你吵醒人家了。"

林又红已经认出来了,这人正是上次夏老三打架事件中的那个动手打人的丁大强,拘留了几天放出来了,这可是个蛮不讲理的人。果然就听他更加抬高了嗓门,大声道:"我就是喊了,就是大声喊了,就是吵醒人,你们能把我怎么样?打人犯法,喊人也犯法吗?喊人也要拘留吗?"

两个保安知道碰上刺头了,但他们也不是好惹的,他们也一样是刺头,当然要和他对着干,呵斥说:"你在外面任何什么地方喊,那是你的事情,我们管不着,你到了我们小区,就不允许你大声喊!"

丁大强完全不把保安当回事,只是搂紧了孩子,继续大声喊:"蒋主任!蒋主任——你出来!"

两个保安又不能捂他的嘴,想要动手拉他吧,他怀里还抱着个孩子,不好随便动手,正手足无措,一个保安突然想到问题了,说:"你喊谁呢?蒋主任?你找错地方了,这幢楼里,没有姓蒋的。"

丁大强这倒愣了一下,但是随即摆出一副"你们别想蒙我"的嘴脸,继续说:"怎么没有,你们怎么知道这楼里没有姓蒋的,蒋主任就在这幢楼里,我只是不知道在几楼,只好在下面喊,喊到她出来为止!"

保安没法子对付他,只好问:"你找的蒋主任,是哪里的蒋主任?"

丁大强理直气壮地说:"就是居委会的蒋主任!"

保安笑了起来,说:"哎哟,你小孩生病,你得找医生的主任,找居委会干什么?"

另一个说:"你找自己单位去吧,别在这里闹了。"

丁大强说:"我没有单位,我是小吃街上的摊贩,谁给我单位?"

两保安相视一眼,一个说:"那你找政府去,不要到小区里来闹。"

丁大强口气强硬地说:"政府就在这里,所以我就来这里。"

保安奇怪地说:"这里谁是政府?"

丁大强说:"蒋主任,蒋主任就是政府,居委会的蒋主任就是。"

两个保安同声大笑起来,一个说:"哦呵呵,原来居委会就是政府啊。"

另一个说:"那你找的蒋主任是不是等于蒋市长哟。"

一个又说:"笑话了,不找政府找居委会,居委会能管你个屁事。"

丁大强火冒三丈,气得把孩子往地上一放,也不管孩子跌倒在地,扯起衣袖,似乎要和保安干仗了,因为吵闹声越来越大,开窗看热闹的邻居越来越多,林又红实在躲不下去了,赶紧下楼。

林又红一从楼道里出来,丁大强一眼看到她,也不打架了,立即抱起孩子冲过来说:"蒋主任,蒋主任,我就知道会找到你!"

俩保安疑惑不解地看着林又红。

林又红赶紧说:"你搞错了,我不姓蒋,我姓林。"

保安对丁大强说:"你看看,你自己搞错了吧,她明明姓林。"

丁大强不理睬他们,只对着林又红说:"你不姓蒋?你姓林——那就是林主任——林主任,你得给我想办法,我女儿昨天晚上吃了隔壁摊上那狗日的酱牛肉,拉了一晚上,你看看,你看看,眼睛都凹塘了,手指头,你看看,都瘪罗沙了。"

林又红一急,说:"你明知那些东西吃不得,你怎么能让孩子吃?"

丁大强急得说:"我没有给她吃,她自己拿了钱到隔壁摊上去买的,我忙着做生意,哪里看得住她。"

正扯皮,忽然看到小陈远远地奔过来了,到这边站定后先喘气,说:"哎哟,哎哟,奔死我了,奔死我了,哎哟——丁大强,你来这里干什么?"

丁大强看到小陈,脸色顿时有些变化,张了张嘴,想说什么,却没有说出来,看不出是不想和小陈说,还是怕和小陈说,可是以他的这般气势,怎么会惧怕小陈呢?

林又红也奇怪,问小陈:"你奔得这么急干什么?"

小陈朝林又红一眨眼,没等喘定了就冲丁大强说:"你找林主任干什么?谁让你找林主任的?"

丁大强说:"我不找林主任找谁,找你吗?"

小陈说:"你找我也比找林主任强哪,林主任还没正式上班呢。"

丁大强立刻说:"我管她上班没上班,我只管找她,我才不找你。"

他们又开始扯皮,那孩子起先一直在哼哼,看起来十分难受,哭声渐渐大了起来,林又红实在不知道这些人怎么会轻重不分,孩子病了不要紧,争个高低最要紧?她打断他们说:"你们先别争了,先到医院给孩子看病,别的等会儿再说。"

小陈还不肯停息,指责丁大强说:"你这么大个人,也算在外面混日子的,孩子病了,都不知道找医生,找居委会有什么用,居委会主任又不会看病。"

丁大强气道:"我这么大个人,难道不知道看病找医生,可我没有钱找医生。"

林又红见他们又要扯下去,赶紧说:"先到社区医院看一下。"

大家赶紧到了社区医院,晚班医生还没有下班,被喊起来,睡意蒙眬地看了看林又红,问:"你是谁?"

林又红说:"我姓林。"

医生马上说:"哦,是桂香街的林主任吧?"

真奇了怪,林又红还没算正式上班呢,林主任的名号倒已经天下遍知了。林又红回头瞥了小陈一眼,小陈又朝她吐下舌头,就算林又红知道是他们放的风,她也拿她没办法,就直接问她:"小陈,你怎么赶过来的,你知道丁大强要来找我?"

小陈说:"余老师叫我来的。"

林又红心里一紧,这余老师还真蛮阴险、蛮有城府的,明明知道她有麻烦,自己不来,却叫个不能成事的小陈来,算是高度信任她呢,还是给她个下马威呢,林又红不知道,总之一想到自己就要和这些人物一起工作,心里不免有点发怵,当时的一丈豪情,一下子已退去八尺了。

豪情退却了,林又红就控制不住要生气,她戗小陈说:"你这么早出来,谁照顾你妈呢?"

小陈只作不知,厚着脸皮说:"嘿,我妈身体蛮好的呀。"她立刻揣摩出林又红的意思,赶紧又说,"在我的悉心照顾下,在我的孝心感动下,我妈身体可好啦。"

林又红真是哭笑不得,这小妖精,说她没心没肺吧,她似乎什么事情都要插一脚,太能钻营,说她有责任心吧,她又样样事情推个一干二净,与己无关,站起来一个谎,坐下去一个谎,而且说谎不脸红,说谎理直气壮,说谎像背书一样。

社区医生给孩子检查了一下,初步诊断是食物中毒,建议最好转儿童医院,丁大强急得说:"我也想去儿童医院,我一早上就想直接去儿童医院,可是……"

小陈不客气地打断他说:"别说啦,你不知道三遍抵粪臭?你没钱去医院,可居委会又不是取款机,你找错对象啦。"

丁大强强横地说:"居委会不是取款机,可是居委会是为居民解决困难的,所以我才来找林主任,不找林主任,我是死路一条。"他回头盯住林又红说,"林主任,你不能见死不救啊!"

见死不救,这已经是几天来林又红第二次听到这样的话了,她忍不住说:"桂香街社区的居民日子就真过得这么难吗?一碰就是'死',居委会干部天天得见'死',天天要救命。"

社区医生"嘿嘿"地笑了一下,看起来早已见怪不怪。

小陈说:"林主任,他们说话,从来都那样,只要碰上自己的事,一点小事就闹,夸大事情,自私自利。"

丁大强蛮横地说:"我怎么自私自利,我家小孩子吃了人家卖的东西都中毒了,你还说我自私自利?"

小陈说:"你问得好,我正想问问你呢,你说人家卖的东西有毒,那你呢,你卖的什么东西,有没有毒?"

丁大强顿时被问住了,但片刻过后,他立即反攻说:"我要是不做买卖,我就更没有钱给孩子看病啦,难道孩子有了病,就看着她死掉?"

说话真是没得数,连自己孩子的死活,都这么随便地挂在嘴上,社区医生是个老医生,也实在听不下去,啧啧嘴,摇着头说:"牙齿缝里有毒的,不要随便乱说话。"

丁大强才不在乎,仍然蛮横道:"怎么,我说得不对,孩子有病没钱治,不是等死还能是什么?"

社区医生说:"你女儿的病是需要治疗,但也没你说的那么严重,我已给她用了药,应该不会有大问题。"

林又红不想参与他们的扯皮,情愿自己掏点钱给丁大强,让他先带孩子治病,可这时才发现,从楼上下来,什么也没带,只来得及抓了个手机,所以赶紧对丁大强说:"你别着急,我打电话,让我家里先送点钱垫着。"

万没料到,丁大强竟然拒绝说:"林主任,我不要你的钱,我要个公道,我要叫那狗日的赔我女儿的医药费。"

小陈又戗他说:"你还要公道?多少人等着向你要公道呢,你自己卖的那种烤肉,是怎么做出来的,你心里最清楚。"

丁大强不买小陈的账,说:"那你叫他们来找我就是了,老子不怕——我女儿这个事情,如果你们不替我出头,我就打官司告他,叫他赔!"

社区医生说:"那就先在我这儿挂水吧,只要你信得过我。"

丁大强说:"我信不过你还能怎么的,挂吧。"

林又红总算是又见识了一回,大家好心相助,他说话仍然那么难听,换了从前的她,恐怕早就甩手走人。可是从前林又红面对的是高管、白领,至少也是有教养懂规矩的蓝领,他们不会说这样的话,她当然也不会甩手走人。

一时间,林又红如梦初醒,感觉像是换了一个人间。

等到小女孩被医生安顿好,挂上了水,丁大强的毛躁才渐渐平息了一些,他惦记着摊上的生意,打电话叫老婆过来,没等老婆到,自己就急急地走了。他料定林又红或者小陈会在这里陪护他女儿,他老婆不到,她们是不会离开的。

他就是这样想的。

当然,事实也就是这样的,小陈先走了,留下林又红等着,过了一会儿,上白班的医生护士都到了,林又红看到护士小何进来,赶紧过去和她打招呼,请她关照一下丁大强的女儿,小何护士答应着,但不知为什么,林又红觉得她似乎心里有事,眼睛虚虚的,不敢直视林又红的眼睛。林又红愣了一会儿,补充说:"那天晚上去电视台,麻烦你了,谢谢啊,也替我谢谢你先生啊!"

小何脸红红地点了点头。

林又红见她有些怪怪的,又说:"还有,去年我妈住在你们医院,真要谢谢你的照顾,我妈到现在还在念叨你呢。"

小何的头垂得更低了,声音也是又轻又弱:"应该的,应该……"话没说完,人已经急急地避开了。

林又红有些恍惚,也有些尴尬,这是那个热情周到的何护士吗,怎么现在变得这么奇怪,心里正疑虑,丁大强的老婆赶来了,林又红这才从社区医院出来。

走出不远的路,有个年轻人从林又红身后赶了上来,问林又红:"请问桂香街居委会是在前边吗?"

林又红说:"在前边,不远了。"一边朝他看看,琢磨着这么个大小伙子,到居委会办什么事呢,多管闲事的臭毛病又要冒出来了,都想开口问他"你到居委会干什么?"但最后还是压住了。

小伙子却显得有些激动,主动说:"我是到居委会去报到的。"

报到?报什么到?林又红脱口说:"难道你一个大小伙子,也去当居委会干部吗?"

小伙子立刻红了脸,说:"还不能算干部吧,我们还有实习期的,实习三个月,期满了,就叫居委会干事。"

林又红真服了他,又忍不住问:"你是大学生?"

小伙子说:"是,去年毕业的,一直没有固定的工作,今年考到桂香街居委会了。"

林又红更加惊讶:"大学生到居委会工作,还要考吗?"

小伙子说:"当然要考的,想进来的人也蛮多的。"

林又红说:"那你们考进来的,有正式编制吗?"

小伙子摇了摇头:"没有的,考编制哪有那么容易。"

林又红又问:"那你们算什么呢,合同工吗?"

小伙子说:"可能也不算合同工。"

林又红惊讶得愣了半天,才说:"那就是说,什么身份都没有,也没有单位和你们签什么约?"

小伙子说:"可能会签一个吧,协议之类。"

林又红想不通,说:"那和谁签呢,劳务市场?人才中心?"

小伙子说:"是和居委会主任签吧。"

林又红忍不住"扑哧"一声笑了,真是奇闻,和居委会主任签合同?受谁保护呢,受居委会主任保护?可是按照他们的说法,居委会可不是政府机构,它只是最基层的一个群众自治组织,自己保自己还保不准,还能和大学生签合同?林又红不知道这种规定、这种程式算是什么意思,所以笑过之后,心里不免有些酸楚,现在大学生找工作真的很难,但是再难再难,也总比……

　　林又红忍不住问小伙子:"你好好一个大学生,为什么到居委会工作?"

　　小伙子似乎对她的问题有点不明白,想了想说:"没有为什么呀,如果一定要说为什么,就是为了工作呀。"

　　他们边说话,边穿过小吃一条街,又碰上了一起事件,几个外地的顾客,围着一个烤肉摊嚷嚷起来,林又红上前一看,真是现世报,这卖烤肉的,正是丁大强。

　　双方嚷嚷几声,话音未落,已经开打,摊子掀翻在地,乱踩乱砸,周围的小贩又过来帮那个丁大强,现场乱成一团。

　　小伙子迅速从林又红身边赶到事发的中心,试图劝阻他们,但是他一个人势单力薄,没有人把他当回事,他就将自己的身体横在双方中间,搏打的双方,一时倒不能对着一个陌生人动手,暂时停了下来。有人问他:"你什么人?"

　　小伙子说:"我是桂香街居委会的。"

　　外地顾客顿时哄闹起来:"居委会算个屁,滚,滚开!"

　　另一个说:"你好好一年轻人,冒充什么不好,你冒充居委会吓人啊,你把自己那脸往哪里搁?"

　　小伙子委屈地说:"我没有冒充,我是居委会的,我今天就是来报到的,第一天上班。"

那几个外地顾客把小伙子扒拉到一边,说:"走走走,没你的事,居委会又不是城管,又不是卫生,管个屁事。"

小吃街的小摊贩知道居委会,虽然他们并不认得这新来的小伙子,却纷纷转向他求助,七嘴八舌,说了事情的原委。原来是几个外地的顾客,坐在这里喝啤酒,吃烤肉,每人吃了十几串,最后让他们结账时,他们说吃了肚子不舒服,肉是臭的,摊主多加辣多加胡椒掩盖臭味,硬是不肯付钱。

那些还没烤的生肉就搁在那里,臭不臭闻一闻就知道,但双方一吵闹,就失去理智,只顾打嘴仗。林又红过去闻了闻那些生肉,才发现自己想得简单了,那些肉虽然是生的,但已经滚上了过多的作料,它的原本的味道已经闻不出来了。

林又红这一上前,被大家认出来了,丁大强立刻喊道:"林主任,桂香街的林主任来了!"

另一个说:"有人给我们做主了。"

小贩们立刻神气起来,好像后台老板来了似的,挺直了腰板。

林又红恨不得找个地洞钻下去。

外地顾客一看这情形,以为冤有头债有主,现在债主送上门来了,立刻围到林又红身边,开始围攻说:"什么主任,狗屁主任,一看就知道和他们是连裆码子,穿一条裤子。"

林又红一听火气就上来了,打断他们道:"你们说话要负责任,你们人生地不熟,对我们桂香街什么也不知道,凭什么开口就胡说八道?"

顾客说:"我们对桂香小吃街早就有所耳闻,今天来试试运气,果然中招。你算是主任,还不赶紧捂着脸逃走,还敢跳出来,想包庇还是想怎样?"

另一个也骂道:"你主任?就在你眼皮底下,这些浑蛋坑蒙拐骗,用毒油毒盐毒肉害死人,你还好意思说你是主任?"

再一个接着骂道:"桂香街的都不是什么好鸟。"

又一个说:"还鸟呢,连鸡都不如!"

臭豆腐K佬和另几个小贩也过来了,他们见那些人围着林又红咒骂,急了,把林又红往旁边一拉,袖子一卷,上前就要打。

天哪,这可是桂香小吃街上的打货,连城管都打不过他们,几个外地顾客,哪里是他们的对手,真要打开了,保不准出大事。林又红赶紧喝住说:"住手,你们真不想在小吃街混了?"

其实本来她无辜被骂,心里够窝火的,换作任何另外的场合,她必定会和他们对骂,她的一张嘴,从来不是吃素的。但此时此刻,她知道自己必须冷静,如果这时候她也跳出来和顾客对立,岂不是真给那些为非作歹的小贩们撑了腰?

奇怪的是,如狼似虎的小贩们还真被林又红喝住了,不仅停住不动手,连嘴巴也停下了,林又红知道,他们是等她作决断呢。

天哪,这是要考验我的什么呢?

胆量吗?

智商吗?

无赖精神吗?

林又红在心里琢磨了一下,没有琢磨出到底该怎么办,只得先来以理服人的一套,抬高嗓门大声说:"丁大强,顾客在你的摊位上,吃了你的东西,有意见,完全可以提,提出来,大家讲实事求是……"

小贩们和顾客异口同声地说:"我们就是要讲实事求是,可是什么才是实事求是,谁来判断?"

林又红说:"什么是实事求是,就看他家的肉,到底是新鲜的还是臭的。"

大家又异口同声道:"怎么看?"

林又红说:"送去专门检验吧。"

大家接受了林又红的建议,双方各派两人,那还没到任的小伙子也自告奋勇,一起到菜市场的检验处,把滚上作料的肉清洗干净,再作检验,结果肉是正常的、新鲜的。

检验报告拿过来大家一看,几个顾客面面相觑,其中一个说:"没事最好,我们不是不想付钱,我们也不是吃霸王餐的人,我们是怕中招,中了招上医院的医药费用,是吃你几串肉的几十倍都不止的。"

另一个说:"既然质量没有问题,我们也放心了,肚子不舒服,可能是我们吃得太多了。说实在的,你这烤肉,还真美味。"

于是一边爽快地付了钱,另一边也客气地免了零头。

这些外地人最后离开的时候,说:"也不像传说的那样,桂香小吃街,也有好东西嘛。"

小贩们见事态平息了,而且皆大欢喜,都朝林又红看着,林又红可不想要他们感谢她,那可是黄鼠狼给鸡拜年,没安好心。她心下一紧,拔腿就走。刚走出几步,迎面来了个中年男人,朝林又红笑着,伸出手要和她握手,林又红愣了一下,也下意识地伸出了手。他握着林又红的手说:"林主任,我是凤凰街道的周书记,本来今天说好要到桂香街给你开欢迎会的,因为临时有事,参加不了了,我给余主任打电话,她说你上午一直没去,我不太放心,特意赶过来看看,结果在这里碰上了,我就放心了。"

林又红一时语塞,以他的口气,好像在这里碰到她,她就已经上任了。

不等林又红解释什么,周书记又说:"刚才我都看到了,你处理得很好,我就更放心了。"

林又红张了张嘴,不知说什么好。

周书记拿出一张名片递给她说:"林主任,你也知道的,桂香街是个非常复杂的社区,下面要辛苦你了,有什么问题,有什么困难,尽管找我——当然,我们街道党委一班人,都相信你,相信你一定能干好的——好了,我得走了,那边有个会还等着我讲话呢,我是从会上溜出来的。"

林又红看他的名片时,他又压低了声音说:"其实,他们摊贩都是准备两份的。"

林又红没听清楚,说:"什么两份?"

周书记说:"小吃一条街上每天都会有人找麻烦,有人检查,所以他们搞出手段来了,一般都会准备一份经得起检验的搁在一边,没人举报最好,万一有人举报,便拿出好的那一份送检。"

林又红一听,脑袋"轰"的一声,赶紧说:"你是说,刚才送检的……"

周书记说:"我不一定是指今天这件事,我说的是平时的常态,现在你到位了,你会慢慢了解这里的,你会……"

话音未落,人已经走出去好远了。

留下林又红一个人,手里捏着他的名片,站在那里发呆。

其实也不是林又红一个人,那小伙子就一直在她身边,街道书记一走,他立刻兴奋地对林又红说:"林主任,原来您就是林主任啊!"

林又红觉得奇怪,说:"你还没有到桂香街居委会报到,你怎么知道林主任啥主任的?"

小伙子说:"我早就听说林主任的事迹了,而且,反正,反正,好多人都知道您……"

林又红说:"你可能搞错了吧,早就听说的肯定不是我,我也和你一样,今天才去报到。"

话一出口,林又红知道自己已经彻底把自己的退路截断了。

第 17 章

到居委会门口的时候,林又红只听到小陈一声尖叫:"来了来了!"

里边的人一下子都拥了出来,傻呆呆地站成一排,个个小心翼翼地朝林又红看着,不知道要干什么,似乎想拍手,又不知道拍手好不好,似乎想说点什么,也不知道说什么好,一时间气氛十分古怪。

其实,即便是到了此时此刻,林又红也还是可以转身就走的,她又没有和谁签订生死之约,连普通合同也没有,连口头约定也没有,更没有对谁承诺过任何事情,现在即便一走了之,既不违规违纪,更不犯法。

她可以走。

但是大家早就看透她了。

她不会走了。

为了打破尴尬的气氛,林又红把小伙子推到前面,给大家介绍说:"这是新来的大学生,大家欢迎一下吧。"

大伙儿一下子不尴尬了,集中在林又红身上的注意力转到了小伙子身上,小伙子被闹了个大红脸,支吾着说:"我、我……"

小陈来劲了,上前朝他肩膀一拍,问:"喂,你叫什么名字?"

小伙子说:"我叫姜军。"

小陈"扑哧"一笑,说:"就你?你将军?瞧你个小身板,当个士兵也未见得有人要。"

姜军憨厚地笑道:"你别看我瘦,我皮实的,筋骨好的。"

小陈说:"丝瓜筋还谈得上筋骨哈。"

姜军似乎有点紧张,不知是否怕大家一开始就不信任他,赶紧说:"我真的身体很好的,我今天早晨,是跑步来上班的,不信、不信……"

小陈说:"不信你也找不到证人给你作证呀。"

林又红见他满脸尴尬,为他打个圆场说:"小姜,你住哪里?"

小姜说:"我住荷花塘。"

众人立刻"哄哄"起来,荷花塘在南州的西郊,离市中心的桂香街少说也有几十里地,他从荷花塘跑步来上步,这牛皮真是吹豁边了。

小姜大概也知道自己太心急了,说话没有说圆满,又赶紧解释说:"我是先坐地铁2号线,再转了地铁3号线,然后公交58路——下车的地方离这里还有三里地,我一看时间来不及了,我就跑步了。"

这线路听得大家一头雾水一头汗水,林又红不免有些替他着急:"你住那么远,这天天上班怎么办?"

小姜着急地说:"林主任,你放心,我一定不会迟到的,今天走了一趟,我有把握了,明天再早一点出门,保证不迟到。"见大家都疑惑地盯着他,又赶紧解释说,"我是租的房子,那边城乡接合部,从前的农民的房子,现在他们都迁到小区住了,他们自己的房子空出来了,房租比较便宜。我是和几个人合租的,分摊下来,租金可以接受。"

大家都停顿下来了,过了一会儿余老师疑惑着说:"现在居委会干部都要求属地化,你这属地,是属于哪里呢,这么远,他们怎么会安排你到桂香街。"

小姜的脸顿时通红,支支吾吾道:"是我自己、自己要求、要求的。"

小陈不客气地说:"你是骗来的吧,你没有向组织说明你住在哪里吧?快坦白吧,你为什么要到桂香街居委会来?"

小姜老老实实地说:"我在区里培训的时候,听到大家都说桂香街居委会,原来有老书记,现在有新主任,都是……"

林又红赶紧说:"你别扯上我,我不算。"

小陈得意地"呵呵"起来,说:"林主任,你厉害,你还没上班呢,名声都传出去了。"她见林又红脸色不好看,才住了嘴,转向小姜说,"你既然到桂香街居委会工作,就不能换个近一点的地方租房?你该向我学习学习,我就是冲着桂香街居委会离我家近,我才来这里上班的,你倒好,穿过半个城市到居委会来上班,少见。"

小姜"嘿嘿"一笑说:"没事,我本来就起得早,也正好锻炼身体。"

小陈说:"你傻了吧,我告诉你啊,你这样不行的,居委会工作,时间是没个准点的,不是死板的朝九晚五,说有事就有事,喊你你马上就得到,你住那么远,怎么能够好好工作?"

这一说,小姜有点慌了,喃喃道:"可是、可是——其实我也了解过桂香街附近的房子,房租实在、实在,太那个……"

明显是小陈在欺生,只不过这是他们年轻人之间的事情,林又红和余老师都没太往心上去。

余老师朝小陈丢了个眼色,小陈很快就丢开了小姜,回头拍林又红马屁说:"林主任,您到位了,桂香街居委会的所有难题,都会迎刃而解了。"

余老师也拍,说:"那是,居委会的工作,对林主任来说,肯定是小菜一碟。"

潘师傅向来憨厚,也不太会说话,这会儿竟也说出"有林主任坐镇,桂香街居委会就怎么怎么了"这样的话来了。

连刚刚来的小姜也加入了马屁行列,说:"林主任,我们参加培训的时候,都听说您了。"

这些马屁拍得也太没水平太直露,害得林又红浑身都起鸡皮疙瘩了。可他们就这境界,你想让他们拍出点水平来也不可能。林又红被他们拍得心里有点毛躁,但是再一想,他们也不过是想让她安心当主任罢了,也不能跟他们真生气,所有的事情,要怪,只能怪自己,心太软,不,不是心太软,而是气太盛,太自我感觉,太自以为是,太把自己当人物,太想显示自己的能力,太什么什么,总之最后是亲手把自己摁到了这个岗位上。

不多说了,说也晚了,开始吧。

余老师把林又红领到"主任办公室",指了指说:"林主任,这是你的办公桌,另外一张是我的,我们条件有限,你多担待。"

林又红借机说:"我几次来,都看到小陈坐这里,我以为是她的办公室呢。"

余老师说:"小陈是干事,干事都在外面服务窗口那儿办公。"

小陈也挤了进来,在林又红身后嚷起来:"林主任,我和他们不一样,我来的时候,封我是主任助理的,后来才有了干事这一说,我就降成干事了。"

林又红说:"有区别吗?"

小陈无赖地说:"怎么没有区别,干事就是要干事的,助理嘛,只要助一下就行了,等于一个是自己挑担,另一个是帮别人搭把手。"

林又红横了她一眼说:"那你来了两年,搭了多少把手?"

小陈装蒜说:"我想想啊。"一边还装模作样地掰着手指头说,"一件,两件……"

在外面窗口办公的干事小金喊了起来:"陈菲、陈菲,你来搭把手吧,这里都排了长队了。"

林又红朝外一张望,果然,不知不觉中,外面到窗口排队办事的居民多了起来,小金一个人忙着,速度比较慢,有几个居民急躁起来,说:"怎么搞的,这么多人围在主任办公室,有时间磨嘴皮扯闲话,不过来办公,什么服务态度!"

小陈一听,就跳了出去,说:"怎么啦怎么啦,我们主任今天刚刚到任,我们不要向她介绍情况吗?"

居民说:"我是来找你们办事的,你们主任什么时候来,不关我事,我来了,你就得快点给我办。"

小陈才不服,回嘴说:"急什么急,买个东西还要排队呢,你办这么麻烦的事,一来就想……"看起来还滔滔不绝有的说头呢,小金赶紧打断她说:"哎哟,陈菲,你有时间说这么多废话,还是坐下来办吧,你又不像我,我一个高中生,本来对网络电脑之类就惧怕的,我这只被赶着上架的鸭子倒在拼命做,你做起来动作又快,准确度又高,你倒有时间说废话。"

小陈被小金这么一说,倒没再回嘴,就坐到窗口位置的电脑前,立刻队伍的人中有一大半,移到小陈这边来了。

小陈一看,又恼了,挥着手嚷嚷说:"干什么,干什么,都过来干什么,队伍分分开,匀一匀。"

并没有人听她的话,虽然小陈嘴巴凶,大家却都愿意排在她这边,也搞不清怎么回事。小陈又懒又赖,这么多人缠着她,也真是应该。

好不容易窗口那边安静了一点,余老师又给林又红介绍说:"现在的居委会工作,都要跟上时代,都更新换代了,所有办理事项,全部都要联网,我们桂香街因为人员老化,搞得比较迟了,去年才刚刚搞定,但是懂这个的人手还是太少,现在好了,一下子你和小姜来了。"

小姜赶紧说:"我已经培训过了,我知道怎么操作,我现在就开始上班吧。"

余老师把他领到窗口小陈旁边的那个位子,说:"你慢慢来,先试试,不懂的问小陈。"

小陈立刻翻白眼说:"别问我,我忙不过来。"

小姜赶紧说:"我自己学,我自己学。"

明明又多了一个窗口,可是那些排队的居民,只是朝这边张望张望,一个也不肯排过来。

小姜有些着急,大声说:"你们过来排吧,我就是学这个的。"

仍然是观望,没有人动弹。小陈得意地笑着说:"喂,将军,你嚷嚷吧,他们又不是你的士兵,不会听你的,不要说你是学'这个'的,就算你是学'那个'的,也一样没有人气。"

大家都笑了起来,有几个人性急,跑到小姜那边去了。

办公室里余老师继续对林又红说:"现在就我和潘师傅落伍了,跟不上了,我在这里占了居委会工作人员的名额,却抵不上一个人用,只能算半个人——半个也算不上,算小半个人。潘师傅比我还不行,就成了修理工,我呢,只会动动嘴皮子,劝劝架,我们两个加起来,也抵不上一个人。"

余老师带着林又红在四周看了看,桂香街居委会办公条件很差,外面是一条狭长的地方,窗口是办理各种手续、出各种证明、盖各种章,林又红注意地看了看墙上贴着的窗口服务内容,不看不知道,一看吓一跳,光盖章项目的就有几十项:

流动人员子女需要社区出具当事人居住一年以上的证明;

申请最低生活保障、医疗救助、临时救助、自然灾害救助等居民基本情况证明;

申请高龄津贴资格核实证明;

居民申请法律援助的家庭生活困难证明;

矫正对象在社区服务情况证明;

法律援助案件中子女赡养老人的情况证明;

初婚未育和再生育资格核实证明;

学生申请学龄前杂费减免、助学金补助的家庭生活困难情况证明；

市区企业退休人员社会化管理属地接受证明；

学生寒暑假参加社区活动情况证明；

……

林又红看得眼花缭乱，余老师在一旁说："林主任，以后慢慢看吧，不是一下子记得住的。"

林又红眼睛又往两间办公室的上方一看，我的妈呀，这里的内容也不少，那间"主任室"的门框上方，至少挂了十多块牌子：

书记主任室

副主任室

妇联工作室

社区工联会

社区关委会

共建委员会

在职党员联系站

党员先锋驿站

社区党群之家

少数民族之家

民族宗教工作室

……

另一间的上方,更多:

　　淑琴调解室
　　文化信息资源共享室
　　阳光网络教室
　　青少年电子阅览室
　　未成年人网络教室
　　阳光宝宝亲子室
　　妈咪悄悄话语屋
　　家用电子免费维修室
　　……

　　这一间比主任办公室那一间更加杂乱,里边堆满了各式各样的小电器、小杂物,像手电筒、电饭煲、收音机、闹钟、电水壶等等等等。

　　余老师又介绍说:"这一间,既是调解室,又是潘师傅的修理室。不过潘师傅也不仅是在这里维修,他还上门服务,都是免费的,比如哪个小区楼道灯坏了,比如……"

　　林又红说:"我知道,潘师傅去我家服务过,但是我觉得很奇怪,不能理解,像这样的事,小区楼道灯坏了,家里燃气灶的问题,都要叫居委会修理?"

　　余老师说:"如果小区的物业比较好,那么他们不会来喊居委会。可是我们桂香街有许多小区,七八十年代造的那种,根本没有物业,也无人管理,有许多原单位都早已经不存在了,或者合并到别的单位去了,没人管了,肯定要来找居委会的。"

林又红又看了看"淑琴调解室",余老师在一旁说:"淑琴就是我们老书记李淑琴,她人都不在了,我们前几天也商量,要不要换名字……"

前面林又红虽然来过几次,但从来没有留心、当然也不必留心这里的办公情况,现在她不免有些发愣,桂香街居委会的办公条件这么差,却承担了这许多的工作,其中还有许多事情完全是义工性质的,并没有人规定一定要居委会做,但是既然居民找上门来了,居委会也是推不掉的。

一点点地方很快就转完了,最后余老师指了指栏杆外的一个大平台说:"这里有个大平台,一下雨,水就沿着平台倒灌进来,我们只好沿着这个墙角边,用石灰水泥堵,雨大的话,还是堵不住,到时候居委会里就水漫金山啦。"

林又红探头看了看,外面这个平台确实很大,整个面积超过现在居委会的办公面积,平台上乱七八糟,堆放着许多杂物,看起来根本没有派上什么用场。

林又红问余老师:"这个平台是干什么的,怎么没有利用起来?"

余老师说:"唉,老书记在的时候,已经筹划很长时间了,想把它用起来,改成办公用地,如果真的能够做成,我们就宽松多了,图纸都请人画好了,可是跑了多少次,一直跑不下来。"

林又红说:"是房管规划跑不下来吗?"

余老师摇头说:"何止是规划,没有一处能跑下来的。"

林又红犹豫了一下,觉得还是要把话说出来:"能不能再试试？要是能把平台利用起来，办公条件就改善多了。"

林又红正等着听余老师的态度，忽然听到楼梯上"噔噔噔"有人冲上来了，抬头一看，是那个曾经抱着孩子到林又红家楼下喊蒋主任的丁大强，手里捏着一沓纸，冲着林又红一边扬一边喊："蒋主任，蒋主任，我孩子的医药费，到哪里报销？"

余老师赶紧纠正他："不是蒋主任，是林主任！"

丁大强的手仍然挥舞着："我管你什么主任，总之你是主任，我孩子看病的钱……"

余老师打断他说："丁大强，你昨天已经来过，我已经和你说过有关政策和规定了，居委会真的不能帮你办，你想想，如果是能帮你办的事，居委会怎么会不办呢？"

丁大强气愤地说："你以为我会相信你们吗？政府是什么？政府就是说话不算数，明明我们都符合低保，为什么不能报销医药费，你让我们拿吃饭的钱给孩子看病，病没看好，人都饿死了，这就是你们政府给我们的政策和规定？"

小陈正在埋头给居民办理手续，忍了一会儿，忍不下去了，又跳了起来，和丁大强对骂说："你骂政府，你找政府去，这里不是政府，这里是居民自治组织，居民自己管自己，你来这里无理取闹，影响我们办公，我们就不办公。"

说着把手里的活一砸，"啪"的一下，居然关了电脑，正在办理手续的那个居民急了，她不怪小陈，倒去怪丁大强，责怪他说："你还好意思跑到桂香街居委会来闹，你又不是这里的人，你哪里来的滚回哪里去。"

另一个等着办事的居民也接着说："都怪你们这些外地人，把我们桂香街搞臭了。我们桂香街，原本可是有名气的地段。什么叫桂香街？就是桂花香十里。从前多远的人都闻到香味赶过来，现在呢，你们这些外地人一来，桂香街可以改名叫桂臭街了。"

丁大强不光不能报销孩子的医药费，还被大家攻击，气得拍桌子打板凳，吼道："放你娘的狗臭屁，臭味是我一个人搞出来的吗？我一个人有那么大的本事，我也不用在这里像个叫花子似的跟你们乞讨了。"

林又红感觉耳朵都要被他们吵炸了，一边赶紧对小陈说："打开电脑。"一边把丁大强请进办公室，给他倒了一杯水，让他平静一下。

丁大强不喝水，只是把手里的那沓病历卡和医药费用单塞给林又红，余老师想阻挡，说："你不用给林主任，给林主任她也不能……"

但林又红还是接了过来，看了一下，才知道丁大强孩子情况不是太好，已经看了好几家医院，赶紧问丁大强："你自己到底搞没搞清楚，孩子是吃了哪家的东西、吃的是什么东西？"

丁大强说："怎么不清楚，就是隔壁摊上的酱牛肉。"他从林又红手里又拿回病历卡，翻开来给林又红看，"蒋主任，林主任，主任，你看、你看，医生这么写的。"

医生的字龙飞凤舞实在看不清，林又红仔细辨认了一会儿，勉强看到什么"杆菌"几个字。她说："如果真的有证据，可以告他的，让他赔偿医药费用。"

丁大强冷笑一声，开口又戗林又红说："主任，你肯定是有钱人，你叫我打官司，我要是有钱打官司，那钱我还不如给孩子看病呢。"

林又红说:"我们有法律顾问,是义务的,帮你打官司不收钱。"

丁大强一听,又嚷道:"什么玩意儿,义务的?不花钱的?不花钱能有什么好货,现在花钱都请不到好律师。你们都不舍得花钱,还想打赢官司?"

林又红一边瞪了丁大强一眼,一边问余老师:"桂香街社区居委会这么大的范围,怎么只有一个义工律师,没有专门聘一位律师?"

余老师摇头说:"我们聘不起的,林主任,有些情况正好向你汇报一下,我们居委会六个干部,全社区人口超一万人,一个月的工作经费,街道只给我们两千元。"

林又红吃了一惊,一瞬间似乎完全没有了金钱的概念,脱口就问:"两千元,什么意思,两千元是干什么的?"

余老师说:"唉,什么都得干,那事可多啦,我说也说不尽。"

小陈就没有好好安心做事,一直在外面侧耳倾听里边的动静,这会儿她又来劲了,跳起来在外面大声说:"我记得,我说得清。"就开始报起来,"宣传墙报月月换,要钱吧;文艺活动排练修理乐器,统一服装,要钱吧;修理电器小配件,要钱吧;请老师讲座要杯茶吧,老年食堂伙食要补贴吧,放学后代管小孩要给点吃的哄一哄吧,改造厕所,吃喝拉撒……"

别说是林又红,连那个丁大强也听得目瞪口呆,暂时都忘记了自己的强烈诉求。

小陈还在继续念经:"水费电费网络费车库路灯下水道……"

余老师说:"好啦,好啦,过瘾了吧?"

小陈说:"过什么瘾,你不把情况跟林主任说清楚,她还以为她掉进蜜罐子里了呢,哈哈哈……"

这妖精,当初哄林又红进来的时候,是那样一副嘴脸,现在把人哄进来了,立刻换了一副嘴脸。

林又红不由得想,看起来,我还真不是她的对手。

丁大强只得退了一步,勉强说:"义工就义工吧,总比没有律师强一点,他人在哪?"

林又红回头问余老师:"刘律师是在赵园子律师事务所吧?"

余老师摇摇头说:"刘律师不在律师事务所上班,他是退休律师。"

丁大强重新冒起来的一点希望,被"退休律师"几个字又打下去了,立刻毛躁起来:"我说呢,谁肯来给你们当义工律师,原来退休了,他们弄个老头来哄哄你们,你们再哄哄我,政府就是靠哄人吃饭过日子喽。"

明明是来求人的,还横眉立目,林又红已经忍了半天,实在忍不住了:"丁大强,靠你骂人就能把事情解决了?"

丁大强说:"我想骂人吗?我不想骂人。可是我不骂人行吗?你换到我的处境来试试,看你骂人不骂人!"

小陈又横插进来说:"哎哟,真的好可怜哪!"

丁大强说:"我不需要你们可怜。"

小陈毫不客气地打断他说:"你可怜?我是要说,可怜之人,必有可恨之处,你想想自己平时的所作所为,就知道落到今天的下场,真是因果报应。"

丁大强虽然人高马大，气势强盛，但嘴巴说不过小陈，怒道："你对居民什么态度，我要投诉你。"

小陈得理不饶人："你投呀，你投呀，你投了我正好走人——我早就总结出来了，什么鬼地方，有房有钱不找你，有吃有穿不靠你，各项义务不理你，有了问题缠死你，解决不好骂死你。"

眼看着他们又互掐起来，林又红气得说："怎么，居委会是相声剧场吗？你们没完了？"

林又红一板脸，大家暂时都闭了嘴。林又红又说："废话没用，无论怎样，我们得请教律师。"

一看到余老师要打电话，丁大强忽然心虚起来，支吾着说："其实、其实，非要找律师吗，律师和城管公安都是连档的吧。"

小陈立刻戳穿他说："你看看、你看看，暴露了吧，你还告人家，人家没告你，你就上上大吉了吧，自己做的什么，自己心里有数噢。"

丁大强说："我暴露什么，我没什么可暴露的，我是不想白费力气，就算你们找到律师，就算律师说可以打官司，就算我真的有证据证明我小孩是吃了他家的东西生的病，就算最后法院判下来，我是必胜……"

林又红说："你不就是要的这个结果吗？"

丁大强说："这哪是什么结果，这个结果没用的，他不会承认的。就算他承认了，他拿什么赔我？他和我一样——就算警察把他抓进去，就算法律把他关进去，他也赔不了我。"

小陈说："你其实想得蛮清楚嘛，很懂道理嘛，怎么一到居委会你就不讲理了呢？"

丁大强突然愣住了,过了片刻,又突然呼天抢地喊起来:"天哪,我不找你们找谁呀,我到哪里去评理呀,我无处可去呀。"

排队办理各种手续的居民也是各色人等,一时忘记了自己来居委会要办的事情,也都参与起讨论来了,七嘴八舌地说:"就是,居委会就是代表政府的,有事不找居委会,找谁?找政府?"

有人立刻接茬儿说:"找政府?你找得着吗?大门你都进不了。"

再有一个说:"政府门口倒是有个信访室,排队进去,你说什么,他记什么,蛮有耐心的,态度也很好,然后告诉你,回去等消息吧。"

大家气着气着又哄笑起来,一个说:"回去等呀等呀,等得头发都白了,政府的消息还没有来。"

最后终于又归结到居委会,说:"还是居委会好找一点,每次来,总有个说法。"

却也有人不同意,说:"好什么好,我们莲花巷地段的地下管道堵塞问题,我都来了多少次了,解决个屁,你们去看看齐三有的面店,成臭豆腐店啦。"

小陈不高兴了,反驳他说:"你该把责任分清楚,下水道的事情,是居委会管的吗?"

那人说:"居委会至少要负责传递居民的意见给上面嘛。"

小陈不客气地说:"你知道我们传递了没有呢?"

那人不吭声了,旁人说:"那倒是,凭良心,老书记在的时候,没少给我们跑,可是……"

丁大强见他们瞬间就把话题扯远了,着了急,说:"你们扯下水道干什么,我孩子的医药费还没着落呢。"说话间手机上来短信了,他低头一看,一着急,把那一堆病历和药费单往林又红的办公桌上一扔,说,"我得做生意了,这事我不管,就给你了,过两天我来拿钱。"说完转身就走。

其他人又是七嘴八舌议论纷纷,说什么的都有,林又红问余老师:"真的一点办法也没有?"

余老师说:"只有替他申请医疗救助。"

林又红立刻眼睛一亮,说:"能够申请到吗?"

余老师十分为难,停了一会儿才说:"林主任,你可以到街道去了解一下,能解决多少是多少,解决一个是一个吧。"她稍一停顿,又补充说,"本来我可以去的,但是圆通巷那儿的违章问题,我得去看一下,不能让他们强行建起来,建起来了,就麻烦,再拆就很难了。"

林又红点了点头说:"我去,正好熟悉一下情况。"

时间快到中午了,外面窗口排的只剩一两个人了,听说林又红要去街道了解情况想办法,小姜赶紧自告奋勇说:"林主任,我和你一起去,我也要尽快熟悉起来。"

小陈"哼哼"了两声,说:"将军,你倒蛮积极啊。"

小姜憨厚地说:"这就是我们的工作呀。"

小陈被小姜的憨厚闷了一下,随即又攻击小姜说:"你积极有屁用,连个合同工都不如,交了五险,都不到两千块。"

小姜说:"我知道,但是现在外面工作难找,我也试过好几个单位。"

小陈说:"你以为这里就能留住你?我们前面也有个男的,

帅哥,肯定比你能干,干了两年,谈了五个女朋友,全走了,最后他也走了——你还是识相一点,早点想办法撤吧。"

小姜有点担心地看看林又红,又看看余老师,小心地说:"这不是我的想法,这是她说的。"

林又红起身往外走了,小姜也赶紧跟上,奇怪的是,小陈也站了起来,说:"我这儿完工了,我也跟你们一块儿去。"

林又红有些奇怪,不过没等她发问,余老师就阴阳怪气地说:"今天太阳从西边出来了。"

小陈说:"那也难说,不是没有这种可能,凭什么太阳就得天天从东边升起呢。"

小姜大概没有领教过这样的歪理,但又不敢笑话小陈,憨憨一笑,随着林又红走了出来。小陈已经到了前边,面向他们,倒着走路,边走边说:"嘿,将军,你还蛮会拍马屁啊,一来就拍上主任,是很想进步的节奏啊。"

小姜脸通红,结结巴巴地说:"没有,没有,我只是想、想早一点了解情况、早一点熟悉工作,没有、没有那个意思。"

小陈"哈哈"大笑,说:"没有'那个'意思,'那个'到底是哪个意思?是没拍马屁的意思,还是没想进步的意思啊?"

林又红看着他们,心中十分感慨,经济条件相差如此之大的两个年轻人,却共同在一个居委会工作,她无法想象他们的未来会有什么样的差别。当然,她也不会去想象他们的未来,她自己的未来在哪里她都不知道。

第 18 章

居委会帮助丁大强补助一部分医药费,林又红和小姜一起送到丁大强家去。

丁大强和小吃街上的大部分外来人员一样,租住在那个破旧不堪的菱塘角小区,一个三十多平方米的两居室,合住着三户人家,两家各占一室,另一家就住在中间的门厅,另两家人进进出出,都要经过门厅,住门厅的这一家,等于是住在大庭广众之下,完全没有一点隐私。林又红推了推门,发现门没关,推开门进去,定睛一看,吓了一大跳,黑咕隆咚的门厅里,一对青年男女正抱在一起,林又红正进退两难,那对男女却完全不在意,男的还挺客气:"没事没事,你找谁?"

说话时两人仍然搂抱在一起,没有分开的意思。

丁大强那屋的门也开着,他在里边看到林又红他们了,不知为何却想避开不见,不肯出来。林又红和小姜根本踏不进里屋去,里边各种杂物,简直就是个破烂王国,根本站不了人。林又红赶紧在外面说:"丁大强,你报销的医药费我们给你送来了,你出来拿一下吧。"

门厅的那对男女也有些催促的意思,男的说:"丁大强,你快点,我们还要办事呢。"

丁大强不肯出面,他老婆却从里边横了出来,一把接过钱去,数了数,生气地说:"怎么只有这一点?"

丁大强立刻把他老婆一扒拉,推到一边,骂道:"死婆子,不知道说声谢谢,还嫌少,除了主任,谁会到我们家来给送钱?"

老婆说:"我不是不想谢谢,我实在、实在——这点钱,还欠债都不够呀,我……"

丁大强又骂老婆说:"就你穷命,你还想要多少?"

林又红和小姜走出来,又忍不住回头看看丁大强的住处,叹息了一声说:"唉,这条件确实太差了。"

没料到小姜说:"其实,我租的那个地方,比这里还差呢,这里还是城里人的房子,只是年代老了一点,设施旧了一点,至少还有自来水、抽水马桶呢,我们那里,是农民的房子,是农民都不愿意住的房子,不仅破旧,还脏,根本就没有什么设施,我们基本上都是和猪羊生活在一起。"

林又红吃了一惊,问小姜:"你家有什么特殊困难,你的经济条件这么差,还是……"

小姜没有说家庭经济情况怎么样,只是说:"那里的房租比这里便宜多了,这里的人,要做小吃街的生意,所以不能住得太远。我还好,我可以早一点起来。"

本来林又红的心思都放在小贩们身上,想着怎么帮他们解决老大难的占道经营问题,没想到小姜的情况也这么糟糕,心情忽然就沮丧起来,天底下那么多的难事,谁能一一解决得了?

小姜虽然年轻,又是男孩子,却十分能够体察人心,他赶紧对林又红说:"林主任,我们年轻,刚从学校出来,吃点苦受点累,是正常的,现在不吃苦,不积累,怎么可能改变命运、改变环境呢。"说了几句,他赶紧把话题从自己身上引开,说,"林主任,我们现在是往城管大队去吧?"他见林又红有些奇怪,解释说,"我看你特意绕了路,猜的。"

小姜看起来憨厚,其实却很机灵,他才来桂香街居委会几天,不仅能够猜到林又红的心思,路况都已经蛮熟悉的了,看起来要比小陈小金她们几个可依靠得多,林又红不由得说:"小姜,其实到城管大队,我也没抱多大希望,他们反而会怪居委会多管闲事,居委会又不是执法单位。"

小姜又点了点头,没再说什么,也没再猜什么,迎面就看到夏老三开着城管执法的摩托车过来了。林又红见夏老三又穿上了城管制服,奇怪地说:"夏必全,你不是被停职了吗?"

夏老三说:"停是停了,可是又复了。"他见林又红满脸疑惑,赶紧解释说,"不过不是我要复的,实在是我们城管人手太少,我们领导一定要叫我复,我又来自讨苦吃了。"

夏老三一出现在小吃街,大家立刻哄起来,冷嘲热讽的,当面指责的,开口就骂的,一片嚷嚷,火药味又浓起来了。

"夏老三,你这么快就又官复原职啦?"

"真不要脸,装模作样,还停职,还处分,到头来,还不是换汤不换药!"

"换汤?哪里换了,汤也没换,不还是他吗?"

夏老三说:"天地良心,我冤枉哪,我算什么官复原职,我从来就不是什么官。"

立刻有人打断他说:"怎么不算,吃官饭的就是官!"

夏老三说:"哎哟,吃什么官饭呀,吃官司还差不多。"

大家哄堂大笑,气氛和谐得像兄弟姐妹似的。林又红有点蒙,早知道这地方的人,个个都是变脸王、变色龙,但仍然是十分不适应。

果然,夏老三等大家笑过,就说了:"笑归笑,我还是要跟你们耗,一直耗到底。"正说着话,一眼看到一个乡下妇女在路边守着两个筐卖杨梅呢,夏老三悄悄地从她背后绕了过去。

不知道是没有经验,还是生意做得太投入,这乡下妇女完全没有注意到夏老三已经出现在她的身后,等到发现周围的小贩都纷纷抄起担子筐子逃跑的时候,她才反应过来,回头一看,顿时魂飞魄散,但是已经迟了,她的两筐杨梅已经被夏老三扣下了。

乡下妇女死死拽住筐系子,差不多半个身子都要横在地上了,嘴里不停地央求着、解释着:"师傅、师傅,放过我吧,我是自己家里种的,新鲜的,不上药的,你闻闻,要不,你尝尝。"

夏老三说:"我不要尝,不是你新鲜不新鲜的问题,这地方不能卖,不能摆摊。"他尽量用耐心和气的语气告诉农妇,"规定有几个地方允许摆放流动摊点的,但是这里不允许。"

"可是这里人多,生意好呀。"农妇可怜巴巴地四处看看,再看看夏老三的脸色,说,"我不知道这地方不能摆,我真的不知道,我乡下出来……"

夏老三手指了指说:"这条街的两头,街的中央,到处张贴着不准乱设摊的标语,这么大的字,你看不见吗?"

农妇说:"师傅,我不识字的,我文盲呀。"

夏老三说:"你上次来还说你初中辍学的呢,怎么今天成文盲了?"

农妇说:"不是我,不是我,上次肯定不是我,你认错人了,我今天是头一次出来。"

夏老三说:"不管是不是你,反正这里不准摆摊,你摆了,就是违章,就要没收。"

农妇一听没收,立刻哭喊起来:"我真的不知道这里不能摆摊,我看他们都在卖,我也卖一点,你不能没收我的,我是花了大本钱批发来的,现在批发价比从前高多了。"

她刚才明明说是自己家种的,现在变成批发来的了,不过夏老三见多了,也不和她计较到底是哪里来的杨梅,只是说:"等黄鱼车过来,杨梅要装上车的,筐子会还你的。"

农妇哭得眼泪鼻涕直淌,一边甩鼻涕一边说:"我看见别人在卖枇杷、卖桃子,我就过来卖杨梅,为什么他们跑走了,你就抓我?"

夏老三倒被问住了,围观的人哄笑起来,说:"你长得靓,又跑得慢,不抓你抓谁?"

农妇继续向夏老三求饶说:"师傅、师傅,我明天保证不来了,你把杨梅还给我吧。"

夏老三说:"你还想讨回杨梅,不光要没收,还要罚款呢。"

农妇更是哆哆嗦嗦,担心地问:"师傅,要罚多少钱啊,不会罚很多吧?"她一边问一边翻出衣服口袋,"你看,你看,我只有这几块钱,刚刚赚到手的,还热乎呢。"一边把钱拱手交给夏老三,"师傅,给你钱,你把杨梅还给我吧,我不卖了,带回去给小孩吃。"

夏老三戗她说:"你儿子去年不是上大学了吗,你这把年纪又生了二胎吗?"

农妇果然被戗住了,不过她也没有觉得难为情,仍然是"求求你,饶了我,我再也不敢了"。

看起来这矛盾的双方互相都是老熟人了,这种管理,一会儿电闪雷鸣,一会儿嬉笑怒骂,既像是认真的,又像是闹着玩呢,夏老三见林又红有些茫然地呆站着,赶紧过来叹苦经说:"林主任,你也看到了,桂香小吃街虽然臭名在外,可是过来混的人却越来越多,真是烂肉招苍蝇,你看看这街道,完全占得没有街道了。"

林又红看那农妇十分粗糙的手还一直死死拽着筐系子不放,不由得说:"这些人,大概也没有什么一技之长,得有口饭给他们吃呀。"

夏老三说:"林主任,给他们吃饭的,我们有固定的摊点位置,定点就定在……"

夏老三话音未落,旁边的小贩立刻嚷嚷起来:"什么定点,眼屎一点大的地方,能摆几个摊?"

另一个也嚷:"早来的早摆,没道理的,搞得大家都不要睡觉了,晚上就睡在摊上,要不就打破头吧。"

林又红询问说:"不能再设一点流动点吗?"

夏老三说:"有啊,流动点一般只能设在早上,卖早点。可是允许他们卖了早点,就赶不走他们了,流动也就成了定点。更何况,无论是流动的,还是定点的,人多摊位少,给谁不给谁,又是一场祸。唉,我是千不该万不该,就不该吃了城管这碗饭。"

小贩又哄闹起来,说:"夏老三,你不要脸,抱着金饭碗喊饿。"

又一个干脆说:"夏老三,你不想当城管你别当了,让给我当吧。"

他们起哄和调侃,夏老三也不生气,只是朝他们笑,林又红在一边看着,感觉城管和小贩,多年的对手都成老友啦,打也打过,骂也天天在骂,和风细雨也来过,耐心细致的工作也做过,就是永远解决不了矛盾。

不远的地方,吵闹的声音大了起来,往那儿一看,原来是夏老三的一个同事,抓住了一个残疾人摊贩,他倒不像农妇那样麻木,早就看见城管过来了,可是因为腿脚不便,跑不快,被抓住了,在那儿嚷嚷:"不算数的,不算数的,你们今天不是不来吗?"

夏老三的同事说:"谁告诉你我们今天不来?"

残疾人说:"你们昨天来过了呀,不是隔一天才来的吗,怎么变成天天来啦?你们天天来,我们怎么吃得消?"

夏老三的同事说:"天哪,你们吃不消,还是我们吃不消,我们天天从早市忙到夜市,三更起,半夜还没得睡啊。"一边说,一边直朝小贩作揖说,"文明检查了,求求你们了,过两天再出来吧,求求你们了。"

残疾人说:"过两天出来,可以呀,这两天你们免费供饭。"

旁边的人又起哄:"听说城管大队食堂的伙食不错,我们也尝尝鲜去。"

残疾人眼看哀求无用,逃脱不掉,干脆骂起人来:"别以为我不知道,你们嘴巴又馋了吧,抢了我们的东西,都是你们自己吞吃了!"

夏老三的同事耐心解释说:"师傅,你搞错了,我们城管是没有没收权力的,只是暂扣。"

不等那残疾人说话,旁边的几个小贩已经哄骂起来:"暂扣个屁,只看见你们扣,没看见你们还。"

夏老三见同事应付不过来了,过去帮腔说:"那是因为你们没来接受处理,不接受处理,东西就不能还,这是规定。"

大家又哄说:"规定是你们自己定的,规定就是规定你们可以抢我们的东西吃!"

夏老三苦笑,指着农妇的杨梅和残疾人的花生说:"你们根本不懂我们的工作程序,这些暂扣物品,都是严格入库出库的,都有登记,还要拍照片拍录像,我们才不会动你的东西,又不值钱,占这点小便宜,要丢饭碗的,你说值得吗?"

正纠缠着,天忽然下起雨来,雨越下越大,小摊贩四散的四散,躲雨的躲雨,也有带着伞的,赶紧打开伞,护着摊上的吃食。一个小贩身上淋了个透湿,却在那里喊:"哎呀呀,哎呀呀,我的面饼呀,我的面饼呀!"

夏老三连忙把林又红拉到路边的警务室躲雨,林又红看着在雨中狼狈不堪的小贩们,看着冒着雨还在购买吃食的顾客,不由得说:"夏必全,真的就那么难吗?这么大一座城市,桂香街这么大的社区,给他们找一点经营场所,就真的没有吗?"

夏老三犹豫了一下,说:"场所倒是有的,但不可能是给他们的,也不是给我们的。"

林又红眼睛一亮,赶紧问:"桂香街一带真有合适的场所?

为什么不能做做工作,努力一下?"

夏老三摇了摇头,叹息说:"那可不是我们这些下里巴人能够说上话的,区政府和街道都动过脑筋,都沟通过,但是根本没门儿,人家好端端的大楼,是要做大项目的,怎么会理睬小摊贩?怎么可能给小贩开小吃店?"稍一停顿又说,"再想得美一点,就算人家有这个想法,愿意给小摊贩提供店面,可是这些摊贩们哪来的钱付房租,除非人家同意先做后付。"说着自己打了自己一个嘴巴,"这张嘴,抹了蜜,呵呵,做梦吧!"

林又红却还在追问:"夏老三,你说的,到底是哪个楼?"

夏老三摇头,不肯说,但是他却控制不住自己的眼睛朝着某个方向张望。

林又红顺着夏老三的目光看过去,顿时明白过来了。

金吉大厦!

林又红一下子激动起来,豪情立刻升了起来,脱口而出:"金吉是准备开酒店的,地下一层,还有,地面一层两层,肯定是要做餐饮的。"话音未落,刚刚升起来的豪情,立刻又熄灭了。

夏老三观察着林又红的脸色,她心里一凉,夏老三就感觉出来了,夏老三心里也凉了。雨小了一点,摊贩们又纷纷出来了,夏老三又赶紧出去了,站在街上嚷嚷:"收吧收吧,马上还要下更大的雨,不骗你们,天气预报报的。"

小贩们又和他耗上了,说:"夏老三,你心好黑,你恨不得天天下雨。"

"天天下雨?他恨不得天天下冰雹吧,饿不死我们,也要砸死我们。"

夏老三又和他们嚷成一片,林又红听着这些嘈杂的声音,慢慢地离开了小吃街,声音渐渐地远去,但是"金吉"两个字,却已经固执地占据了她的内心。

林又红犹豫了半天,终究拗不住追究到底的脾性,给赵镜子打了电话,说:"江重阳是不是真的接手金吉了?"

赵镜子一听,"啪"地就挂断了电话。

林又红知道,江重阳真的到金吉去了。

同时她也知道,夏老三的想法、她的想法,都无法实现了。

无论如何,她也不可能去求助江重阳。

林又红心情灰暗低落,复杂中又夹杂着一些怀疑,似乎冥冥之中,有一种说不清的力量,在拉扯她,或者是在推动她,这种似是而非的力量,是来自于江重阳吗?

林又红不想再往深处想,但是她的思绪却不可控制地要往深处去想。

街道周书记给她发了个短信,问她有没有空,想约她去街道谈工作。林又红如遇救兵,匆匆往街道办事处去,只有有了新的任务和工作,才能强行阻断那些不该去想却又抛弃不开的念头。

林又红走进周书记的办公室,一下子愣住了,坐在周书记办公室沙发上、跷着二郎腿、嬉笑着的,正是江重阳。

因为沙发比较低矮,要跷二郎腿,身子就倾斜着了,看起来像是半躺在沙发里,好不惬意。

周书记坐在办公桌前,看到林又红进来,赶紧站起来,江重阳却不动弹,周书记抱歉地朝林又红笑了笑,似乎是在请她谅解。

林又红一边转身离开,一边说:"周书记,你有客人,我下次再来吧。"

周书记赶紧说:"林主任,你和江总,都是我的客人。"

林又红瞥见江重阳嘲笑的样子,心里来气,对周书记也不客气了,冷戗戗地说:"周书记,我不是你的客人,我是你的部下。"

说得周书记脸上有点不自在了,江重阳这才放下二郎腿,坐正了身子,对周书记解释说:"没事没事,我和林又红——不不不,是林主任,可是,我怎么觉得喊林主任怪怪的,得了,还是林又红吧。周书记,我和林又红是老熟人了,太随意了,她的态度不是对你的,她是对我有意见。"

周书记仍然笑了笑,说:"在金吉的问题上,你们不是谈得很投机吗,怎么会有意见呢?"

林又红一听"金吉"两个字,心里一紧,却又完全摸不着头脑,听周书记的口气,似乎她和江重阳在金吉有什么交易要做似的,可她却被蒙在鼓里,眉头一皱,刚要开口,就听江重阳抢先说了:"喂,林又红,你就别假装无辜了。"

周书记也附和着说:"是呀,林主任,你工作抓得很紧啊,刚来几天,就让人接触江总了,而且一接触就差不多有眉目了,我很吃醋啊,我都接触江总多长时间了,江总可没给这面子。"

林又红虽觉十分意外,但也不难猜到,桂香街居委会已经有人瞒着她和江重阳接触过了,林又红顿时脸色铁青,冷冷地说:"周书记,江总,你们谈的事情,我完全不知情。"

周书记有些惊讶地张了张嘴,江重阳却不吃她这一套,嘲笑道:"林又红,你向来可是个敢做敢当的人,为什么碰到和我接触的事情,就要耍赖呢?你明明派了桂香街居委会的人来找我,转达了你的意思,怎么见了我的面,你又不承认了呢?"

林又红的脸色由青转红,有些气急败坏了:"无论居委会有什么人去找你,只要不是我本人找你,他们都没有资格代表我,更不可能转达我的意思。"说了几句,感觉自己始终处于被动地位,开始反守为攻,"江总,我相信我们居委会的人,不会瞒着我去找你,你是不是被人骗了耍了?"

江重阳笑道:"林又红,你还是那个钢铁女侠,宁折不弯啊,明明要求人办事,却还不肯低下你那颗高贵的头颅!"

周书记早已经嗅出两人之间的异常气味,但又搞不太清其中的来龙去脉,有些尴尬,说:"哎哟,两位,怎么你们说的话,我都听不懂,你们到底来自哪个星球,别吓我啊,我胆小。"

江重阳说:"林又红来自水星或者金星吧,温度总是这么高,火气总是这么大,哈哈……"

周书记也打了个"哈哈",但他分明不想参与江重阳和林又红的游戏,也不想窥探他们的秘密,他有自己着急上火的事情,哈了一哈后就赶紧说:"我们还是言归正传吧,林主任,你们桂香街居委会向江总提出的建议,江总十分重视,关于金吉大厦负一层和一层的使用开发,江总今天想谈一谈他的想法。"

林又红心气高傲,面对着对她冷嘲热讽的江重阳,她应该转身就走,可是"金吉"两个字,却牢牢地拴住了她,让她无法动弹。

江重阳当然是不肯饶过她的,嘴上说:"林又红,明明有求于我,连江总都不称呼一声,你记仇记得这么厉害,不符合你的个性啊。"

周书记见江重阳又把话头扯回去了,只好直截了当地抢过话题对林又红说:"林主任,江总表示了,愿意把金吉的一层和负一层拿出来,安置小吃一条街的摊贩,他有信心在金吉重新打造南州名品小吃特色街。"

林又红心里猛地一烫,热浪在全身扩展开来,她飞快地瞄了一眼江重阳,江重阳却是一副小人得志、非我莫属的样子,林又红顿时又七窍生烟,怒从心头起,脱口说:"不可能,金吉不是慈善公司,不可能给小贩们提供店面!"

江重阳得意扬扬地重新跷起了二郎腿,周书记倒真着急了,问:"林主任,你为什么这么说,明明江总已经……"

林又红轻蔑地说:"他是商人,商人的特点就是唯利是图。"

江重阳笑道:"林又红,没想到你的观念这么落后,你对商人的看法,还停留在旧社会,无奸不商?无商不奸?再说了,你原来也是商人嘛,何况还是外国商人的……"

他似乎是想说"走狗"之类,虽然没有说出来,林又红岂能听不出来,反唇相讥说:"谁不是走狗,你不是?你巴结的那个浦总,绝不会比美国商人更高尚,更何况……"

江重阳说:"更何况,他还是我前妻的前夫,哈哈哈……"

周书记一听,头都大了,见他们越扯越过分,他脸色也有点变了,着急地说:"林主任,即便是唯利是图,我们也都理解的,对不对,只要是对双方都有利,对大家都有利,就可以考虑。"他实在是怕了江重阳和林又红,赶紧又接着说,"现在小吃街的形势,到了刻不容缓的时候了,我们还是收起个人恩怨……"

江重阳立刻说:"周书记,你搞错了,我们没有个人恩怨,我们只有个人恩情,哈哈……"

林又红也不客气地对周书记说,"周书记,你是不是完全不了解小吃街摊贩的情况?他们根本付不起金吉的房租。"话到此,她索性再次发起进攻,但是她并不朝着江重阳,却是朝着周书记说,"难道他金吉愿意免房租,哼哼?"

周书记一听,感觉林又红在搅事情,本来已经看到希望的事情,恐怕要被她搅黄了:"林主任,免房租,开什么玩笑。"

林又红说:"一边不能免房租,一边交不起房租,周书记,你觉得这种合作很可行吗,很有前途吗?"

周书记事先分明没有做足功课,这会儿被林又红一搅,很快就已经山穷水尽了,本来他是抱着十足的信心找来这两个人的,现在眼看着他们一直纠缠在过去的什么狗屁事情中,不肯出来,把小吃一条街的难题,完全不放在心上,完全抛到九霄云外,他也有点来气了,脸上也不再堆着谄笑了,正色地说:"二位,如果你们没有心思谈小吃街的事情,那你们就谈你们的恩怨情仇吧,我还有很多事情要忙。"

江重阳立刻又正经起来说:"周书记,你别放弃呀,你再忍耐一会儿,再坚持一会儿,你可能还不太了解林又红的脾气,不在嘴上赢了我,她是不肯言归正传的。"他见周书记皱眉,赶紧又说,"好了好了,为了让正经事能够尽快落实,我就认输吧。"

江重阳一边说,一边拿出一份材料,交到周书记手里,说:"周书记,这是我的想法,你们看看。"

周书记接过去,刚刚翻看了一眼,立刻惊喜地说:"先做后付?从实际利润中按比例扣除?"马上把材料交给林又红看,林又红本想拒绝,但是看到周书记喜出望外的眼神,她还是接了过去,刚看清楚是一份关于金吉大厦和小吃街店面的计划书,在"先做后付、30%、70%"等内容下面,用红色的杠杠标出来,十分醒目,林又红心里一下子又滚烫滚烫的了。

江重阳得意扬扬地说:"怎么样,林又红,还是我和你心有灵犀吧,你不也正在考虑着这样的方案吗?"

周书记的手机响了,他接了电话,出去听了,江重阳说:"电灯泡,终于知趣走开了,我们赶紧说点悄悄话吧。"

不知为什么,这一瞬间,林又红的泪水涌了上来,怎么也控制不住。

只有片刻,周书记就进来了,看到林又红在流眼泪了,有些惊愕,但只作没看见,笑呵呵地说:"不好意思啊,一个小小的街道,事情多得要命,那边还等着我。"

江重阳可不在乎周书记在场不在场,照样说:"林又红,你可是有名的钢铁女战士,头可断血可流,眼泪不能淌的,怎么一见了我,钢铁就融化成泪水了,难道这么多年过去了,你还爱着我吗?"

江重阳当着周书记的面乱说,周书记只是笑,无论是什么原因,无论有多复杂的背景,周书记要的只是桂香小吃街的明天,现在,这个明天,已经在这两个人的哭哭笑笑中开始展现了,周书记已无他求,朝他们俩作了个揖:"拜托了!全指望你们了!"转身走了出去。

江重阳说:"他在,我也照说,他不在了,我更要说了,林又红,我的计划书,可是正合你心哦,你不觉得应该谢谢我?"

林又红硬挺着说:"你没有必要,我也不需要你为我做什么。"

江重阳立刻反攻说:"林又红,你自我感觉还是那么好?永远那么好？都沦落到居委会来了，你还这么牛又这么跩，我真是服了你了。不过，有一点，你可千万别搞误会了，我真心不是为了你。"

林又红手里拿着那份计划书，一浪又一浪的冲击波在心里翻滚着、搅动着，她一会儿想拿着计划书立刻到小吃街去，一会儿又想当场把计划书撕碎了扔到江重阳脸上，自己转身离去，但是无论她想了多少动作，站在江重阳面前，却是一个动作也做不出来。

江重阳说："林又红，以你这么自以为聪明的人，你用脚指头想想就知道，我是来干什么的。"

林又红努力地克制着自己的情绪，硬是让自己冷静下来，把小吃街搬到金吉，既解决了违章占道脏乱差的问题，又解决了这么多摊贩的吃饭生存问题，让他们好歹有个遮风挡雨的地方，这不正是她梦寐以求而不可得的结果吗？现在这个结果几乎是从天而降，突然就到了面前，她怎能因一己的感情，战胜理智，丢失大好机会？

林又红终于镇定下来，渐渐恢复了正常的神态，眼睛也能正视江重阳了，口气尽量平和地说："我不想猜你的谜，既然你有这样的意向，符合小吃街目前的实际情况，我们可以就这份计划中的两大关键问题……"

江重阳也正经起来，说："其实最关键的问题，只有一个，就是分配的比例问题，你现在要做的事情，就是和他们去谈妥我的要求，我要他们纯利润的百分之三十，不多，真心不多。"

林又红说："不多是你自己的想法。"

江重阳说："林又红，你不想想，房租、水电气、包括前期的店内装修，什么都不要他们出资，他们空着两只手进入，就能赚钱，百分之三十，你到哪里去找我这样的商界雷锋啊。"

林又红说:"你的前期投入大,但是你的后期效益长,不只是长,你可以一次投入,无限期回收。"

江重阳说:"那是,你算得很清楚,所以我才开了百分之三十的条件,没开百分之五十哦。"

林又红沉默了。

江重阳简直成了她的救星。

可是她不相信,无论如何也不会相信。

从在金吉的工地上突然看到多年不见的江重阳,到浦见秋拉她去做江重阳的副总,再到今天江重阳突然出现,林又红当然知道事情没那么简单,绝不是凑巧,也绝不是命运在开玩笑,如果是个玩笑,那也是掌握在江重阳手里、任他翻转的玩笑。

那究竟是什么?

难道真如俞晓所说,江重阳还爱着她?江重阳心里只有她?

林又红心里一阵狂跳,脸色也控制不住了,十分不自在。江重阳又"哈哈"笑了起来,毫不客气地挖苦说:"林又红,你别瞎琢磨了,你别自作多情了,我重新出现的目的,不是你想象的那样,至于到底为什么嘛,你就猜吧,往死里猜——你让我猜了这么多年的谜,现在终于也轮到我出个谜给你猜了。"

林又红虽然心里翻江倒海,但嘴上绝不服软,立刻回敬说:"你以为我很想猜你?你早已经是翻过的一页,猜什么猜,我要真是闲得无聊,我追看狗血剧,也比……"

江重阳嘲笑着打断她道:"林又红,你难道不觉得,我们之间不是正在上演一出狗血剧吗——你是女猪,我是男猪。"

这两个人,从来都是旗鼓相当,势均力敌,只是今天的场合,和以往有所不同,毕竟是林又红心有所求,江重阳又投其所好,所以江重阳占了上风,掌握着主动权。林又红并不是没有能力抵挡他的语言暴力,但她不想再抵挡下去,她着急着要为小吃街的摊贩寻求生路,当即打断江重阳的喋喋不休,说:"江总,我们还是回到小吃街吧。"

江重阳脱口说:"好呀,当年我就是从小吃街出发,今天又回到小吃街,命运逆转轮回嘛。"

江重阳这脱口而出的话,让林又红备感奇异,江重阳怎么会是从小吃街出发——心里猛地一惊,又猛地一闪,当年让江重阳栽倒的食物中毒事件,金宏宾馆购买的冷切牛肉,就是从小吃街进的货,几年过去了,当时的冷菜店恐怕也早就换主了,物是人非,可是那些害人的牛肉,不是还在继续害人吗?

林又红无法再联想下去,她的心紧张得怦怦乱跳,一张能说会道的利嘴完全失去了原本具有的强大功能,竟然哑口无言了。

泪水却又不争气地盈满了眼眶。

江重阳仍然是一副嘲讽的态度,盯着她的眼睛说:"怎么,又要哭了?哎哟,林又红,没想到现在你的感情如此脆弱,别人看了,还以为我老是欺负你呢,算了算了,你走吧——呵呵,反正,一走了之,向来是你林又红的惯用伎俩,我早就习惯了,绝不生气,金吉的项目也不会因为你的无礼而黄掉的。"

林又红夺门而出,泪水止不住地再一次涌了出来。

到门外一看,手里紧紧地攥着江重阳的那份计划书。

第 19 章

从江重阳那儿回来,林又红脸色不好,她进去的时候,大家都小心翼翼地看着她,没人说话,连小陈也收敛了平时的嚣张,嗓音压得低低的,有个妇女来窗口办什么手续,刚一开口,小陈赶紧"嘘"了她一声,那妇女立刻收了声,朝林又红办公室看看,低声说:"主任身体不好吗?"

小陈的声音更轻了,门开着,林又红也没听见她说什么,接下去两个人就再也不说话了。

林又红进办公室坐下后,怎么也平静不了自己,把小陈喊进来,劈头就问:"你和余老师,你们两个,谁去找过金吉大厦的江总?"

小陈一改快人快语的风格,犹犹豫豫支支吾吾地说:"我、我……"

林又红突然火从头顶冒了出来:"你?又是你?你到底……"

小陈横了一条心,双手一举:"我坦白,我是去了,可是不止我一个人,余老师也去了,还有,还有潘师傅。"

林又红只觉得莫名其妙:"潘师傅？你又张口说谎,潘师傅怎么会去？"

　　小陈说:"林主任,你只知其一,不知其二——确实是我们商量好了去找江总的,因为我们都知道,只有江总的金吉,有可能解决小吃街的难题,而且、而且,我们还知道,江总和你熟、熟……"

　　林又红气得说:"你们不仅瞒着我,竟然还顶着我的名义,说是我让你们去的,简直、简直……"

　　小陈赶紧给林又红倒了杯水,小心地递过来:"林主任,别生气、别生气,我们瞒着你,我们先斩后奏是我们不对,但我们主要是怕你事先知道了不许我们去,那就是死路一条了。"

　　林又红说:"你们凭什么要假借我的名义,你们有什么资格？"想想还是觉得不对,又追问说,"连潘师傅也去了,他去干什么？"

　　小陈说:"我和余老师都不认得江总,攀不上他,可潘师傅认得江总——具体的我也不太清楚,好像听说,前几年金宏宾馆出什么牛肉中毒事件,那时候潘师傅就在金宏宾馆餐饮上的……"

　　林又红一听,顿觉头皮发麻,先顾不得追究潘师傅的来龙去脉,继续追问小陈:"你们三个,谁的主意？"

　　小陈小心地看着林又红的脸色,似乎想从她脸上看出她是真生气还是装装样子的,可是算她平时机灵过人,这会儿却看不出来了,只好支吾着说:"就算、就算是我吧。"

　　林又红说:"你出的主意？不可能,你懂什么。"

　　小陈说:"其实也不是我,是我们三个、三个一起、一起商量的。"正想蒙混过关,听到外面有声音响起来,顿时脸色一喜,说:"林主任,老辛他们来了。"

林又红奇怪说:"你怎么知道?"

小陈说:"是余老师让他们来找你的。"话音未落,果然老辛和臭豆腐K佬还有丁大强三人已经站在办公室门口了。

小小的办公室,一下子挤进这么多人,气氛顿时紧迫起来,让人连气都透不过来了。臭豆腐K佬和丁大强便知趣地主动往外面退了几步,站到门口。

老辛拿出几张纸交给林又红说:"林主任,我们已经听说了,金吉大厦的江总,愿意把负一层和一层拿出来做小吃街的店面,而且同意让我们先做后付……"

林又红没有接老辛手里的东西,看着眼前这几个人的模样,想着他们平时的作为,情绪一下子低落下去,说:"万一你挣钱了,却扣不到你的房租怎么办?"

臭豆腐K佬一急,也挤进门来说:"不可能,你把我们想成什么了?"

林又红心想,不是我把你们想成什么,你们本来就是什么。

老辛毫不犹豫地说:"这肯定是要签订协议合同的,按合同办事,不可能扣不到,扣不到,除非他不想干了。"一边指了指交到林又红手里的几张纸,说,"林主任,你先看看再说吧。"

林又红粗粗看了一眼,一张纸是小贩们七歪八扭的签名,另一张是他们做的一个计算,每一个小贩的成本和经营收入,目的十分明确,情况也十分明确,他们也许是有能力付房租的,只是不能在先交房租的压力下过日子。

虽然这只是几张皱巴巴的纸头,但却和江重阳的正规的计划书一样,在最重要的地方,都用红色杠杠标出来,那就是"20%

和80%"。

尽管他们的账算得很细,林又红却是不能相信他们的,这里边真实程度到底有多大,她完全是外行。

林又红沉着脸说:"不是这么简单的事情。"

臭豆腐K佬和丁大强同时跳了起来,臭豆腐K佬说:"这有什么复杂的,既然双方都同意这个方案,我们找江总签协议就是了。"

林又红瞥见小陈在一边坏笑,立刻气得说:"是呀,你们双方都达成统一的意见了,那你们直接去签协议就是了,不必再多此一举通过居委会,居委会本来就与此无关!"

臭豆腐K佬和丁大强还没反应过来,小陈已经急了,说:"林主任,不可能的,不可能的,离开你,这事情做不成的,你、你等于是红娘哎。"

林又红冷冷地说:"红什么娘,人家你情我愿,都已经入洞房了。"

小陈"扑哧"一笑,朝老辛他们说:"你看看你们,你看看你们。"

三个小贩也笑起来,丁大强居然也会检讨说:"是我们不对,我们这是新娘入洞房,媒人扔过墙,是我们不对。"

老辛毕竟比他们见多识广一点,对林又红说:"我们的这笔账,只是我们单方面算的,林主任需要核实,金吉需要认可,我们可以等,我们有的是耐心,我们和城管捉迷藏都捉了这么多年,我们不怕等。"说罢,带着那两个人一起走了。

林又红见小陈脸一喜,又要和她说话,赶紧把脸一沉,起身走了出去。小陈在背后讪讪地说:"林主任,要不要我陪你去?"

林又红头也不回地走了。

齐三有的面店,仍然弥漫着一些异味,下晚应该是生意比较好的时候,现在这里却是冷冷清清,齐三有正没精打采地切着葱姜,一大堆的生面条软塌塌地堆在一边,面锅里的水,也没了热气。

有个外地民工模样的人,急急地路过这里,一抬头忽然发现了齐氏面店,脸色一喜,马上走过去,刚要开口,感觉不对,抽了抽鼻子,赶紧走开了。

齐三有头都没抬,低着头也知道他一副落魄相。

齐三有切着切着,忽然一抬头,看到林又红站在门前,他有点惊讶,一回神马上就说:"主任,你怎么到现在才来?"

林又红奇怪地说:"不是没堵吗?"

齐三有说:"今天是没堵,但是整个莲花巷这地段上的下水道都不畅通,今天不堵明天也会堵。"

林又红点了点头说:"莲花巷下水道的问题,我们已经上报有关部门。"她没有时间和他扯莲花巷的下水道,赶紧谈正题说,"齐飞,我今天找你……"

齐三有立刻打断林又红说:"主任,千万别喊我齐飞,我不想飞,我的希望都飞走了,我早就改名了。我告诉你,你不喊我齐三有,我就不应。"

林又红哭笑不得,只得说:"好吧,齐三有,我今天找你,是有事想请教你。"她拿出老辛他们计算的那笔账,递给齐三有说,"你帮我看看,他们这样的算法,合理不合理?"

齐三有接过那张纸看了看,脸上立刻出现惊讶和怀疑的神色,紧张地问林又红："这是什么？这是什么意思？"

林又红说："这是辛民他们计算的成本和经营收入的账目，你是行家，请你帮忙看看有没有虚头，可信不可信。"

齐三有一边看一边说："这一项，估得实的，这一项，也还可以，这一项……"看了几项以后，他停了一下，最后说，"虚头多少有一点，但不算过分，基本上是符合实际情况的。"

他这么一说，林又红心里有数了，她要收回那东西，不料齐三有动作比她快，手往后一缩，说："主任，你这是什么意思，我不能白白地帮你看，你至少得告诉我出什么事了？"

林又红只好如实地跟他说："事情跟你无关的，小吃一条街的违章占道，大家正在努力想办法。"

齐三有立刻叫起来，嚷嚷说："你什么主任，你帮他们解决，不帮我解决，你胳膊肘朝外拐，你宁肯帮助外人。"

林又红打断他说："什么胳膊肘朝外拐，什么外人，在桂香街社区生活工作的人，都是一样的，分什么内外。"

齐三有说："那好，如果你替他们解决店面，我也要……"

林又红一听，头皮又发麻，赶紧说："你别多事，你明明有自己的店面，你有营业执照，你连名字都叫齐三有……"

齐三有竟然跳起脚来，大声叫喊说："天哪，我这也叫店面？我这也算是经营场所？我这是厕所，是臭茅坑！"

林又红赶紧撤退，听到齐三有在背后大声叫喊："主任、主任，你逃不掉的，我会追到你的，你一定要给我解决的，你不给我解决，我怎么怎么怎么……"

林又红急急穿过莲花巷，拐到了另一条小街，才放慢了脚步，天色虽然近晚,可路边的一些小店还开着门,她无意中扭头看了一眼,发现有一个很小的房屋中介公司里,有个人影一闪,像是小陈,走近一看,正是她。

小妖精正和中介公司的人在谈什么事,看起来很投入,没有发现林又红已经站在她身后。林又红没惊动她,想看看她又到中介公司出什么幺蛾子。

就听小陈开口戗人家说:"你说的这是人话吗?一个十几平方米的平房,要多少?你还真开得出口!"

中介也是个小年轻,也不买账,针锋相对说:"美女,看起来,你是头一回租房吧,一点行情也不懂,这还算贵?真正贵的,别说你见着会怎么样,就你耳朵听到,都能吓死你。"

小陈更是不客气:"喂,你个二货,难道你做生意是为了把客人吓死吗,客人都吓死了,你生意大发呀。"

中介小伙子嘴巴也够伶俐的:"吓得死的,都算不上什么人物,吓死了也罢。吓不死的,就是我的生意,就是财神——美女,你掂量掂量自己吧,吓得死,赶紧走人吧。"

林又红听了差点喷饭,这些年轻人,就完全不懂得和气生财的道理吗,这哪里是在谈生意,这分明就是互找麻烦,找气生,找架打。

小陈没来得及反击,中介又乘胜追击:"再说了,你以为这是我开的口,我才不开这臭口,这是房主定的价。"

小陈立刻找到攻击目标了:"你们搞中介的,希望人家房主定得越高越好吧,越高你们的抽头越多吧?"

中介说:"美女,又白痴了吧,我们最希望的是促成更多单的生意,价格定高了,生意就成得少,你这样的白富美妹妹,少来寻我们开心吧。"

小陈哪里肯服软,强辩说:"我白富美,我黑穷丑,关你什么事,我又不和你谈对象,你只管做你的中介,我只管租我的房子。怎么说吧,你这个价格,还能不能谈了?我告诉你,不能谈,损失的可不是我。"

真是如滔滔江水,绵绵不绝,完全没想到她的顶头上司正在背后偷听着呢。

中介毕竟更灵活一点,专注着斗嘴的同时还是关注着四周的,他很快发现了林又红,以为又有生意来了,赶紧丢开小陈,招呼林又红说:"哟,姐,来啦?"

小陈这才回头看到林又红,脸色顿时有些不自在,也不尖嘴利舌了,嘟哝着说:"主任,这么晚了你还没回家?"

林又红借机攻击她一下:"怎么,大小姐,你要租房了?"不等小陈想出什么谎言来,就戳穿她说:"和家里闹翻了,要离家出走了,一个人租房住啦?"

小陈忽然脸一红,说:"主任,这是我的私事。"

小陈的厚脸皮居然也会红,这可是林又红想不到的,就她平时的那种种恶行,林又红想趁机再敲打敲打她:"要不就是有情况啦,住在家里,眼睛多,盯着,不够方便哦。"

小陈逃也似的跑走了。

林又红幸灾乐祸地冲着她的背影笑了起来。

中介小伙子说:"姐,你是她什么人,克星啊,美女刚进来时好霸道哦,你一来,她的气势就瘪了,哈哈……"

林又红既是自语又是探问地说:"奇怪,她家里明明有房子住,为什么还要找中介租房?"

中介说:"姐,你可能猜对了,她说是给一个男的租的。"

嘿嘿,林又红想,还真给我猜中了?

林又红往回走,发现小陈在路上等她呢,想到刚才小妖精落荒而逃的情形,就忍不住想笑,还想再开销她几句再过把瘾,不料小陈却先开口说:"林主任,刚刚余老师打我电话了。"

林又红警惕地看着她,小心着又有什么花招。

小陈说:"余老师说,江总这会儿到小吃街了。"

林又红心里猛地一动,拔腿就往小吃街去,小陈紧紧跟在后面。

小吃街仍然是一片杂乱,既嘈杂,又兴旺,林又红正在人群中搜寻江重阳的身影,却听到身后江重阳笑道:"蓦然回首,那人却在灯火阑珊处。"

一股热流再次涌了上来。

可是片刻间江重阳那特有的腔调又出来了:"呵呵,林又红,这么晚了,你还没回家啊?还以为你在联吉氏呢吧?"

见林又红不说话,小陈急了,插嘴道:"江总,林主任是听说你来了,特意赶来……"

江重阳笑着说:"呵呵,林主任对我还蛮重视的啊。"

小陈道:"怎么不,怎么不,你可是我们小吃街的救……"看到林又红的脸色和在眼眶里打转的泪水,小陈赶紧停下了。

江重阳对林又红说:"回去吧,快要下雨了,今天晚上有大到暴雨。"他稍一停顿,又说,"关于收入的分配问题,我已经做过第三次调研了,会达成一致的。"他见林又红表情呆滞,才正经了两句,又控制不住开始打滑了,"怎么,林又红,你到现在还不肯相信我,觉得我不可靠,觉得我有阴谋,有其他目的,还是……"

林又红还像一根木头似的站定不动,夏老太走了过来,拉着林又红说:"蒋主任,我送你回去,你别忘了,我是你的保镖哦。"

周围的人哄堂大笑。

果然,刚到家,暴雨就下来了。

宋立明却不在家,估计有什么事耽搁了,幸好小桂在忙着晚饭,吃晚饭时,林又红顺口问了一下小西:"你老爸是不是经常晚回?"

小西机灵过人,笑道:"老妈,老宋是你的老公,应该我问你哎。"

真被小西噎住了。

晚饭后雨越下越大,宋立明却一直没有回来,林又红等得有点心不安了,正想给宋立明打电话,手机却响了起来,小陈刺耳的声音传了过来:"林主任,不好啦,不好啦,居委会淹掉啦!"

林又红急急赶往居委会,雨太大,走了没多远就已经浑身湿透了,到居委会门口,没进门就知道里边肯定一片混乱,大家七手八脚,往外舀水的舀水,排漏的排漏,打扫的打扫,一边还七嘴八舌地议论什么,她人还没进去,满耳听到的都是"林主任、林主任"。

余老师说:"林主任好是好,就是对我们居委会的事情不太上心,明明知道居委会办公条件这么差,就是不为我们考虑,她外面人脉资源多,只要动用一点点,就能替我们解决大问题了。"

一口一个"我们居委会",好像林又红不是桂香街居委会的人，纯粹是个外人似的，林又红还来不及生余老师的气，就听小陈说："是呀，为了小吃一条街，林主任可卖力了，天老晚了，还在外面奔忙。"

小姜新来，不明就里，问大家："林主任为什么要为小吃一条街做这些事情，那不是居委会的职责范围呀。"

小陈戗他说："你倒知道职责范围。"

小姜老老实实地说："我是死记硬背背出来的，来上班之前，我就全背出来了。"

最老实巴交的小金居然说："嘻，做小吃街的事，容易造成大的影响吧，出风头，显示能力，让大家知道她有多能干，如果只干些婆婆妈妈的居委会小事，怎么能显示……"

这是些什么人啊，当着她的面，个个小心恭敬，背后又如此信口开河瞎非议，林又红实在听不下去了，直接走了进去，毫不客气地说："你们对我的意见还不小啊？"

所有的人顿时僵住了。

林又红实在气不过，伸出手，一个一个把他们指过来，气愤地说："你们别忘了，是你们连哄带骗，连拽带拉，强横地把我弄来的。"

小陈抢先认错，举手说："是我，是我找林主任的，是我连哄带骗。"

她不说也就罢了，她一说，林又红更来气，竟被一个黄毛丫头哄骗到居委会来工作，辛苦卖力，还被大家非议，气一上来，继续指着他们说："你们听好了，我今天能够来上班，我明天就可以不来上班，你们别以为把我哄进来了，我就定终身了！"

这话一说,大家脸都青了,想互相交换眼色也都不敢了,只好低着头,看着自己的脚。林又红继续气愤地一一点评:"余老师,按说你是老居委会,桂香街地段上的问题,你最清楚,什么问题最大、最要紧,什么问题迫在眉睫必须尽快解决,难道你不知道吗?"

余老师不敢看林又红的眼睛,惭愧地低着头,林又红不由随着她的眼睛往下看,发现她的一双鞋已经湿透了。

再看看其他人,也个个都是又脏又湿,小姜干脆卷起裤管,脱了鞋,光着脚在打扫,林又红虽然心有所动,可是心里的气并没有平息下去,继续泄着气愤说:"我的确对小吃一条街关注比较多,抓得比较紧,但那是什么问题,那可不是漏雨进水的问题,那是人命关天的问题。"

小金轻轻地嘀咕了一句:"可那应该是政府管的。"

余老师呵斥小金说:"你闭嘴,没有你说话的份儿!"

可林又红却被小金的话触动了心思,闭了嘴,停下来想一想,自己的同情和努力始终都在小吃街的摊贩身上,身边的同事,也同样有许多困难,同样艰辛,怎么就视而不见呢?

林又红看了一眼身材单薄的小姜,不由得问他:"小姜,你住得那么远,这会儿怎么赶过来的?"

小姜兴奋地说:"林主任,你不用担心了,我马上就要搬过来住了,今天已经去看过房子了,就在桂香街社区的长虹街。"

林又红有些奇怪,小姜是外地来南州上大学的,大学毕业后就留在南州工作,家在一个偏远的小镇上,家里经济条件差,他怎么会在这么短的时间内,有办法找到合适的住房,正在琢磨着,忽然就想起在中介公司,小陈的脸色,顿时恍然大悟,原来小陈是替小姜跑房屋中介的。

林又红说:"是小陈帮你找的中介吧?"

小姜说:"是小陈帮的忙,不过好像不是找的中介,是小陈的一个同学,原来租下了那处地方,预付了半年租金,结果公司派出去培训,租金也拿不回来,说让我住了。那租金很贵的,我想付一点,小陈的同学说不要。"

林又红"哦"了一声,心里就明白是怎么回事了。

没想到小姜继续说:"其实,林主任,说实在的,如果搬过来,我住是住得近了,对上班有利,但我心里很不安的。"

小姜的心思林又红完全能够理解,虽然小陈是一番好心,像她这样的大小姐,同情一个受穷受累的异性,是很常见的事情,但她并不会考虑对方的感受,只是,除了小陈,又有谁能帮助小姜呢?

就算林又红自己能够做小陈做的事,替小姜出租金,小姜的心理承受还是一样的,没有人能够解决。

小姜见林又红沉闷了,赶紧解释说:"不过我还是决定搬过来,因为住在原来的地方,一两天可以,时间长了,肯定会影响工作的——其实辛苦我倒不怕,我年轻,身体好,远一点没关系,但是我来上班后,才知道居委会的工作是不分昼夜的。我以前是八小时工作的概念,所以以为住远一点没关系,现在我知道我错了,如果晚上,或者一大早居民有事找我,我怎么赶得过来呢?"

雨渐渐停了,污水也终于清理干净了,大家也都各自忙活去了,林又红心情依然郁闷,走到平台前往外看,这么一大片平台,如果能够改成住房,居委会的办公条件就彻底改变了,她在心里默默地合算了一下,甚至还可以给小姜准备一小间住房。

林又红向来就是一触即发的,想到什么立刻就兴奋起来,看了看时间,还不算太晚,抓起电话打给街道周书记,周书记一听是她,没容得她说话,就抢先说了:"林主任,太好了,我正要找你呢,桂香小吃街的进展很顺利,你功不可没啊,我们已经报告区委,区委也非常重视,近两天就要开会,打算由区政府来全盘接管处理。"

林又红一听,顿时头皮发麻,赶紧说:"周书记,事情我们都已经谈得差不多了,可以不麻烦上级领导。"

周书记一听林又红口气这么急,笑了起来,说:"林主任,街道和区委可不是要抢你的生意啊,因为小吃一条街的情况复杂,江重阳的情况也比较复杂,要掌控这双方,有些事情不是居委会力所能及的,区委是希望把好事做好,做到位,尽快落实,具体的个体的人的工作,还是由你们做的嘛。"

林又红这才稍稍松了一口气,赶紧把要求扩建办公室的想法说了。周书记还没听完,立刻不客气地否定了:"林主任,你这个想法,李书记生前早就提出过,提了还不止一次,可是行不通。"

林又红顿时急了,说:"为什么行不通?"

周书记耐心地解释说:"林主任,这个事情涉及规划,不是街道能够做主的。即使区规划部门能够网开一面,还需要市规划局的审批,街道也不是没有为你们努力过,但是到了区里就打回票了,更不要说到市里了。他们早就说过,这种情况,不可能审批的,还是别做无用功了。"见林又红不吭声,又安慰她说,"林主任,你可能还不太清楚,桂香街居委会的办公条件,也不算是最差的,好歹你还有个主任室,现在我们街道范围,还有好些居委会,大概一半以上吧,主任连专门的办公室都没有,所有的工作人员都混在一间屋里办公呢。"

林又红有点泄气,但也有点不服气,说:"不是我个人嫌条件差,桂香街是个大社区,人口多,情况复杂,居委会的工作千头万绪……"说到一半,她吸了口气,停住了,哪个居委会的工作不是千头万绪呢,作为一个街道书记,每个居委会,每个社区,手心手背,她凭什么要求他特殊照顾,再说了,周书记已经明确不能解决,她不该再说什么了。

挂了电话后,又闷坐了一会儿,虽然碰了强硬的钉子,完全没有商量的余地,但是扩建居委会办公场所的事情,在她心里不会就这么轻易退去的。

到了周末,总算可以享个清闲了,可是心里乱糟糟的东西太多,完全无处排遣。俞晓来电话了,林又红一听俞晓的声音,就没打算和她多啰唆,想挂掉电话,俞晓却赶紧说:"不说工作的事,不说工作的事,你都已经去了居委会,当了林主任了,我们也没什么可说的了,没有共同语言了。今天约你去做个面膜,这个是共同的吧。"

林又红完全没有情绪,打不起一点精神,回绝说:"不去,我有事。"

俞晓才不会放过她,了如指掌地说:"你没有事,我知道今天你没有事。"

林又红说:"没有事我也不想去。"

俞晓说:"我也约了赵镜子,她也去。"

林又红仍然硬戗戗地说:"她去关我什么事。"她已经听出电话那头俞晓旁边好像还有一个人,估计就是赵镜子,果然,俞晓说了:"来吧,来吧,说不定我们这儿,尤其是赵镜子这儿,有你需要的东西呢。"

林又红不服说:"在你们心目中,我就是这样一个人?"

俞晓也不和她客气,反问说:"难道你不是这样的人吗?那你是怎么样的人呢?"

林又红没好气道:"随你说,我今天没精神和你较真。"

俞晓又勾引她说:"你今天真的不来吗?你不是心里有事吗?难道真不想把心事解决了吗?"

林又红觉得她话中有话,但一时琢磨不出到底暗藏的是什么意思,越是琢磨不透越是要琢磨,想了一会儿,说:"走走走,马上出发,美容店见。"

俞晓在电话中"咯咯"地笑起来,林又红不去理会她的笑,心想,你笑吧笑吧,你嘲笑也好,傻笑也好,真笑也好,假笑也好,只要对我有利,对我有用,我不会在意的。

林又红没有要宋立明开车送她,自己走出小区,走上大街,正左右张望看有没有出租车,就听到路边一辆车在按喇叭,回头一看,果然是俞晓,她早就料定林又红会答应她的,早就守在这里了。

唉,我这个人,是被人看得透透的,料得死死的了。

上了车,林又红直接说:"说吧,什么事?"

俞晓无辜地摇了摇头,一副可怜相,朝赵镜子努了努嘴。

林又红看了看赵镜子,说:"怎么,你们两个一搭一档,准备把我卖了?"

赵镜子温和地笑了笑说:"我们准备陪你到赵园子那里去

一趟。"

林又红十分惊讶道："找你姐？干什么？你姐那里有什么？"

赵镜子还没说话，俞晓插上来了，笑道："你看看，你看看，一下子就暴露无遗了吧，有什么？必定是有你想要的东西吧，而且，是你迫不及待想要的东西哦。"

虽然赵镜子和俞晓给林又红来个措手不及，好在林又红脑子向来管用，转得飞快，立刻引起了一连串的联想，居委会扩建工程—小陈—赵镜子—赵园子—赵园子的老公、小陈的父亲老陈，市政府分管城建规划的副秘书长！

原来她们两个鬼鬼祟祟绕这么大个圈子，是为了帮助她？

事情不搞清楚她是不会罢休的，也不会听别人指挥的："找你姐，陈菲自己为什么不能去？那可是她亲妈！"

赵镜子说："她们之间的关系，还像亲生母女吗？都快成仇敌了。小丫头作天作地，把我姐作得……"

林又红听不过去，打断她反问说："陈菲作什么啦，她到居委会工作就是作吗？"

赵镜子说："我没这么说。"

俞晓也说："我也没这么想。"

林又红"哼"了一声说："我就知道你们怎么看我。"

赵镜子说："我们怎么看你无所谓啦，关键是我姐的心病就是陈菲啦，所以陈菲不敢找她妈。"

林又红冷笑说："嘀，我胆大，我敢找。"她注意了一下车行的方向，还是有点奇怪，"找赵园子，不到她家去吗？"

赵镜子说："和你一样，赵园子是不着家的。"

俞晓果然和赵镜子一弹一唱,互相配合,补充说:"嘿嘿,哪里有工作哪里就有你林又红,一样适用赵园子。"

三个人到了赵园子的办公室,赵园子虽然接待了她们,却很不高兴,也不上茶水,只是板着脸对赵镜子说:"跟你说今天我有事,叫你改天再来。你就这么自信,我一定会和你谈——更何况,你可没说要带别人来,还一下子带两个,你什么意思?你以为赵园子改邪归正、改弦更张了?"教训过赵镜子,又回头瞪着林又红,对于俞晓,干脆连正眼都不瞧一下。

一直到林又红被她瞪得心里发虚,赵园子才又回头对赵镜子说:"你们都商量好了,来算计我什么呢?"

赵镜子明显很惧怕赵园子,急着撇清自己:"姐,你不要'你们你们'的,是人家的事情,和我完全无关啊。"

赵园子说:"但人是你领来的,恐怕还是你主动请缨的吧,你算是自作多情,还是自找麻烦呢?"

林又红以为赵园子对自己妹妹耍态度,对她和俞晓这两个基本上属于客人的,总要稍微好一点吧,可赵园子也不给她一点面子,喷过赵镜子,回头就喷她说:"林又红,你也好意思跑到我这儿来,你真有脸!"

林又红一下子涨红了脸,还没来得及回应,赵园子又说:"林又红,别以为我女儿在你那里,我就会对你网开一面。"

她既不客气,林又红当然不会客气,本来她是来找她、求她的,结果却短兵相接、刺刀见红地干了起来:"赵律师,是因为我的选择,破碎了你的母女深情,破碎了你的如意算盘。"

赵镜子怕她们戗起来收不了场,可是她想阻挡已经来不及了,林又红已经"啪啪啪"地干上了："我不仅不把你的女儿拉出桂香街居委会,我自己还一头扎进了居委会,你女儿也就更有理由赖在居委会不走了,你赵大律师,什么样的人物,什么事情是你摆不平的,但这件事情你就偏偏摆不平,迁怒于我,哈,很正常,很应该。"

赵镜子十分尴尬,不知说什么了,俞晓赶紧提醒林又红:"林又红,嘴下留情啊,话说过头了,到时开不了口了。"

林又红又来气了,说:"无所谓开口不开口,现在这世界,全都疯了,根本不存在求人不求人的事,唯有'利益'两个字,如果我求你帮忙的事,对你自己也有利,那就算不得是我求你,算是互利;如果这事对你没有利,你是不会答应帮助我的。"

赵园子刻薄地说:"你看得很透很穿啊,那还在瞎忙乎什么呢,一个居委会干部,搞得跟哲学教授似的。"

林又红也尖刻地说:"居委会干部就是如此,要能上得了天堂,也要能下得了地狱。既要楼上楼,也要楼下搬砖头,还真不是一般人能做好的。我相信,首先赵大律师你就做不好,在这方面,你比你女儿差远去了!"

赵镜子见林又红一张刀子嘴攻击她姐越来越厉害,不知是真怕得罪她姐办不成事,还是怕她姐吃亏,赶紧出来阻挡林又红说:"林又红,不说多余的话行不行?扩建办公室就扩建办公室……"

赵园子立刻又说:"先说清楚了,这事情和陈菲完全没有关系,我知道你想扩建办公场所,也不是陈菲告诉我的……"

赵镜子赶紧坦白说:"是我告诉我姐的,你们可能真不信,我姐和陈菲,早已经发展到互不理睬的阶段了……"

一个和自己女儿都这么计较的女人,什么人啊?

所以林又红不客气地接过来说:"互不理睬算什么,早就听说要断绝母女关系,怎么一直没有断呢,今天该下决心断了吧?"

话一出口,她自己也知道说得有点重了,但是赵园子面不改色,甚至还微微点头说:"正是如此,我已经给她最后的期限了,如果一个月内,不从居委会滚出来,我们就断绝母女关系。"

倒是把赵镜子吓着了,赶紧劝说:"姐,有事好商量,断什么母女关系呢?"

林又红才不会生出同情心,她不仅幸灾乐祸,甚至还火上浇油:"断绝什么关系呀,还没见过真能断得了的,说给别人听听罢了。"

赵园子没发火,赵镜子却生了林又红的气,指着说:"林又红,你狼心狗肺烂肚肠,我好心带你来,为你居委会那些破事想办法,你却出口伤人,你疯了你?"

林又红说:"不是我疯了,是世界疯了。你放眼看看,现在还有几个正常人,我好好的在联吉氏做事,顺风顺水,就凭一个没有出事的所谓事故,就被裁出来了。好吧,你们又暗中联手把我搞到居委会。好吧,到居委会就到居委会,我这个小材也就只能小用,可我都死心塌地地小用了,你们还是不罢休,还在背后不停不息地算计我。"她越说越激动,完全停不下来,"到居委会工作,做一件,被骂一阵,做一件,被骂一件,那些外来的小摊贩骂人,也就算了,他们本来在最底层的,生活艰苦,素质也差,不骂人就不会说话,我不和他们计较,可是本地的居民也一样,你帮他一次,他就觉得你欠他十次,更气人的,连居委会的同事,表面上恭恭敬敬,背后也乱嚼舌头,胡说八道,我给小吃一条街想办法,他们就说我不肯改善居委会的办公条件,又是出风头,又是搞政绩,我真觉得好笑,都到了居委会了,还政绩,他们居然还知道'政绩'这两个字。"

赵镜子和俞晓都愣住了、闷住了,可赵园子才不吃她这一套,"哼哼"说:"你委屈大了,既然这么大的委屈,就不能甩手走人吗?不就是居委会吗,又不是市委市政府。就算是市委市政府,也没人能挡着不许你走嘛。"

林又红说:"我气的就是这个,我明明受了很多委屈,却偏偏走不掉,不是别人不让我走,是我自己不能走、不想走、不肯走。"话说到此,忽然又想到当初进联吉氏面试的时候,自己嘲笑老马,让他改姓范的情形,不由脱口说,"好吧,我改姓范算了,改名叫个范小贱多好。"

赵园子"哈哈"大笑起来,赵镜子和俞晓面面相觑,林又红等赵园子笑够了,才说:"真有那么好笑吗?我是在说我一个吗?现在这世界上,谁的日子也不见得比谁好过。"

赵园子笑过以后,似乎不那么端着了,主动说:"行了行了,胡扯了半天了,你们以为我很闲吗。"

赵镜子赶紧说:"是呀是呀,该说正题了。"

一听这话,赵园子立刻又是一副盛气凌人的嘴脸:"有什么正题可说的,居委会还能有个什么正经事?"

林又红赌气说:"我脾气真不好,一看你这嘴脸,我就不想说了。"

赵镜子为了林又红,只得委曲求全说:"姐,林又红他们居委会的办公条件实在太差了,"她怕她姐再摆臭架子把林又红气走,所以想赶紧把话一口气说了,"不过他们有个现成的平台,面积很大,可以改造成办公室……"

赵园子并不让她一下子说完,打断她说:"那就改造吧,找我干什么,我手里有工程队吗?"

赵镜子说:"现在还不到找工程队的时候,规划上没有通过。其实,这个改造完全是符合规划要求的,扩建了也不影响周边邻居的采光,但是多年来一直没有人肯承担,怕居民有意见。"

赵园子古怪地一笑,撇开赵镜子,朝着林又红说:"居民有意见?你们居委会,不就是为居民做事、做好事的吗,做了半天,想改造个办公室,居民还会有意见,可见你们的居委会工作做得不怎么样嘛,怎么给我的感觉,你们都牛到天上去了呢?"

林又红气不过,回击她说:"那是你接触的人层次高、素质好,说话办事都讲道理。"

赵园子这下子抓住她的话柄了,说:"那就是说,你工作的对象,那些居民层次低、素质差?林又红,以你这样的想法,对自己的臣民抱这样的认识,你觉得你的工作能做好吗?"

赵镜子赶紧打圆场说:"姐,不说居委会的工作了吧,我们是来求你,姐夫不是在分管这块工作嘛,近水楼台嘛,能不能帮我们疏通疏通?"

林又红虽然对赵园子很气恼,但是对赵镜子又很奇怪,她不光对桂香街居委会的事情如数家珍,还一口一个我们居委会,她算哪门子的"我们"?

林又红正在琢磨赵镜子,赵园子又来气她了,说:"你们把我神化了吧,我又不是规划局长,老陈是分管不假,但即便分管,也不能随便为你们开绿灯嘛,现在可是法治社会,一切要按规矩办事嘛。"

既然赵园子一口回绝,林又红拔腿就走,赵镜子和俞晓紧紧追了出来,赵镜子说:"林又红,你又发大小姐脾气,你以为我姐是我,能够容忍你这臭脾气?好了,完了,今天这一趟算是白跑了。"

林又红立刻反唇相讥:"你以为我是你?这种受气的事情,送我我也不要。"

赵镜子说:"可是要说受气,你在居委会工作不受气吗?你刚才还说,替他们做了那么多,永远没人满意,永远是抱怨,永远在给你气受,你反而能够受得了,为什么我姐的态度你就受不了?"

林又红冷笑一声,说:"那是我把你姐看得太高了,想得太美了,好歹也是个人物,竟然这么对待上门求助的人,何况还是自己的亲妹妹带去的,一点面子也不给。那些不知满足的居民,从人情道理上讲,都比她强十倍百倍——我能够理解他们,他们都是被生活所迫,解决了一个困难,又会有更多的困难,所以他们抱怨,我不抱怨,但是对赵园子这种人,我无法理解。"

赵镜子说:"你对我姐误解太深,其实你们两个,有很多相像的地方。"

林又红说:"呸,我和她像?得了吧,我只是脾气急,可我心肠不狠,只要我的心肠有你姐百分之一的狠和硬,我也不会落到今天的下场。"

赵镜子说:"咦,下场?什么下场?"

俞晓对林又红和赵园子之间的恶仗,一直不敢插嘴,这会儿出了赵园子的办公室,总算有点胆子了,说:"林姐,什么下场不下场的,只不过是赵园子耍一耍态度而已。怎么连你的人生都灰暗起来了,其实你很厉害的,你到居委会工作,才这么几天,就已经得心应手,连江重阳都……"

话音未落,三个人同时噤了声。

这么多年过去了,"江重阳"三个字的分量居然还是那重,还是那么刻骨铭心。

第 20 章

周一早晨上班的路上,林又红被一个居民拉住了,告诉她,老母亲去世了,火化需要医院开的死亡证明,跑到医院,医院说,凡是死在家中的,必须由居委会先开死亡证明,因为老母亲去世的时候是休息日,所以没有来打扰居委会干部,如果今天再不办,就要耽误了,他要林又红跟他回家看一眼再到居委会开证明。

林又红心里多少有些发怵,犹豫着说:"还用看吗?"

居民说:"要看的,要看的,以前老书记都上门看的,有几个孤老还是老书记一个人守着送终的呢。"

林又红说:"我们一起到居委会,给你开证明就是了。"

居民奇怪地看看林又红:"你不看?你相信我?"

林又红也觉得奇怪:"相信?什么意思?难道……"

居民说:"当然啦,主任你刚来不知道,我们这里的人可刁钻啦,有过好几次假死冒领什么金的,所以后来规定了,家中去世的老人,如果要居委会开证明,一定要亲自上门看一眼的。"

林又红没有退路了,第一个念头就是打电话给余老师,请她去,但是拿了手机却没好意思拨打,正好小陈过来了,赶紧说:"小陈,你跟他去一下吧,家里有老人去世。"

小陈一愣,一向快人快语的,这会儿竟张大了嘴说不出话来。

林又红心里一动,不由有些内疚,又赶紧收回来:"算了算了,你上班去吧,我去。"

小陈也有些犹豫,眼看着林又红跟着那个居民转身走了,停顿了片刻,又追了上来,说:"一起去吧。"又朝那居民说,"你看我们主任和主任助理都去你家,对你们够重视的哦。"

居民老老实实地感激道:"重视,重视,谢谢,谢谢——"

走到办丧事的人家,里边一片肃静,林又红怕手机吵起来,先调到静音,然后和小陈一起,到死者面前鞠了躬,听得死者的儿子对老母亲说:"妈,主任来看过你了,主任助理也来了,你放心走吧。"

林又红差一点掉下眼泪来。

等她们到居委会时,已经迟了一点,余老师已经在那里等着了,兴高采烈地说:"林主任,街道打你电话,你没有接,估计你有什么事调静音了,他们就打给我了,通知我们,桂香街居委会的报告,区里已经批了。"

林又红一时没有反应过来,说:"什么报告?哪方面的内容?我怎么不记得我们给街道打过什么报告。"

余老师说:"就是扩建办公室的报告呀,还是老书记在的时候打的,可是上面推来推去,一直没有下文,哎哟,现在总算解决了!"

林又红心里忽然一动,前天下午刚刚找过赵园子,这么快事情就成了,不是赵园子做了工作又会是谁?

可是一想到赵园子那副嘴脸,她心里就不愿意承认是赵园子做的工作,又问余老师:"街道有没有说什么原因?"

余老师奇怪地看了看林又红,似乎没有听明白,说:"林主任,你说什么?什么原因是什么意思?"

林又红说:"我是说,他们有没有说,为什么先前一直不批,现在忽然就批下来了?"

余老师意味深长地笑了笑,说:"林主任,肯定是你的功劳,除了你,我们这些人,哪能有这么大的能力噢。"

林又红虽然心里横亘着一块疙瘩,很不舒服,但是退一步说,即便真是赵园子的关系,她也不可能拒绝这么好的资源,在居委会工作,如果没有资源,那就是两手空空,两眼一摸黑。如果再把现成的资源拱手推出,那就是存心和自己过不去。

赵园子怎么啦,戗两句就戗两句,改天再戗回来就是了。

为了居委会的扩建,就低一下高贵的头颅吧,受点委屈又怎么样,被赵园子戗几句又怎么样,为了小吃街的事情,连江重阳都……一想到江重阳,她心里立刻疼了起来,心胸立刻没那么宽大,更没有了自我治愈的能力。

余老师大概没有想到有这么好的消息,林又红居然还皱眉犹豫,不知她是怎么回事,有些着急,催着说:"林主任,好不容易批下来了,我们要赶紧动手开工,这里的居民都很刁的,万一走漏了风声,又有人去告什么恶状,说不定又要叫停。"

林又红不以为然,说:"即使开了工,有人要刁难,不还是一样会叫停吗?"

余老师说:"那不一样,开了工,情况就不一样了,木已成舟,人家也不好再多说什么了。"

林又红已经感觉到余老师特别急迫的心情,想了想,说:"规划批下来,接下来首先得考虑经费吧,钱在哪里?"

余老师早已打算好了,报告说:"分几个部分,街道会支持一部分,这个老书记在的时候,街道都表过态,只要能够批下来,街道会给钱的,但是居委会也得自筹一部分。"

林又红一听,头又大了,难题一个接一个,居委会自筹资金,怎么筹?

余老师脸上露出了难得一见的笑容,说:"其实,居委会的这一部分,老书记早就积攒下来了。"

林又红惊讶地说:"就这么一点点办公经费,还能有积蓄?"

余老师说:"所以平时我们用钱都是精打细算再精打细算,省得不能再省了。"

林又红仍然表现怀疑:"你算过账吗,够了吗?"

余老师说:"没有算上建材这一块,建材会有人支持我们的,桂香街地段上,各种人物都有,有个建材商,生意做得很大的,有一回碰到困难,上一年级的儿子就丢在我们居委会,老书记亲自帮他带了半个多月,那时候他就保证,只要居委会需要建材,他都无偿提供。"余老师稍一停顿,又补充说,"当然,除了建材,还会需要其他一些东西,但是老书记在的时候,都已经有了着落。"

林又红总算松了一口气:"如果是这样,那我们还等什么,赶紧找工程设计吧。"

余老师没有马上回答,她犹豫了一会儿,小心地看着林又红的脸色问道:"林主任,接下来的工程设计和装修,你打算……"

林又红干净利索地说:"按规定,招标吧。"

余老师说:"哦,当然,招标。"

林又红看出余老师欲言又止,忍不住问:"余老师,我这方面经验不足,你对招标有什么想法,你说吧。"

余老师说:"招标也有各种不同的招法,你是希望把工程交给熟悉可靠的人,还是交给完全陌生的工程队?"

她这话一出口,林又红不得不认真起来,不难听出来,余老师对工程有想法,或者是她的什么关系户,她主动想到人家,或者是早就有人托过她,反正林又红肯定是有所察觉的。

余老师并没有过分地掩饰,她可能只是在试探林又红的态度,见林又红确实不是内行,余老师又说:"反正我们胳膊肘应该往里拐,肥水不流外人田,有一家工程队,九和装修公司,对我们帮助很大的,过去居委会有什么事,他们都不嫌小,都尽力帮助我们,不如交给他们……"她停顿了一下,又补充说,"因为即使完成了扩建工程,今后居委会还是会有许多事情要麻烦人家的,说实在的,居委会经常会有些小敲小打,一般的工程队是不肯接的。"

余老师说得有理,不过林又红也不会只听她一家之言,她想了想,对余老师说:"现在的招标,都是有监督部门来监管的,想暗箱操作,难度很大,如果想让九和有更大的希望,就要在条件设置上想点办法,缩小招标的范围。"

余老师一听,面露喜色,满怀希望,一边往外走一边急切地说:"我打个电话就回来。"

余老师刚出去,小陈进来了,刚才林又红和余老师说话的时候,她根本就不在现场,这会儿她却已经知道她们谈的什么,进来她就提醒说:"林主任,九和装修公司的老总,是余老师的什么什么人。"

林又红笑了起来,说:"什么'什么什么'人,什么叫'什么什么'人?"

小陈说:"总之是有点关联的,具体我也说不清,只能说'什么什么'人,如果一点关系也没有,就绝对说不上'什么什么'人。"

林又红继续笑道:"你也太那个什么什么了,如果你都不知道或者说不清什么什么关系,这也需要回避吗?"

小陈说:"林主任,你知道这个批文来之不易,对吧?不能因为工程的事情搞砸了噢。"

林又红见居委会的人都对工程队有兴趣,颇觉奇怪,也颇怀疑,试探小陈说:"小陈,你有熟悉的工程队吗?"

小陈多聪明,立刻说:"林主任,你怀疑我可是怀疑错了,我是忠臣啊,我是两袖清风啊,我没有工程队,我就算有工程队,我也不要接居委会这种小破活,都是吃力不讨好的事情。"

林又红说:"那为什么余老师会推荐九和公司呢?"

小陈说:"什么九和公司,说是公司,就是三几个小毛人,接不到活吧,眼前看到这么个工程,眼睛都红了,哦不,眼睛都绿了,对他们来说,接着了,一年就应付过去了。"

小陈这番话林又红倒是没想到的,这小妖精还真是妖,看起来一天到晚浑浑噩噩无所事事,什么也不关心,什么也不用心,对工程队之类倒还蛮了解的,说话都能说到点子上,真是人不可貌相。

林又红重新打量一下小陈,试探她说:"小陈,扩建的工作,居委会总得有个人具体负责……"

小陈赶紧摆手："别别别，林主任，求求你高抬贵手，千万别把重任放在我肩上，我扛不起来的。"

林又红说："总体的，我当然会负责的，但是难道不需要一个具体分管的人吗？你不干，那就是余老师。"

小陈皱了皱眉，犹豫地说："余老师？余老师？那还、那还不如——还不如找小姜呢。"

林又红原以为她会说"还不如找我"，结果她却卖出个小姜，真是搞笑，小姜才来几天，又是刚从大学出来的，他能负责工程？

林又红不会让小陈滑过去的，其实她一开始就感觉到，或者根本就不是她的感觉，而是一个事实，事实就摆在那里，无论是赵镜子、赵园子他们对桂香街居委会情况的了解和熟悉从何而来，也无论扩建的批文是不是赵园子帮的忙，小陈都是逃脱不了干系的，既然有这样先天的好条件，何不让她做出头鸟，接下来的工程中，肯定会有很多麻烦，会有很多难题，交给了小陈，就等于交给了赵镜子和赵园子。

难道不是吗？

所以林又红只看了看小陈，也不屑和她争执，她反正是逃不掉的。

等到上班的人凑齐了，余老师一直没回来，林又红打她手机，还"正在通话"呢，等了好半天，余老师才进来，小心地看着林又红的脸色说："不好意思，家里有点事情，耽搁了。"

林又红干脆利索说："好，今天我们开个会，是关于居委会办公房扩建的工作。区里的批文已经下来，大家都知道了，欢欣鼓舞啊,现在我们要确定一位同志具体负责,我就不一一征求大家意见了,我提名由陈菲负责。"

大家都觉得十分意外,余老师更是变了脸色。

林又红赶紧抢在前面说:"陈菲年轻,脑子灵活,而且,她的可利用资源比我们任何人都多——包括她的病在床上的母亲。"

大家哄堂大笑,小陈也跟着咧嘴道:"嘿嘿,林主任,我就骗了你一次,你还真放不下了,天天回报我?"

大家正笑着,余老师一下子站了起来,当场就翻脸说:"林主任,我不同意,小陈在这里的表现,大家心里都清楚,她有什么资格、有什么能力负责这么重要的事情,你是偏心眼儿,还是有什么其他的目的?"

林又红还没开口,小陈已经抢上来了:"余老师,我根本就不想干,但是我如果不干,就是你干,这事情能让你干吗?"

余老师说:"我为什么不能?"

小陈毫不客气地说:"你干,就是九和公司干,九和公司干,就是你干,你敢说不是?"

余老师脸色很不自然,嘴上还勉强挣扎抵抗着说:"不是谁说哪家干就哪家干的,林主任说过,是要招标的,谁中标谁干。"

小陈说:"招标骗谁呀,现在外面哪家的招标是正大光明的,谁不是做给别人看的。"

余老师开始以攻为守:"按你这么说,如果你负责,你找的任何装修队,也都是和你有利益关系的。"

小陈说:"有这种可能——不,事实就是这样的——所以,我并没有答应林主任,林主任刚才的宣布,是她自己的一厢情愿。"

林又红气得鼻孔冒烟,差一点要骂人了,但话到嘴边,还是强压了下去,毕竟她面对的还不是小吃街的小贩,也不是不讲理的居民,而是自己的同事,好歹是居委会的干部,她努力平息了一下,但是口气仍然缓不下来:"陈菲,你不干拉倒,没有八抬大轿抬着你。"

小陈说:"嘿,抬着我我也不干的。"说着就双手一摊,嘴角一翘,还耸了耸肩,完全是一副无赖的样子,似乎在说:"我就这么着,你能拿我怎么样?"

林又红心里明明知道小陈不同意让余老师负责工程并没有私心,或者只是一种防范,或者是先前知道余老师的一些什么情况,但不知为什么,一看她这种腔调,心里就来火,就看不顺眼,一不顺眼,看什么都是不舒服的,顺手指了指她的头饰说:"你看看你自己,居委会的干部,头上还扎个什么花里胡哨的东西。"

小陈嘴硬说:"谁规定过居委会干部的穿着打扮啦,是法律规定,还是我们桂香街居委会的特别规定?"

林又红也强硬地说:"就是桂香街居委会规定的,你到底遵不遵守?如果不遵守的话,你也可以离开居委会,可以另谋高就。"

余老师感觉到林又红在支持她了,立刻攻击小陈说:"我早就说了,你该走了,你都来混了两年了,镀金也镀得差不多了。"

小陈顿时"哈哈哈"大笑起来,说:"镀金?我来你这儿镀金?你也太把居委会当回事儿了,你这儿有金吗?铜都没有一两,我镀个屁金,镀了一身晦气。"

小金平时和小陈相处得并不好,小陈这样的女孩子,恐怕也很难和谁能相处好,但这会儿小陈的话说到了小金的心坎上,小金也加入了战争,说:"居委会镀什么金呀,何况是我们桂香街居委会,老话说,叫花子命穷,拾到黄金也是铜。"

小陈一听有人支持她,来劲了,说:"我们原来就是金,到这里来了,就变成铜了,不,连铜也不如,就是一堆黄泥巴。"

小姜没见过居委会干部之间干架吵嘴的阵势,有些发蒙,有些紧张,林又红瞟了他一眼,发现他的眼神像一只受惊的小鹿,林又红心里竟有些内疚,小姜和小陈不同,小姜到居委会工作,可真是把它当成一份工作来做、来热爱的,这是他的生活,这是他的未来,甚至,这是他的全部,现在小陈她们把居委会工作说得如此不堪,小伙子肯定很伤心很难过,事情却是自己惹出来的,即使不为工作,为了小姜,她也得赶紧收场,但是让她向小陈这小妖精道歉,她还真做不到,气量没那么大,虽然她和小陈不属于同一辈人,完全可以大人不计小人过,但这个小人实在太讨人嫌。

林又红正琢磨着怎么把气氛调节过来,小陈倒先开口了,自我检讨说:"林主任,我承认,我刚才说的话,是放屁。"

大家"哄"地又笑了起来,连余老师也跟着笑了。林又红真搞不懂他们,怎么情绪转换得这么快这么简单,一个"屁"字就能解决所有问题?她自己心里的气还没有消尽呢,但是既然大家情绪已经被一个屁扭转了,她也没有必要再别扭拧巴,想了想,改变主意说:"工程的事,小陈确实担当不起来,就由余老师和小姜一起负责吧。"

小姜有些受宠若惊,喃喃地说:"我、林主任、我……"

小陈尖嘴利舌道:"我什么我,林主任信任你,给你机会,你明明心里很想要,就不要假客气了。"

小姜赶紧点头。

余老师知道林又红不能完全信任她,虽然有些不高兴,但至少还是让她负责的,虽然有小姜在一旁合作,但小姜毕竟是个新手,基本还是她说了算的,情绪也就平息了。

大家似乎都如愿以偿,可是在招标的过程中,又出了问题,余老师想推荐的九和公司,连资质证书都没有,虽然余老师再三解释原来是有的,是正规的装修公司,后来出了点事故,资格被取消了,但是既然资格都被取消了,也就不可能参与竞标了,九和自动放弃,最后招中另外一家装修公司,签合同的时候,余老师横挑鼻子竖挑眼,把人家的利润降到了最低点。

林又红知道,排除了九和公司,余老师心里不痛快,所以刁难人家,她真担心人家会拂袖而去,却不料,任凭余老师怎么刁难,怎么压价,那经理就是不走,最后竟十分爽快地在合同上签了字。

可见现在的活多么难接,水分又有多大。

林又红也算长了一点见识,多了一点积累。

这天晚上是小吃街试营业,林又红却早早地回家了,小吃街已经走上正途,她可以退出了,应该回去陪陪老宋,陪陪女儿了。

可是老宋晚上有应酬,林又红等到快十点,老宋才回来,看到林又红在家,似乎有些奇怪,或者有些意外,说:"咦,你今天怎么这么早?"

林又红开玩笑说:"好哇,好你个宋立明,嫌我回来早?"

宋立明小心地朝林又红看看,似乎分辨不出她是玩笑还是认真的,神情立刻有些紧张,目光赶紧逃离,嘴上赶紧解释:"怎会、怎么会,今天不是小吃街试营业吗,我想你晚上会在那里吧。"

林又红一说话,宋立明就紧张,林又红只觉得心里好笑,继续跟他逗着玩说:"本来是应该在那里的,可是不放心你,听说最近你经常很晚回来,我也得查查岗啦。"

宋立明更加不自在了,支吾着说:"说什么呢,查什么岗。"语气渐渐地坚定起来,又说,"我就是同事老张请我帮个忙,他要请人家吃饭,让我作个陪,不信你可以打电话问老张。"

见他如此当真,林又红都没了心情逗乐,说:"哎哟,开个玩笑都开不起,不开了不开了。"

宋立明还真当真了,较真地说:"就是做医药广告的那个老张,你见过他,你不用怀疑的。"

林又红真怕了他,赶紧投降说:"好吧好吧,还是我向你报告我的事情吧——你刚才说,我今天晚上应该在小吃街?"

话题一回到林又红的工作上,宋立明立刻恢复自然状态了,认真地说:"这是你辛苦拼来的结果,当然应该去现场感受一下,现场肯定……"

林又红接着他的话茬儿替他说:"呵呵,再听几句赞扬。"

宋立明说:"也许你对赞扬不是很在乎,但是毕竟自己付出努力了,这是事实嘛。"

林又红试探他说:"夜市还刚开始,要不,我现在过去,听赞扬去?"

宋立明又不知真假了,犹豫着说:"这么晚了,你还要去?我送你。"

林又红一时竟然无语,心里琢磨了一下,怎么感觉最近一段时间,宋立明的理解能力越来越差,两个人的默契越来越少,她说什么,他都当真,都急着解释,急着分辩。林又红看着他一脸的认真,实在琢磨不透他是怎么回事,难道提前"更"了?据说更年期的人,会犯轴,会焦虑。

看宋立明的架势,他还真等着林又红发话呢,如果这时候林又红真要去小吃街,他也不会劝她别去了,因为许多年来,林又红想做的事情,宋立明是劝不动的,所以他只会积极主动地支持她,并不辞辛劳开车送她去,然后,无论多晚,他都会去接她回来。

林又红赶紧让他打消这个念头,说:"宋立明,你真是死脑筋,这么晚了我还去?你不会真以为我是要去听赞扬吧——其实我告诉你,刚才回来的路上,我已经接到那边的电话了。"

宋立明哈着嘴,等着林又红继续报告。林又红说:"可不是什么赞扬,先数落一顿,批评我没有尽到责任,还有许多事情没有落实好。"

宋立明恼了,问:"谁?是街道的领导吗?还是城管什么的,不像话,什么东西!"

林又红说:"既不是街道领导,也不是城管公安,就是小吃街上的摊贩。"

宋立明更气了,着急说:"他们凭什么说你没尽到责任,他们都不摸着良心想想,要是没有你……"

林又红打断他说:"算了算了,现在有谁知道别人的良心在哪里,连自己的良心在哪里都没人知道——要说良心,我都不知道谁是有良心的。"

宋立明愣了一下,小心地朝她看看,又小心地说:"你说什么,什么意思?"

林又红说:"什么意思,没良心嘛。"

这下子宋立明反应特别快,脱口追问说:"你说谁?"

真是奇怪,她又没说他没良心,从她这个做妻子的角度看来,宋立明这样的丈夫,可是天下头一号有良心的人物,但她实在不知道为什么"没良心"三个字会让他弹跳得这么高。再说了,明明他们是在谈论小吃街的事情,分明说的是那些翻脸不认人的小摊贩,宋立明怎么会搞得像要自动对号入座似的?

林又红理了理思路,稍微停顿了一下,试探他说:"你觉得我在说谁呢?"

宋立明的神情再一次表现出十分的不自然,不回答林又红的问题了,他强颜笑了一下:"嘿嘿,时间不早了,我先洗洗了。"一转身进了卫生间。

林又红一时竟有些发蒙,不知道发生了什么事情,内心似乎有一种预感,但又不清楚预感的是什么,反正宋立明的态度,宋立明的眼神,都是不对劲的,都是奇奇怪怪的。

而且,已经不是一天两天了。

林又红正瞎琢磨呢,听到宋立明包里的手机响了一下,是有短信来了,她有些奇怪,宋立明的社会交往都比较正常,这么晚了,谁还会给他发短信呢?

突然间,她的心就怦怦地乱跳起来,自己也搞不清怎么回事,难道潜意识里,已经对宋立明产生了某种怀疑?

鬼使神差了,林又红的手就控制不住地伸到宋立明的包里,掏出手机,果然有一条信息,打开一看——

"到家了吗？想你。"

林又红的心差一点要从嗓子眼儿里跳出来了，又慌张又害怕，宋立明出轨了。

可是林又红此时的感觉，紧张、颤抖，却像是她自己的外遇被宋立明发现了。

这个发信人的名字，没存在宋立明的通讯录里，显示的只是一个普通的手机号码，林又红慌乱中还知道赶紧把这个电话号码抄下来，然后立刻删除了这条短信。手机刚刚放回包里，宋立明已经从卫生间出来了，身上的水滴都没擦干，一出来他的眼睛就不由自主地盯着自己的包。

林又红为了掩饰内心的慌张，转移目标说："这么快就洗好了？"

宋立明很想控制住自己的眼睛，但他控制不住，眼睛一直盯在包上，嘴上应付说："今天没出什么汗，冲一下就行了。"

林又红赶紧扭过脸，她怕自己的想法从眼睛里流露出来，又硬逼着自己把声音调到基本正常，背对着宋立明说："刚才小吃街的老辛打电话给我，说小吃街各店家的进货，可能有问题隐患。"

宋立明魂不守舍，文不对题地说："我看看老张有没有到家。"从包里掏出手机，看了一下，没有动静，放心了，回头看了林又红一眼，可是林又红又没能控制住自己的眼睛，恰好盯着他手机呢，宋立明赶紧说："老张喝了酒，请的代驾，我想问问他有没有到家。"

林又红感觉已经无法控制自己的情绪了，赶紧躲进卫生间，一屁股坐在马桶上，先让心脏的狂跳平息一下。

感觉是飞来横祸，感觉是突降雷暴，毫无征兆、毫无可能的事情发生了。林又红手足无措，一片凌乱，怎么努力回想，也不知道是怎么回事，也感觉不出事情是怎么发生、怎么开始的，她从来都认定宋立明是个老实人，老实人当然也会犯事情，但是老实人犯事情，多多少少点点滴滴都会暴露出一点什么来，可是宋立明的出轨，哪像一个老实人出轨，简直就是一个老手，老奸巨猾的老手。

林又红如此精明敏感的人，事先居然一点感觉都没有，一点思想准备也没有。

以林又红的脾气，知道了宋立明这样的事情，必定当场发飙，但是，这会儿林又红却一反常态，克制着自己，没露声色。

因为林又红知道，这不是常态，这是非常态，这是天大的事情，所以她的潜意识提醒了她。

片刻之间，她和她的家庭已经走到了悬崖边，只要往前跨一步，整个家就粉碎了。

林又红在马桶上坐了半天，想了半天，动了一个歪心思，她往记下的那个手机上打过去，压抑住狂乱的心跳，尽可能平静地说："请问一下，你是哪一位，我的手机上有你的一个未接来电。"

那一头的声音十分柔软平静："哦，我是何小娟，你哪位？"

何小娟？林又红的脑袋"轰"的一声，赶紧说："哎哟，对不起，我打错了。"

挂断手机后，心怦怦乱跳，半天也平息不下来。

等林又红从卫生间出来，宋立明正在卧室里偷偷地接电话，林又红估计是何小娟接到她的莫名其妙的电话，感觉到出问题了，两人正在紧急商量。

林又红只是探了一下头，没敢进去，没敢打断他们。

坐到客厅的沙发上,只感觉心脏衰弱,浑身无力。

过了一会儿,宋立明从卧室出来了,没敢走到林又红面前,只是站在她身后,也不说话,似乎连气也不喘了。

小西作业写完了,也出来转转,小丫头很敏感,一出来就感觉出父母亲之间的气氛有些不对劲,就来搅和他们说:"老宋、老妈,你们俩干什么呢,演哑剧吗?"

林又红脱口说:"我刚接到街道的电话,今天晚上有暴风雨,居委会要有人值夜班,我去。"

小西朝宋立明看看,说:"老宋,你们是为这事在生气吗?"

宋立明没吭声。

林又红出门的时候,听到小西奇怪地说:"老宋,你看天上月亮这么亮,今天晚上会有暴风雨吗?"

宋立明还是不吭声。

林又红回头说了一声:"暴风雨是说来就来的。"

宋立明始终是耷拉着眉眼。

林又红从小西的眼神中,知道她已经断定父母之间出问题了。

唉,该来的就来吧,逃也逃不掉的。

林又红一口气跑到居委会,开了门进去,看着熟悉的一切,竟然眼睛湿润了。她完全没想到,这地方竟是那么亲切、那么温馨,竟然有家的感觉,竟然是一个人孤独时的安慰。

林又红闷闷地坐了一会儿,知道时间不早了,正要把折叠床架起来,就听到有人敲门,过去一看,是宋立明。他来送被子了,眼睛仍然低垂着,不敢看林又红。

林又红尽量平静地说:"没必要的,居委会经常需要值班的,有现成的被子。"停了一下,又补充说,"天气好的时候,我们会拿出去晒的。"

她自己都不知道自己说后面这句话是什么意思,是想把严肃的事情变得随意些？是想把重大的问题普通化一点？或者,她是想告诉宋立明,没什么大不了的,日子照常过？

宋立明始终没说话,林又红也始终没往那上面靠,虽然何小娟的名字,一直就在她的嘴边,多次想夺门而出,但硬是被她咽回去了,难道她想让这个名字闷死在肚子里？

她怎么可能被闷死呢,她是一个活生生的人,而且是一个活生生的好人,一个富有同情心、富有牺牲精神的好护士。

宋立明有些尴尬,抱着被子僵僵地站在那里,不知是走还是留,无法进退。林又红倒有点于心不忍,上前接过被子说:"既然抱来了,就留下吧,今后就搁居委会吧,方便我经常值班,也给你留方便。"

宋立明一听,脸涨红了,喃喃地说:"说什么呢？说什么呢？"

林又红冷冷地说:"我说什么你向来听不懂。"

宋立明见林又红的斗志开始起来了,赶紧撤退说:"时间不早了,你休息吧,我走了。"

不等林又红发话,宋立明已经拔腿溜了,刚到门口,就撞上了夏老太,夏老太尖声嚷嚷:"你是谁？你敢来欺负我们蒋主任！"

宋立明赶紧说:"老太太,你搞错了,我是来给你们主任送被子的。"

夏老太却不买他的账,呵斥说:"嗬,蒋主任的被子,轮得着你送吗？我告诉你,蒋主任盖的被子,我天天帮她洗帮她晒,没你的份。"

宋立明急忙开溜,夏老太还在背后大声警告:"离我们蒋主任远一点,下次再看到你,小心我不客气!"

林又红心里憋闷着的气,一下子被夏老太放跑了,漏光了,她甚至差一点笑出声来。

林又红没关门,她以为宋立明走了,夏老太会进来再跟她唠叨几句,可夏老太并没有来打扰她。林又红见她没有动静,不由朝窗外看了一眼。

昏暗的灯光下,夏老太的白发依稀可见。

第 21 章

新一批的低保公示名单下来后,余老师让小姜抄成大字报,到居委会门前的公告栏上去张贴,这一边还正在贴着呢,另一边得到信息的居民已经快马加鞭地赶来了,片刻间就闹翻了天。

居民们不知道回避,也完全无所顾忌,开口就直接举报,谁谁谁不符合,谁谁谁是骗子,这天上午,整个居委会就被淹没在口水中了。

好不容易把大家的意见记下来,承诺再做一次细致的入户调查和走访,再重新考量,大家才骂骂咧咧地离开了。

刚刚安静了一会儿,又一阵风似的奔进来一个中年妇女,正是那个做杂粮糕的罗桂枝,手里抓着一张大纸,朝大家扬着,大声嚷道:"为什么,为什么没有我?"

仔细一看,她竟然把那张榜都撕下来了,简直太无法无天了,林又红气得上前呵斥道:"有话好好说,你撕榜的行为是违法的!"

余老师清楚情况,也比较沉得住气,上前说:"罗桂枝,你根本就没有报名,怎么会有你?"

林又红也觉得奇怪,这罗桂枝怎么又搅到低保户中来了,原本好好的有一家店面,而后把店面出租给别人挣房租,自己跑到小吃街设摊就算了,现在难道连摊也不设了?罗桂枝的杂粮糕,在南州也算是有点小名气的,怎么说不做就不做了?

正在疑惑,听得罗桂枝尖着嗓门嚷嚷:"报名?我怎么不知道要报名?你们瞒着我,偷偷地做事,别以为我不知道,你们的人情低保,别以为做得天衣无缝。"

林又红不由瞟了一眼余老师,这批低保申请申报的时候,她还没有到岗,她来了后,也知道低保一直由余老师负责,其他几个人也都分头去进行过入户调查等工作,因为决定权在街道,前期的调查工作,实际上是居委会替街道做的,最后由街道审批确定。林又红到岗后,一下子面对居委会千头万绪的事情,腾不出手,对这项工作既没有深入了解,也没有半路插手。

余老师被林又红瞟了一眼,有些敏感,立刻冲着罗桂枝说:"罗桂枝,你说话要负责任,我们桂香街居委会,哪里有人情低保?"

罗桂枝冷笑一声说:"想要人不知,除非己莫为。"

余老师说:"你要是认为有,你尽管举报,尽管揭发,上面会来查的,真的假不了,真有的话,谁也逃不掉的。"

余老师这话硬气,听她这么一说,林又红多少放了点心,她对罗桂枝说:"你自己没有注意低保申报的截止期,都已经张榜公示了,你怎么才来呢?"

罗桂枝发火说:"我怎么会知道截止期,又没有人告诉我。"

小陈也当仁不让地挤进来了,戗她说:"那为什么别的居民都知道,就你不知道?"

罗桂枝不讲理:"你们政府,就是应该做困难群众工作的,像申请低保这样重要的事情,你们就应该上门来通知。"

小陈说:"咦,怪了,我到居委会工作两年,你罗桂枝的大名,谁人不知,你要申请低保,桂香街社区万把人口,恐怕就没几个不能申请了吧?"

见林又红摸不着头脑,余老师赶紧对罗桂枝说:"罗桂枝,不是我们不通知你,你现在不是在小吃一条街做杂粮糕的吗,据说收入也还可以,不符合申请低保条件嘛。"

罗桂枝道:"你们政府,就这样不关心群众,我罗桂枝杂粮糕可是保质保量的,现在在小吃街被城管像外地人一样赶来赶去,这口气,我咽不下,老娘不干了,无业,无生活来源,不符合低保条件吗?"

小陈说:"但是最关键的一条,你没有。"

罗桂枝愣了一下,问:"最关键的是什么?"

小陈说:"无劳动能力——你无劳动能力吗?我看你这杀坯身材,老虎都打得死。更何况,你还有一个正当年轻、劳动力最强的儿子,你们家能算无劳动力,还是能算无法定赡养人?"

一些来办其他手续的居民都笑起来,罗桂枝涨红了脸说:"可是我现在没有工作,没有收入,你们政府想饿死我?"

小陈来气道:"你不要一口一个你们政府,我再跟你说一遍,我们不是政府,我们是居委会。"

罗桂枝说:"居委会怎么啦,居委会不就是政府吗?居委会要不是政府,要你们干什么呢?"

小陈翻着白眼说:"要我们干什么,要我们受你们的气吧。"

罗桂枝也知道和小陈斗嘴解决不了问题,还是冲着林又红来:"林主任,我知道你,你本事大,你不给我办低保也行,你给我介绍一个工作,我明天就去上班,领工资,我领工资了,你低保送给我我也不要,那几个小钱,天天吃玉米饼子都不够。"

林又红奇怪说:"你好好的在小吃街设摊,现在人家都进店了,摊点问题都解决了,你怎么反而出来了?"

余老师也接过去说:"罗桂枝,我真是想不通,你原本生意做得好好的,你可是有名的放心糕点店,还当过区饮食行业的先进典型,怎么搞到现在成这样了?"

罗桂枝顿时哑巴了,脸涨得通红。

小陈揭穿她说:"出什么问题了吧,据我们了解,金吉的店面出租对象,也是要通过一定的调查审核的,看你这副吃相,肯定道德品质有问题吧,或者,你家其他人有什么……"

眼看着罗桂枝恼羞成怒,林又红不想把事情搞大,还是安慰她说:"不管怎么说,这一次你是错过时间了。"

罗桂枝却不领情,反问说:"怎么就错过了呢,现在不是大家对你们张出来的榜提意见吗,既然大家有意见,你们就应该重新调查,这里边肯定有人假冒的,有人谎骗的,只要把别人拉下来,我不就能上去了吗?"

小陈戗她说:"你这是等着踩死别人救活自己呢。"

罗桂枝说:"我们这样的人,不踩死别人还能怎样?"

她们又扯远去了,林又红赶紧收回来说:"罗桂枝,就算他们重新调查,有人不符合,取消就取消了,不可能补充名额的,要不,你就等下一批吧。"

罗桂枝说："我不等,要我等就等于要我饿死,你们政——你们居委会,不能看着群众饿死穷死吧。"

大家也没办法对付这样不讲理的人,林又红只得先让了一步,说："要不这样,你先报名登记下来,如果有机会,我们会帮你争取的,这一批争取不到,就争取下一批。"

罗桂枝总算也让了一步说："这说的还像句人话,那我今天就填表。表呢,你们把表拿来我填。"

没有人肯把表给她,林又红让小金去办,小金虽然不情不愿,但也不能不听林又红的话,把表格打印出来,交给罗桂枝,说："你认得字吧?"

虽然大家对她耍态度,但罗桂枝既然拿到了表格,情绪也就不那么毛躁了,没有再和小金斗嘴。接过表格,认真地看了起来,小金把笔递给她,说："你认得字?那你自己一项一项填吧。"

罗桂枝果然乖乖地填写起来,办公室总算安静了一点。林又红正要和余老师商量扩建开工的事情,忽然外面又嚷了起来,出来一看,罗桂枝已经把填写的表格交到小金那里,小金看了看,说："我先跟你说清楚啊,自己填的不算数的,要有证明证明你填的情况是真实的。"

罗桂枝说："什么证明?"

小金指了指表格说："要证明的多着呢,比如这一项,家庭成员收入证明,你必须提供的,不提供,我们也不能承认的。"

罗桂枝发了一会儿愣,说："这个证明到哪里去开呢?"

小金说："你如果找不到单位开,我们居委会也能开,但是必须先调查,核实情况后再开。"

罗桂枝说:"那你们调查好了。"

小金说:"还有呢,比如这个,你看看清楚噢。"

罗桂枝看了一眼,不懂了,说:"尿检？尿检是什么？"

小金说:"你和你家里人都要去医院查小便。"

罗桂枝更不懂了:"查小便干什么？"

小金说:"凡涉毒人员,是不给办低保的。"一边说,一边拿眼睛朝罗桂枝横扫一下。

罗桂枝又愣了一下,似乎没有听明白,想半天才想通了,跳了起来:"什么什么,你们怀疑我是吸毒人员？你们、你们侮辱人,你们算什么政府部门,算什么政府工作人员。"

小金解释说:"不是怀疑你什么,更谈不上侮辱你,这是规定,凡是申请低保的,都得进行尿检。"

罗桂枝说:"规定,谁规定的,又是政府？"

小金道:"这回你说对了,是政府规定的,不是我们居委会。"

罗桂枝还在纠缠,不讲理地说:"如果你们不是政府,那要你们居委会多管什么闲事,你们欺负人啊？"

小金态度尚好,但话锋也尖利,毫不客气:"我们居委会就是负责把你的尿检报告一起附上去,只有其他条件都符合,尿检也过关,才能给你办低保,你不尿检的话,申请就无法递上去。"

罗桂枝又气又恼,说:"亏你们想得出来,我要是有钱吸毒,我还来办什么低保？"

小陈闷了半天了,这会儿又兴奋起来,插进来说:"哎,你这话不对,有好多人,本来好好的,有一份工作,有一个稳定的家庭,结果因为吸毒,把自己吸成个穷光蛋,把家庭吸得四分五裂,全完蛋。"

罗桂枝张嘴道:"你、你才……"一口气噎住了。

小陈一开口就收不回来了,继续痛快地说:"吸毒赌博之类,都不允许办低保的,你也不照照镜子,不用脑子想一想,难道国家会送给你钱,让你去吸毒,让你去赌博吗?"

罗桂枝半天回不上气来,等她终于回过气来时,骂人的话已经变成了哭声:"你们欺负人,我容易吗,一个女人,没有工作,把儿子带大,我容易吗?"

余老师"哎"了一声,说:"是呀,你把儿子带大了,你儿子都有二十了吧,又不上学,干什么呢,你白养着?"

小陈也趁机攻击说:"他是富二代,还是官二代,不用上班,有老娘养着,好羡慕啊。"

罗桂枝抹着眼泪说:"他没有上大学,一个高中生,到哪里去找像样的工作?"

小陈又尖嘴道:"哎哟,还要像样的工作,要求还不低呢,我们这样的大学生,也就到居委会混混。"

罗桂枝哭着奔出去了。

大家面面相觑,不知道触动了她的哪根神经,林又红更是疑惑地说:"怎么?她走了,不要办低保了?"

小陈说:"管她呢,走了才好,省得烦人。"

有个来办理入托老年食堂的老人在旁边看了一会儿,对居委会干部有意见了,批评说:"你们戴着有色眼镜看人,你们可能觉得申请低保的人,都是不学好的,都是不努力不上进的人,不是吸毒,就是赌博,或者什么……"

这老人戴着一副眼镜,看起来还蛮有知识蛮有学问的,他来入托居委会为社区老年人解决吃饭难的食堂,明明是居委会在替他们做事,他不仅不感激,反而还批评指责,还说居委会戴有色眼镜看人,林又红心里恨不得反驳,但她不能说。

见大家被他气得说不出话来,老人还变本加厉有说有道地漫谈起来:"其实啊,社会上有很多人,本来本质都是好的。"

小陈抢了话茬儿就说:"是呀,本来都是好人,是被我们居委会想成坏人的,是吧?现在我们办的老年食堂,也都是为坏人办的,您老人家是好人,就不必来加入了吧,免得被带坏了。"

老人并不生气,还"呵呵"地笑了,他这分明是在嘲笑居委会的人,嘲笑小陈呢:"你们做居民工作的,就是要受得了委屈嘛,怎么一点点不中听的话都不能讲,一点点反面意见都听不进去,你们的工作怎么做得好嘛。"

眼看着小陈又要和他戗起来,林又红赶紧认错说:"老伯伯,您说得对,群众的意见,我们一定要听的。说得对的,我们就要虚心接受,认真改进。"

并没有因为林又红降低了姿态,老人的批评就停止了,他仍然嘀咕个不停,批评这个,批评那个,最后竟然还说:"我是没有办法才来搭伙的,但凡有一点办法,我才不愿意来呢。"

就好像是居委会低三下四请他来的。

可其实就是居委会低三下四请他们来的呀。

小姜替老人办好了有关手续,把饭卡交给老人,对他说:"您是头一次来,我带您去隔壁的食堂看一看,到时候你就知道具体怎么做了。"

老人不满意地"哼哼"着说："那就看看吧。"

这才把老人请走了,但是大家的情绪已经被破坏了,一时没有人说话,被罗桂枝撕下来的那张榜还丢在桌上,林又红先把它收起来,对余老师说："这几个被居民点名举报的低保申请户,我上门去看看情况吧。"

余老师犹豫了一下,说："林主任,其实,其实也不一定再去了解什么。"

林又红有些奇怪,说："那怎么行,既然有人举报,总得核实,如果不核实,那到底听谁的呢？这一批低保还要不要进行呢？"

余老师说："当然是要进行的,其实大致上都还是这几个人,不会有什么大问题的。"

林又红见余老师的态度这么暧昧,不由得有些怀疑,直截了当地说："不管有没有大问题,我们总得认真对待居民的举报吧,总不能置举报于不顾就确定张榜的这些人吧,那要这公示干什么呢？"

余老师被说得不吭声了,停了一会儿,她才犹豫着说："要不,还是我去吧,你情况不太熟悉。"

林又红的怀疑不免加重了,她直接拒绝了余老师的建议,说："正因为我不熟悉低保这一块,不了解情况,这一回我得去,不然我真是一问三不知了。"

余老师勉强地点了点头说："那,也好,你多了解一点居民的情况,扩建工程这边,我多盯着点。"

一向懒惰不肯动身的小陈自告奋勇和林又红一起去,林又红朝她看了看,就估计到她又有什么话要说。果然,才走出一小段,小陈就忍不住告诉林又红,人情低保以前确实是有过的,有个低保户给余老师送过礼,余老师倒是推托的,但一推托那个低保户就哭,就说申请肯定没有希望了,没有活路了,余老师只好先收下,想过后再还给他们,可是等到街道审批一下来,这个低保户就到处乱说,说余老师收了礼才办下来的,街道也来查过,幸亏那东西还在居委会放着,不然的话,还真说不清了,就这样,余老师还是被街道批评了,虽然没有点名,但大家知道是余老师,那一阵余老师的脸都没处放。

林又红一听就来气了,说:"这算什么人情低保,余老师不是没有收人家的东西吗,开始虽然收下了,是打算事后还掉的,怎么就人情低保了,有些居民的素质,真是……"

小陈话中有话说:"不过这可能只是许多事件中的一件吧。"

以林又红的脾气,肯定是要追问清楚的,但是眼下她却一改往日的习惯,硬是把脾气咽下去了,她早已经感觉到,居委会工作可不是想象中的那么简单、那么一清二楚,即便追问小陈,即便小陈说出桂香街居委会中哪个干部曾经有过人情低保或者其他什么事情,她林又红又能怎么样呢?

只要从自己手里开始,不再出这样的事情,这就是她的底线了。

林又红把被举报的几个申请户按住址的远近排了一下,先远后近,住得离居委会最远的是一个姓刘的残疾人,双腿失去行动能力,几十年一直是靠轮椅生活。这已经是他第二次申请了,林又红认真地翻看了他的材料,感觉材料还是说得过去的,基本符合条件,但是为什么会有居民举报他呢?她又看了看居委会记录下来的举报内容,有一个是举报他有隐藏的收入,因为有人看见他去过银行存款。另一个举报说他的腿早就好了,现在是装出来的瘸腿,理由是过去他都是坐轮椅的,现在改用拐杖了。

林又红简直要笑出声来,这两项举报,都不是什么复杂疑难问题,都是可以用事实说话的。或者说,都是能够查清楚的。她问小陈:"这个老刘,明明双腿残疾,过去坐轮椅,现在为什么又改用拐杖了呢?"

小陈说:"他没钱用,就把轮椅卖掉了,拐杖是邻居用过后丢掉的,他捡来用的。"

林又红奇怪地说:"咦,你都知道情况?"

小陈立刻神气起来,牛烘烘地说:"林主任,你还真以为我是猪一样的队友啊?"

林又红才不和她讨论猪和神,直接说:"你既然知道老刘的实际情况,为什么刚才人家来举报时,你不指出他们在瞎说?"

小陈说:"你林主任都没有发话,我怎么敢随便乱说,万一人家真是装的呢,我岂不是搬了石头砸自己的脚,又被你林主任看死一回。"

林又红忍住笑说:"你做工作,难道是为了让我看的,死和活,难道是我看出来的,不是你自己做出来的?"

小陈厚颜无耻地说:"那是当然,工作不做给领导看,做了也白做。"

林又红说:"那就是说,老刘的腿确实残疾,但是还有举报他有什么隐藏收入的,有吗?"

小陈撇了撇嘴说:"狗屁隐藏的收入,他去银行可不是存款的,是取生活费的,就是他原来所在的福利工厂的一点点退休金,几十年都没变,远远低于现在的生活水准,所以,老刘是完全符合低保。"

林又红一听,差点又重复刚才的责问"既然你都知道,为什么还要白跑这一趟",但话到嘴边,又不想说了,换了个问题说:"这不是明摆着的嘛,难道举报他的居民都不知道吗?"

小陈说:"怎么不知道,个个都知道,个个看得清清楚楚。主任,你别惊讶了,他们不仅知道老刘的实际情况,他们还都蛮同情他,平时还经常资助他,给他送吃的送穿的,送他上医院,老刘家的那台空调,就是刚才举报他的那个糟老头帮他安装的,虽然是旧的,但也管用。"

林又红更是奇怪了:"既然他们都知道真实的情况,甚至还帮助他,那他们举报个什么鬼呢?"

小陈说:"嗐,居民就是这样,他们天生就是和居委会作对的,你居委会干什么工作,他们都要举报,不举报他们就过不去,德行!"

林又红实在觉得不可思议,忍不住"啊哈啊哈"地笑了起来,说:"吃饱了撑的?"

小陈说:"是眼皮薄,看不得别人拿政府的好处,最好所有的好处都给他家,但又明明知道不可能,所以就捣个乱什么的。"侧过脸朝林又红笑笑,又说,"主任,你到居委会工作,算是投了个好人家,涨姿势的。"

林又红气也气不得了:"那就是说,他们明明知道我们调查下来,会知道他们是瞎说,但他们还是要浪费我们的时间。他们不长眼睛,他们看不见我们工作有多忙,事情有多……"

小陈笑道:"主任,你可是主任啊,以后粗话由我来说,你可不能随便暴粗口,我被投诉不要紧,你主任被投诉,那可是反面典型啦。"

林又红想不通说:"那,他们一直是这样捉弄人的吗?"

小陈居然很了解他们,道:"要说他们是有意捉弄人,也不一定,他们天生就这样,他们并不觉得自己在捉弄谁,他们认为自己很正义,很坚持正义哈。"

林又红想了想,说:"以前老书记在的时候,他们也这样?"

小陈说:"那当然,他们才不给谁面子呢,没有面子,只有里子,里子就是实惠,就是利益。"

林又红说:"那老书记怎么办?老书记好脾气?"

小陈说:"再好的脾气碰到这些泼妇刁民,也没办法,只会气得哭,就这一点来说,林主任,你比老书记想得开,你不哭,你只会笑,笑一笑,气就消了哈。"

林又红心里一阵难过,为老书记难过,也为自己难过,小陈个小妖精,早就看出了林又红的心思,趁机说:"主任,你现在体会到我们当初哄你进来的用心了吧,险恶吧,歹毒吧,和你前世冤家吧?"

林又红猛地站定了,不往前走了,说:"既然如此,我们完全没有必要再到老刘家去调查核实。"

小陈说:"本来嘛,是你自己要来的嘛,也没有人让你来嘛。"

她这一说,林又红才回想起刚才余老师的态度,看起来他们对居民的情况的确很熟悉很了解,她不免有些尴尬,问小陈:"那怎么办,我们走到这儿,不前不后,回去吗?"

小陈说:"主任,你是主任,我听你的,你指向哪里,我就奔向哪里。"

林又红"呸"了她一声,正在为难,是放下举报不管不顾,还是明知上当也要前行呢,忽然就看到前边路边一户人家门前,一男一女正在扯打,定睛一看,正是刚才来居委会要求办低保的罗桂枝和她的儿子罗立。

罗立被罗桂枝死死拽住衣服,满脸恼火,用劲掰罗桂枝的手指,可罗桂枝的手指像钢钳一样坚硬,一个年轻力壮的男人竟然掰不开来,罗立眼见脱不了身,改了一副嘴脸,哀求道:"妈,妈,你放手吧。"

罗桂枝铁嘴钢牙蹦出两个字:"休想!"

罗立又说:"妈,我向你保证,我不是去赌,我是去上班。"

罗桂枝说:"放屁!你把我刚刚搞回来的钱又偷走了,你要不是去赌,我现在就把自己的头割下……"话音未落,罗桂枝"扑通"一声给儿子跪下了。

林又红见此情形,只觉头皮发麻,这罗桂枝的老公,就是因为赌,欠下一屁股债,把一个好好的家搞得分崩离析,现在她的儿子竟然也走了父亲的老路,这罗桂枝的命也够背的。

罗立见母亲给他跪下了,愣怔了一下,也同样"扑通"一声,给母亲跪下,磕了一个头,大声说:"妈,我这赌,和他不一样,我是为了我们家,我一定要把他输掉的钱赢回来,把这个家重新撑起来。妈,你相信我,我一定能赢。"

罗桂枝本来死死地拽着儿子的衣服,这会儿一下子放开了,抱住罗立痛哭起来,边哭边说:"罗立,你不能赌,十赌九输。"

罗立固执地说:"那我就是那十分之一。"说话间,推开了母亲,拔腿而去,罗桂枝在后面一边喊一边追,完全不顾家里的大门还敞开着。林又红走到门口朝屋里一看,家徒四壁,墙上却还挂着一些奖状证书,已经掉色破旧了。

林又红没有再说什么,她也说不出什么来,默默地和小陈一起离开了。

从罗桂枝家回来,已经是中午,居委会的干部都在老年食堂和老人一起用餐,林又红和小陈到得晚了,饭菜已经不多,最后进来的老人,就是新来搭伙的那一位,看到这情形,不由有些生气,指着林又红和小陈说:"你们居委会干部怎么也跟我们抢食?"

林又红和小陈还都没来得及回答,老人又问:"我们是搭伙,交伙食费,你们在这里吃,是白吃的吧?"

小陈使性子,把筷子一摔,气得不吃了。

老人说:"问问怎么啦?我又没说你们是白吃,我只是问一问,我们交一点搭伙费不容易,你们如果白吃,就是占我们的便宜,就是侵占群众……"

小陈气道:"别说我们不可能白吃,就算我们吃一点,怎么啦?我们每天辛辛苦苦为居民做事……"

余老师赶紧过来说明:"老人家,我们不会白吃的,我们都交搭伙费的,比你们交得多。"

小陈气愤不过,继续冲着老人嚷嚷:"说出这种话来,良心被狗吃了,交这么一点点屁钱,还供你们三菜一汤,你不知道居委会省下工作经费贴了你们多少,竟然还嫌我们白吃了你的,你好意思说得出口,我都替你丢脸,一把年纪的。"

老人本来气势汹汹,准备来个小题大做的,结果被小陈一骂,不仅没有生气,反而笑了起来,说:"算啦算啦,临到老了,还被小孩子骂几句,不跟你计较啦,我饿啦。"

小陈却还不依不饶,开始查问老人的情况:"你叫什么名字?你的家庭地址在哪里?我怎么没在这附近见过你?"

旁边有一个老人插话了:"你们上了他的当了,他根本不是桂香街社区的人,你们太好说话,也太马虎了。"

另一个老人过来看看这个混进来的,说:"老哥,你活该,你要是好好的,不这么凶,我们也没打算揭发你,让你混个便宜算了,可是你对我们居委会这种态度,我们不能答应的。"

那老人这下子着急了,赶紧说:"我认错,我认错,你们可别赶我走,我一孤老,你们不给我搭伙,我得天天在街上的饭店吃饭,我哪有那么多钱,再说了,街上店里的东西多脏。"

林又红眼前一直晃动着罗桂枝母子互相跪下的场景,匆匆扒了几口饭,起身就往小吃街去,小吃街开张营业前,所有店面都是有主的,但是到正式开张的时候,因为工商登记不合格,空下来一两家店面,林又红直接到这两家店面看了看,其中的一家,就在老辛的风味小炒店隔壁,位置挺不错,林又红当即给街道周书记打了电话。

周书记听到"罗桂枝"这个名字,想了一下,说:"罗桂枝?这个名字似乎有点印象,原先好像是做杂粮糕的吧,我记得她还曾经是区商业上的先进呢,后来不知怎么垮了,店也没有了,人也不知到哪里去了。"

林又红赶紧说:"是,就是她,现在待业在家,家庭条件太差,几乎没有收入,如果这个空着的店面能够考虑罗桂枝,她不光能解决自己的问题,还能带个好头。"

周书记笑了笑说:"林主任,其实,你找我,我找你,都一样,我们都只是牵线人,你得找到线头,找房东、找大 boss 啊——"他见林又红不吭声,知道林又红和江重阳之间有什么纠缠不清的纠葛,又说:"当然,如果你觉得不方便,希望我去找江总,我也可以……呵呵。"

林又红感觉怪怪的,周书记虽然没有推托,也愿意替她去找江重阳,可是他那暧昧的笑声,让她浑身长了刺似的不舒服,她赶紧说:"谢谢周书记,还是我自己想办法解决吧。"

话已出口,收不回来了。挂了周书记的电话,她拿着手机犹豫了半天,始终无法拨出那个电话,下意识地翻看了一下微信,看到"新的朋友"里又多了几个绿色的"接受",她接受了几个熟人后,又看到了"山不转水转",仍然在等着她的接受,她明明记得上次看的时候"个人相册"这一栏是空的,这会儿再看,"个人相册"里有内容了,顿时手指不听指挥,点了一下,果然有一张图片了,一看之下,顿时心脏乱跳起来。

是江重阳的自拍像。

正惊魂未定,江重阳的电话已经追过来了,不容林又红说任何话,他就一迭连声地说:"林又红,你终于加我啦,以后我们能互相监视——好好好,说你要听的事情,你要的那个店面,周书记已经和我说了,我没意见,我能有意见吗,我敢有意见吗,呵呵——只不过我现在在外地出差,你要是等不及我回来的话,明天先去金吉找我的副总谈吧——不过我可提醒你,你可得有充分的思想准备哦,我的副总,本来应该是你,你不肯来,我可是找了个美女,你见了可别吃醋,更不能因为吃醋影响正常的工作。"

在江重阳喋喋不休连嘲带讽的话语中,林又红又怎么可能听不出他对她的执着、执意、执拗、执迷。

片刻之后,江重阳把金吉副总的名字和手机通过微信发给了林又红,林又红也不耽搁,和副总联络约定明天一大早见面。

罗桂枝在居委会填的那张低保申请表上,应该有罗桂枝比较详细的情况,林又红晚上回家前,到居委会绕了一下,拿上申请表,正要出来,就看到罗桂枝推门进来了,完全不是白天那一副蛮不讲理的样子了,满脸的谦恭,甚至连腰也躬下来了,她手里提着一个编织袋,拱到林又红面前,想递给林又红,林又红没有接,罗桂枝低声下气地说:"林主任,就一袋小紫薯。"

林又红警惕地说:"你干什么?"

罗桂枝的态度更卑怯了,低声说:"林主任,我不骗你,这可是很好的品种,是农科所的产品,可以放心的,我做杂粮小吃,都是从他们那里直接进货的。"

林又红有点心酸,虽然就是一袋小紫薯,但她肯定不会收的,可是想起小陈说过的话,你要是不收,他们就会认为不可能解决,她也恨不得马上就把小吃街店面的事情告诉罗桂枝,只是因为八字还没一撇,对这样的人,可绝不能事先打保票。

林又红送罗桂枝出来的时候,老刘正撑着拐杖无声地站在居委会门口,看到林又红,他愣了愣,满脸沮丧,喃喃自语说:

"老罗的紫薯她都不要,我这个更拿不出手了,我这是自己腌的萝卜。"

林又红心里一动,上前接过老刘的腌萝卜,又拿过罗桂枝的小紫薯,然后将他们的东西对换一下,又放到他们手里,说:"不如这样吧,你们互相换一下,我做个中间人。"

罗桂枝和老刘大概没有见过这样的招数,不知什么意思,互相对看看,又一起朝林又红看,林又红赶紧说:"我知道,我不拿的话,你们不放心,现在这两样东西都已经经过我的手了,你们可以放心了吧?"

他俩又愣了一会儿,仍然朝林又红看,林又红朝他们挥挥手,罗桂枝叹息一声说:"那就走吧。"

老刘也叹息一声说:"只好走了。"

林又红又喊住罗桂枝,让她留下联系方式,老刘一听着急了,说:"为什么只留她的,不留我的?"

林又红说:"你的联系方式,申请表上都填过了。"

罗桂枝扶着老刘走了,看着他们的背影,林又红知道他们并不放心,不知怎么的,心里忽然产生了一种奇怪的感觉,这一连串的事情,先是申请,然后是审批,然后张榜公示,然后有人抗议,有人举报,举报的又不是事实,然后是晚上送礼,这是一串很连贯的动作,而且做得十分规范,十分有步骤,真像是一种规定的行为。

一个小小的居委会,面对最底层,最普通的老百姓,也会有许许多多别人解不开的谜。

第 22 章

　　林又红坐在办公室低头看材料,忽然进来一个大个子男人,直直地站在她面前,这个狭小的空间,几乎都被他的身体给占满了。坐着的林又红猛一抬头,直感觉就是一堵高墙压过来了,吓得赶紧站了起来,站起来也没到他的胳肢窝。林又红脱口说:"咦,这么高,你是运动员啊?"

　　一边说,一边又看了看他的脸,就感觉这脸有点熟,但一时没想起来是谁。面对这么高大的一个人,林又红坐也不是,站也不是,想请他坐下,还真怕他压坏了居委会那些破旧的椅子,只得站着和他说话。

　　这人拿出一张报纸递给林又红,林又红一看,是一则新闻:著名田径运动员田宁到南州参加国际田径赛,检查出服用了兴奋剂,被终身禁赛,彻底毁了名声和前途。

　　这个大个子就是田宁本人,可是面对田宁,林又红完全无法判断,一个服用兴奋剂的运动员会和桂香街居委会有什么关系。她小心翼翼地观察着田宁的脸色,谨慎地说:"你是田、田宁吧?你找我……"

田宁把报纸从林又红手里又拿回去,指着那则新闻说:"这个就是我,我彻底毁了——关键是,我是冤枉的,我没有服用兴奋剂,我从十二岁起就是专业运动员了,我绝不会拿自己的运动生命冒险的,再说了,南州这一次,只是邀请赛,又不计入总成绩,奖金也不高,我再傻×,也不可能在这种无关紧要的比赛上服用兴奋剂。"

林又红当然是听懂了,但她似乎又没有听懂,他有没有服用兴奋剂,可能确实是问题的关键,但和桂香街居委会还是没有关系呀。林又红无话可说,只好没话找话:"你好像、好像是东北人……"

田宁说:"我不是来找你们茬儿的,田联给我这样的处分我不服,但是尿检的阳性也是事实,我只能从我入口的东西上考虑问题出在哪里。"

自田宁进来后一直很迷茫的林又红,一下子明白过来了,是小吃街,又是小吃一条街!一定是小吃一条街上发生的事情!林又红脱口说:"你在南州期间,来过我们这里的桂香小吃一条街?吃了什么?"

田宁说:"那天晚上我就在一家冷菜店坐了一会儿,喝了一瓶啤酒,吃了一盘冷切牛肉。"

林又红急着说:"你有办法证明牛肉有问题吗?"

田宁说:"没办法,没人帮助我,知道我受到处分了,过去的熟人也都离我而去,我只能自己一个人单打独斗来南州调查。"

林又红又赶紧问:"那你去过小吃一条街,找到那个店的店主了吗?"

田宁说:"找到了,可是他完全不承认,口气硬得很,也不怕我去告他,我又到他隔壁的店去打听,他们的回答,完全一模一样,我怀疑他们是统一说法的,甚至统一行动的,他们恐怕根本不可能接受正常的调查。"

林又红当然相信田宁说的是事实,小吃街上那些摊贩,虽然现在成为店主了,但他们的脾性不会变,也不会改。难道,从前他们的那些下三烂的做法仍然在横行?

林又红心里一阵难过,不只是为田宁的冤枉,更是为小吃街没完没了的恶劣行为,她十分灰心沮丧,但还是指点田宁说:"那些人,你不能指望他们,你应该找有关政府部门。"

田宁说:"我找城管,找工商,找卫生防疫,都推来推去,只是叫我拿出证据,他们才能介入,我要是有了证据,我还要他们介入干什么?"

林又红奇怪说:"那你怎么想到到我们居委会来呢?"

田宁说:"那时候我真是山穷水尽、走投无路,幸好有个卖杂粮糕的女老板,悄悄地跟我说,让我找桂香街居委会,找林主任,我也很奇怪,这事情,又不归居委会管,怎么会让我找居委会,但是我已经没有别的路可走了,我来试一试吧。"

林又红一听,心里又热又烫,滚滚的豪情又升腾上来了,说:"我这就去了解情况,你放心,如果真是小吃街的问题,我们一定负责还你的清白!"话音未落,人已出了门。

林又红直奔小吃街老辛的风味小炒店,老辛似乎正在等着她呢,一看到她,立刻停下了手里的活,也不问她什么事,直接就说:

"林主任,试营业那天,我打电话给你,你没有来,现在的小吃街,看起来是正常营业了,其实还有许多问题。"

林又红也劈头给他回过去,说:"老辛,你们应该搞搞清楚,许多问题是我的问题吗?归居委会管吗?"

罗桂枝也从隔壁店里过来,居然不客气地说:"林主任,虽然你对我有恩,可是该说的话我还是得说,既然你认为不归居委会管,你这会儿又来找我们干什么呢?"

林又红压下火气说:"罗桂枝,我不是来和你们吵架的,我找你们了解一下,小吃街各家小店现在的进货渠道,比如说,你们使用肉类的原材料,比如牛肉……"

林又红话音未落,只见丁大强一阵风似的奔过来了,打断她说:"主任,先别说牛啦,先顾人吧,刚刚区里的通知已经下来了,如果三天之内不能将店招统一起来,达到要求,三天后小吃街全部停止营业。"

罗桂枝接着丁大强的话说:"林主任,你不是不知道,这地方的人,都是做一天吃一天的,三天没得收入,人就得挨饿啦。"

虽然他们在老辛的店里说话,但周边好些店的人都不做生意了,围了过来,七嘴八舌,林又红好不容易才听清楚发生了什么事情。

原来桂香小吃街的验收没有过关,过不了关的原因很多,首先一个最明显的问题,就是店招各自乱搞,简直像万国旗,乱七八糟,完全不符合城管对店招的要求。

林又红确实是个外行,从来没有想到过店招上还会出问题,等到听说了,才关注了一下各家的店招,真是不看不知道,一看吓一跳,简直乱成一锅粥,尤其是地面一层沿街的那些店面,各家的店招,真是什么招都想得出来,店名也是五花八门。

一个卖油煎果子的,叫"口水下流三千尺"。

炸鸡腿的,叫"鸡窝里的大腿"。

卖藕粉圆子的叫"红粉佳人"。

各种材质,也是应有尽有,只管拣最劣质最便宜的用上,甚至还有一家,卖糯米食品的,竟然马马虎虎用硬纸板糊了一个牌子。林又红头都大了,走过去指着那个用硬纸板糊出来的店招问他们:"这算什么?这是谁的店?"

一个五大三粗的汉子站了出来,蛮横地说:"我的,怎么着?看着不顺眼?"

林又红虽然上火,但知道发火解决不了这些人的问题,他们的火气永远比她大,所以尽量用和缓的口气说:"你这个店招,经得起什么?风吹?雨打?三下两下你就倒了,还做什么生意?还怎么用?我告诉你,你这个店招肯定是通不过验收的,我劝你趁早拆了重做。"

那汉子嚷了起来:"重做?我总共就这几毛钱,全投进去了,重做的钱你发?"

林又红还没来得及和他讲道理,另一边已经吵闹起来,有人喊:"打起来了,打起来了!"

林又红赶过去一看,是紧隔壁的两家,为了店招的位置,你挤我我挤你,最后搞不定,开始推推搡搡了。

林又红赶紧回到老辛店里,老辛已不在店里,臭豆腐 K 佬还挓挲着两条胳膊等着林又红想办法呢,他指着不远处自家的店面招呼林又红:"主任,你看看我的店招可以吧?"

臭豆腐 K 佬的店招确实还算规矩,既符合要求也十分讲究。臭豆腐 K 佬正在炫耀,林又红白了他一眼说:"光你一个人符合要求,那不叫小吃一条街,那只能叫小吃一家店,这店招的事,你能不能出面和大家说说?"

一听林又红要他出面统一大家的店招,臭豆腐 K 佬立刻脸色一变说:"我才不管呢,我只管我自己,别的我管不着。"

林又红说:"你是管不着,可是只要一家的店招不符合要求,城管这边就通不过,小吃街就不能经营。你自己一家的店招做得再规范再漂亮,也没有用,你就耐心等吧,也许要等到猴年马月。"

臭豆腐 K 佬愣了一会儿,开骂道:"妈的,都什么鸟人,做个店招都不能统一,这工作还真不好做啊。"

说话间,另一边又响起了一阵吵吵嚷嚷的声音,原来是一个来投诉的顾客,说是前几天吃了一碗牛肉粉丝汤,回去呕吐了三天,到现在还是吃什么吐什么,连喝口水都吐个不止。

设在小吃街的市场管理部门的工作人员,胳膊上套着个红袖套,他耐心地听完投诉后,摇摇头说:"我不知道的,这好像不是我们管的范围。"

投诉的人问:"那你们管什么呢?"

工作人员说:"就是让我坐在这里,没有吩咐我管什么。"

围着的店主和店员都哄了起来,骂道:"我们累死累活,鸡叫做到鬼叫,你们坐着就领工资,政府就是这样和老百姓区别开来的。"

另一个说:"喂,政府,你坐着屁股不嫌疼吗?"

工作人员说:"冤枉啊,我哪里是什么政府,我是下岗的,没有收入,才给了我这个岗位,每天只有五十块,还不能出问题,出了问题还要扣,你们没看见我天天早出晚归,出来比你们早,回去比你们晚,够倒霉的。"

投诉的人说:"我这才叫倒霉呢,明明是你们的东西把我吃吐了,可是吐也是白吐了,谁来负责?差点连胃都吐出来了。"

旁边的人又起哄说:"不要说你把胃吐出来,你把心肝肺都吐出来,也是白吐,政府只管把小摊贩关进屋子里,不要再在外面卖乖露丑,不要影响文明城市检查,其他就一概不问了。"

投诉的人气得又呕吐起来,一边吐一边说:"我就不信了,真是无法无天了,你这里投诉不行是吧,我总能找到可以投诉的地方。"

林又红的耳朵被震得生痛,她站得离他们远一点,朝他们看着,一时间,她的眼前竟然有些模糊,有点失真,这幅画面,算什么,是她现在的生活场景吗?是她今后的发展前景吗?

原以为只要把大家集中起来,有了固定的店面,有了遮风挡雨的场所,这些摊贩从小贩变成店主了,就会改邪归正,就会走上正道,就会重新恢复桂香街小吃街的美名,就会……

老辛一会儿又回来了,把一张纸交给林又红说:"这个给你,你想要了解的,各家使用牛肉的店,进牛肉的渠道。"

一旁的罗桂枝勾过头来看了看,撇了撇嘴说:"林主任,我有点奇怪,小吃街卖肉的,可不只是牛肉,猪肉羊肉鸡肉鸭肉鱼肉虾肉,有几十种肉,你怎么偏偏要了解牛肉呢?"

林又红一时不知怎么回答,她整理了一下自己的思路,田宁、丁大强的女儿、刚才那位来投诉的顾客,似乎都和牛肉有关——忽然间,她心底某个角落里,一直潜伏的一块阴影,渐渐地浮现出来,她心里猛地一惊,难道有一根线,把时间串连起来了?

林又红先匆匆看了一眼各家牛肉的进货情况,那可是五花八门,什么来路都有,不由皱了皱眉头说:"怎么会这么乱?"

老辛平静地说:"其实一点也不乱,不仅不乱,反而是有个统一标准的,那就是进货成本,一个'低'字。据我了解,有人进原材料的价格非常低,低到简直……但凡任何东西,无论价格还是什么,总有它的底线,如果跌到底线之下,必定是不正常的渠道,不正常的渠道必定会出问题。"

罗桂枝也多嘴说:"林主任,我们是想提醒你,现在小吃街的情况不是你想象的那样,很不乐观的。"

林又红也已经感觉到"不乐观"是什么,至少目前就她所知,进货渠道的问题、食品原材料的安全问题、店招的问题,都已经浮现出来,而且,肯定还会有许多的问题,早晚要一一显现出来。

林又红的心渐渐悬浮起来,怎么也找不到着落之处,心里慌慌的,总感觉到在什么地方,隐藏着祸事,隐藏着一头猛兽,虎视眈眈地盯着这个来之不易的桂香小吃街。

回到居委会,办公室扩建工程已经开工了,声音很吵,居委会又没有临时可以办公的地方,只能在噪声中和灰尘中坚持上班。大家要抬高嗓门说话,两天下来,都喊嗓子疼,只有小陈戴着口罩,塞着耳塞,她嗓子一点不疼,因为不管现场有多大的声音,也不管别人能不能听到她说话,她的声音都不会因此而改变。

小金抱怨小陈说:"都知道你这德行,都不到你那儿排队,都盯在我和小姜这边,你倒看得过去——我不跟你说了,说了也白说。"

小姜就给她们打圆场,招呼排队的居民说:"我这边办得快,可以多来几个排到我这边。"

小陈还拿他这种态度不感冒,说:"哎哟,就你积极?"

小姜说:"没有没有,队伍匀着点,办起来快一点嘛。"

小陈说:"以你这种工作态度,一比较就知道别人都是落后分子嘛,你不就是要让人知道嘛。"

小姜憨厚地一笑,并不言语。

小金又替小姜说:"不理她,嗓子疼,口干,省点唾沫。"

小陈说:"你嗓子疼,我还耳朵疼呢——真是吵死人不偿命,这哪里叫上班,这叫上刑。"

大家都笑起来,林又红赶紧把小陈拉到外面,避开刺耳的声音。小陈说:"太吵了,这几天上班可受罪了,主任,你行行好,有什么外派的活让我……"

林又红打断她说:"小陈,我这一两天可能来不了居委会,有事情你打我手机就行。"

小陈说:"主任,你不是怕吵才逃走的吧?"

林又红说:"知道不是就好,小吃街那边,虽然开了张,但是隐患很多,许多食材,还有辅料,进货渠道有问题,我得花点时间调查一下。"

小陈一张嘴,似乎想说什么,但是看得出来,话到嘴边,又咽回去了,有什么事情能让小陈欲言又止呢?

林又红紧紧盯着小陈。

小陈赶紧做投降状:"算了算了,我还是进去受罪吧。"难得没有多嘴,反而闭上了嘴又回进去了。

林又红站在街道上,想了又想,小陈的犹豫神态,难道在暗示什么,暗示小吃街那边有许多事情她是知道的?或者,不只是她,大家都知道,只有她一个人蒙在鼓里?

正琢磨着,就感觉身后有人靠近了,一回头,又是小陈,小妖精到底还是憋不住,有话不说,她早晚是挺不过去的。

小陈一看林又红"我早知道你会追上来的"神色,立刻说明:"不是我要来的,是潘师傅让我来的,是潘师傅求我来的。"

林又红看她手里拿个旧的牛皮纸信封,有些奇怪,小心地提防着她:"潘师傅有什么事,为什么要叫你来跟我说,还求你来,有那么夸张吗?"

小陈把信封交到林又红手上,说:"潘师傅让我把这个交给你。"

林又红满心疑惑,从信封里抽出一张纸。

这是一份三年前的通知书,市食药监管局食品安全处对金宏宾馆餐饮上的所有冷菜作出"停止使用,立即送检"的通知书,时间是九月二十九日。

林又红蒙了,彻底蒙了,她的思维似乎停止转动了。

小陈指了指说:"这是副本,是应该留在市局的那一份。"停顿了一下,又说,"潘师傅不敢来见你,更不敢把真实情况告诉你,所以……"

林又红完全无法相信,厉声说:"你们搞什么鬼,不可能,当年江重阳就是因为没有下达送检通知书,才受到了严厉的惩处。如果他下过通知书,是宾馆没有执行,他为什么要代人受过?"

小陈一改冲动的习惯,放慢了语速,降低了声调,说:"主任,你想想,这个副本,怎么会在潘师傅手上,本来不是应该在局里的吗?"

往事迅速地像放电影似的出现在林又红眼前——

当时俞晓在金宏当总经理助理,难道是俞晓?

林又红紧紧抓着这纸副本,像是抓着谁的性命,抛开小陈,直接打车到了金宏宾馆,直冲俞晓办公室。

进门一看,俞晓的办公室里一片混乱,一部分东西已打了包,还有的东西正在收拾,俞晓看到林又红气势汹汹地冲进来,立刻摆出标志性的姿态,嗲声嗲气地笑道:"哎哟,林姐,你来得真巧,再晚一步,我就离开这个办公室啦。"

分明是俞晓的工作出了问题,但林又红才不管她俞晓的死活,扬着那个通知书副本说:"俞晓,你说,这是怎么回事?"

俞晓也没看一眼林又红手里扬着的东西,她早就知道那是什么,她也早就知道林又红会拿着它来责问她,她冷静地说:"这么快就到你手里啦,他们对你真的很忠诚哦。"

一句话,又把林又红蒙住了,她急不可待地追问:"俞晓,你什么意思,什么叫这么快就到我手里了?"

俞晓依然笑着,语调夸张地说:"哎哟,林姐,你不用这么着急,我会告诉你的,你让我慢慢说,从头说,说得太快太急,会呛着的。"

林又红简直不敢相信:"这个东西,是你给潘师傅的?"

俞晓说:"是呀,我一个小时前才给他的,这么快就到你手里了。"她指了指自己的办公室,又说,"我要搬家了,新的办公地方,可没有这么大,所以,整理出来的东西,该归谁就归谁吧。"

林又红急得扬着那个副本说:"这个东西,怎么会在你手里,当初江重阳不是承认自己失察,没有及时下达送检通知,酿成事故,遭到处罚的吗?"

俞晓"嘿嘿"地笑道:"林姐,你对江重阳还真是死心塌地,他说什么你就信什么?"

林又红说:"那就是说,江重阳当年明明是下达了送检通知的。"

俞晓说:"是的,可是我们宾馆当天晚上接了一场超大的喜宴,来不及送检了,老总让我在江重阳回办公室的路上追上他,把他手里的副本偷出来,就万事大吉了。林姐,你也在食品处干过,这种送检和整改通知书,一天不知道要下多少,最后下班前,几个组的再合并,谁也搞不清到底下了多少,反正有副本为准,没有副本,他们谁记得呀。"

俞晓竟然把这么重大的事件说得如此轻飘飘的,林又红气得心脏乱跳,喘着气说:"俞晓,你竟然、你竟然……你为什么要这么做?"

俞晓可怜巴巴地说:"林姐,你知道的,我一向胆小的,领导说的话,我不敢不听呀。"

"呸!"林又红完全不相信俞晓的话,"你胆小,胆小你还敢偷副本,你还敢陷害……"

俞晓说:"林姐,我没有要陷害江重阳,本来也不是什么大事,如果不出牛肉中毒事件,这事情也就这么过去了。"

林又红更是觉得不可思议:"俞晓,你有脑子没有,于公于私,你都不可能做出这种事来,于公,你这样做是犯法了;于私,江重阳是你丈夫。"

俞晓的眼睛一下子红了:"他是我丈夫?他是我丈夫吗?他心里从来就没有我这个人。"

林又红心里猛地一惊:"俞晓,难道、难道你是为了报复江重阳?"

俞晓说:"你真的不了解我,你一点也不了解我,更不了解我对江重阳的感情,我怎么会报复他,我疼他还来不及,就算他一辈子都不爱我,我也会一辈子爱着他的。"

林又红心里一阵悸动,又痛又闷,闷得简直透不过气来,倒是俞晓,口口声声胆小,处处表现得软弱,却像在谈一个完全没有关系的人和事,继续说:"林姐,你肯定不能同意我的说法,如果我真的爱江重阳,我怎么会自己偷了副本,却让他去承担,因为这之前,他已经提出和我离婚,我伤心得乱了心智,昏了头脑,想借这个机会把他打到地狱里,就不会有人理睬他,他就不会抛弃我了。"

林又红尖声喊了出来:"俞晓,你疯了,你是个疯子!"

俞晓说:"我是疯了,我爱一个人,爱得如此辛苦,都结了婚,有了孩子,都这么多年了,他却一点也不爱我,心里根本就没有我,我能不疯吗?"

林又红只觉得全身心酸疼,她挣扎着撑着自己,她一定得把事情搞清楚呀:"俞晓,你偷了他的副本,他知道吗?"

俞晓说:"他知道,我也想把副本交出去,承认自己的行为。可他劝我别再生事,将错就错,为了我和儿子,由他去承担。"

林又红说:"你怎么能说他不爱你,他愿意为了你承担这么重的责任,还不够爱你?"

俞晓死死地盯着林又红,过了一会儿,反问说:"如果是你们家老宋,他也会为你承担的,但是你敢说,老宋能有江重阳那样爱你吗?"她的眼泪涌了出来,"当年,我也以为他是为我承担责任,是爱我的表现,结果我错了,我一错再错,我彻底错了。出了事以后,他就正式提出离婚,他很清楚,这个时候提,法院为我们母子考虑,肯定是会判离的。"俞晓终于放声哭了起来。

林又红默默地坐着听着俞晓的哭声,感觉那根本不是俞晓在哭,而是她林又红的心在哭。

等俞晓平静了一点,林又红问她:"俞晓,这个副本在你手里放了几年了,你为什么要在现在、在这个时候让我知道,你什么意思?"

俞晓抹干了眼泪说:"我是要提醒你,不要像当年我害他一样,再害他一次。这次你要害的,可要比当年重得多了。表面看来,小吃街已经开张,但是其中暗藏的隐患和风险有多大,你心里不清楚?这个地方,谁沾上谁倒霉,你还想拉着江重阳下水?"

这一闷棍,彻底把林又红打蒙了。

俞晓却还没有罢休,继续说:"江重阳十分清楚你的心思,他恐怕早就按照你的所想所愿在筹划方案了。"

林又红忽地站起来就往外走,俞晓在背后说:"林姐,现在我放心了。"

林又红彻底打消了先前的一些想法,她打算彻底从小吃街退出来。

可是她完全没想到,事态的发展,已经容不得她自己给自己做主了。

回去的路上,周书记的电话已经追来了,请林又红到街道谈工作,林又红推托手边有事暂时去不了,周书记一听就急了,直接点题说:"林主任,桂香小吃街开张以来,投诉比从前还多,主要矛盾已经从占道经营转到食品质量甚至食品安全问题上了,食品安全,这可比占道经营要重大得多——虽然现在网管网监的工作力度大,虽然现在网络上暂时没有什么大的风波,但是隐患处处有,风险时时在,食品安全出问题,那可是天大的问题啊。"

林又红心里十分别扭,忍不住说:"周书记,街道是不是觉得桂香街居委会有能力解决?"

周书记"呵呵"一笑,说:"林主任,你个人,可是有这方面的资源哦,就看你愿不愿意把个人的资源提供出来为小吃街解决问题——街道党委刚刚开了会,分析了目前小吃街的状况,提出了第三方进入管理的设想,一定不能再任由商户自行其是,比起从前他们在大街上随意设摊,现在毕竟承担了房租水电等成本,成本上去了,他们就会动歪脑筋再降低成本,我们正在配合区政府研究方案,恐怕需要有第三方面进行管理,统一进货统一经营,才能保证……"

林又红说:"这应该是政府出面解决的事情。"

周书记说:"但是这个第三方的工作,也属商业经营,政府肯定不适合直接干这个事情。"

林又红心想,难干的事情你就不适合了,只有现成的事情才适合。

周书记说:"我们也议过很多人,感觉都不太理想,把握不大,只有一个人可能做起来。"

林又红当然知道他说的是江重阳。

只是,她无论如何也不会再去找他了。

第 23 章

　　林又红在上下班必经的路上,碰见了何小娟的丈夫、市电视台的孙一光,一看就能知道,孙一光是特意在这里守候着她的,林又红心里"咯噔"了一下,顿时紧张起来,连气都有点喘不过来了。

　　她尽量稳住自己,尽量显得若无其事,上前和他打招呼:"孙主任,上回去台里,给你添麻烦了。"

　　孙一光却没头没脑地说:"上回我也不知道你是谁,后来才知道,你居然就是宋立明的老婆。"

　　一听"宋立明"三个字从他嘴里蹦出来,林又红顿时魂飞魄散,她盯着他那张被愤怒淹没了的脸,吓得心怦怦乱跳,说:"孙一光,你、你认得、认得宋立明?"

　　孙一光冷冷地一笑说:"认得,当然认得——他们居然、居然还商量好了,让你来找我,再让我帮你办事,什么意思?真有意思。"

　　林又红只得说:"不是他们,那是我,是我请、请小何……"

　　孙一光朝她摆了摆手:"林主任,你就别往自己身上揽了,这事情你和我一样,都是、都是……都是尿货!"

林又红的脸顿时涨得通红,简直无地自容,大脑几乎一片空白,完全不知道往下该说什么。

孙一光显然是有备而来,他虽然碰上了和她一样的事情,但他有话可说:"林主任,本来我已经忍无可忍,正打算摊牌,可那天晚上,何小娟忽然陪你来找我,之后我知道了你就是林又红,我就、我暂时没有……"

林又红胆战心惊小心翼翼地说:"孙一光,你、你没有?"

孙一光说:"林主任,说实在的,我是看你的面子,没有戳穿他。"

林又红十分惊讶,完全想不明白,她和孙一光只是一面之交,而且还十分勉强,并不愉快,他怎么会看在她的面子上,她在他面前,有什么面子可言?

孙一光说:"你从联吉氏的副总直接去做居委会主任,我们台里很多人都知道你的情况,也清楚这里边的整个过程,甚至,连何小娟都和我说起过你的事情。"

林又红脸又红了,支吾着说:"不好意思,我是被他们设计了的,当然,我落入圈套,也只能说明我过去太自以为是,太看高自己……"

孙一光说:"但至少说明,在你的内心,没有尊卑之分,没有高低之别,只要是对别人有益的事情,你就肯去做,现在这样的人,还能找到几个?"他口气一转,又说,"不过,无论你今天是居委会主任,还是什么老总,你都和我一样,面临一个严峻的考验和选择,虽然到目前为止,我还忍着,没有把他们的事情揭穿出来,但是,现在不做,不等于以后也不做。"

　　林又红又是一阵心惊,试探着问:"孙一光,你打算……"

　　孙一光反问说:"我倒是想问问你的打算,你难道打算一直假装无事,一直忍下去吗?"

　　林又红无言以对。

　　自从发现宋立明和何小娟的关系,林又红当天晚上搬到居委会睡了一夜,但是第二天一早,赵镜子就把她拖回去了。林又红并不怕家丑外扬,她一向敢做敢当,既然碰到了这样的坎,她根本就没想瞒着别人,因为她知道,瞒是瞒不住的。

　　头天晚上她到居委会的时候,只有一个疯老太太看到,可第二天一大早,大家都还没有上班,赵镜子就已经把她堵在居委会了,这节奏,简直就是、就是什么节奏啊?

　　但林又红心里清楚,赵镜子是对的,住在外面吃苦受累,那是用别人的错误来惩罚自己的愚蠢行为,林又红当即停止了这种愚蠢的行为,重新回家去。

　　她和宋立明,继续着往日的常态生活,始终没有触及这个话题,只是晚上宋立明睡到书房,并告诉小西,他打呼噜影响妈妈睡觉。

　　小西多么聪明伶俐,怎会不知道发生了什么,但是既然父母暂时都没想通这件事,也不知道怎么处理这件事,她当然也只能伺机再说了。

　　林又红向来是不肯让人的,年轻的时候,经常欺负宋立明,只要一不高兴,一不满意,就把"离婚"挂在嘴上,宋立明老实,一听到"离婚"两个字,顿时打软,很快就被林又红收拾得服服帖帖。

可是现在，他们真的出问题，出大问题了，林又红不仅没有提过这两个字，甚至连想都不愿意去想。

她能忍下这口气吗？她能当作无事一样继续下去吗？

以林又红的性格，是断然不可能的。

孙一光见她说不出话来，也不逼她，只是说："可能你还需要时间吧，但是这个时间不是永远能够走下去的，总有一天它得停止在某一个决定之下。"他稍稍停顿了一下，下决心说了出来，"我已经向何小娟说清楚了，一切掌握在她自己那里，她如果想离，我同意，她如果不想离，我不勉强。"他拍了拍脑袋，自嘲地说，"你觉得奇怪吧，这等于白说，因为我自己也没有想明白。"

林又红忍着心里的刺痛，挣扎着说："孙主任，连你自己都没有想通，我现在真的无法回答你。"

孙一光说："林主任，我今天来找你，当然是为了和你说一说我们碰到这件倒霉事情，但是你想想，这事我们知道也不是一天两天了，我为什么会到今天才来找你？"

林又红神经过敏，心一下子又提到了嗓子眼儿上，紧张地问："还有什么事？又出什么事了？"

孙一光说："其实，还有一个重要的情况，我得告诉你，这个耽误不得。"

林又红真是被吓坏了，张着嘴，被冷风呛得猛咳起来。

孙一光说："我今天是特意来提醒你的，桂香小吃街最近被上级官方媒体盯上了，他们一直在做暗访，已经有一段时间了，甚至都回避着南州的媒体，完全独立行动，这说明……"

林又红心里一紧，顿时想起在小吃街投诉无门的那个顾客曾经说的话，总有办法能够揭露你们，又想起周书记所说，现在的投诉比从前还多，矛盾的性质也转变了，林又红立刻问："他们既然没有和南州的媒体接触，你们是怎么知道的？"

孙一光说："媒体与媒体之间，肯定都有熟人的，无意中发现了。"

林又红又问："是省台，还是央视？"

孙一光没有回答，只是摇了摇头，说："既然人家是暗访，那肯定是事情比较大了，性质也很严重，只有跳过南州才能搞清楚，所以，这种情况是很难通过政府做工作就摆平的。"他注视着林又红焦急的眼神，抱歉地说，"对不起，我今天可能是往你心上连插了两刀，只是，这两刀，即使我今天不插，你也总有真正挨刀的时候，到那时，伤害恐怕就更……"

林又红赶紧说："孙主任，怎么是你往我心上插刀，这两刀，是我逃不过去的，也是我早晚都得挨的，谢谢你今天来找我，让我先有思想准备。"

孙一光却摇了摇头，又叹息了一声说："其实，有些事情不可避免，但有些事情，像小吃街的事情，你是完全可以置身事外的——只是、只是我知道你不会，所以才来找你。"

孙一光给林又红留下了联系方式，告诉她如果有需要，可以随时联系他，就匆匆地走了。

林又红给小西打了个电话，告诉她晚上不回家吃饭，自己就直接到小吃街去了解情况。

小吃街一如既往，看不出有什么异常。林又红找到老辛的店，发现老辛的店开着，生意也做着，老辛却不在店里，问了一下，店里伙计说老板可能到罗老板的店里去了。

　　林又红又到隔壁罗桂枝的杂粮糕点店,别说老辛,连罗桂枝也不在,问了罗桂枝的伙计,伙计说,两位老板好像和记者去谈什么了。

　　林又红脑袋里顿时"嗡"了一下,老辛和罗桂枝和记者谈什么?是他们主动找记者,还是被记者找去了?如果是他们主动找记者,那他们一定是出卖了小吃街的问题。如果是记者找他们,那他们也无法替小吃街隐瞒任何事情。难道孙一光所说,真的已成事实了?

　　林又红心里又乱又慌,一时竟不知道要朝哪里去,就看到罗桂枝和老辛迎面过来了,林又红急着上前就问:"你们怎么回事,你们在给别人提供小吃街的问题吗?"

　　老辛没有回答,罗桂枝看了看老辛的脸,忍不住对林又红说:"小吃街的问题,还需要我们提供吗?"

　　林又红愣了愣,说:"那你们和记者谈什么,是哪里的记者?"

　　老辛和罗桂枝对视了一眼,罗桂枝说:"林主任,哪里的记者已经不重要了,小吃街的问题迟早要暴露的,我和老辛,我们几个,都觉得,早暴露比晚暴露好,所以,记者来暗访时,我们都如实说了,他们为了保护我们,特意在我们脸上打了马赛克,但是我们仔细一想,马赛克根本是遮不住的,这条街上,桂香街这一带,谁不认得我们,既然这样,我们干脆把脸露出来。"

　　林又红又惊又意外,不由得说:"你们公开自己的态度,公开揭穿了小吃街的问题,难道不怕……"

　　罗桂枝说:"怕什么,反正伸头一刀,缩头一刀,要想小吃街能够生存下去,这一刀不捅不行了。"

老辛也接过去说:"林主任,说实在的,你以为我们想自打耳光,自毁生意吗?小吃街的问题,自开张以来,我们就一直在反映,一直在纠结,我们做生意这么多年,知道轻重,也知道糊弄是糊弄不下去的,总有一天会大暴发的,但就是没有人真正听进我们的话,大家都以为,只要把街上流动的小贩,归拢到屋子里,就万事大吉了,其实……"

林又红不由得打断他说:"你们是想置之死地而后生?"

老辛说:"我和罗桂枝——其实不只是我们,这里所有的人,大家的希望都在小吃街上,可又是大家共同亲手把这种希望毁灭——我们初步做了一点了解和统计工作,从调料到食材等等,罗列的问题竟有几十项之多。"

林又红不由担心地说:"你们这样做,不怕得罪了这里的大部分人,如果因为媒体曝光,砸了他们的饭碗,他们不是要和你们拼命吗?"

老辛说:"他们自己和自己拼命去吧。"

罗桂枝说:"林主任,你可能还不太了解我们这样的人,可以说,这里的大部分店主都和我们的想法一样。"她见林又红十分惊讶,赶紧解释说,"大家一边用着地沟油,一边却又希望不要这样做,但是因为周边的人都在用,谁不用,谁就亏了,谁不用,谁就是傻×。"

林又红说:"他们,媒体那边,把这些事实都采访到了?"

老辛说:"这都是明摆着的事,没人能够瞒天过海,何况,这些日子以来,天天有人投诉,天天有人举报,别说有经验的媒体,就是一个小老百姓,随便走到哪家店里,问一问伙计,事实就出来了,无须隐瞒,就是公开违法,公开作弊,事情都到了这一步,等于自己把脸送到别人手下去挨打。"

林又红心知大事不妙,赶紧给周书记打电话,周书记的电话却一直占线,林又红急得直接跑到街道办事处,冲进周书记的办公室,正好看到周书记对着手机在说:"焦点访谈?明天晚上?"

林又红的心一下子掉了下去,掉到无底的深渊里了。

周书记一屁股坐在沙发上:"好了,再也不用担惊受怕了,终于解脱了。"

第二天晚上央视的焦点访谈节目,播出了南州市桂香小吃街的食品安全专题,一夜之间,桂香小吃街真的全国闻名了。

接下来就是一级一级地处分干部,区长和周书记都被免了职,连市里的分管领导也受到处分,其他更有一大串的名单,这些名单会在下一次的焦点访谈中播出来,告知天下,南州桂香小吃街的食品安全问题,得到了严肃的处理,已经解决了。

解决问题的办法就是小吃街停业。

停业的小吃街,更加不可能有人来管了,本来愿意管的区长、街道周书记,都已经出局了,虽然食品安全不是直接由城管大队负责,但此时他们也都缩起脑袋,过去每天都能看见的城管执法,现在连一个人影也没有了。

所有桂香小吃街的店主,一夜之间都失业了。

林又红到区里参加宣布整顿小吃街决定的会议后,下班前回到居委会,小陈正在那里嚷嚷:"活该,活该,报应,报应!"

林又红气得脸色铁青,正要斥责小陈,却见一个女人哭喊着奔了进来,跌跌撞撞,眼看就要摔倒,嘴上喊着:"救命啊,救命啊,求求你们,快去救我老公!"

林又红赶紧扶住她问:"你老公怎么回事?"

妇女哭道:"他、他爬到了顶楼,要、要跳楼了,你们动作快点呀!"

小陈看了妇女一眼,说:"你不像是小吃街上的嘛,你老公,在哪里做事的,跳什么楼?"

妇女说:"你怎么问得出口,你难道不知道这一阵股票跌得像什么了吗?我老公把家里的全部财产都押上了,还外借了三倍的什么东西,全部赔进去啦,我老公现在就在楼顶上,你们不救他……"

小陈说:"他有自己的单位,你怎么不找他单位?"

妇女指着小陈说:"你什么居委会,救人还讲单位不单位?"

林又红一边让小姜赶紧报110,并给消防队打了求助电话,一边带着大家一起赶往出事地点。

出事的小区是个新建的住宅区,里边都是高楼,那个要跳楼的人站在其中一幢的十二层楼的楼顶,林又红一抬头,只觉得一阵头晕目眩,风很大,一张嘴就被呛住了,但林又红还是尽了最大的努力从下边往上喊:"喂,你不要冲动,我们都来了,你看一看,我们都来了,天大的事情,都是可以好好商量解决的。"

上边的人停顿了一会儿问道:"你是谁?"绝望的声音中似乎夹进了一丝希望。

下边的人齐声高喊:"是居委会主任。"

上边人说:"是蒋主任吗?"

下面有人要纠正,林又红赶紧挡住,继续朝上面喊:"你的事情我们已经知道了,你一定不要钻牛角尖,只要人活着,一切问题都能得到解决,都会发生变化。"

上边的人又停了一会儿,声音中的那一丝希望已经明显失去了:"不可能了,我已经倾家荡产了,我马上就家破人亡了,我老婆要和我离婚,我儿子也骂我,连我八十岁的老娘,也教训我,说我没出息,我活着,还有什么意思,我还有什么脸活着。"

他老婆一听,立刻号哭起来:"我错了,我错了,你快下来吧,我向你赔罪,我、我……"

说话间,她和他的八十岁的老娘、他的儿子齐齐地跪下了。

上边的人往下一看这情形,又沉默了,林又红赶紧抓住机会再喊:"我是桂香街居委会的主任,我向你保证……"

"保证"两字一出口,林又红不由倒吸一口凉气,一直凉到心窝里,保证,她拿什么来保证,她凭什么给别人保证——果然,楼顶上的人一听"保证"两个字,立刻吼了起来:"保证?你以为你是谁啊,你以为我会相信你,你们搞的小吃一条街,开张的时候,大家都以为成功了,这才几天,就上了焦点访谈,脸都丢光了,我炒股票赔的钱,还指望你们给我弄回来?"

声音中断了,因为人已经跳下来了。

现场一片惊慌一片混乱,家属的痛哭声、群众的惊叹声、消防车的鸣笛声,惊扰着这个悲痛的傍晚。

晚饭的时候,林又红一言不发,闷头扒饭,宋立明却一改往日从不主动发言的习惯,小心地看着林又红的脸色,说:"焦点访谈的事情,没有影响到居委会吧?"

林又红沉着脸,仍然一声不吭。

小西插嘴说:"老宋,你真是糊涂,就算这事和居委会无关,但是我老妈是什么样的人,你不知道吗?"

林又红忽然没头没脑地说:"今天有个炒股票亏了的人,要跳楼,他老婆跑到居委会来喊救命,我们赶去了,可是他还是跳下来了。"话音未落,把碗一推,筷子一放,说,"我吃好了。"起身进了卧室。

林又红不能再等下去了,她横了横心,直接打电话给江重阳。江重阳接电话的口气仍然是没轻没重,一点未改:"林又红,这可是我多年前的手机号码了,你都一直没有删掉,我很欣慰啊,至少说明你心里一直还是有我的。"

林又红心里一酸,眼眶顿时热了,她尽量控制着自己的情绪,尽可能语气平静地说:"江总,不知你什么时间有空,我想和你谈点事情。"

江重阳却似乎只想跟她谈过去的事情,继续说:"我这个1390打头的号码,现在可是很少的了,这么多年,大家都换了几轮手机和号码了,我坚持一直不换,你看出来了吧,我可真是个专一的人、专情的人。"

林又红努力保持着平静,重复说了一遍:"江总,我们见个面好吗?"

江重阳没完没了,继续按照自己的思路说:"林又红,老情人单独见面,很容易旧情复发的,你就不害怕?"

林又红没有办法,只能一味退让,说:"江总,我不是来找你谈情说爱的,我现在只是一个居委会大妈,而你是江总,就算我想谈什么情，我也已经没有资格了。"

江重阳笑道："其实，我也急着想和你谈谈，就是一直在等你先联系我，嘿嘿，你到底还是没耗得过我。"

林又红说："江总，在小吃街店面的事情上，我早已经低头了，如果你觉得我的头低得还不够，我还可以再低。"

江重阳顿时声音高昂起来："真想不到啊，林又红的头，居然可以一低再低，有句话怎么说来着，物是人非，物是人非。"

林又红直逼着他说："你是同意见面了？"

江重阳没有直接回答见不见面，换了个话题说："其实小吃街的事情，和你居委会有什么关系呢，你却还为了它来找我，所以啊，我想了想，并不是物是人非，人没有非，人还是那个人，你的性格并没有变，狗拿耗子，多管闲事，自以为是，自以为了不起。"

林又红仍然忍着、忍着，还是好声好气地说："江总，我是因为太着急，小吃街的店，就这样停在那里了。"

江重阳立刻笑了起来，说："小吃街的店停在那里，是你损失，还是我损失？你搞得我都糊涂了，你到底是为谁着急，为那些商户，还是为我啊？"

虽然遭到江重阳百般的嘲弄，但江重阳的话，却让林又红心头一亮，小吃街出事，她光为那些商户着急了，怎么不想想江重阳在这个事件中的损失呢，金吉的整整两层，就分文无收了。

林又红赶紧说："既然如此，我们还是抓紧谈一谈——当然，本来也许不应该由我找你，但是你知道的，街道周书记，甚至区政府的领导，都为此付出了代价，其他的领导，或者新来的领导……"

江重阳说:"不用说了,我本来就没有指望过他们——见就见吧,不过,见面的地点得由我来定,我定好后,发给你。"

挂断电话后,林又红只觉得浑身酸软,刚才硬挺着的那点儿精神气,已经耗尽了,不等她喘息片刻,江重阳的信息已经来了,定的地点,竟是他们初恋时手拉手踏进的第一家咖啡店。

林又红在心里大声叫喊:江重阳,你到底想干什么?

林又红抓了件外衣就往外走,宋立明在一边小心地注意着她,犹豫了一会儿,最后还是问了出来:"这么晚了,你到哪里去?"

林又红恶狠狠地说:"我去找江重阳!"

宋立明顿时脸色铁青,手中的茶杯在地上发出"啪"的一声脆响。

这么多年过去了,这条街上许多店家都改了又改,换了又换,可这家咖啡店却始终坐落在原地,始终是开的咖啡店,只不过改换了几次店名,从最早的上岛,到后来的星巴克,再到现在的雕刻时光。

林又红和江重阳几乎是同时到达的,在店门口一见面,江重阳就说:"一家咖啡店,开了十年多还是咖啡店,真算得上是初心不改,从一而终了。"

林又红知道他话中有话,但此时此刻,她完全无法接他的招,她实在做不到像他那样谈笑风生地调侃被他们共同亲手葬送了的爱情。

江重阳怎会不知林又红的心情,一边说:"好了好了,不谈以往,我知道你怕谈以往啊。"一边和林又红一起进店坐下。

一坐下来,江重阳就说:"知道你心里惦记,我先和你把店招的事情说一下,已经谈妥了,由金吉来承担重新制作统一的店招,当然,不会是免费的,仍然和房租一样,从他们的利润中扣除,分期扣,本来做店招的成本也不高,再分期扣,不会增加他们很多负担。"他见林又红有些意外,掩饰不住惊喜,又强调说,"你可要领我的情啊,我确实就是为你做的,我甚至就是为你而生的,你希望我做的事,我都会做到的。"

小吃街都停业了,他怎么还在说店招的事情?要说江重阳完全不知道小吃街目前的情况,那是绝对不可能的,所以,一时间林又红完全张不开口,只能听着江重阳继续滔滔不绝、半真半假地说:"当然,你可以不相信,你可以说,我是为自己的利益,如果小吃店开不了张,金吉房租也收不到,你当然可以这样理解,但你这样理解是简单化的,甚至是错误的。"

服务员送咖啡来,见江重阳眉飞色舞夸夸其谈,而林又红则默默地看着他,默默地听着,不由多瞄了他们一眼。

江重阳转而朝她笑道:"你是不是觉得,或者你见得多了,有经验了,像我们这个年纪,一男一女,眼神又那么暧昧,既不会是夫妻,也不像是正经的恋人,那肯定是婚外情啦。"

服务员大概没见过这样神经的顾客,被吓了一跳:"没有,我没有。"赶紧走了。

江重阳"哈哈"大笑,对林又红说:"你看冤不冤,明明是正常的同志关系,谈的也是正常的工作,却偏偏没人相信,连个服务员,也认为我们在搞婚外情。"

林又红表面依然平静着,心里却波浪翻滚,忍不住说:"江重阳,其实,我不想来找你的,俞晓已经告诉我了,当年金宏出事,你已经……"

江重阳笑道:"俞晓居然能够憋了这么多年才坦白出来,对她来说,可真不容易啊。"

林又红又忍不住打断他的"哈哈",犹豫着说:"即使现在,我们见了面,我也不能确定我要不要跟你开口。"

江重阳说:"你不开口,也等于开口,现在小吃街和房东之间,缺少一个管理方,没有管理方,一边只管出租,一边只管做生意,无法掌控经营的具体过程——如果你想让我做第三方,我一定做,不过,很可能,过不了多久,我又要第二次栽进去了。"他见林又红脸色大变,赶紧笑起来,说,"我呸,我就是个乌鸦嘴。"

顿时,俞晓的话又在林又红耳边响起来,不要像我当年害了他一样,再害他一次。

江重阳怎能不知林又红的心思,他嬉皮笑脸地说:"在你眼里,在你心目中,江重阳就是那么愚蠢的一个人啊,在一条河里淹得半死,还会在同一条河里再淹一次吗?就算喜欢被淹,也得另找一条河吧。"

林又红多少被他的乐观情绪感染了,心情一放松,立刻撇开其他想法,直接就说:"既然几方共同设想了一个第三方管理,应该是有可行性的,全部统一进货,不光原材料,连辅料油盐酱醋等也都统一进货,完全切断不可靠的进货渠道,杜绝材料中的隐患,才有可能避免……"

江重阳接过去说:"避免金宏当年那样的重大事故。"

林又红没有再被他牵着鼻子走回往事,坚持把话题扯回正道说:"但是第三方管理,统一进货,难度相当大。"

江重阳说:"这个你放心,我已经和几家大品牌企业联系上了,比如黄金油这样的知名品牌,如果量大,批发价可以降到最低点。"

林又红立刻追问:"降到最低点,是多少价,他们能接受吗?"

江重阳又嬉笑着挖苦道:"怎么,你指望比地沟油还便宜吗?"

话说到此,林又红的沉重心思已经放下了一大半,她已经完全不用怀疑,江重阳会把这个第三方管理做起来,做到位,做出模样来。

至于江重阳为什么会这么做,林又红无法回答自己。

江重阳又固执地牵扯起来:"林又红,除了谈工作,你就没有别的话和我说说?"

林又红也不想一味地被动地抵挡了,该提到旧事总还是得提,所以她主动说:"江重阳,你和俞晓到底怎么样?她一直在等你。"

江重阳笑道:"在等我的人,恐怕可不止她一个吧?"

林又红说:"可是,只有你和她,都一直单着。"

江重阳说:"不对吧,单着的可不只她一个吧。"

林又红的思维一时没有跟上江重阳的话,这世上,单着的人当然是多,但是也得和你江重阳有关系才扯得上去呀。

江重阳侧过脑袋朝林又红探究似的看了又看,故作好奇地说:"林又红,你还真不把自己的事当回事,别人的事情,你倒是纠缠不休。俞晓也好,小吃街也好,都值得你劳那么多神,你自己家里出的事,你能够当它什么也没发生吗?"

宋立明的事情,江重阳知道了,这也不奇怪,小陈报告给赵镜子了,赵镜子又报告给江重阳,只是江重阳竟然直捅她的伤口,这也太过分了,欺人太甚。还不等林又红开始反击,江重阳又说:"干脆,你和老宋离了,重新和我好吧,人不如故,衣不如新。"

林又红实在控制不住,失声痛哭起来。

江重阳说:"你看你看,戳中你的心境了吧,戳痛你的神经了吧,哭得这样——算了算了,开个玩笑,你这么认真干吗,你现在可不如从前潇洒,连玩笑都开不起了。"

林又红夺门而去。

自从在工地上突然看到江重阳,自从江重阳重新出现在她的生活中,她和他的几次交往,次次的结果,都是她夺门而去。江重阳曾经挖苦说,一走了之是她最擅长的,可是,面对这个江重阳,她除了走开,还能怎么样?

回到小区时夜已经深了,林又红发现小区的长廊里站着一个人,林又红吓了一跳,定睛看时,竟是宋立明。

林又红心里一凛,宋立明要和她摊牌了,他不想让小西听到,所以特意跑到外面来等她。

林又红一时僵住了。

宋立明指了指廊上的长椅说:"忙了一天了,累了,坐下说吧。"

林又红没有说话,默默地走过去坐下。宋立明稍一犹豫,也跟过来坐下了,两个人一时都沉默着。

如果换了以往,林又红早就开口了,她不是个耐得住性子的人,尤其是和宋立明说话,宋立明只要稍有腻歪,她就会毫不客气地打破沉默,直奔主题,可是今天,她无法开口,哪怕心里憋得要爆炸,她也不能先开口。

坐了有两三分钟,宋立明仍然没有先开口的意思,小区的保安巡逻经过,手电筒照了照,认得他们,笑了笑就走开了。林又红十分不自在,从牙缝里挤出两个字:"说吧。"

宋立明小心地看了她一眼,试探说:"我先说?"

林又红心里慌得怦怦乱跳,但还强作镇定地说:"是你在这里等我,你没有话说?"

宋立明难堪地搓了搓手,又移了移脚,看得出他在犹豫,同时也在下着决心,最后大概终于拿定主意,说:"其实,其实,我和她,并没有什么——不是你想象的那样。"

"你和她?你和谁?"林又红实在是气愤不过,又说,"我想象的,那是什么?"

宋立明说:"又红,真的没有什么,只是我们认得以后,有一些交往,喝喝茶,聊聊天。"

林又红气道:"聊聊天,你在家里,三棍子打不出个闷屁,问你什么都不表态,和人家喝茶聊天,很有共同语言啊。"

宋立明老老实实点头说:"是有点、有点共同语……"发现说漏了嘴,又赶紧反过来说,"其实也没有什么共同语言,就是随便聊聊,瞎扯扯。"他停顿一下,开始检讨说,"对不起,是我错了,我不注意自己的言行,让你难过了。"

宋立明的态度,是林又红万万没有料到的,宋立明是在抵赖,却又不太强烈,那是不轻不重的抵赖,不温不火的检讨,不亢不卑的表态。

但是什么样的态度才是林又红会料到的呢?

根本就没有。

林又红根本就不知道正式摊牌的那一刻会怎么样,但也绝不是她现在面对的这样。

林又红忍不住说:"宋立明,你真可以做到若无其事啊。"

宋立明说:"不是我若无其事,我和她,真的没有什么,我可以说清楚的,就是有一天,我、我拉了拉她的手,我可以说清楚的……"

林又红打断他说:"你想说清楚?你说得清楚吗?"

宋立明顿了顿,还是鼓足勇气说:"可能是你想多了,把事情想大了。"

林又红脱口而出:"你还在装模作样,我告诉你,孙一光都和我说了。"

宋立明一听"孙一光",顿时脸色大变,神色大惊,急得说:"你、你居然去找孙一光?"

林又红不屑地说:"我找他?我为什么要去找他,我……"

宋立明却急了,从来不会打断林又红说话的他,这会儿实在忍不住了,急得说:"怎么不是你找他的,肯定是你找他的,孙一光不可能主动找你——林又红,我想不到,你居然会做出这种事情,你找人家的丈夫干什么?"

一向在林又红面前唯唯诺诺的宋立明居然如此气急败坏,林又红也不顾脸面了,也不和他争辩了,直接就说:"就是我找他了,你怎么样,你们能把我怎么样?"

宋立明脸色铁青,愣了半天,忽地站了起来,说:"好,好,你找,你找我也找——我找江重阳去。"

林又红只觉得脑袋"轰"的一声,满腔的热血全冲了上来,她站起来指着宋立明说:"宋立明,你要是敢找江重阳,这个家,就没有了!"

宋立明的气势被吓住了,稍稍收敛了一些,喃喃道:"我、我可以不去找他,但有些话我不得不说,我憋不下去了,我知道,你、你心里,从一开始到现在,始终只有他!"

这一盆脏水,居然泼到她头上来了,还捎带上了江重阳,林又红简直不知道宋立明什么时候变得这么阴险、这么凶恶,林又红猝不及防,失声哭了起来。

小西不知什么时候已经站在他们身后了,她过来搂住林又红,回头对宋立明说:"你自己做了亏心事,还无理取闹。"

宋立明心疼女儿了,赶紧说:"小西,没事,我和你妈没事,说两句就回去了。"

小西不客气地说:"你们别以为我怕你们离婚,你们要离就离吧,你们不用考虑我,我无所谓啊。"

宋立明说:"小西,你瞎说什么?"

小西说:"谁怕谁啊,这都什么朝代了,离婚有什么可稀罕的,我们班上,一半以上的同学父母,都是离婚的,你们不离婚,我都out了!"

林又红和宋立明同时目瞪口呆。

打着手电筒的小区保安又过来了,见这一家三口奇怪的姿态,想问又不好开口,想走又有点不放心,呆呆地站着。

场面正十分尴尬,赵镜子突然冒出来了,上前拖了林又红就走:"今天到我家去吧。"

林又红估计是小西打电话叫来的,尽管心里不愿意赵镜子又来管她家的事,但是面对一个想抵赖的宋立明,她无论如何也不可能跟着他回自己的家。

上了赵镜子的车,林又红没好气地攻击赵镜子:"谢谢你啊,这么晚了,还给自己添麻烦。不过,你也不吃亏嘛,至少,你又有好戏看了。"

赵镜子不接她的招,只管自己说:"林又红,无论怎么说,无论他出没出轨,老宋心里还是有这个家、有你的,他是尽全力维护这个家的,林又红,其实这一点,我不说,你也清楚!"

林又红当然清楚,这还用别人说吗,只是,她没想到宋立明会采取抵赖的态度,用蒙混过关的手段,来维护这个家。

但是,他到底应该用什么样的态度来解决这个难题,彻底坦白?和盘托出?全部承认?

如果那样,林又红就能放下吗?

恐怕更放不下了。

赵镜子见林又红一时不吭声了,停了一会儿又说:"人家老宋说得也没错,你心里不是一直放着江重阳吗,这对老宋公平吗?老宋不是傻瓜,他有感觉,他有委屈。"

林又红"哼哼"说:"你一个劲地挺老宋,你就是怕我和老宋离婚,俞晓是老宋的坐探我早就知道了,难道连你也是老宋的帮凶?"

赵镜子忍不住笑了起来,说:"又是坐探,又是帮凶,又不是谍战片,不要搞得那么凶险好不好?至少,你家老宋是个好人,这一点,你不得不承认吧?当然,好人不等于爱人,但是……"

林又红心里十分厌烦,阻止她说:"你但是来但是去,当然来当然去,到底安的什么心?"

赵镜子恨恨地说:"我安的是驴肝肺!"

林又红终于"扑哧"一声笑了出来,说:"难怪这么没滋味。"

半夜了,林又红躺到赵镜子家客房床上,浑身又酸又累,奇怪的是,和宋立明闹成这样,她却没有纠结在宋立明身上,反而一一回想着和江重阳的每一句对话,她不知道江重阳的话,哪一句是真哪一句是假,哪一句是正哪一句是反,但有一点她十分明白,桂香小吃街有希望了。

窗帘没有拉严,一丝月光透了进来,洒在床前,林又红一点也没失眠,在月光的抚照下,很快安然入睡了。

第 24 章

桂香街居委会的三个工程同时上马,改造莲花巷下水道、为居民扩建非机动车车库,这两个项目不大,很快就完工了,居委会办公室的扩建工程也进行了一大半,眼看快要收尾,却突然又生了变数。

电视台的人简直像是从天而降,突然就出现了,一个扛摄影机,一个拿话筒,还有一个在旁边拿着一沓纸,一边看着,一边指挥:"到了到了,就是这里,桂香街居委会,先拍吧。"

很快就有居民围过来,大家也不知道拍的什么,就七嘴八舌地嚷嚷起来了。

"快来看啊,居委会上电视了,要表扬了,要当先进典型了!"

"哎哟,过去老书记在这里这么多年,都没来拍过,林主任才来几天,就当先进啦。"

"那是,你也不看看林主任是什么人,人家是有来头的,要不然,怎么可能三个工程一下子上马。"

"是呀,是呀,这几个工程,已经拖了好多年了,她一来就……"

也有人表示反对,说:"你们怎么知道是拍先进,说不定是曝什么光的呢,现在电视台到处曝人家的光,什么地方什么事情一曝光,大家都要看,收视率就上去了,先进才没人看,哈哈……"

也有人赶紧跑进居委会办公室报信,居委会的人全都拥了出来,连进去办事的居民都跟出来看热闹。

见居委会里有人出来,拍的人也不吭声,也不理睬他们,只是不停地从不同的角度拍摄扩建工作,拿话筒的那个女的问拿纸的那个男的:"主任,我什么时候开始?"

那主任说:"先多拍一点原始素材。"

这也太不把居委会放在眼里了,都上门来拍摄了,连招呼也不打一声?小陈当然是最沉不住气的,不问青红皂白,上前就呛道:"喂,你们拍什么呢?是帮我们桂香街居委会做广告吗?我们可付不起广告费哦!"朝那个"主任"看了看,挖苦说,"哎哟,你还是个主任呢,小小的居委会,连主任都出动了,大动干戈,这么看得起我们啊?"

那主任也丝毫不让步,说:"那是因为你们做的事情,值得我们大动干戈。"

林又红挡住了要继续废话的小陈,对那主任说:"你们要来拍我们居委会,无论你们拍什么,至少得先跟我们联系一下,说明一下情况。"

那主任朝林又红看了看,说:"你是主任吧,你姓林?"扬了扬手里那沓纸,又说,"林主任,你们被居民举报了,而且,不只是一个人,你看看,我们收到了好几封群众来信,举报你们为了扩建办公场所,侵害居民利益。"

围观的居民一听,顿时又幸灾乐祸地议论起来。

"你看看,刚才你还说什么先进典型呢,是反面典型了吧。"

"桂香小吃街已经臭名在外了,现在桂香街居委会也要出名了,桂香街可以改名叫桂臭街了,哈哈哈……"

不等林又红回话,小陈又性急地抢上前来:"你们搞搞清楚,我们扩建居委会办公场所,都是有正式手续正式批文的,我们又不是搭违建,你们拍什么拍,小心告你们侵犯人权物权!"

那主任说:"居委会是应该一心为居民服务的,现在你们只顾着扩大自己的办公室,完全不把居民的利益放在心上,到底是谁侵犯谁?"

那个拿话筒的女主持人也插了一句:"现在搞得,连小小的居委会,都凌驾于百姓头上。"

小陈气得暴出粗口,指着那女的骂道:"放你的臭狗屁,你懂个屁,你知道居委会吗,你来过几次居委会,你有什么资格指责居委会?"

那女的涨红了脸说:"我虽然第一次来居委会,但是听你说话的口气,我就知道居委会是什么了!"

小陈被闷了一下,但随即又以攻为守,说:"你还好意思说我们居委会,我告诉你,居委会就是比你电视台好,至少我们不会为了自己的利益……"

林又红气得把小陈往身后一拉,尽量心平气和地说:"你们接到群众举报,是否也应该事先核实一下情况?"

那主任说:"核实? 找谁核实? 举报信是匿名的。"

林又红说:"你们可以找街道,找区政府,不行的话,可以找市委。"

那主任冷笑一声,说:"那还不如直接找你居委会呢——你以为写信的人没找过,他们在信上说得清清楚楚,正是因为找街道,街道不受理,找区政府,区政府又推到街道,他们无路可走,才举报给我们的,他们说,现在也只有媒体才能为老百姓说几句真话。"

看热闹的人中不乏惹是生非者,起哄说:"是呀是呀,连居委会都欺负我们,我们小老百姓哪里还有活路?"

也有为居委会抱不平的,生气地说:"你摸着良心说话,桂香街居委会欺负过你吗?他们为你做过多少事,你良心给狗吃了?"

小陈又抢上来吵吵:"看到什么就信什么,听到什么就瞎起哄,这就是你们媒体的本事!自以为是人民的代言人,还是社会的良心,谁还不知道你们,打的是为民说话、为民做主的旗号,干的是哗众取宠而后得益的勾当!"

那女的和小陈干上了,也不顾主任在场应该由主任出面说话,小陈说什么她就顶什么:"我们媒体,就是为群众、为老百姓说话的。"

这回不等小陈反驳,群众已经起哄了:"是为了钱吧,看电视的人多,广告就多,广告多,钱就多吧。"

"哎哟,谁也别嫌谁丑了,现今这社会上,谁还不是为了钱?"

连一向沉得住气的余老师也生气了,拿出居民的亲笔签名,塞到那个主任跟前:"你看看,你睁大眼睛仔细看看,凡是有关联的居民,我们都一一征求过意见,全部都同意的,都亲笔签过名的,一个不落,你以为搞一个工程那么简单,落掉一个,我们就搞不起来的。"

林又红吩咐小金和小姜,赶紧把签过名的居民找过来,这些人都住在居委会附近,一会儿就到得差不多了,余老师拿着他们签名的同意书,一一让他们认是不是自己的笔迹。

大部分人都认了是自己的亲笔签名,只有老刁想犯刁,但又不太敢直接犯,支吾着说:"这个、我的名字,好像不是我的笔迹。"

小陈急道:"你好记性,才签了多久,就忘了?"

余老师不动声色,拿了纸和笔让老刁重新写自己的名字,老刁知道抵赖不掉,说:"不写了不写了,这就是我的亲笔签名,我想起来了,是我签的。"

小陈说:"你出尔反尔,举报信就是你写的吧?"

老刁急得赌咒发誓说:"我要是写了举报信,我烂手烂脚烂肚肠,够了吧?"

众人大笑,说:"还不够,还要烂屁眼儿,生了儿子也要没屁眼儿!"

小陈神气起来了,冲着那女的说:"你看到了吧,居民是向着谁的,你以为就你们那东西一扫,就能扫得去民心?"

那女的也被小陈逼急了,脱口说:"也有可能是你们强迫居民同意的,他们是违心签名的。"

所有的人都哄堂大笑起来。

还没等嘴快的小陈说话,有居民比她更快:"居委会强迫我们?哈哈哈,笑掉我大牙了啊,他们怎么强迫,他们拿什么强迫,他们手里有枪,还是有摄影机,还是有审批权,还是有……"

大家又笑,又七嘴八舌,有的说:"拍,拍,拍!"

有的说:"算了算了,居委会工作还是不错的,蛮卖力的。"

再一个说："哎哟,现在人家各级政府的办公楼,要多大有多大,要多漂亮有多漂亮,居委会办公条件改善一下,稍微宽敞一点,也没有什么大不了的。"

这话看起来是在帮居委会说话,但怎么听都让人心里不舒服。

旁边一个打断他说："是呀,居委会干部好歹也是干部呀。"

小陈气得又和居民吵了起来："干部?你们什么时候把我们当成干部了?你们有气的时候,我们是你们的出气筒;你们碰到困难的时候,我们是你们的……"

电视台那个主任立刻抓住小陈的话柄说："看起来,你们居委会和居民还真不是站在一起的,你一口一个你们、我们,界限分得好清楚啊,像煞了某些官老爷。"

居民中又有不服的了,说："喂,拍电视的,你不了解情况不要胡说八道,你怎么知道居委会和我们不是一边的,你们才像煞了某些官老爷,到哪里机子一扫,就算拍到事实了,你们那机子,离事实真相十万八千里都不止的!"

那主任实在是被搞得头晕了,这些居民一会儿这样说,一会儿那样说,根本不知道他们到底在说什么,也不知道他们到底站在哪一边,实在不想和他们纠缠了,赶紧对两个手下说："不听他们废话了,开始吧。"

那女的站定了一个位子,背后就是居委会的背景,扛摄像机的调整了一下角度说："可以了。"

那女的就开始说了："我们在桂香街居委会为您做现场报道——据桂香街居民反映,桂香街居委会正在扩建办公场所,这个扩建工程,影响了周围居民的采光、通行,还擅自把墙头搭在了隔壁居民家的山墙上——来,我们看一下现场的情况。"

居委会的人都愣住了,一时不知该怎么办了,倒是居民里有人肯为他们挺身而出,上前阻止拍摄,但也有人趁机捣乱,大声催促快拍快拍,一时间,现场乱成一团。

只听小陈尖声喊起来:"有什么了不起的,不建就不建,停工就停工,停工了,我们也不办公了,你们有事情要办,对不住了,找街道,找区政府,找市委去吧!"

电视台那主任说:"你吓唬谁呀?"

小陈说:"我吓唬我自己呢。"

恰好有个居民急匆匆地来了,要办证明,一看到居委会停止办公了,顿时急了起来,指着电视台的人就骂:"你们什么东西,你们就铜钿眼里翻跟头的人,你们播一集电视剧,要带多少广告!"

话又扯远去了。

另一个说:"那广告还好啦,每一集的开始,怎么还要放上一集的内容,差不多要重放半集。"

再一个自以为懂的人说:"那叫回放。"

这个说:"回放,干脆每一集放两次算了,五十集的可以赚一百集的钱啦,不要脸!"

那女的说:"你们说的和我们无关,我们是新闻部的。"

立刻有人说了:"新闻部就好吗?新闻部我们不知道吗?新闻部不就是拿人钱财替人消灾吗?"

再一个说:"就是嘛,桂香街居委会没有钱给他们,鬼就不推磨来曝光了,哈哈哈……"

那个急着要办证明的居民对着林又红说:"林主任,我这事情着急,我知道你们生气,但能不能特事特办,先给我的办了,别人的你们就不要办。"

林又红还未说话,周边的人立刻嚷了起来:"老胡你真不要脸,为什么你就能特事特办,你是电视台的吗?"

大家又哄笑。

老胡一气之下,回头又骂电视台:"你们电视台只会添乱,你们这算是为民做主吗,你们这是与民捣乱,这是与民为敌!"

电视台那主任已经晕头转向了,懵里懵懂地说:"我们与民为敌,我们是接到群众举报才来的,是来为群众说话的,怎么会……"

居民更是七嘴八舌:"居委会就是为我们办事的,你们和他们作对,就是和我们作对。不就是与民为敌吗?"

一时间,现场竟然开起电视台的批判会来,电视台的几个人本来是冲着举报信来做一档最能吸引观众的民生节目的,却出现这样的结果,简直莫名其妙,哭笑不得,最后草草收场,落荒而逃。

电视台的人一走,曝光的事肯定没有下文了,这边居民心里又不平衡了,继续吵闹,小陈又和他们对骂,骂他们没良心,居委会平时为他们做那么多工作,居然还举报居委会,活该,没人再会为他们办事了。

居民这下子又着急了,有人赶紧表示支持说:"你们继续盖房子,我们不反对,电视台如果再来,我们负责把他们赶走。"

余老师纠正说:"你把话说清楚了,居委会不是盖房子,我们只是把原来没派上用场的平台扩大一下……"

有人又不以为然了,说:"哎哟,是盖房子还是扩建平台,反正都是扩大你们的办公面积嘛。"

另一个人说:"哎哟,当干部的,我们都知道的,总想着自己舒服一点,办公条件好一点,办公室大一点。"

小陈气道:"连扩大这一点点平台,你们都要眼红?你是不是觉得,我们原来的办公条件已经够好的了?"

那人说:"小是小了一点,但总比我家要大一点吧?"

林又红见他们又扯远了,赶紧把话头拉到正题上,对大家说:"有人举报我们的扩建工程影响了邻居的采光、通行等等,现在大家都在场,你们都表个态吧。"

小陈说:"谁写的举报信,有种的,站出来承认,我们只是个小小的居委会,不能把你怎么样,你不要在暗地里给我们使坏。没种的,不敢承认,我们也有办法查。"

林又红说:"不说举报信了,现在你们大家说说,我们扩建办公室,当初是不是都征求过你们的意见,你们是不是都同意了的,我们的扩建有没有影响你们的采光、通行和其他什么问题?"

没有人应声,大家无话可说。

林又红又说:"那你们到底有没有意见?有意见的,当面说吧。"

大家赶紧摇头。

有个人还知道为大家挣点面子,辩解说:"不一定就是我们几家的人写的,如果我们写,事情明摆在面上,太容易被人发现了,说不定是哪个根本没关系的,就是眼皮薄,眼红你们扩大办公场所呢?"

小陈气得说:"你们每次来办事,都嫌我们地方太小、太拥挤,站都站不下,排队都排到外面去了,不都是你们抱怨的吗,现在我们自己想了办法,扩大一点面积,也是为了更好地为你们办事,你们就这么看不过去吗?"

居民们面面相觑,场面十分尴尬,就听到远远的有声音传过来,片刻之后,就看到齐三有带着莲花巷的一些人举着锦旗过来了,莲花巷的下水管道问题彻底解决后,莲花巷再也不用淹没在臭气之中了,得益最大的自然是开饮食店的齐三有等人,所以他们特意送来锦旗表示感谢。

这边的居民看到了,批评他们说:"齐三有,你们怎么这会儿才来,怎么不早点过来,也让电视台那帮人看看,他们把我们的居委会当成反面典型了,要曝光呢。"

齐三有跳着脚说:"操,我操,谁敢把桂香街居委会怎么了,我就敢……操!"一副摩拳擦掌的样子。

余老师却不像大家这么乐观,忧心忡忡地说:"他们被骂了,会甘心吗?会不会再来啊?"

小陈顿时又厉害起来说:"怕什么,来就是了,他们来几次,我骂他们几次,什么人啊,什么腔调,把我们居委会干部当什么?当贪官,对我们比对贪官还凶哦!"

大家又议论了一会儿,逐渐散去了,只有齐三有留着没有走,他的面店经营情况大大好转,决定扩大面积,增加经营项目,已经谈妥租下隔壁罗桂枝的房子,需要办小额贷款,在余老师的指点下,填写了申请表,很快就能办下来。

齐三有在表格里一笔一画认认真真地写下"齐飞"两个字,小陈一探头:"咦,原来你不叫齐三有?"

齐三有一本正经地说:"从今天开始,我叫回齐飞了。"

扩建工程已经收尾,噪音也都停止了,那个急着办证明的居民高高兴兴地走了,边出门边说:"停谁的工也不能停居委会啊。"

想到电视台那几个人来的时候盛气凌人,走的时候连滚带爬,林又红心里也倍觉痛快,如果换了以往,她也会像小陈一样,毫不掩饰自己的情绪,可是现在她坐到办公室静下心来想了想,余老师的担心是有道理的,电视台的人,不仅没能做成这档节目,还被大家哄笑臭骂了一番,他们一定会再杀回马枪的,心里琢磨着找谁去搞定这桩事情。想了好几个人,都得兜几个圈子才搭得上关系的,想直接找电视台的人,倒是有一个。

一想到孙一光,她心里就猛地一刺,想把这个名字从心里赶走,可是孙一光却固执地占据着她的心头,最后她拗不过自己的心,忍着疼痛,去找孙一光。

林又红打电话给孙一光,孙一光并不觉得奇怪,反而说:"我感觉你会来找我的。"稍一停顿,又说,"你就是这样一个人。"

林又红说:"你已经听说那件事情了?有人举报我们扩建。"

孙一光笑了起来,说:"桂香街居委会现在在我们台里名气可大了,新闻部那个王主任,可是个王中王,却被你们一群居民大妈大爷打得落荒而逃,回来脸都不知往哪儿放了。"

林又红心知不妙,小心试探着说:"你的意思,他们还会再来吧?"

孙一光说:"很可能,毕竟没有完成任务嘛。只不过,再去的时候,他们会先做功课了,这一次搞得这么狼狈,就是因为他们事先没做功课,接到举报信就直接冲过来了。"

林又红觉得奇怪:"为什么?这又不是什么命案或其他重大案件,值得他们这么迅速、这么卖力吗?"

孙一光说:"最近曝光负面新闻这方面,上面管得紧,他们二套的新闻已经有好几天没有找到既受观众欢迎,又能通过审查的事件了,正好你们这事情撞到枪口上,曝居委会的光,料定上面不会打卡压,还不赶紧的?"

林又红不由得气道:"原来是拿我们充数,他们找错人了!"想想还是气不过,又说,"以为我们好欺负?"

孙一光说:"所以我说嘛,他们连功课都不做,以为举报信就是铁证了,脑袋瓜子都没有拨清楚,他们面对的可不是官场,也不是什么国企,更不是什么城管公安。"

林又红说:"想挑动老百姓恨居委会,真是笑话!"

孙一光说:"说他们有意挑动,倒也不见得,这种事情,一是因为他们不了解居委会,二是因为他们急于要做反映群众意愿的新闻,就这样。"

林又红不由笑出声来:"可惜他们找错对象了,举报信怎么了,别说匿名信,就是上真名的,你找到他,他也照样可以抵赖。"

孙一光笑道:"他们倒是一心为群众,结果上了群众的当。其实,他们想要为群众说话,唯一的办法是投靠居委会,只有居委会是最了解群众的,找到居委会,就不愁没有群众反映的问题嘛。"

林又红本来是抱着请孙一光帮忙化解矛盾才给他打电话的,现在话说到这份儿上,她心里的憋屈已经基本消除了,也不再担心电视台还会不会再来,再来的话,她也知道该怎么处理问题了。

她谢过孙一光,正打算挂断电话,孙一光却说了:"林主任,其实今天你不找我,我也正想找你——我已经和何小娟开诚布公地谈过了。"

林又红顿时心里一阵抽搐,只觉得一股气从脑门子里蹿了出去,一时竟无语,不知如何对答。同时,她又万分紧张地等着孙一光的下文,因为孙一光下面要说的话,很可能是决定性的,这是决定两个家庭走向的关键。

不料孙一光却没有了下文,只是说:"我建议你也和宋立明谈一谈吧,不要再憋着、熬着了。"

林又红心头一酸,泪水控制不住地流了下来。

扩建的收尾工作因为举报信和电视台这一闹,反而加快了速度,没几天,所有工程全部完工,只等验收合格,就可以使用了。大家看着宽畅的办公场所,满心的欢喜,林又红虽然对电视台依然有所警惕,但也作好了他们再来的思想准备。

可是尽管林又红作了充分的准备,她也无法料到,又出了第二封举报信,这一次,不是写到电视台,而是直接写到了区纪委,举报扩建工程中的贪污受贿行为。

每天大家来上班,面对已经建好的办公室,却只能眼睁睁地看着,谁心里不憋着一口气,这口气更多地就往居民身上发泄了。

居委会干部对居民耍态度,居民可不会客气,投诉的投诉,骂街的骂街,到网上发帖的发帖,一时间,桂香街居委会自己办的桂香网站上,骂声一片,十分混乱。

桂香网站是小陈来了之后主动提议办起来的,而且也是她自己一直在做维护更新的,现在看到居民如此不讲道理,一气之下,关闭了所有评论,在办公室里嚷嚷道:"骂吧骂吧,反正我听不见!"

林又红也是一肚子的火气和怨气,但是桂香网站是桂香街居委会的窗口,居委会的工作,从网上传递到居民里,许多民情民意也可以从网上获得,开办以来一直深受居民欢迎,不能说停就停。林又红忍下这口气,劝小陈恢复工作,可是小陈坚决不干,继续嚷嚷:"谁爱干谁干,反正这种夹板气我是受够了,不受了!"

余老师也劝道:"小陈,居委会工作就是这样子的,你又不是刚来,要什么小孩子脾气呢?"

小陈不服气:"居委会工作就是这样子的,就是活该受气的吗?"

余老师说:"就是吃力不讨好,但还是要努力去做。"

小陈说:"人和人都是平等的,为什么我们要受这样的气?都是被你们惯出来的,你越是迁就,他们就越不讲理。从今天开始,对不起了,我再也不要看他们的脸色,我要做回我自己。"

小陈的一句"要做回我自己",让林又红心里猛地一惊,不由得想起当初联吉氏关闭,老马临走前对她说的话,哪怕没有了联吉氏,你还是要做你自己。

哪里想得到,时间才过了不多久,她林又红就早已经不是她自己了。换了以往,碰到不讲理的人,林又红是绝对不会服软,也绝对不会放过的,但是现在,每天她面对的,似乎都是不讲理的人,都是满腹牢骚的人,都是需要解决一个又一个困难的人。

一地鸡毛。

林又红惊出了一身冷汗。

我怎么会让自己陷入了这样的境地?

我这是在干什么？

我这是要干什么？

小姜看到大家僵持着，在旁边主动说："林主任，要不然，让我来试试吧。"

小陈气得上前猛推小姜一把，骂道："你算老几，没你说话的份儿！"

小姜猝不及防，向后趔趄了几步才站稳了，脸色有点尴尬，支吾着："我、我主要是，考虑居委会的工作，如果……但是……"

大家看着林又红的脸，等着她发话，林又红却完全不知，她似乎沉入了对自己的反省之中。

小陈关闭评论不到半天，这边居委会里还在为桂香网站的工作吵吵嚷嚷，外边已经有人上门来叫阵了，这是桂香社区的一户新住户，原来家在城中区，因为拆迁，他选择了领取过渡金自行解决临时住处，就租到桂香街社区一处旧房来了，找中介的时候，中介自然说得花好稻好，但搬进来以后才发现有许多问题，自来水管基本堵塞，出水量细小得跟泪水差不多，几乎无法使用，再回头找中介，中介已经不再承认，唯一的办法，只有找社区居委会。

户主在桂香网站发过一个帖子，说明了情况，提出了要求，可是就在他发帖后不久，发现网站已经瘫痪，于是直接找上门来了。

小陈只听他说了"拆迁户"三个字，就不客气地说："你拆迁户？找错地方了，找拆迁办去。"

这个人也挺厉害，毫不客气："我是拆迁户，但我现在是住在你们社区，我不找你们找谁？不要说我现在住在你们社区，哪怕我只是走路经过你们这里，如果出了什么事情，你们也要管我，也要为我负责,不是吗？"

小陈吃了一瘪,因为情绪低落,反应也没有那么快,嘴也没有那利索了。

小陈不回击,这个人却不罢休,继续说:"你都不想想,南州全市那么多地方我不租,为什么我偏偏租到桂香街社区来？"

小陈嘀咕说:"谁知道,你恐怕忘了吃药吧。"

这个人愤然道:"我是听说桂香街社区服务好,才约了几家拆迁户一起来到这里过渡,哪想到,你们竟是这样的态度。"

小陈干脆破罐子破摔了:"那你现在知道了,我们的态度不好,不会为你们做牛做马,你可以搬走呀。"

这边不停拌嘴,那边小姜也不等林又红下令,也不等小陈的气咽下去,自己就去开通了网站的各种功能,上去一看,好家伙,短短的时间,大家都已经迫不及待要找居委会了。

直接就上来一个帖子,说,桂香街居委会出大事了,查出贪污分子了,大家看看,莲花巷下水道工程没做好,煤气管道被挖开了,现在正在漏气,要出大事了,贪官要害人命了……

林又红他们一看,吓坏了,赶紧报消防,并迅速赶到现场,一看根本就没有煤气泄漏。再一查,这是网络造谣,再一查,是个精神病人。

你还能拿个精神病人怎么样？

闹过之后,大家人累了,心也累了,都不作声了,脸色都不好看,尤其是余老师,脸色特别凝重特别沮丧。过了好半天,余老师说话了,声音似乎一下子就嘶哑了:"我知道,是我的问题,是我害了大家。"

小陈一下子跳了起来:"余老师,是你?贪污,受贿?"

余老师摇了摇头,又叹息了一声,说:"我没有,但是我估计和以前的事情有关。"她看着林又红,难过地说,"林主任,早几年,老书记在的时候,居委会有一个小的项目,老书记交给了我,我就做主给了九和公司,他们、他们当时为我家做了点事,真的是一点小事,就是用砖头砌了一下,但是,工程队的人到我家,隔壁的居民看见了,他们以为帮我家做了多少活,结果就举报了,从此,大家就不再相信我,就认为我是个贪污分子。这一次,恐怕也是。"

小陈气得叫起来:"贪污分子?那也要有得贪哪,居委会就那么一点屁钱,你能贪到个屁!"

余老师难过地说:"总之,反正,我知道,都是因为我,牵连了居委会的扩建工程。"

小陈更是气愤不过,说:"说到扩建工程,更是放屁,我们三个工程加在一块,使用的经费,都不及人家开一次会议、吃一顿豪华酒宴,说我们贪污受贿,简直是、简直是……"

林又红朝小陈摆了摆手,说:"小陈,骂人是不能解决问题的。"她回头看了看小姜说,"小姜,你把这几项工程的所有清单整理一下,现在只是暂时叫停,上面肯定会来调查的。"

小姜似乎有点慌乱,答非所问地说:"我、我不知道的,我刚来不久,居委会的情况我不清楚,我……"

小陈说:"咦,你这个人好奇怪,林主任又不是让你汇报居委会的工作,也轮不到你,只是让你整理一下工程清单,你怎么回事,其他工作样样抢先表积极,这会儿怎么缩退了?"

林又红也觉得奇怪,小姜只是协助余老师负责这项工作,他有什么可紧张的呢,所有的工程需要签字的地方,都是余老师签的,他小姜不用负一点儿责任,难道、难道——小姜的家境的确非常困难,难道……林又红不由自主地摇了摇头,摆脱了不应该有的想法,对余老师说:"余老师,既然小姜情况不熟,你们两个一起把材料准备好,我们还是有个准备吧。"

余老师还在自我检讨,后悔不已:"唉,都怪我,当年一时昏头,占了一点小便宜,这一辈子恐怕都洗不清了。"

林又红说:"无论谁来调查,都要讲实事求是,余老师你放心。"

小陈在旁边琢磨了一会儿,说:"奇怪了,举报贪污工程款,这种事情,哪个居民会做,他们知道什么?如果不是居民举报的,那会是谁呢?"

小姜急急地往外走,一边说:"有些单子在工程队里,我去拿过来。"

余老师追上去说:"我和你一起去。"

两个人走后,小金他们照常办公,小陈却不肯离开林又红的办公室,林又红说:"你还有什么要说的?"

小陈说:"你是不是怀疑余老师又做了什么手脚?"

林又红说:"我现在没有资格怀疑任何人,但是,这举报信到底是怎么回事,到底工程里有没有什么猫腻儿,没有调查就没有资格说,还是等上面来查吧。"

小陈说:"哼哼,等他们,不知要等到猴年马月,这么个小破事,在区纪委排得上吗?在街道都排不上。"

林又红说:"事情虽小,但总归是个事情,不可能扔开不管吧。"

小陈说:"怎么不管,不是叫停了吗,对他们来说,那就是结束了。"

林又红说:"那就永远这样停着,扩建工程合法合理,就白做了?"

小陈说:"你别指望他们会来帮我们搞清事实,还我们清白。我不是说他们不认真负责,他们手里的大案要案排满了,怎么可能轮得到我们小小的居委会……"

林又红知道小陈说的是事实,但如果真是这样的话,那就意味着已经建好的办公场所,就只能闲置在那里了。

林又红想了想,问小陈:"你觉得这举报信,到底和余老师有没有关系?余老师说的,当初到底占了什么便宜,有多大的事?"

小陈说:"这个我真不知道,那时候我也没来呢。我来了以后,也听小金他们说过一两次,但谁都没有说得清,说到关键时,总是说,唉,余老师家日子难的,恐怕也只有老书记知道。"

林又红不想再听这种似是而非的话了,站起来就往外走,小陈紧跟在后面,说:"林主任,我陪你一起去。"

林又红倒服了她:"你知道我要到哪里去?"

小陈说:"你要到余老师家去看看吧?"

林又红说:"你去过?"

小陈说:"没有,我开始来的时候,就不喜欢余老师,谁愿意到她家去。后来听说她家有些什么事,我倒是想去看看,可她又不让我去。我第二次提的时候,她就跟我翻脸了……"

林又红说:"那我们今天瞒着她去,她会不会翻脸啊?"

小陈说："主任,你去,是想为她解决问题的,她怎么也不应该翻脸啊。"

林又红说："那你先前想去干什么呢?"

小陈吐了一下舌头,坦白说："看热闹呗。"

两个人按照余老师家的地址,找上门。出来开门的是一位比余老师年长的妇女,但长得很像,小陈脱口说："咦,阿姨,你是余老师的姐姐吧?"

余阿姨身子挡在门口,没有让她们进去的意思,面色沉重,微微点了一下头,说："你们是……"

林又红说："我们是桂香街居委会的,是余老师的同事。"

余阿姨更加警觉了,说："我妹妹不在家,我今天是临时来帮她一下忙的,不能随便放你们进来,你们改天和她说好了、等她在的时候再来吧,这家里除了她女儿,没有其他人,一般不开门的。"

小陈奇怪道："咦,怪了,我们是她的同事,这位是我们的林主任,你听说过吧?我们又不是骗子,不是抢劫犯,防我们干什么?"

余阿姨不高兴地说："你们大概是知道她不在家,有意过来的,幸亏我妹妹有先见之明,提前跟我说过,不要放陌生人进来。"

小陈说："我们是陌生人吗?"

余阿姨说："我不认得你们,你们不就是陌生人吗?"一边说,一边往里退,打算要关门了。

林又红和小陈眼看着要白跑一趟,也不能硬闯,就在这时,听到屋里一声非常奇怪的叫喊,哭不像哭,笑不像笑,余阿姨一听,也顾不得阻挡林又红和小陈了,赶紧往里跑,林又红和小陈也一起跟了进去。

林又红万万没有想到,余老师的家,不仅家徒四壁,她的女儿,患的是唐氏综合征,已经三十多岁了,生活完全不能自理。

　　只见那大孩子哭丧着脸,坐在床上,两只手张开着朝前伸,手上沾满了大便。余阿姨"哎呀"了一声:"不好了,小星,你又把大便拉在身上了!"赶紧过去,要帮她换干净的衣裤,偏偏小星不肯配合,扭来扭去地为难余阿姨。

　　林又红和小陈都惊呆了,愣了半天,才想起要去帮余阿姨的忙。但是给一个浑身脏污的病人换裤子这样的事,实在是让小陈为难,林又红把小陈拉到一边,自己过去帮着余阿姨忙了半天,把小星弄干净了,又喂她吃了饭,才算安稳了一点。

　　余阿姨累得喘了半天,说:"不行了,不行了,我年纪大了,搞不动了,帮不了她了。"她看了看林又红,又说,"刚才说,你是桂香街居委会的主任?你是主任的话,你怎么不帮帮我妹妹,他们老书记在的时候,一直关照我妹妹的。"

　　林又红难过地说:"对不起,对不起,我完全不知道,余老师也从来没有说过。"

　　余阿姨说:"我妹妹太可怜了,生下这个有病的孩子后,她男人就抛下他们母女走了,她一个人拖着这么个孩子,这么多年,是怎么过来的。"

　　林又红和小陈面面相觑,无论如何,她们也无法开口说自己不知道。

　　余阿姨又说:"我自己家也碰到难处了,我儿子媳妇正在打离婚,家里乱成一团了,可今天我妹妹说一定要我帮她照看一下小星,这两天小星又犯……"

林又红心里十分难过,但也十分不解,问:"那平时余老师上班,是谁看护小星的呢?是请护工的吗?"

余阿姨说:"哪有人看护,哪请得起护工,就让她一个人待在家里,给她弄好一天吃的东西,好的时候,知道把几顿的东西分开来吃掉,不好的时候,就一次全吃完,然后再饿两顿。我妹妹也是没办法,吃的方面还好说,拉的就麻烦了,这几天犯病,天天往身上拉,作死人了。"余阿姨实在说不下去,哭了起来。

林又红简直无法想象余老师的日子是怎么过的,每天在居委会受苦受累受委屈,下班回来,就是面对这样的情形,她心里一酸,差点掉下眼泪来。

看到余阿姨心神不宁,急着自己的家事,林又红说:"余阿姨,你先走吧,这里我们来照看。"

余阿姨想了想,犹豫了一下,千恩万谢地走了。

余阿姨走后,林又红又看了看小陈说:"这种事情,你无法帮忙的,你也走吧,我留下来等余老师。"

小陈含着眼泪说:"为什么要我走?我不能做你的帮手吗?"

林又红说:"你一个孩子,你也会照顾人?"

小陈索性大声哭了起来。

小陈一哭,小星反而高兴起来,手舞足蹈地哼哼着。林又红把窗户打开,风吹进来,空气好多了,异味也很快消失了。

林又红这时候才发现,小星睡的那张床,特别奇怪,不像是外面卖的床,倒有点像北方的炕,床腿是用砖头砌起来的,床头床尾的木板也是特别加厚的。小陈也围着床转了转,小星看到她们注意到自己的床,特别兴奋,在床上上蹿下跳,小陈不由得说:

"哎哟,什么样的床才禁得起这么折腾?"

林又红心里忽然一动,想起在居委会余老师说的,当年九和公司帮她家干了一点活,用砖头砌了什么,现在看起来,余老师就是请他们帮忙做了这张特殊的床。如果不给小星这样一张特殊的床,一个长期独自被关在家里的唐氏综合征病人,不知道得拆坏多少张床。

小陈反应也不慢,她也已经想到这个问题了,说:"哎哟,不就是做了一张床吗,余老师为什么不能说清楚,害得我以前一直怀疑她,以为她真是个贪污分子——世界上最大的、级别最高的贪污分子。"说得自己也笑起来。

林又红说:"余老师的性格,是比较固执的,她不愿意把自己的难处让别人知道。"

小陈说:"她还一直跟我说她女儿怎么怎么有出息,要我认真读书考公务员,向她女儿学习,现在想起来……"小陈说着,心酸起来,说不下去了。

一直等到很晚,余老师才回来,看到林又红和小陈在她家,她也没有太惊讶,只是说:"三个工程的清单都整理出来了,林主任,你放心,不会有问题的。"

林又红说:"余老师,家庭有困难为什么不告诉我们?"

余老师说:"我家里是有困难,可是谁的家里没有困难,家家有本难念的经。谁家也不比谁家更太平。小陈,你和你妈的关系,你们不是要断绝母女关系吗,到底断了没有哦?还有林主任,你家——算了,算了,不说了,没工夫说闲话。"

一时大家都哑了,正尴尬着,林又红和余老师的手机几乎是同时响了起来,一个是小姜打给林又红的,另一个是小金打给余老师的,说的是同一件事情,有个居民家的老人失踪了。

　　林又红要余老师留在家里照顾女儿,余老师却说:"林主任,这么多年都过来了,每天都是这样的,今天也没有什么特殊。走吧,他们家的情况我熟悉,找起来也方便。"

第 25 章

这户人家是一对八十多岁的老夫妻,年轻的时候,夫妻俩一起支援外地建设,离开家乡一走就是几十年,一直到前几年老夫妻才迁回老家南州。因为无儿无女,生活来源就是老先生的退休金。先前一直按照原单位的规定,每隔数月就拍一张红色背景、手持红花的照片寄过去,证明自己还活着,才能按月领到退休金,可是后来规矩又变了,光拍照片不行了,还要拍一段活着的视频发过去。可老先生患风湿病,行动不便,而且这把年纪的老人,根本不知道该到哪里去拍这样的视频,即使拍出来,也不知道怎么给原单位发过去。

事情就这么拖了下来,单位几个月也没有给发退休金,老太太原本就有点轻微痴呆,一急之下,头脑彻底糊涂了,竟离家出走了。

若不是桂香街居委会有个对社区范围内的空巢老人"早看窗帘晚看灯,每天敲门问一声"的工作习惯,如果不是潘师傅主动上门,老太太失踪的事,还不知道什么时候才能被发现。这会儿大家都惊出一身冷汗,报警的报警,照顾老先生的照顾老先生,但是谁也无法判断老太太走到哪里去了。

一直折腾到很晚,小陈忽然接到小姜的电话,说他晚上坐公交车回荷花塘,在车上看到一位老太太,穿着睡衣,觉得奇怪,上前问话,老太太却一句也说不清楚,小姜只得报了警。等公交车开到郊区,那里的民警就把老太太接到派出所,但是仍然问不出老太太家在哪里。再后来,就接到了桂香街派出所的求助通报,一下子对上了号,小姜才知道,原来老太太就是桂香街居委会的居民。

林又红同时也接到了桂香街派出所的电话,说已经派车到郊区去接老太太回来,然后他们会直接送老太太回家,让居委会干部先回去休息。

可是这边谁也没有走,老太太虽然找到了,他们家的困难并没有解决,林又红赶紧联系了社区医院,请他们先提供两个床位,打算第二天一大早就让老夫妻先住进去。一切落实好,已经是大半夜了。

第二天一早,林又红刚下楼,小陈的电话就打来了,说在小区门口等她。林又红出来一看,小陈开着车呢,林又红奇怪说:"你不是说住得很近,属地化干部,你自己说的哦,开车干吗?"

小陈说:"咦,今天不是还得当搬运工吗,送俩老人住医院,除了人,他们的东西可不会少。"

林又红又说:"原来你会开车,那怎么平时不开?"

小陈说:"开车干吗呀,多累呀,不会开车多好呀。"

真是懒人的理由,林又红说:"但你今天还是来了,而且是给居民搬……"

小陈说:"我不来,恐怕你家老宋又要辛苦了,你已经贡献给居委会了,不能让你老公再贡献吧,今天可是休息天哦。"

林又红勉强地笑了一下,忽然想到,昨天晚上大半夜的,小姜怎么会在开往郊区荷花塘的公交车上呢,他不是住着小陈"同学"的租房吗,林又红朝小陈看看,小陈是顶不住的,赶紧坦白说:"喊,他住了几天就不住了,说是心里不安。"

林又红说:"那倒也是,你又骗他,又不收他房租,换了谁谁也会不安的嘛,哪有你这样帮助人的。"

小陈却不服,说:"古怪,有什么安不安的,白给他住,他还挑三拣四,结果又住回西郊去了,神经病,劳碌命,哼哼。"

林又红似乎从小陈的口气中感觉出一丝异样,本来,一个随心所欲为所欲为的富二代,看到一个本分老实刻苦努力的穷二代,是有可能喜欢上的,小陈分明就是这样的一个典型,可奇怪的是小姜一直在躲避着小陈,小陈拼命倒贴也贴不上去,真是报应。

小陈的车把老夫妻俩以及他们的生活用品一并带上,到了社区医院,病床已经准备好了,毕竟病人少,不像大医院那么麻烦,很快就办妥了手续。林又红又让小姜给老先生拍了手持红花的视频,吩咐立刻给单位发过去。

林又红临走前,老先生交给她一个信封,里边是一万块钱,是昨天晚上潘师傅特意给老人送去的,担心老人几个月没领工资,家里急需用钱。但是现在二老都安排住进社区医院,既可以用医保,其他费用也可以先住后付,这钱暂时用不上,请林又红帮着还给潘师傅。

一切办完后,林又红从病房出来,经过医院走廊,她小心地朝墙上张贴的医护人员榜上看了一眼,发现居然没有了小何护士。

她返回去特意找了一遍,也没有看见,忍不住问了一声:"何护士呢?"

一位小护士说:"何护士前一阵就调走了。"

林又红心里猛地一跳,脱口说:"去哪里了?"

小护士奇怪地看了她一眼,脸色似乎有些埋怨,说:"不知道,她事先都没有和我们说,忽然就走了,也不留个联系方式,我们打她手机,她连手机都换号了……"

另一个护士也过来说:"是呀,好像我们得罪她了,可是,我们想来想去,没有呀,我们相处一直蛮好的……"

林又红慢慢地走出医院,心中竟然一片茫然,何护士走了,这是什么意思呢?

一阵既浓郁又清爽的桂花香飘了过来,沁人心肺,林又红不由得抬头看了看,天气真好,难得的蓝天白云,秋高气爽,她努力扫去心头的雾霾,给了自己一个明朗的心情。

小陈已经在车上等她,林又红想着要归还潘师傅的那一万块钱,问小陈潘师傅家在哪里,不料小陈也不知道。见林又红奇怪,小陈赶紧说:"我来的时间短,我没有深入群众,哦,不是群众,是干部,我没有深入干部,除了林主任家,别的家我都不知道。"

林又红说:"两年多了,还算短吗?"

小陈说:"算短的,算短的。"一边揣着聪明装糊涂,一边赶紧打电话给潘师傅。

潘师傅在电话里告诉了详细地址,这个地址小陈不熟,用了导航,就开车过去了。

进门的时候,她们就闻到屋子里香喷喷的,厨房里显然是在做着什么好吃的东西,蒸锅上热气腾腾。

看小陈吸着鼻子,潘师傅告诉她们说:"是桂花糕,我自己做的桂花糕,每年桂花开的时候,我家都会用桂花来做各种各样的点心。"

林又红和小陈都暗暗地咽了口水,小陈说:"哦,除了桂花糕,还有别的啊?"

潘师傅笑了笑说:"有啊,多着呢,桂花饼、桂花圆子、桂花糖,还可以用桂花入菜。"

林又红奇怪地说:"潘师傅,这些你都会做吗?"

潘师傅点了点头。

小陈说:"他当然会做,他本来就是金宏饭店的大厨嘛。"

"金宏"两个字,一下子触动了林又红的心思,一时间她内心有些奇怪的感觉,脑子里也乱了,理不清楚。就听小陈尖着嗓子夸张地说:"哎哟哟,潘师傅,想不到你家的房子这么大,你这个小区,可是南州最高大上的小区啊,地点好,面积又这么大,你简直、简直——原来你家庭条件这么好啊!"

潘师傅仍然是笑眯眯的,说:"嘿嘿,这是我们家的老宅换来的。"

小陈听不明白了,问道:"老宅?什么老宅?多大的老宅才能换这么大的地方?"

潘师傅说:"就是从前的潘宅。"

小陈不知道潘宅的前世今生,林又红却是知道的,她心里不免"咯噔"了一下,脱口说:"潘师傅,从前桂香街的那个潘宅,就是你家吗?"

潘师傅"呵呵"一笑:"是呀,是从前的,早就没了。"

林又红急急地问道:"那、那、你是潘家的什么人?"

潘师傅依然慢悠悠地说:"我是潘家的儿子呀,我原来叫潘伯煊,后来改名叫潘贵喜,嘿嘿,这名字讨喜吧?"

林又红的心又一次猛烈地狂跳起来:"那、那、潘红旗是你什么人?"

潘师傅却永远是一副淡定的样子,说:"潘红旗是我妹妹呀。"他见林又红双眼圆睁,似乎不相信,又补充说,"林主任,你不用再问了,我告诉你,江左就是我妹夫。"

林又红大惊,差一点脱口说:江重阳是你外甥?我是你的外甥媳妇——呸——真是昏了头,昏大了,还真以为自己跟江重阳结婚了,怎么会有如此不靠谱的想法冒出来?

简直太丢人,太莫名其妙,太不可思议!

回想当年,她和江重阳恋爱的那段时间,真不知道在干什么,只有两人世界,连江重阳这唯一的舅舅,都不曾知道过。

林又红的脸顿时变得十分不自在,其实潘师傅和小陈并不知道她在想什么,只是察觉她脸色不大对了,小陈倒会救场,连忙扯开去说:"好啊好啊,潘师傅,你这么有钱,还一直装穷,我们还一直以为你有多困难呢。"

潘师傅笑呵呵地说:"小陈,我可没有装过穷呀,你我同事也有两年多了,你什么时候看到我装过穷?"

一句话就把小陈顶住了。

林又红努力地平静下来,也仔细想了想,潘师傅确实从来没有装过穷,只是大家觉得他一个上了年纪的老人,还在做维修,即使当义工,恐怕也还是想多少挣一点吧,可能会猜想到他家比较困难,看起来这自以为是的毛病,人人都有。

正在胡思乱想,潘师傅端来了刚出锅的桂花糕,请她们品尝,小陈一边吃,一边嘴还不饶人:"哎哟哟,现在自己做点心吃的人家可不多啦,到底有钱可以任性啊。"

潘师傅也不计较小陈一口一个有钱人到底是酸还是嘲讽,干脆顺着小陈的口气介绍说:"说得不错,过去南州的那些有名的讲究的小吃、点心,可都是有闲阶级吃饱了撑出来的,不过到了后来,都逐渐大众化、快餐化了。"

林又红说:"所以我们的小吃一条街,需要恢复南州传统的经典美食,这也是大家的需要和希望。"

小陈嘲笑道:"吃着吃着,又谈工作了。"

林又红忍不住问:"潘师傅,你说你以前在金宏饭店工作,是什么时候的事?"

小陈赶紧说:"你们谈吧,潘师傅,我参观参观你的豪宅啊。"

林又红知道小陈是故意让开的,以小陈的家庭条件,不会对潘师傅的"豪宅"有什么特别大的兴趣。

潘师傅说:"我一直是金宏的大厨,出了牛肉中毒事件以后,我就辞职了。"

林又红急切地说:"那个事故和你有关系吗?"

潘师傅说:"要说有直接的关系,那倒没有,是进货的问题。要说没有关系,我是大厨,餐饮上的任何事情都与我有关系,所以,虽然没有直接追究我的责任,但我还是辞了,我没有资格当厨师。"

林又红更加急切地直奔主题说:"那,当年那个市局下达的送检副本,在江重阳那里,被俞晓偷了,你知道吗?"

一直淡定的潘师傅似乎有些为难了,犹豫了半天才说:"我知道。"

林又红急得说:"你知道为什么不告诉江重阳?"

潘师傅说:"本来就是江重阳告诉我的。"

林又红简直不相信自己的耳朵,愣了半天,才想起来追问:"无论谁告诉你的,既然你知道了,你为什么不揭发出来?"

潘师傅无奈地摇了摇头。

林又红心里十分明白,说:"是江重阳不让你说的?为什么?到底为什么?为了保护俞晓吗?"

潘师傅还是摇头。

林又红甚至有点生气了:"他是你外甥,你都不知道保护他——根本也谈不上什么保护,只要还事实真相就行。"

潘师傅说:"外甥有外甥的心思,我哪里知道——就算我知道,我也劝不动他的,江重阳的性格,林主任,你应该有所了解。"

似乎话中有话,她虽然不知道江重阳的这个舅舅,但是江重阳的舅舅却未必不知道她。林又红试探说:"江重阳受了这么多年的冤枉,难道你们亲人都能无动于衷?"

潘师傅大概是感觉林又红步步逼紧了,赶紧扯开了话题说:"林主任,你再尝尝这个,我自己酿的桂花饮料。"又回头喊小陈,"小陈,你过来喝一点。"

潘师傅分明是不想再谈江重阳。小陈过来了,林又红也无法再继续这个话题,倒是小陈不肯饶人,说:"果然吧,我有眼力吧,我故意走开,你们就谈得热火朝天,你们谈不下去了,就叫我过来。"

小陈的饶舌还没饶完,林又红的手机响了,是赵镜子的电话,口气十万火急,说俞晓出事了。

俞晓真是祸不单行,金宏的经营已无以为继,转让金宏的交易正在进行中,忽然间,她和金宏前总经理的不雅照竟然被上传到网上,引起了轩然大波,交易受到影响,进行不下去了,宾馆停业,职工闹事,一时间黑云压城了。

林又红和赵镜子火急火燎地赶到俞晓那儿,俞晓居然还能笑出来,嘻嘻着说:"没想到哈,我上了明星的档次了,也来了一个艳照门。"

林又红和赵镜子气得大骂:"俞晓,你还要不要脸?"

俞晓真是破罐子破摔了,说:"我倒是想要脸的,可是人家不给我脸,不仅把我的脸撕了,把我的裤子都撕了,我有什么办法?"

两人又同仇敌忾地责问:"俞晓,你怎么会同这种无良无德无耻的人纠缠在一起?"

俞晓眨了眨眼睛说:"无良无德,你们说谁呢?是说小李总?你们误会了,那东西不是他拍的,更不是他上传的。"

林又红道:"俞晓,你到现在还不觉得你错了?"

俞晓坦然道:"咦,我单身,他未婚,为什么我们不能在一起?"

话音未落,从外面冲进来一个年轻女子,上前就抓住俞晓的头发骂道:"你敢搞我老公,我就敢搞死你!"

林又红和赵镜子上前拉架,那女的死死揪住俞晓的头发不松手,俞晓一边挣扎一边奇怪地说:"你老公?谁是你老公?"

那女的开始拳打脚踢了,俞晓也不躲避,只是嚷道:"喂喂喂,你找错人了吧,我没搞你老公……如果你说的是小李总,可小李总确实是单身,他告诉我的——哎哟,你踢得好重,你踢痛我了。"

林又红和赵镜子早已明白是怎么回事,她们两个紧紧抓住那女子的两只手,对俞晓说:"你快走吧。"

俞晓还执迷不悟说:"我怕什么,我问心无愧,我……"

"咣"的一声,小李总的太太已经挣脱了林又红和赵镜子的拉扯,抓起一只花瓶,朝着俞晓的脑袋就砸了下去,只听俞晓"嗯哼"了一声,就倒下了。

林又红和赵镜子将俞晓送到医院,一直到缝合了伤口,俞晓才清醒过来,看到林又红和赵镜子着急,又嘻嘻起来,说:"看起来,我又上了一当。"

林又红心里一酸,眼泪在眼眶里打着转。

赵镜子头脑冷静得多,见俞晓没什么大碍,赶紧追问说:"俞晓,他为什么这么做?他事先要挟你了吗,敲诈了吗?"

俞晓头上有伤,不敢摇头,只好摆摆手,说:"没有没有,小李总人挺好的,没有什么城府的,刚才打我的那个女人,应该不是他的老婆,可能是冒充的。"

赵镜子气得"呸"了一声说:"你还在做美梦!"

俞晓也气起来,翻了脸,说:"你们两个,猫哭老鼠是吧,你们是来看我好戏的吧,你们希望我被人骗、被人耍,是不是?这样才能反衬出你们的水平嘛……"正说着瞄到门外,一眼看到了小李总,高兴地喊了起来,"小李总,小李总,你来了,你来告诉她们!"

年轻的李总一脸鄙视地走了进来,朝林又红和赵镜子看了看,说:"你们是她的什么人?"

俞晓说:"你问她们干什么,你想道歉吗?又不是你打我的,你不用道歉的,你只要告诉她们,那个人不是你太太,这就是最好的道歉!"

李总冷冷一笑说:"道歉,谁向谁道歉?应该你向我道歉。"他转向林又红和赵镜子说,"我不知道你们是她的什么人,但是我要告诉你们,这个女人,很无耻,很不要脸,她明明知道我结过婚,有老婆,还下死劲地勾引我,就是不肯放过我。"

病房里其他病人和家属都听到了,都朝着俞晓指指戳戳,俞晓呆若木鸡,好像完全不知道发生了什么。

李总继续说:"你们也不想想,一个结了两次又离了两次的女人,能是什么好货。"

话音未落,脸上"啪"地挨了一下,还没反应过来,第二下又上来了,气急了的林又红和赵镜子双双上前,左右开弓地打了起来。

李总猝不及防,脸上已经挨了十几下,一边往后退一边嚷道:"你们打人,你们打人,要不你们就是一路货,要不就是你们上了她的当……"

赵镜子喝道:"住嘴!你的话,别人也许会信,但是我们绝不会,我们知道俞晓是什么人……"

林又红突然间力大无比,举起了病房里的一把椅子,要砸向这个无赖,这无赖眼见事情不妙,抱头逃走了。

林又红放下椅子,回头一看,俞晓早已经泪流满面。

赵镜子气喘吁吁地坐下来,一边皱着眉头想着什么,一边犹豫着说:"这个人,我好像在哪里见过?是浦总那里?"她忽然警觉起来,说,"俞晓,他是浦总介绍给你的?"

俞晓欲言又止。

林又红急了,说:"都到这时候了,你还有什么话不能说的——这分明是想击垮你,你难道还没有察觉?"

赵镜子愈发紧张,一迭连声地追问:"俞晓,谁想搞垮你?为什么?你得罪什么人了?"

俞晓不直接回答赵镜子的问题,却反过来问她们:"你们觉得,没有浦总的帮助,我能做好宾馆?我的朋友圈子里,哪有宾馆的管理人才,前一阵那么求林姐,林姐也没答应我,没有浦总的推荐,我是两眼一摸黑的。"

林又红说:"你都经营这么多年了,还得靠别人?"

俞晓可怜巴巴地说:"我不行的,我又没有本事,又不用心学习,不想进步,我一心、一心只是——我一心等着江重阳回来,其他事情根本没有心思做,我——算是完了。"

三个人都沉默了。过了一会儿,赵镜子的话题还是回到浦见秋身上,说:"既然浦总推荐这个姓李的来,怎么又不干了呢?"

俞晓说:"他和分管餐饮的副总闹矛盾,结果他瞒着我把副总开了,员工都不买他的账,都要罢工了,我只好把他开了,又觉得很对不住他。"

赵镜子说:"奇怪了,总经理怎么会和分管餐饮的副总闹矛盾,就算意见有分歧,你也可以协调的呀。"

俞晓说:"我协调不起来,是为了进货渠道的事情,小李总一定要走他的渠道,但餐饮明明是副总分管的,应该由副总决定。小李总的手是伸得太长了。"

林又红听俞晓提到"进货渠道"几个字,不知为什么,心里又怦怦地乱跳起来,似乎有一种不祥的预感,似乎有个声音在提醒她,又似乎冥冥之中有一根线要把许多事情牵扯在一起,但是她看不清这根线。

三个人正懊恼焦躁,就听到门外有个熟悉的一下子击中人心的声音响了起来:"俞晓,俞晓,你在几号床?"

三个人猛一回头,江重阳已经站在门口了。

三个人同时呆住了。

江重阳说:"我问过医生了,还好,缝了几针,没大事。"

俞晓捂着脸哭了起来。

江重阳笑道:"咦,没大事反而要哭,有大事了,反而沉得住气?"

俞晓抬起泪眼,抽抽搭搭地说:"对、对不起,对不起,当初是我害了你,是我偷了你的下达书副本,害得你……"

江重阳仍然笑着说:"俞晓,你倒蛮沉得住气啊,到今天才告诉我,你以为我一直不知道吗?嘿嘿,别说当年,就是当天,那一天,我就知道了。"

俞晓说:"你知道?知道你为什么不揭穿我?"

江重阳说:"你是我老婆嘛,揭穿你不等于揭穿我吗?我在那个位置上,我即使说了,你即使出来承认,出了这么大的事故,谁会相信?干脆算在我头上吧。再说了,我没有被冤枉,我确实是有不可推卸的责任。"

俞晓哭得无法控制了,江重阳过去搂住了她,俞晓才渐渐地平静下来。

林又红看到江重阳搂住俞晓,转身想走开。赵镜子在一边傻了眼,似乎比林又红更震惊,她似乎是想拉住林又红,但最后竟然抱住了自己的脑袋,一下子蹲了下去。

正在大家惊愕的片刻间,江重阳已经丢开俞晓追了过来,也不顾赵镜子在场,直接就说:"林又红,你看到我抱了一下俞晓,又吃醋了?可她是我前妻嘛。"

林又红嘴唇哆嗦着,说不出话来,两眼含泪,死死地盯着江重阳。

江重阳仍然是一副似真似假的嘴脸,说:"我就知道嘛,无论你嘴上承不承认,你心里还是有我,你心里还是只有我,是不是?"

赵镜子脸色发青,走上前,又停住了,她似乎想去挡在他们中间,却又不太敢这么做,所以她站的位置十分尴尬。

江重阳却看也不看赵镜子,只是盯着林又红说:"林又红,别硬撑啦,我在你心里是生了根,打了万年桩的,你是拔不掉的。再说了,你根本就不想把我拔掉。"

林又红颤抖着,终于抖出一句话来:"江重阳,你到底要报复我到什么时候?"

江重阳歪了一下脑袋,又摇了摇头说:"我报复你?为什么?我为什么要报复你?"

林又红说:"就是因为当年不懂事,年轻气盛,那一推,你就一辈子不再放过我了?"

江重阳说:"你说得轻巧,那一推?那是随便一推吗?那一推的后果你知道吗?"

林又红哭了。

江重阳说:"你都哭了这么多年了,还没哭够啊,看起来,我在你心里的分量,还真是不轻啊,哈哈。"一边说着一边过去拍了拍俞晓的肩,说,"你们一个一个地挨着哭吧,我还有重要的事情,不能陪你们哭了。"

林又红哭,赵镜子就站旁边等着她哭,等她终于哭够了,赵镜子长叹一声,说:"完了完了,我彻底明白了,你们这对冤家,这辈子也解不开了,我彻底死心,我退出!"

林又红惊愕得瞪大了泪眼,似乎不认得眼前这个人了,她说的什么,她根本就听不懂。

林又红擦干了眼泪,等着赵镜子解释,赵镜子却失声痛哭起来。

真如江重阳说的,你们一个一个地挨着哭吧。

林又红劝又不是,不劝又不是,赵镜子说的"我彻底死心,我退出"到底是什么意思?她朝俞晓看看,俞晓也完全不知,两个人面面相觑。

赵镜子一边哗哗地淌泪,一边说:"你们不要使眼色了,你们爱他,我也爱他——这些年来,你们知道我过的什么日子,你们两个,一个可以明着追,一个可以明着被追,可是我呢,我永远只能缩在阴暗的角落里,永远只能把一切埋在心底最深处。"

林又红和俞晓简直是如梦初醒——不,她们根本就没有醒。

赵镜子郁积和压抑了这么多年的情绪,一下子崩溃了,对着林又红倾泻而出:"和你分了,又有俞晓,终于和俞晓离了,你又出现在他生活中,简直、简直折腾死我了,可我还是一直有信心,我知道,你林又红是个有良心讲道德的人,无论你心里还有没有他,也无论他还爱不爱你,只要老宋在,你都不会和老宋离婚、和他结婚,所以我还有希望。但是偏偏老宋又出了事,你要是和老宋离了,我还有什么指望?可是你又不和老宋离,不痛不痒地这么耗着,急死人了。现在又冒出俞晓这么大的事情,以江重阳的性格,无论他对俞晓有没有感情,他都会竭尽全力去帮助俞晓,支持她,这过程中,两个人既然都单着,他们可能又走到一起,我又担心。刚才和你一样,看到江重阳搂着俞晓,我、我……"

俞晓激动地说:"你觉得他又会回到我这儿?"

赵镜子毫不客气地说:"不可能!"又回头盯着林又红,"我现在已经彻底清楚了,我再也不抱任何幻想了,我再也不会傻乎乎地夹在你们中间做这做那等待时机了,时机永远不属于我,江重阳始终是你的!"

赵镜子的这一番话,简直让林又红如雷击顶。

赵镜子继续说:"就算我费尽心机得到了江重阳,也还是和当年的俞晓一样,得不到他真正的爱,更得不到他的心,他心里也仍然只有你,永远只有你。"她又回头看着俞晓,咬着牙说,"俞晓,你也别再痴心妄想了。"

林又红张大了嘴,瞪着眼睛:"赵镜子,你想了这么多,你做了这么多恶心的事情,就是因为……"

赵镜子坦然地说:"是,就是这个原因!"

林又红气得转身就走,赵镜子也没有拉她,俞晓也没有吭声。

可是,林又红没有出去,她停下了,她冷静下来,第一次,在碰到江重阳的问题上,她冷静下来。

"赵镜子,你是在替我安排人生吗?你如此自以为是,你以为你能够掌控所有人的内心?"

赵镜子说:"怎么,我说得不对,哪一点不对?"

林又红冷笑一声说:"你在编派别人的时候,忘了问问当事人是什么想法。你是在给我和江重阳拉郎配吗?你问过我吗?我有这样的想法吗?我愿意吗?"

赵镜子也还了她一个冷笑:"你有没有想法,你愿不愿意,你自己心里最清楚。"

一旁的俞晓如梦如痴,发着呆,过了一会儿,才喃喃自语道:"没我的事了?没我的事了?"

赵镜子说:"本来就没你什么事!"

赵镜子轻蔑的语气刺激了俞晓,她本来是斜躺着的,忽地坐了起来,气哼哼地说:"你们把我排除在外,好吧,旁观者清,我就看得清。你们自以为了解江重阳,差远了,尤其是你,"她指着赵镜子说,"你真是自作多情,你根本就不知道江重阳怎么会重新出现,当年又是为什么离开的。"

这话一出口,赵镜子和林又红都愣住了,这其实又何尝不是她俩心头的疑惑呢?

林又红似乎又感觉到那根线了,那根线若隐若现,一直在她的眼前晃动,但是她看不清,也抓不住,难道……她忍不住问俞晓:"你知道什么?"

赵镜子也追问:"你有什么事情瞒着我们?"

俞晓说:"心机婊,现在知道来求我了,别说我不知道,就是知道,也绝不告诉你们!"说完之后,不仅紧紧闭上了嘴,连眼睛也闭上了。

赵镜子还想继续追问,可见,她完全不是她自己所说的那样,彻底怎么怎么了。

林又红已经冷静下来,她不会再去追问俞晓,她需要理一理自己的心思,理一理这一连串的事情。

从哪里开始呢?

第 26 章

桂花开了,桂香街香气四溢,林又红走进居委会时,听到大家在议论今年的桂花好像特别香,平时不怎么多话的潘师傅也变得滔滔不绝了:"说到桂花,那可是品质优良,大度高雅,既不十分讲究土壤条件,又耐得起风雨,说起来,它是用一年的努力,开放一个月。"

潘师傅一抒情,连余老师都笑起来,说:"哟,潘师傅,你念诗呢?"

潘师傅没有被嘲笑住,继续说:"桂花的实用性强,既能食用,又可药用,更主要的,它的香气十分适当,你说它浓香吧,它却十分清香,你说它清香吧,它又十分醇厚,真所谓'清可绝尘,浓能远溢',就好比那些兰心蕙性的人,像我们林……"

小陈"哎哟哟哎哟哟"地嚷嚷了起来:"潘师傅,想不到你这么会拍马屁,可惜林主任人又不在,等她来了你再拍吧。"

潘师傅笑道:"桂花还可以治病呢。"

小陈着了道,问:"能治什么病?"

潘师傅说:"单相思病。"

大家哄地笑开了,林又红也忍不住笑出了声,大家看到主任来了,赶紧归位开始工作。

最令人欣慰的是小吃街的状况,由于第三方管理工作创新了模式,不仅统一了进货渠道,连小吃店的清洁卫生、售票发货等服务都进行了全方位的统一管理,收银全部联网,现在所有的店主只需安心做好食品,经营好生意,不必再操心其他事情。区里又主持评选出小吃街食品安全放心店,老辛和罗桂枝都成了先进。

老辛托人带了一个便条给林又红,便条是封着的,林又红打开来,看到里边只有一个地址,小陈也探头看了一下,说:"什么意思,主任,你打算到这个地方去?"

这算是老辛他们对她的回报了,林又红不会放过这个机会,她带着小陈和小姜,按照老辛提供的地址,决定过去看看。

上车的时候,小陈报了这个地址,出租车司机一听,犹豫了一下,似乎不太知道这个地方,又似乎是不太想去这个地方,然后又警惕地看了看他们三个人。

小陈奇怪地说:"咦,你拉客人还带看面相的吗?你看我们像坏人吗?你觉得我们是干坏事的人吗?就算想干,两个女的,加一个骨瘦如柴的小秆子,你人高马大的,基本也不用怕哈。"

司机说:"不是说你们有什么问题,是你们要去的这个地方,到底是个什么地方?"

小陈说:"我们也不知道呀,要是知道了,就不用去了嘛。"

司机这才勉强上了路,一路上都小心翼翼的,快到城郊的时候,司机说不认得路了,不想再开了。

小陈赶紧说:"我用手机上的GPS定位。"一边说一边动手,可鼓捣了半天,也定不到位,这个地址,连卫星都看不到它。

司机更不愿意再往前了,指点他们说,可以下车找摩的,摩的一直在城乡接合部拉人,应该熟悉这一带的情况。

他们从出租车上下来,果然附近有摩的在招揽生意,找了一辆电动三轮车,刚想坐上去,车主一听这个地址,立刻说不去。林又红想问一问什么理由,那车主干脆把车开走了。

连续找了几个,都被拒载了,他们觉得有些诡异。小姜有点担心说:"林主任,这地方是不是有什么事,为什么大家都不肯去,要不,我们回去?"

小陈揍了他一把,说:"要回你自己回!"

林又红说:"都已经到这里了,我估计不会太远了,没有车,我们步行,你们两个行不行,能走吗?"

小姜立刻说:"我不怕走的,我每天上班这么远的路,走惯了。"

小陈也不能服软,鼓着气说:"你们能走,我为什么不能,又不是刀山火海。"一边说,一边还得意地四处指指,"大好秋色中,郊游啊。"

他们走到一个村口,问了问,倒是有人知道这个地址,给指了方向,他们赶紧往前走,可是走了半天才发现,他们又转回这个村口。重新再找个人问,又给指点了,又走一遍,回头竟然还在这里。到第三次出现在村口的时候,指路的人仍然给他们指的那方向。

林又红想了想,说:"我们朝反方向走吧。"

刚刚走出一段,不知从哪里奔出来几条大狼狗,冲着他们吼叫,小陈吓得花容失色,小姜一个箭步抢到前面,护着小陈和林又红,和狼狗说了几句话,狼狗居然听得懂他的话,很快安静下来,还对着小姜摇头摆尾表示友好。

小陈虽然吓得心怦怦跳,却还不忘嘲笑一下小姜:"原来你们是同类啊。"

小姜憨厚地一笑说:"小时候村子里的狗都和我要好。"

林又红听了小姜的话,受了启发,开始向人打听村委会在哪里,被问的那个面目可疑的人笑了起来,说:"村委会?我就是村委会。"见林又红他们惊讶,他又说,"怎么,你们不相信我是村委会,那你们去调查嘛。"

林又红当然不能相信他就是村委会,但她相信了一个事实,在这样的地方,就算真的找到村委会,恐怕也不会有什么结果。林又红正在懊恼,突然收到一条短信,是江重阳发来的,内容也和他的说话口气一样,满带嘲弄:"林又红,你就别马后炮了,你们要去的那个牛肉加工场,早已经闻风而动关闭了。"

林又红心里一凛,那根始终若隐若现的线,似乎渐渐地清晰了些,她回信问江重阳:"你在哪里?"

江重阳却不好好说话,回答道:"反正比你走得远。"

短信中断了,话题没有再继续。在林又红内心深处,江重阳似乎是走远了,但又似乎从来没有走开过,他们之间,始终有牵扯,有关联,谁也别想摆脱得了。

在回南州的路上,林又红接到了老辛的电话,让她赶紧赶到小吃街去,小吃街好几家使用牛肉的店,都发现了问题。

等林又红他们赶到时,卖酱牛肉的老刘店里已经围聚了好些店主,老刘灶屋的桌子上,摆着一堆生牛肉,老刘扒着那些牛肉着急地说:"我认得出来,我认得出来,就是那批货——早已经断绝了那个渠道,怎么又回来了,这可怎么办?"

做牛肉粉丝汤的、做牛肉煎饼的、做牛肉炒菜的一些店主也都应声附和,说问题牛肉又出现了,大家十分担心。

看到林又红进来,他们立刻给她让出一个地方,让她站到了中间,林又红问老刘:"现在不是统一了进货渠道,怎么可能……"

老刘急得说:"是呀是呀,进货都是由金吉替我们包办的,要出问题,一定是金吉进货时的问题!"

林又红一听,顿时紧张起来,心怦怦乱跳,脱口说:"金吉江总知道吗?"

老辛在旁边插话说:"林主任,听说最近这一阵,江总都在外面出差,小吃街管理方的许总也被江总带出去了,这些日子是金吉分管餐饮的副总负责进货的,金吉的货,和我们小吃一条街的货是一样的。"

林又红说:"那就是说,金吉也进了同一批的牛肉?"

老刘和另几位店主才不关心金吉,他们已经急得手足无措了,说:"小吃街好不容易走上了正轨,这么多年来,我们的饭碗总算是安稳了,再出现问题,我们刚刚捧上的饭碗又要被砸了!"

林又红说:"你们先别着急,货不是你们进的,责任不在你们。这样,你们先稳定一下,先把牛肉送去检验。"

一位店主说:"检验结果出来前我们怎么办,停业啊?"

老刘立刻冲他说:"怎么,不停业你还想用这牛肉做生意,你找死啊?"

老辛也说:"你不仅自己找死,还会连累大家。"

那店主立刻知道自己错了,赶紧说:"我不说了,停业就停业,大不了少赚几个,绝不能让小吃街再回去了。"

半天没插上话的小陈终于找到话说了:"哎,士别三日,刮目相看,你们的觉悟,提高了不止一个两个点啊。"

老刘说:"不是觉悟的问题,是我们要保住自己的饭碗。"

小陈说:"你们至少知道了,保住饭碗是要靠你们自己的。"

林又红赶紧走出店来,打通了江重阳的手机,还没开口,江重阳就抢先说了:"林又红,你别着急,也别担心,这个口子是我有意放出来的,只有放开口子,人家才会钻进来嘛。"

林又红惊诧不已:"江重阳,你知道会出这样的事,你料定问题牛肉会重新出现?"

江重阳又没正经地说:"林又红,你果然很崇拜我哦,不过我告诉你,不要盲目崇拜哦,我又不是神仙,许多事情我无法料定,我只是设一个套子,不知道有没有人愿意钻。"

林又红急得打断他说:"你就这么有把握,这么稳坐钓鱼台,万一店主他们不吭声,或者不明就里,或者明明知道也不说,反正货不是他们进的,责任不在他们,来货就用也没错,岂不是又要酿成祸事?"

江重阳说:"他们不是已经说出来了吗,更何况,我早和老辛有了默契,他会帮我看着的,不会滑过去的。当然,即使他们不说,我难道会打无准备之仗吗?"

江重阳的一个"仗"字让林又红心头顿时一紧,赶紧追问:"江重阳,你是说,你早知道你的副总会做这样的事情,你这位副总,到底是怎么回事?"

江重阳又嘲弄道:"林又红,你这么关心我的副总干什么,难道你又想吃回头草来当我的副总了?算了算了,不和你扯皮了,告诉你吧,我的这位钱副总,和俞晓的那位小李总一样,都是浦见秋的心腹嘛,这你都看不出来?"

林又红只感觉脑子里有两根线头一搭,顿时像通了电流一般,浑身一颤一麻,过了半天,才缓过气来,挣扎着说:"可是,据我了解,这批货数量并不算大,为这一点点东西,这么铤而走险,说不通啊。"

江重阳说:"好,林又红,你终于又回到当年了。哦,不是你回到当年,是你的问题回到当年了。铤而走险,是为了拉人下水嘛,虽然货不多,但是只要小吃店使用了,他们就会威胁举报,到那时候,我们管理方可是百口莫辩,只能接受他们的要挟,只能与他们同流合污——当然,这只是他们的梦想,永远也实现不了。"

虽然江重阳口气轻飘飘的,但林又红却又急又怕,说:"一直有人想拉你下水?"

江重阳说:"当年被人推下水,日后绝不会再被拉下水的,他不仅低估了小吃街店主的觉悟,更是低估了我江重阳的老谋深算。"

林又红实在忍不住,"扑哧"一声笑了出来。

江重阳说:"这么严重的事态,你居然还笑得出来?"

林又红说:"事态不都掌控在你手里吗?"

江重阳"哦嗬"一笑,说:"林又红,你又开始盲目崇拜我了,我可不吃你这一套啊,至于我到底吃哪一套,林又红,你还得好好研究研究。"话音未落,就听到电话那头有人喊江总,江重阳对林又红说,"好了,我们到了,我不和你说了。"

林又红问:"你到哪里了?"

江重阳说了"源头"两个字,电话就断了。

林又红好半天才回过神来,发现老辛不知什么时候,站到她身边了。见林又红不再打电话,老辛才告诉她,金吉的钱副总已经被警方控制了。

林又红愣了半天,才想起来问老辛:"是你们报的案?"

老辛说:"不是我们,是江总,他早就安排了的。"

林又红又是一惊,说:"那、那、其他人呢?"

老辛知道得不太多,摇了摇头,说:"幸亏江总早有防范,小吃街又逃过了一劫。"

林又红听了老辛的话,不由一阵心酸,小吃街的这些小商贩,挣扎到今天实在是太不容易了,无论如何,也要尽自己最大的努力,为他们撑起一片天来,给他们遮风挡雨。

林又红从小吃街回到家,难得提前回来,只有小桂和小熊在家,电梯门打开,她刚刚踏上走廊,小熊就已经听到了,发出了"呜呜"欢迎的声音。

虽然平时林又红不是太在意小熊的表情,但小熊如此明显的变化,她还是能够感觉到的。进了屋,小熊不仅按惯例扑了她的腿,围着她绕了圈,还闻了她换下来的鞋,这个动作,从前她可是享受不到的。林又红问小桂:"它怎么了,这一阵对我特别亲热?"

小桂"嘿嘿"笑道:"它可聪明了,只是不会说,心里什么都知道。"

小桂随口的一句话,说得林又红心里"扑通"一跳,难道小熊也在帮着老宋和小西讨好她?

心里正奇怪着,看到小桂笑嘻嘻地站在她面前,林又红说:"小桂,你有什么事吗?"

小桂说:"我要谢谢林主任,我要好好谢谢林主任,我女儿上学的事解决了,已经报上名了,谢谢林主任。"

林又红顿时担心起来,记得以前小桂说过,可以让居委会开假证明,她不会瞒着她到桂香街居委会做了什么手脚吧?赶紧问道:"你购房合同上的时间改过了?"

小桂说:"没有没有,那个假的做不起来——咦,林主任,不是你帮我找了人,托了关系,让我女儿作为特招生招进去的?"小桂感动得抹起眼泪,又说,"林主任,真的谢谢你,像我们这样外来打工的,人家也没有看不起我们,女儿居然也能作为特招生。"

林又红打断她说:"是老宋帮你去办的吧?"

小桂说:"是呀是呀,宋先生亲自帮我跑的,是你吩咐的,一定让他亲自去,才能办好。"

林又红本想说这事与她无关,但是看到小桂激动兴奋的眼神,她打消了这个念头。她心里很清楚,这些天,老宋一直在通过各种方式,向她示好,向她道歉,只是她自己还没有想好,到底应该怎么办。

林又红到书房坐下,静了静心,刚打算开始考虑怎么写年终总结,就接到了街道的电话,年底街道评选先进居委会,桂香街居委会在候选之例,所以总结材料需要提前上报,希望她明天上午就能交到街道。

林又红有些措手不及，许多工作做是做了，但究竟应该怎么总结，怎么写，她是新手，还没来得及和大家商议，心中无数，看了一下时间，这时候大部分人恐怕都不会在居委会了，该下班的下班，该办事的肯定还在外面办事，她只得分别给他们打电话，通知晚上加班。打通小姜的电话时，他刚刚到家，似乎还在喘气，一听说加班，小姜就得立刻转身马上回来。

　　挂了小姜的电话，林又红有些难过，想重新再打给小姜，让他不用来了，可是小姜的脾气和作风她也知道，他不会不来的。

　　林又红也没有等得及宋立明和小西回来，匆匆提前吃了点饭，就往居委会去，走到半路上，就看到余老师、小陈在和一户居民争吵，上前一问，才知道又是收清洁费的事。

　　收费很困难，不收又无法工作，清洁卫生这一项，居委会没有专门经费，只能从每户居民手中收取，从年头就开始收，一直收到年尾，还没收齐，腿也差不多跑断，口舌也不知费了多少。

　　现在余老师和小陈到的这户人家，既不是困难家庭，又没有任何特殊情况，就是有意刁难不肯交。

　　小陈气得朝他嚷嚷："比你困难一百倍的人家都缴了，你这是有意刁难我们的工作！"

　　那居民理直气壮道："我怎么刁难啦，明明是你们乱收费，我没有举报你们，已经算是客气的了！"

　　小陈可不是吃素的，一句顶一句地说："你举报呀，你现在就去举报，十五块钱的卫生费，你举报，你想吓死本宝宝？我告诉你，我们怕天怕地，就是不怕吓唬！"

　　那居民也来气了，指着小陈说："你什么态度？"

小陈快嘴回道:"对于你这种连十五块钱卫生费都不肯缴的人,我就是这种态度!"

那居民闷了片刻,又说:"十五块?你们凭什么收十五块?有没有经过物价部门核定,是不是高于物价部门的标准了?"

小陈挖苦说:"哎哟,你还蛮有水平的,你还知道物价部门核定,看来层次也不低啊,当干部的吧?怎么连普通百姓都不如,人家该缴的早就缴了,每次都是你当老赖,说话水平不低,老赖水平也不差呀。"

旁边看热闹的居民也插嘴揭发说:"就他?还水平,什么水平,嘴上有水平,做事最下作,我们这条巷子,乱扔垃圾最多的就是他家。"

"若不是他家垃圾乱扔,我们也用不着出这么多卫生费。"

"老王,你家女儿的一个包,天天背出背进,显摆给我们看的,什么V的,那个据说要一万多块呢,你怎么好意思十五块钱都不肯缴?"

那居民受到大家围攻,脸色有些不对劲了,想往后退。

小陈可不饶他,立刻挑事说:"什么?他家买得起LV,得报告纪委查一查,哪来这么多钱。喂,老王,你可别为了省十五块钱,结果被查出个贪官来啊!"

大家哄堂大笑,继续埋汰他。

这老王还在硬撑,她老婆顶不住了,赶紧出来把钱缴了,拉着老王进去,老王心里不爽,但已经不敢骂小陈了,只敢拣软的欺,结果余老师被他骂了几句。

小陈替余老师抱不平,想要骂回来,余老师却说:"算了算了,不计较了,收到就好,骂几句就骂几句,又骂不掉一块肉的。"

虽然余老师和小陈最后是收到了钱,但站在一边的林又红心里却很不平静,这个世界似乎很变态,居民连十五钱卫生费都不愿意缴,居委会的干部,每天都在和他们打交道,就等于每天都在挨骂,每天都在受气。但是,无论挨多少骂,受多少气,无论心里有多少怨多少委屈,居委会干部还是每天都在做着这些琐碎的不起眼儿的工作,想着,不由眼眶一热,怕被小陈她们看到,赶紧先往前走了。

到了居委会,门已经开了,潘师傅和小金已经先到了,不仅他们先到,一大拨吵架的人也已经到了。

林又红觉得很奇怪,回头问小陈:"晚上居委会是不办公的,他们怎么晚上还吵过来?"

小陈说:"居民个个都是人精,我们今天加班,他们早就知道了。"

余老师也说:"他们都知道,加班的话,人到得齐,事情便于解决。"

这是一起家庭矛盾,父母和子女打起来了,父母告子女不养老不孝顺,子女告父母不体贴不讲理,双方各执一词,闹得不可开交,好在有居委会这个开在家门口的"法院"。

本来是到"法院"来求公道的,却不容居委会干部开口,双方抢先就是一阵乱箭,各自伤痕累累。

累到说不动了,才暂时停顿下来。

他们这一阵乱哒哒,连余老师也恼了,气愤地说:"现在的人都怎么啦,怎么都不会好好说话啦?"

小陈现在和余老师关系铁好,常常一搭一档互相配合,这会儿果然接过去说:"就是,父母子女说话,都带着脏话臭话。"

连一向沉默寡言的小金也忍不住说:"人人都骂人,人人都不满意,人人都怨气冲天。"

小陈更来劲了:"就这样,我们这些傻×,还在卖力干,干了也是挨骂,无论干什么,都是挨骂。"

小金说:"吃力不讨好。"

那几个人一听小陈他们开了这样的腔,担心居委会不愿意处理他们的事了,着急了,说:"你们要给我们处理的,你们不能推脱责任,你们不能不管我们,政府也是要你们好好为我们居民服务的。"

小陈气道:"政府?你可千万别跟我提政府,政府才顾不上把居委会当回事呢。"

这几个人又一个比一个着急地抢着说:"政府不把居委会当回事,可是我们居民把你们当回事。"

"我们当你们就是政府。"

"你们就是为我们解决困难的政府。"

小陈"哼哼"冷笑两声说:"你们把我们当政府?天大的笑话,在政府面前,能容得了你们这么放肆,这么目中无人?"

林又红不能眼看着他们没完没了地扯下去,赶紧提出建议,协调双方各自提出自己的处理意见,再各自写下保证书,保证书一式三份,父母一份,子女一份,居委会保存一份,如果哪一方违反,由居委会出面处罚另一方。

结果双方都满意而去。

小陈在背后嘲笑他们："多此一举，自己就能解决的事，还偏要跑到居委会来丢脸出丑。"

说话间，小姜满头大汗地赶到了，他没有表，手机又没电了，无法掌握时间，急得说："我没有迟到吧，我没有迟到吧？"

小陈十分心疼，嘴上却嗔怪说："知道迟到，不能早一点出来吗？"

小姜老老实实地检讨说："我知道错了，下次我再早一点。"

人到齐了，林又红把街道的要求给大家说了一下，请大家一起出主意，关键是桂香街居委会的总结，怎么才能写出与众不同的特色来。

大家七嘴八舌议了一会儿，集中不到点子上，林又红有点着急，这毕竟不是她擅长的工作，怎样才能把琐碎的不起眼儿的工作总结出高大上来，这可真是个难题。

潘师傅见大家着急，笑眯眯地拿出瓜子，请大家边吃边聊。潘师傅的瓜子有一股特别的香味，听到赞叹，潘师傅告诉大家，这是用桂花水洒着炒出来的，香味都渗透进去了。

林又红似乎领悟了一点潘师傅的用意，说："潘师傅，你的意思，是不是我们也可以用桂香、桂花来贯穿？"

潘师傅说："就是呀，我们本来就叫桂香街，我们这里有老桂树，我们的桂香，香飘四处，这是桂花街的传统——居委会的工作，零零散散，点点滴滴，就像桂花香，虽然看不见，摸不着，但是能渗入人心，能够渗透到每一个角落。"

小陈一激动，夸张地嚷了起来："哎呀呀，潘师傅，没想到你还真是个诗人啊！"

潘师傅说:"我不是诗人,我只是个喜爱桂香的厨子。"

林又红高兴地说:"太好了,我们可以用桂香作品牌,或者可以叫桂香精神,那就是把我们的努力,无声地渗透到为居民服务的一点一滴中。"

小陈又嚷嚷说:"不得了了,不得了了,我们居委会可以改名叫诗人委员会了!"

在大家欢快的笑声中,林又红已经找到了写总结的方向了。

散会时,林又红特意晚走了一步,她让小姜也留一下,小陈冲小姜做了个鬼脸,识相地先走了。

对于小姜的困境,林又红一直以来都十分担忧,也很心疼,但她知道自己和小陈一样,无法给小姜什么帮助,给,小姜也不会接受。

林又红一直想把小姜推荐给江重阳,又担心小姜会不会挺着撑着不愿意去,所以她小心地试探了一下说:"小姜,江总那里,现在十分需要人才……"

令林又红没想到的是,她的话还没说出来,小姜就急急地抢过去了:"江总需要人吗?我去行吗?"

看林又红有些停顿,小姜又急着说:"林主任,我知道你和江总关系好,你推荐我,江总一定会答应的。"

林又红愣住了。

小姜更急了,赶紧再补充说:"林主任,我不挑工种,我保证,干什么都行。林主任,你请江总相信我。"

林又红忽然觉得又有些别扭,明明是自己主动提出要推荐小姜的,但是看到小姜急着要走的样子,心里又不爽了,真是自找麻烦,自作多情。

　　看着林又红的神色变化,小姜有些失望,但是仍然保持着良好的心态,平和地说:"林主任,你是跟我开玩笑的啊?没事没事,这几年,我找工作的过程,碰到希望又失去希望的事情多了去了,我早就习惯了。"

第 27 章

真相终于大白于天下了。

从金宏宾馆的牛肉中毒事件开始,江重阳敏锐的嗅觉就感觉出了背后的异常,他从金宏出发,追到供货的小吃街酱牛肉店,追到加工牛肉的生产方,那是南州郊区的一个黑窝点,但是线索到这儿中断了,这更加引起江重阳的警觉,他离开南州,一路北上,在中原地区追到一个超大型假牧场,这座号称巨型集约化养殖的牧场里,根本就没有养殖任何动物,他们只做一件事:病、死牛的中转。

病死牛的来源有两个渠道,一是海外走私,另一是从国内各地大量低价收购甚至无价收缴的病牛死牛,集中到牧场后,再发往各地进行加工销售。正当江重阳快要接近真相的时候,收到了浦见秋的邀请,请他回南州管理改建后的金吉宾馆,江重阳毫不犹豫地答应了。

那是因为浦见秋已经渐渐地露出了水面,但是江重阳手上却没有浦见秋参与其中的任何证据。

重回南州,经营浦见秋手下的金吉宾馆,和桂香小吃街联营,给了江重阳更好的追查平台,很快就摸清了进货渠道的关键,掌握了许多黑作坊在加工过程中滥用食品添加剂、用工业松香煺毛、用甲醛浸泡、使用激素、使用亚硝酸盐等违禁物质,然后经销给各地的农贸市场、餐饮集中的街市,有许多甚至进了宾馆饭店。

一条巨大的地下产业链被挖了出来,数量之巨大,获利之巨大,害人之多骇人听闻,震惊了全国。

运动员田宁的兴奋剂冤案平了反,桂香小吃街的经营管理也进入了良性循环,居委会的工作一如既往,一地鸡毛,繁杂琐碎,只有小姜,下决心改变了自己,他并没有去金吉工作,而是自己找了一家企业,毫不犹豫干净利索地走了。那天他来居委会整理了自己的东西,向大家告别,大家感觉小姜应该和小陈说几句悄悄话,至少也得感谢一下小陈,或者,甚至,约一下。

可是小姜站在小陈面前犹豫了一会儿,什么也没说,却跑到小金的办公桌前,对小金说:"等我干出点成绩来,我会回来找你的。"

所有人都呆住了。

小金是个高中生,家境贫寒,从来都没敢把婚姻大事放在心上,更不敢和小陈喜欢的小姜走得近,小姜却来了个突然袭击,顿时间,小金的眼睛红了,眼眶湿润了。

小陈更是目瞪口呆。

小金慢慢地回过神来,疑惑地说:"可是、可是小陈对你那么好,你为什么……"

大家都回头看着小陈,小姜却不敢回头看,他低垂着脑袋,十分内疚地说:"小陈,是、是公主,我、我伺候不起。"

小金反而犹豫了。

小姜鼓起勇气,过去抓住小金的手,轻声说:"你给我一点时间。"

小金却抽出了自己的手,停了一会儿,终于下决心说:"小姜,你不用来找我,我不会等你的。"

这回轮到小姜吃惊了。

小姜又难过又不解:"为什么?为什么你不能接受我?"

小金不说话,只是轻轻地摇了摇头。

备受打击的小陈居然很快就挺过来了,虽然不知真假,但她"哈哈"地笑了起来:"这有什么奇怪的,你喜欢她,她不喜欢你,就像我喜欢你,你不喜欢我一样吧。"

小姜不敢看小陈,低声说:"我不配,我不配你喜欢。"小姜的眼神十分慌乱,但是林又红能够感觉出来,他并不是因为这两个女孩子而乱了心绪,他还有别的事情,眼看着小姜带着沉重的心思走了出去,大家都有些手足无措,可是片刻之后,小姜又回来了,低垂着眼睛说:"我还是坦白出来吧,否则这个包袱压在心上太重了,向区纪委举报扩建工程的信,是我写的……前几天,我已经去向区纪委说明了情况,那是我无中生有的。"

林又红一听,气得忽地站了起来,指着小姜说:"小姜,想不到你是这样的人,你为什么要做这样的事?"

小姜说:"我想找机会——原来我并不了解居委会,以为居委会是政府的机构,通过居委会的工作,只要表现好,会有机会提拔的,可是到了居委会我才知道,这种可能性几乎是零。"

林又红气愤地说:"那你就可以害同事、害单位?"

若是换了别人,小陈早就跳起来骂人了,可这是小姜,这是她最心疼的人,她张着嘴,却无法说话。

小姜低着头说:"我是道听途说,凭空猜测,以为余老师以前有过什么问题,这一次也不会干净,何况这种小工程,白条很多,肯定会有漏洞的。"

林又红气得喝住了他:"你住嘴!你这么做,对得起余老师吗?"想想仍然不解气,又不依不饶地说,"你这种品行,到哪也出息不了。本来我们已经给你出了工作表现介绍,都是说的好话,现在看来,得重新修改了,你要是不交给新单位,我也会去把这些情况告诉他们的——"

小姜顿时吓得脸色煞白,惊恐地看着林又红,好像天要塌下来了。

小陈几次欲言又止,眼泪在眼眶里打转。

一直没吭声的余老师终于开口了:"林主任,随他去吧,年轻人难免会犯点错误。"

潘师傅也帮衬说:"小姜家庭条件差,父母都等着他这个大学生赚钱改变命运呢,他急于想出头,也不能算不正常,我们就多理解吧。"

余老师又把话茬儿接过去说:"再说了,小姜已经向区纪委说明了情况,今天上午,街道王书记已经打电话来,林主任你不在,我接的电话,通知我们……"

林又红急着问:"是不是通知我们,新办公室可以使用了?"

余老师很少出现笑意的脸上,露出了发自心底的欢笑。

在大家欢欣鼓舞的气氛中,小姜悄没声息地离去了。

俞晓终于下决心把金宏交给有能力的人去做了,她自己在离桂香小吃街不远的地方,开了一家风味茶餐厅,邀约林又红和赵镜子去试吃。林又红是个急性子,时间观念又强,总是最早到的一个,到了那儿却不见俞晓,刚刚找了个位子坐下,就看到江重阳从外面进来了,见林又红惊讶,不等她发问,就油腔滑调地说:"是俞晓通知我的,毕竟都是同学嘛。何况,这里边还有我的前恋人、我的前妻、对我单恋的对象,个个和我有关联。呵呵,你们聚得,我为什么就聚不得?"

林又红还没来得及应对,他又抢着说:"你看俞晓多好,知道我们有悄悄话要说,故意先避开了。"

林又红赶紧打断他说:"你什么时候回的南州?"

江重阳才不会放过她,接着说:"你一直惦记着我吧,你想知道我的行踪,就不能主动打个电话问问,非要等我主动联系你啊?"

林又红再也不想跟他扯永远也扯不清的纠缠了,她坚决果断地换过话题说:"搞了这么久,才发现原来是浦见秋……可是……"

江重阳不接她的话,只是按照自己的思路说:"怎么,不想和我谈情说爱了?这可是白白浪费了俞晓提供的机会哦。"

林又红终于忍不住了,说:"我们说个话,这样的机会还需要俞晓提供吗?"

江重阳这才满意地笑起来,说:"你看你看,又急了吧——你别这么说俞晓,俞晓可是你的死党、铁粉,和我有得一拼,当初浦见秋找我,就是因为知道我的想法,所以把金钟改成金吉,我才肯接手嘛。现在她自己开个店,取个名还与你有关,风味茶餐厅,居然叫个'吉来',吉来茶餐厅,你不觉得怪怪的?"

林又红确实觉得怪怪的,心里很不爽,没好气地说:"联吉氏又不是我的,取不取吉字,和我无关。"江重阳虽然固执,但她也不是个随便服软的人,又执拗地把话头扯过来说,"浦见秋多厉害,多精明,他难道一直没有察觉你在调查?"

江重阳夸张地举了举手说:"好了好了,我投降,我拗不过你,我不和你谈情说爱了,谈事业,谈事业——你对浦见秋感兴趣是吧,那我们就谈浦见秋。他怎么可能不知道,他早就发现了,正因为这样,他才邀请我回南州,把金吉交给我,再让钱副总给金吉、给小吃街塞点问题牛肉来,这样我就同流合污了——对了,他还想把你拉来控制我,嘿嘿,心思够缜密的,却不料林总偏不想当林总,要去当林总理。"

林又红只觉得惊心动魄,哪还有心思和江重阳开玩笑,她急着说:"那浦见秋呢,他在哪里?"

江重阳说:"要不就在飞往某国的飞机上,要不就已经到达了某国。"

林又红说:"他是早有准备的?"

江重阳笑道:"你以为都像你一样,全票当选居委会主任,还不知道是怎么回事呢,当然,那是因为你不干坏事,也不打算干坏事。"

林又红说:"印象中的浦见秋,是个滴水不漏的人,怎么会……"

江重阳说："他错就错在兔子吃了窝边草。他自己从事宾馆业,又做这样的勾当,迟早是会暴露的,只能说是利欲熏心,忘乎所以了。"

林又红仍然想不明白："浦见秋早已经是金鼎的大老板,旗下有那么多家宾馆,他为什么还要铤而走险去干违法的事?"

江重阳说："谁知道呢,风光的外表下,也许就是一笔血泪账呢,近几年宾馆业可是不景气得很,也说不定他金鼎名下都是负资产呢。"

林又红说："那他又怎么舍得把金宏全部给了俞晓?"

江重阳说："这种事情也只有你会相信,虽然金宏脱离了金鼎,但是控股的还是浦见秋,俞晓可没有那么好的命……"稍一停顿,又说,"不说别人的事了,我告诉你一下,我已经辞去了金吉的工作。"

林又红脱口说："你要到哪里去?"

江重阳那副老腔调又出来了,笑道："我告诉你到哪里去,你会跟我走吗?"

只是林又红已经不会再气急败坏了,也不会再被他牵着鼻子了,她正在努力地把他放下。

江重阳一边笑着,一边看了看表,站起来说："我真是依依不舍呢,可惜俞晓只给了我二十分钟,她是怕时间一长,我们又旧情复发,她和赵镜子马上就要到了,我不和你们三个打混仗了,我走了。"

林又红突然间就愣住了,心中一阵空虚,一阵抽痛,她知道,江重阳这一走,恐怕再难回来了。

但是那又怎样呢,难道她会开口留住他?

俞晓已经出现了,看着他们俩,笑着说:"谈得怎么样了?"

江重阳也笑道:"俞晓,我们才刚开始呢,你就急不可待地出现了。"

林又红见他们两个一搭一档,一唱一和,感觉是在嘲笑她,不免有些恼火,说:"赵镜子呢,怎么还没到,我去迎她一下。"

俞晓拉住她说:"哎哟,你这个人,说你小气吧,人人不答应,说你大气吧,你又显得这么小气。"

江重阳说:"俞晓你真是个蠢女人,到现在你都琢磨不透林又红?她永远都是大气的,但是只要一看到我,就变得小肚鸡肠了,这是明摆着的,多少年都这样,一点没变。"

林又红说不过江重阳,只好对着俞晓撒气说:"俞晓,你到底是请我们来试吃,还是来受气的?"

俞晓嗲嗲地搂了一下林又红,说:"哎哟,姐,没有人给你气受,你可不要自己气自己哦。"

赵镜子也到了,她一进来,一看这场面,就明白了,对俞晓说:"你这是分批通知的时间吧?"

俞晓说:"对天发誓,时间都是一样的,可人家心有灵犀,不约而同提了前,怪我不得,连我都迟到了。"

江重阳说:"为什么是不约而同,也许是约了而同的呢。"他一边往外走,一边又说,"同来不能同走——林又红,既然多了两只电灯泡,我待着也无趣了,走了。"

这三个人,坐在那里,一动不动,死死地盯住江重阳的背影,一直到他彻底消失,她们才能够回来。

赵镜子似乎已经理清了纠缠多年的头绪,胸怀坦荡地说:"不管你们约了同还是不约同,我只能是最后一个到。"

俞晓却不同意,说:"赵镜子,许多事情,都是由你开始的,你可不是最后一个。"

赵镜子不同意,用同样的口气说:"许多事情?哪许多事情?"

从感情和关系上讲,林又红肯定更靠近赵镜子一点,这不仅因为当初她错误地把俞晓推给了江重阳,这件事成为她心里永远的一根刺,更是因为赵镜子比俞晓更了解她、更懂她,但是在经历了这许多事情以后,林又红觉得俞晓说得没错,许多事情是由赵镜子开始的,她性子又急了,脱口说:"浦见秋不就是你介绍给俞晓的吗?"

赵镜子气道:"林又红,你这么气势汹汹的干什么,你是不是觉得我和浦见秋暗中勾结害俞晓?"

林又红说:"我没这么说,你也不用心虚,但事实就是事实,如果没有你,俞晓怎么会被浦见秋利用。"

赵镜子还没来得及反驳,俞晓倒又站出来替赵镜子说话了:"真怪不得赵镜子,是我自己送上门去的——那天,我和江重阳从法院出来,回到金宏,当时浦见秋刚从国外回南州,一回来就到金宏等着我汇报,但他一开口不问事故,却先责问我怎么这么狠心,江重阳一出事就离婚,结果我哭得一塌糊涂。"

虽然俞晓在帮赵镜子开脱,赵镜子却酸不啦叽地说:"一个娇弱的美少妇,哭得梨花带雨,难怪外面传说,浦总是被俞晓哭到手的。"

俞晓也不否认,继续说:"我没有忍得住,告诉了浦见秋,不是我要离的,浦见秋就问我,是不是因为我偷了副本,江重阳生气了,我说、我说……"

赵镜子替她接过去说:"你说不是的,是因为江重阳心里从来没有你。"

林又红见她们又开始纠缠,几次想起身离开,但不知为什么就是站不起身,迈不动步子,难道江重阳还沉重不堪地压迫着她?

赵镜子对俞晓不依不饶,继续说:"你敢说浦见秋对你没有一见钟情?"

俞晓说:"我当时也是这么想的,但是很快就知道我错了——牛肉事件后不久,我发现又有人偷偷地进问题牛肉,我报告给当时的总经理,才发现这件事本来就是他干的,我只好告诉浦见秋,浦见秋却一方面希望我回家当全职太太,不要上班了,另一方面不停地向我打听江重阳的情况,那时候我就起了疑心。"

赵镜子说:"浦见秋的感觉很灵敏,他知道江重阳不会放过这件事,同时,他也早把你看透了,知道你不会放过江重阳,所以,只要掌控住你的动向,就能知道江重阳的动向。"

林又红越听越觉得乱,就越生气,忍不住说:"这算什么,阴谋与爱情啊?"

俞晓说:"别说我根本就没有江重阳的一点消息,就算有,我也不会透露给他的,所以浦见秋很快就发现他的算盘打错了,而且我越来越疑心他旗下各个宾馆的进货渠道,他一旦得知了我的想法,立刻就陷害我,他知道我的弱点。"

赵镜子不客气地说:"看见男人你就打软。"

俞晓不仅没有生气，反而点头承认，沮丧地说："这就是我的致命弱点，所以，所以，很快就被浦见秋捉在床上，名正言顺地和我离了。"

林又红也急了："那你已经吃了一次大亏，后来怎么又上了那个小李总的套？"

俞晓说："我也恨自己，可是、可是……"

赵镜子气道："你还好意思说自己一直放不下江重阳。"

一直很低调温顺的俞晓一听赵镜子这话，突然就翻了脸，指着赵镜子说："你别跟我说这样的话，我放得下放不下江重阳，是我的事情，你没有资格教训我。"

俞晓一发火，赵镜子反倒"扑哧"一声笑了出来："哎哟哟，这么沉不住气，我这话，又不是专对你一个人说的。"

俞晓朝林又红和赵镜子看了看，说："既然你们要谈，你们谈，我可没工夫陪着你们，我现在开店，可是要亲力亲为了，不能把吉来做成第二个金宏——呸——"她呸了自己一口，"乌鸦嘴！"赶紧走开了。

俞晓一走开，林又红盯着赵镜子狠狠地看了一眼，赵镜子说："你看我干什么？"

林又红说："你自己心里清楚！"

赵镜子说："是，把你弄到居委会去，我是给陈菲出了点主意，我还假装生气，假装愤怒。"

林又红说："你恶心不恶心？"

赵镜子说："可是最后我外甥女也赔进去了，不过，现在也不迟，居委会又不是监狱，随时可以进出的。"

林又红说:"是不是陈菲想走了?"

赵镜子说:"才没有,死丫头可是跟定你了——我姐开始还不知道这个内幕,后来知道了,骂死我了,现在都和我断交了。"

林又红说:"活该!"

赵镜子说:"是活该,江重阳这个无情狠心的东西,我等了他那么多年,他心里连我的一点影子都没有,我所有的心思、所有的努力都付诸东流了。不仅如此,我所有的努力还给我自己帮了倒忙——我认输了,你和江重阳实在是心有灵犀,要不就是命中有缘,一个到了居委会,另一个居然出现在小吃街,又合上拍了,我真不知道你们是事先有约还是事出有因?"

林又红气得"哼"了一声说:"你以为把我弄进居委会,就和江重阳永远隔绝了?"

赵镜子说:"我承认你到居委会和我有一定的关系,但是林又红,你自己好好想一想吧,虽然我和陈菲做了点手脚,可是从一开始,你就没有拒绝过,难道不是吗?"见林又红瞪着眼睛看着她,赵镜子又说,"就说那个夏老太吧,据说她在那里守了很长时间,守过很多人,没有一个人理睬她,没有一个人被她骗着。"

林又红气得说:"你的意思,我就是那只兔子,我傻,我愚蠢,我被一个精神病人耍了?"

赵镜子忍不住笑了:"当然可以这么看问题,但如果从另一个角度看,你富有同情心,你愿意帮助人,所以你才会越陷越深,深到最后拔不出来了,因为在社区里,需要帮助的人太多了。"

林又红气道:"是,我多管闲事,我狗拿耗子。"

恍惚间,又回到当年,在联吉氏面试的时候,老马说她是狗拿耗子，那情形还历历在目。

　　那时候，她简直是怒不可遏，因为心里埋着一颗炸弹，炸弹包着的是对江重阳的爱恨情仇，所以才会在面试的时候表现得莫名其妙，结果反而被老马看中。

　　现在一切都改变了，江重阳回来了，又走了。如果今天她的心里仍然埋着一颗炸弹，那炸弹包着的，就是永远的无尽的思念了。

尾　声

　　桂香街居委会主办的社区慈善文艺演出活动正在进行着，余老师举着手机，急急忙忙地跑到林又红身边，说电视台的人又来了，马上就到。

　　林又红一听，又来气了，说："怎么又来了，真是莫名其妙，盯住一个小小的居委会，没完没了啦？"

　　余老师赶紧说："林主任，这次不是来曝光的，上次我们帮助杨老找到了走失的老伴，安排他们住进了社区医院，杨老给电视台写了表扬信。"

　　林又红赶紧摆手说："不要不要，我们不要他们表扬，也请他们不要来打扰我们的正常工作。"

　　余老师说："他们说了，是孙主任安排他们来的。"

　　林又红脾气倔，对上次电视台来曝光的事记恨在心，说："爱来就来，我们也无法阻挡，不过我要主持这里的活动，没空接待他们。"回头向主持节目的小金说，"继续继续。"

　　演出又继续了，都是居民自己出的节目，接下来的是桂香街社区的民乐队演出,小金一报出"扬琴独奏",林又红就看到一个熟悉的身影闪了出来,正是夏老太。

小陈、小金几个年轻人,搞出一个桂香街居委会的"社区欢乐行",分别成立了民乐队、舞蹈队、志愿者群等组织,让许多人走出家门,走下牌桌,离开电脑,连夏老太也从精神病院出来了。

夏老太趁着工作人员替她搬扬琴的时候,走到林又红面前,狡黠地眨着眼睛:"我知道你是谁。"

林又红索性和她开个玩笑:"我是蒋主任。"

夏老太笑道:"你不是蒋主任,也不是林主任,你是一棵树。"

大家都哄笑起来。

虽然夏老太有段时间没犯病了,但是此时此刻,却没有人能够准确判断,她说的这句话,到底是疯话还是正常话。

在悠扬动听的琴声中,电视台的人赶到了,他们没有惊动大伙,只是站在人群的后面,默默地拍下了这些镜头,然后,找了几个居民,开始他们的采访。

"今天,我们在桂香街居委会的活动现场做一次深度报道,我们的主题是:这个世界怎么了?"

接下来是对社区居民和路人的随机采访,问:"你觉得这个世界怎么了?"

答:"什么意思,你神经病啊?"

问:"你觉得这个世界怎么了?"

答:"怎么了?疯了。"

问:"你觉得这个世界怎么了?有什么突出的印象?"

答:"突出的印象?到处都在骂人吧。"

问:"你觉得这个世界怎么了?有什么深切的感受?"

答:"感受?这是一个没有人满意的世界,就是这感受。"

问:"你觉得这个世界怎么了?有什么看不惯的吗?"

答:"看不惯啊?有啊。"

问:"看不惯什么?"

答:"什么都看不惯。"

问:"那么你觉得桂香街居委会怎么样?他们的工作你满意吗?你看得惯吗?他们疯了吗?"

答:"居委会啊,他们没有疯,他们是傻了,无论他们做什么、做多少,都有人骂,天天被骂,天天被烦,他们还是天天上班做事,傻不傻?"

……

台上夏老太的扬琴表演结束了,下一个节目,是居民大妈自己排练的舞蹈"桂树飘香"。

电视台采访不到林又红,余老师动员了小陈,让小陈出镜说几句,小陈才不会客气,她说话前,主持人先说:"我们在桂香街居委会做现场采访,居委会的工作,千头万绪,千丝万缕,又十分细小琐碎,一地鸡毛。社区服务,无论是服务主体,还是服务对象,都是小人物。但是不要瞧不起小人物,小人物是有大力量的,居委会的工作,用居民的话说,那是吃力不讨好,但是居委会的干部却无怨无悔……"

小陈赶紧打断说:"哎哟哟,肉麻死了,谁无怨无悔?我可是又怨又悔,我肠子都悔青了。"

余老师急了,要打断小陈,她还没有来得及把话补回来,电视台的主持人已经说了:"这就是最真实最朴素的居委会干部,一边抱怨着工作的艰辛和缺少理解,一边努力地为居民服务,用他们自己的话说,居委会点点滴滴的工作,就像桂花一样,香味渗透到社区的每一个角落,渗透到每一个居民的心底里。"

小陈喜道:"咦,这话还蛮有水平的。"

最后主持人结束语说:"在一个浮躁焦虑的时代,居委会通过自己的工作,努力疏解情绪,努力化解矛盾,努力破解难题,直接关系到社会的稳定与和谐,我们所有的人,应该向居委会致敬。"

小陈更喜道:"这是高大上了啊。"

……

演出结束了,电视台的人也果然没有干扰林又红,完成了任务就撤了。

天色渐渐地晚了,居委会也该下班了,林又红和余老师一起走了出来,经过街心公园,看到两棵老桂树下,坐着几个居民在聊天,其中有个人在向她们招手,林又红和余老师一起走过去,才发现招手的是一位盲人。

盲人说:"余老师,你身边还有个人,是谁?"

余老师说:"周师傅,这是居委会新来的主任。"

盲人"哦"了一声,说:"是蒋主任……"他追寻着林又红的气息,正对着林又红说:"蒋主任,你到底还是来了,谢谢你肯来。"

林又红没有纠正他。

盲人继续说:"老书记临走的头天晚上,还来看过我,她告诉我,主任会来的,她让我放心……"

他不再说话,坐在那里,挺直了身子,做了一个围抱什么的动作,林又红一时没有看明白,余老师在旁边说:"他的意思,他抱着一棵树。"

你是我们的大树。

林又红的手机发出清脆的叮咚声,有邮件来了,她打开一看,竟是久未联系的老马发来的邮件。老马告诉她,联吉氏又要卷土重来了,中国的市场太大了,谁也抵抗不了,连老马都要吃回头草了。

林又红,你会往哪里去?

你是我的大树。

后　记

　　二〇一五年春节后不久,我就从不同的渠道,陆陆续续地看到了一个名字:许巧珍。

　　许巧珍,常州市吊桥路东头村社区党委书记,一位八十五岁的居委会干部,名副其实的"最美小巷总理",在社区居委会这个岗位上,一直走到生命的尽头。在查出病症到离开人世的半年时间里,许巧珍真正住院的时间不到一个月。在生命最后的日子里,她仍然在居委会工作,仍然在为居民服务,仍然惦记着居民的衣食住行和喜怒哀乐,就在大年初一,躺在病床上的她,还用手机"遥控"安排了春节期间居委会的工作。

　　给许巧珍送行的那一天,来了那么多的居民。那么多白发苍苍的老人给许巧珍鞠躬,那么多人眼中饱含热泪……

　　而且,这样的信息,这样的感动,此后一直延续了很长的时间。"许巧珍"这个名字,就这样走进了我的内心,深深地刻印在那里。

　　居委会干部,一个多么亲切而又温馨的名称。我不由得想起三十年前,我刚刚当上专业作家时,曾经到苏州的居委会体验生活的情形;许巧珍的事迹、"居委会干部"这个称呼,极大地鼓动了我内心的激情,最大程度地调动了我的写作积极性。

此念一起,我立刻赶往常州,常州市委宣传部和常州市文联给予了我大力的支持、帮助和鼓励。除了进一步深入了解许巧珍的先进事迹,我又分别去了常州市清潭三社区、常州市荷花池社区等居委会,并且和常州市的另外数十位老中青三代居委会干部面对面地接触、了解。所到之处,所见所闻,无不令我感动、震撼。时光掠去三十年,我重新走进这个普通而又十分了不起的特殊群体,既感受到迎面扑来生活雨露的惊喜,又有一种全身心扑向大地的炽热情怀。

社区居委会是我们这个社会最基层、最微小的细胞,又是与广大群众联系最密切的。它算不上是政府部门,只是基层群众性自治组织,却承担了无数的政府的延伸工作,维系着百姓对政府的信任,牵涉着百姓的信心和民心。尤其是一些典型的多元化的多层次结构的复杂社区,各种各样的矛盾和问题层出不穷,在这里,居委会就像是一个兜底的筐,有一种兜底的功能。这里盛满了各种各样的社会关系,要协调利益,化解矛盾,排忧解难,居委会能不能把人心的"筐底"兜住,使服务到位,将情绪纾解,让矛盾化解,这直接关系到社会的稳定与和谐。而居委会干部本身,待遇差、收入低、担子重、责任大,但是他们无怨无悔。

思想至此,我知道,我已经无法逃脱时代给予我的任务,我已经无法拒绝用艺术的形式把居委会干部这个群体的感人形象呈现给读者。

于是,我开始创作《桂香街》。

这部小说,在写作手法上,与我近些年的作品相比,又有了一些新的变化。但是,万变不离其宗,这个"宗",就是大地,就是人民,就是许巧珍,就是常州市许许多多的居委会干部。在如此厚重、如此鲜活的社会生活面前,我唯恐自己心力不足,笔力不达,学之肤浅,思之不及,我唯有加倍努力,唯有全情投入。